朔方文庫

玄晏先生集
〔晉〕皇甫謐 撰　〔清〕潘介祉 輯
安正發 校注

二皇甫詩集
〔唐〕皇甫冉　皇甫曾 撰　〔明〕劉成德 編
何娟亮 校注

梁補闕集
〔唐〕梁肅 撰　韓中慧 校注

主編　胡玉冰

上海古籍出版社

圖書在版編目(CIP)數據

玄晏先生集 /（晋）皇甫謐撰；（清）潘介祉輯；安正發校注. 二皇甫詩集 /（唐）皇甫冉,（唐）皇甫曾撰；（明）劉成德編；何娟亮校注. 梁補闕集 /（唐）梁肅撰；韓中慧校注. —上海：上海古籍出版社，2022.8
（朔方文庫）
ISBN 978-7-5732-0342-7

Ⅰ.①玄… ②二… ③梁… Ⅱ.①皇… ②皇… ③皇… ④梁… ⑤潘… ⑥安… ⑦劉… ⑧何… ⑨韓… Ⅲ.①古典詩歌-詩集-中國 Ⅳ.①I222.72

中國版本圖書館 CIP 數據核字（2022）第 111530 號

朔方文庫

玄晏先生集
〔晋〕皇甫謐　撰　〔清〕潘介祉　輯　安正發　校注

二皇甫詩集
〔唐〕皇甫冉　皇甫曾　撰　〔明〕劉成德　編　何娟亮　校注

梁補闕集
〔唐〕梁肅　撰　韓中慧　校注

上海古籍出版社出版發行
（上海市閔行區號景路 159 弄 1-5 號 A 座 5F　郵政編碼 201101）
（1）網址：www.guji.com.cn
（2）E-mail：guji1@guji.com.cn
（3）易文網網址：www.ewen.co
上海展强印刷有限公司印刷
開本 710×1000　1/16　印張 19.25　插頁 6　字數 251,000
2022 年 8 月第 1 版　2022 年 8 月第 1 次印刷
ISBN 978-7-5732-0342-7
K·3201　定價：118.00 元
如有質量問題，請與承印公司聯繫
電話：021-66366565

國家社會科學基金重大項目
"《朔方文庫》編纂"（批准號：17ZDA268）經費資助出版

寧夏回族自治區"十三五"重點學科
"中國語言文學"學科建設經費資助出版

寧夏大學"民族學"一流學科群之"中國語言文學"學科
（NXYLXK2017A02）建設經費資助出版

《朔方文庫》委員會名單

學術委員會

主　任：陳育寧

委　員：（按姓氏筆畫排序）

　　　　于　亭　　呂　健　　伏俊璉　　杜澤遜　　周少川　　胡大雷

　　　　陳正宏　　陳尚君　　殷夢霞　　郭英德　　徐希平　　程章燦

　　　　賈三强　　趙生群　　廖可斌　　漆永祥　　劉天明　　羅　豐

編纂委員會

主　編：胡玉冰

委　員：（按姓氏筆畫排序）

　　　　丁峰山　　田富軍　　安正發　　李建設　　李進增　　李學斌

　　　　李新貴　　邵　敏　　胡文波　　胡迅雷　　徐遠超　　馬建民

　　　　湯曉芳　　劉鴻雁　　趙彥龍　　薛正昌　　韓　超　　謝應忠

總　　序

陳育寧

　　寧夏古稱"朔方",地處祖國西部地區,依傍黃河,沃野千里,有"塞上江南"之美譽。她歷史悠久,民族衆多,文化積澱豐厚。在這片土地上產生並留存至今的古代文獻檔案數量衆多、種類豐富,有傳統的經史子集文獻、地方史志文獻、西夏文等古代民族文字文獻、岩畫碑刻等圖像文獻,以及明清、民國時期的公文檔案等,這些文獻檔案記述了寧夏歷朝歷代人們在思想、文化、史學、文學、藝術等各方面的成就,蘊含着豐富而寶貴的、具有地域和民族特色的歷史文化内涵,是中華各民族人民共同的精神和文化財富,保護好、傳承好這批珍貴的文化遺產,守護好各民族共有的精神家園,扎實推進新時期文化的繁榮發展,是寧夏學者義不容辭的擔當。

　　黨和國家歷來高度重視和關心文化傳承與創新事業,積極鼓勵和支持古籍文獻的收集、保護和整理研究工作,改革開放以來,批准實施了一批文化典籍檔案整理與研究重大項目,取得了一大批重要成果。2017年1月,中共中央辦公廳、國務院辦公廳印發《關於實施中華優秀傳統文化傳承發展工程的意見》,把中華優秀傳統文化的傳承和發展推上了新的歷史高度。《意見》指出,要"實施國家古籍保護工程","加強中華文化典籍整理編纂出版工作"。這給地方文獻檔案的整理研究,帶來了新的機遇。

　　寧夏作爲西部地區經濟欠發達省份,一直在積極努力地推進優秀傳統文化傳承發展事業。2018年5月,《寧夏回族自治區實施中華優秀傳統文化傳承發展工程方案》和《寧夏回族自治區"十三五"時期文化發展改革規劃綱要》正式印發,爲寧夏文化事業的發展繪就了藍圖。寧夏提出了"小省區也能辦大文化"的理念,決心在地方文化的傳承發展上有所作爲,有大作爲。在地方文獻檔案整理研究方面,寧夏雖資源豐富,但起步較晚,力量不足,國家級項目少。

這種狀況與寧夏對文化事業的發展要求差距不小，亟須迎頭趕上。在充分論證寧夏地方文獻檔案學術價值及整理研究現狀的基礎上，以寧夏大學胡玉冰教授爲首席專家的科研團隊，依托自治區"古文獻整理與地域文化研究"人文社科重點研究基地以及自治區重點學科"中國語言文學"、重點專業"漢語言文學"的人才優勢，全面設計了寧夏地方歷史文獻檔案整理研究與編纂出版的重大項目——《〈朔方文庫〉編纂》，並於2017年11月申請獲批立項爲國家社科基金重大項目，這一項目的啓動，得到了國家的支持，也有了更高的學術目標要求。

　　編纂這樣一部大型叢書，涉及文獻數量大、種類多、時間跨度長，且對學科、對專業的要求高，既是整理，更是研究，必須要有長期的學術積累、學術基礎和人才支持。作爲項目主持人，胡玉冰教授1991年北京大學畢業後，一直在寧夏從事漢文西夏文獻、西北地方（陝甘寧）文獻、回族文獻等爲主的古文獻整理研究工作，他是寧夏第一位古典文獻專業博士，已主持完成了4項國家社科基金項目，包括兩項重點項目，出版學術專著10餘部。從2004年主持第一項國家社科基金項目開始，到2017年"《朔方文庫》編纂"作爲國家社科基金重大項目立項，十多年來，胡玉冰將研究目標一直鎖定在地方文獻與民族文獻領域。其間，他完成的國家社科基金項目結項成果《寧夏古文獻考述》，是第一部對寧夏古文獻進行分類普查、研究，具有較高學術價值的成果，爲全面整理寧夏古文獻提供了可靠的依據；他完成的《傳統典籍中漢文西夏文獻研究》入選《國家社科基金成果文庫》，爲《朔方文庫·漢文西夏史籍編》奠定了研究基礎；他完成出版的《寧夏舊志研究》，基本摸清了寧夏舊志的家底，梳理清楚了寧夏舊志的版本情況，爲《朔方文庫·寧夏舊志編》奠定了研究基礎。在項目實施過程中，胡玉冰注重與教學結合，重視青年人才培養，重視團隊建設。在寧夏大學人文學院，胡玉冰參與創建的西北民族地區語言文學與文獻博士學位點、中國古典文獻學碩士學位點，成爲寧夏培養古典文獻專業高級專門人才的重要陣地。他個人至今已培養研究生40多人，這些青年專業人員也成爲《朔方文庫》項目較爲穩定的團隊成員。關注相關學術動態，加強與兄弟省區和高校地方文獻編纂同行的學術交流，汲取學術營養，也是《朔方文庫》在實施過程中很重要的一則經驗。

　　《朔方文庫》是目前寧夏規模最大的地方文獻整理編纂出版項目，其學術意義與社會意義重大。第一,有助於發掘和整合寧夏地區的文化資源,理清寧夏文脉,拓展對寧夏區情的認識,有利於增强寧夏文化軟實力,提升寧夏的影響力,促進寧夏經濟社會全面發展;第二,有助於深入研究寧夏歷史文化的思想精髓和時代價值,具有歷史學、文學、文獻學、民族學等多學科學術意義,推動寧夏人文學科的建設與發展;第三,有助於推進寧夏高校"雙一流"建設,帶動自治區人文社科重點研究基地、重點學科、重點專業以及學位點建設,對於培養有較高學術素質的地方傳統文化傳承與創新的人才隊伍有積極意義;第四,在實施"一帶一路"倡議大背景下,深入探討民族地區文獻檔案傳承文明、傳播文化的價值,可以更好地爲西部地區擴大對外文化交流提供決策支持。

編纂《朔方文庫》,既是堅定文化自信、鑒古開新、傳承和弘揚中華優秀傳統文化的需要,也是服務當下經濟社會文化發展的需要,是一項功在當代、澤溉千秋的文化大業。截至2019年7月,本重大項目已出版大型叢書兩套、研究著作,依托重大項目完成碩士研究生學位論文9篇。叢書《朔方文庫》爲影印類古籍整理成果,按專題分爲《寧夏舊志編》《歷代人物著述編》《漢文西夏史籍編》《寧夏典藏珍稀文獻編》《寧夏專題文獻和文書檔案編》共五編。首批成果共112册,收書146種。其中《寧夏舊志編》32册36種,《歷代人物著述編》54册73種,《漢文西夏史籍編》15册26種,《寧夏典藏珍稀文獻編》10册7種,《寧夏專題文獻和文書檔案編》1册4種。《寧夏珍稀方志叢刊》共16册,爲點校類古籍整理成果,由中國社會科學出版社、上海古籍出版社分別於2015年、2018年出版。《朔方文庫》出版時,恰逢寧夏回族自治區成立60周年,這也說明,在寧夏這樣的小省區是可以辦成、而且已經辦成了不少文化大事,對於促進寧夏文化事業的發展、提升寧夏知名度起到了重要作用。同時也要看到,由於基礎薄弱,條件和力量有限,我們還有許多在學術研究和文化建設上想辦、要辦而還未辦的大事在等待着我們。

國内出版過多種大型地方文獻的影印類成果,但尚未見相應配套的點校類整理成果。即將由上海古籍出版社推出的《朔方文庫》點校類整理成果,是胡玉冰及其學術團隊在影印類成果的基礎上的再拓展、再創新。從這一點來說,國家社科基金重大項目"《朔方文庫》編纂"開創了一個很好的先例,即在基本完成影印任務的情況下,依托高質量的研究成果,及時推出高質量的點校類整理成果,將極大地便於學界的研究與利用。我相信,《朔方文庫》多類型學術成果的編纂與出版，再一次爲我們提供了經驗，增强了信心，展現了實力。祇要我們放開眼界，集聚力量，發揮優勢，精心設計，培養和選擇好學科帶頭人，一個項目一個項目堅持下去，一個個單項成績的積累，就會給學術文化的整體面貌帶來大的改觀，就會做成"大文化"，我們就會做出無愧於寧夏這片熱土、無愧於當今時代的貢獻！

2020 年 7 月於銀川

（陳育寧，教授，博士生導師，寧夏自治區政協原副主席，寧夏大學原黨委書記、校長）

目　　録

總序 …………………………………………… 陳育寧　1

玄晏先生集

整理説明 ………………………………………………… 3
玄晏先生集卷上 ………………………………………… 4
　表 ……………………………………………………… 4
　　讓徵聘表 …………………………………………… 4
　　答辛曠書 …………………………………………… 5
　　附：與皇甫士安書二首 …………………………… 5
　　附：贈詩一首 ……………………………………… 6
　序 ……………………………………………………… 6
　　帝王世紀序 ………………………………………… 6
　　三都賦序 …………………………………………… 9
　　高士傳序 …………………………………………… 10
　　黄帝三部針灸甲乙經序 …………………………… 11
　　序例 ………………………………………………… 12
玄晏先生集卷下 ………………………………………… 14
　論 ……………………………………………………… 14
　　玄守論 ……………………………………………… 14
　　釋勸論 ……………………………………………… 14
　　篤終論 ……………………………………………… 17

問	18
問鳳	18
説	19
解服散説	19
詩	26
女怨詩	26
附録	26
《晋書》本傳一則	26
王隱《晋書》三則	27
臧榮緒《晋書》二則	27
虞般佑《高士傳》一則	27
《太平御覽》一則	28
吴筠《高士咏》	28

二皇甫詩集

整理説明	31
刊大曆二皇甫詩集序	35
左補闕安定皇甫冉集序	37
唐皇甫冉詩集卷之一	39
四言古詩	39
劉方平壁畫山	39
五言古詩	39
與張補闕王鍊師自徐方清路同舟中下於臺頭寺留別趙員外裴補闕同賦雜題一首	39
屏風上各賦一物得攜琴客	39
寄劉方平	40
曾東遊以詩寄之	40
崔十四宅各賦一物得篲柳	40

送段明府 …………………………………………………… 41

　　酬楊侍御寺中見招 …………………………………………… 41

　　見諸姬學玉臺體 ……………………………………………… 41

　　題裴二十一新園 ……………………………………………… 41

　　寄高雲 ………………………………………………………… 42

　　送張南史 ……………………………………………………… 42

　　送薛判官之越 ………………………………………………… 42

　　賦得簷燕 ……………………………………………………… 42

　　送魏中丞還河北 ……………………………………………… 42

　　又賦得越山三韵 ……………………………………………… 43

　　送竇叔向 ……………………………………………………… 43

　　題高雲客舍 …………………………………………………… 43

　　之京留別劉方平 ……………………………………………… 43

　　出塞 …………………………………………………………… 44

　　酬裴十四 ……………………………………………………… 44

　　送鄭二員外 …………………………………………………… 44

唐皇甫冉詩集卷之二 ……………………………………………… 47

七言古詩 …………………………………………………………… 47

　　雜言湖山歌送許鳴謙并序 …………………………………… 47

　　雜言迎神詞二首并序 ………………………………………… 47

　　江草歌送盧判官 ……………………………………………… 48

　　雜言月洲歌送趙冽還襄陽 …………………………………… 48

　　澧水送鄭豐鄂縣讀書 ………………………………………… 48

　　登山歌 ………………………………………………………… 48

　　雜言無錫惠山寺流泉歌 ……………………………………… 49

　　送包佶賦得天津橋 …………………………………………… 49

　　廬山歌送至弘法師兼呈薛江州 ……………………………… 49

　　送陸潜夫往茅山賦得華陽洞離騷體 ………………………… 49

　　酬權器 ………………………………………………………… 50

唐皇甫冉詩集卷之三 ……… 52
五言律詩 ……… 52
潤州南郭留別 ……… 52
祭張公洞二首 ……… 52
巫山峽 ……… 53
長安路 ……… 53
送朱逸人 ……… 53
西陵寄靈一上人朱放 ……… 53
赴無錫寄別靈一凈虛二上人雲門所居 ……… 53
獨孤中丞筵陪錢韋使君赴昇州 ……… 54
送王緒剡中 ……… 54
酬李郎中侍御秋夜登福州城樓見寄 ……… 54
同李司直諸公暑夜南餘館 ……… 54
贈普門上人 ……… 54
與諸公同登無錫北樓 ……… 54
同李蘇州傷美人 ……… 55
題魏仲光淮山所居 ……… 55
送鄭判官赴徐州 ……… 55
送顧萇往新安 ……… 55
送權三兄弟 ……… 56
落第後東遊留別 ……… 56
寄劉八山中 ……… 56
九日寄鄭豐 ……… 56
劉方平西齋對雪 ……… 56
福先寺尋湛然寺主不見 ……… 57
秋夜寄所思 ……… 57
賦得郢路悲猿 ……… 57
清明日青龍寺上方賦得多字 ……… 57
與張諲宿劉八城東莊 ……… 57

問上人疾	57
送寶叔向入京	58
登石城戍望海寄諸暨嚴少府	58
同樊潤州秋日登城樓	58
送蔣評事往福州	58
賦得荊溪夜湍送蔣逸人歸義興山	58
送孔黨赴舉	58
齊郎中筵賦得的的帆向浦留別	59
送陸鴻漸棲霞寺採茶	59
泊丹陽與諸人同舟至馬林溪遇雨	59
送李使君赴撫州	59
同樊潤州遊東山	59
送安律師	59
溫湯即事	60
送薛秀才	60
酬李司兵直夜見寄	60
送唐別駕赴鄆州	60
送李使君赴邵州	60
故齊王贈承天皇帝挽歌	60
贈恭順皇后挽歌	61
寄鄭二侍御歸新鄭無礙寺所居	61
送盧山人歸林廬山	61
送榮別駕赴華州	61
送常大夫加散騎常侍赴朔方	61
送柳八員外赴江西	62
又送陸潛夫尋友	62
送盧郎中使君赴京	62
送鄭員外入茅山居	62
送志彌師往淮南	62

謝韋大夫柳栽	62
寄劉方平大谷田家	63
雨雪	63
送劉兵曹還隴山居	63
同裴少府安居寺對雨	63
送元晟歸潛山所居	63
送康判官往新安賦得江路西南水	63
宿洞靈觀	64
酬盧十一過宿	64
奉和對雪	64
送蕭獻	64
賣藥人處得南陽朱山人書	64
送裴員外往江南	64
奉和王相公早春登徐州城	65
奉和對山僧	65
奉和待勤照上人不至	65
奉和漢祖廟下之作	65
和韓郎中揚子玩雪寄山陰嚴維	65
歸渡洛水	65
送田濟揚州赴選	66
酬崔侍御期籍道士不至兼寄	66
送韋山人歸鍾山所居	66
徐州送丘侍御之越	66
送延陵陳法師赴上元	66
賦得海邊樹	66
題昭上人房	67
婕妤怨	67
送客	67
秋夜宿嚴維宅	67

送普門上人 ……………………………………………… 67
送夔州班使君 …………………………………………… 67
酬袁補闕中天寺見寄 …………………………………… 68
和謝舍人雪後寓直 ……………………………………… 68
重西陵寄靈一上人朱放 ………………………………… 68
歸陽羨兼送劉八長卿 …………………………………… 68
尋戴處士 ………………………………………………… 68
早發中巖寺別契上人 …………………………………… 68
酬鄭高郵秋夜見寄 ……………………………………… 69

唐皇甫冉詩集卷之四 ……………………………… 77

五言排律 …………………………………………… 77

酬張二仲彝 ……………………………………………… 77
答張諲劉方平兼呈賀蘭廣 ……………………………… 77
酬包評事壁畫山水見寄 ………………………………… 77
贈鄭山人 ………………………………………………… 77
河南鄭少尹城南亭送鄭判官還河東 …………………… 78
登玄元廟 ………………………………………………… 78
冬夜集賦得寒漏 ………………………………………… 78
寄江東李判官 …………………………………………… 78
送從弟豫貶遠州 ………………………………………… 79
太常魏博士遠出賊庭江外相逢因敘其事 ……………… 79
上禮部陽侍郎 …………………………………………… 79
宿嚴維宅送包七 ………………………………………… 80
送李萬州赴饒州觀省 …………………………………… 80
送鄶判官赴河南 ………………………………………… 80
送歸中丞使新羅 ………………………………………… 80
劉侍御朝命許停官歸侍 ………………………………… 80
夜集張謹所居 …………………………………………… 81
奉和獨孤中丞遊法華寺 ………………………………… 81

閑居作 …………………………………………… 81
送處州裴使君赴京 …………………………… 81
和袁郎中破賊後經剡中山水 ………………… 82
送魏六侍御葬 ………………………………… 82
送王相公赴幽州 ……………………………… 82
東郊迎春 ……………………………………… 82
華清宮 ………………………………………… 82
和鄭少尹祭中嶽寺北訪蕭居士越上方 ……… 83
適荊州途次南陽贈何明府 …………………… 83

唐皇甫冉詩集卷之五 …………………………… 86
七言律詩 …………………………………………… 86
三月三日義興李明府後亭泛舟 ……………… 86
送李錄事赴饒州 ……………………………… 86
秋夜有懷高十五兼呈空和尚 ………………… 86
玄元觀送李深李風還奉先華陰 ……………… 87
送錢塘路少府赴制舉 ………………………… 87
酬張二倉曹楊子所居見寄兼呈韓郎中 ……… 87
使往壽州淮路寄劉長卿 ……………………… 87
同溫丹徒登萬歲樓 …………………………… 87
宿淮陰南樓酬常伯能 ………………………… 88
酬李補闕 ……………………………………… 88
送崔使君赴壽州 ……………………………… 88
館陶李丞舊居 ………………………………… 88
送袁郎中破賊北歸 …………………………… 89
寄韋司直 ……………………………………… 89
奉和彭祖井 …………………………………… 89
秋日東郊作 …………………………………… 89
送張道士歸茅山謁李尊師 …………………… 90
送孔巢父赴河南軍 …………………………… 90

招隱寺送閻判官還江州 … 90

李二侍御丹陽東去新亭 … 90

唐皇甫冉詩集卷之六 … 94

五言絕句 … 94

同諸公有懷絕句 … 94

題畫帳二首 … 94

渡汝水向大和山 … 94

秋怨 … 94

山中五詠 … 94

同張侍御詠興寧寺經藏院海石榴 … 95

送王司直 … 95

婕妤怨 … 95

酬李判官度梨嶺見寄 … 95

題盧十所居 … 95

山半橫雲 … 95

病中對石竹花 … 95

送王翁信還剡中舊居 … 96

送陸邃潛夫并序 … 96

楊氏林亭探得古槎 … 96

和王給事禁省梨花詠 … 96

送陸鴻漸赴越序 … 96

臺頭寺願上人院古松下有小松栽毫末新生，與纖草不辯重。其有凌雲干霄之志，與趙八員外、裴十補闕同賦之 … 97

漁子溝寄趙員外裴補闕 … 97

同李三月夜作 … 97

初出沇江夜入湖 … 97

送裴陟歸常州 … 97

洪澤館壁見禮部尚書題詩 … 97

望南山雪懷山寺普上人 … 97

贈寄權三客舍 …………………………… 98
　　送李山人還 ……………………………… 98
　六言附 …………………………………… 98
　　小江靈一上人 …………………………… 98
　　奉寄皇甫補闕 …………………………… 98
　　送鄭二之茅山 …………………………… 98
　　問李二司直所居雲山 …………………… 98
　　閑居 ……………………………………… 98

唐皇甫冉詩集卷之七 …………………… 102
　七言絶句 ………………………………… 102
　　臨平道中贈同舟人 ……………………… 102
　　舟中送李八 ……………………………… 102
　　少室韋鍊師昇仙歌 ……………………… 102
　　送裴闈 …………………………………… 102
　　秋夜戲題劉方平壁 ……………………… 102
　　重陽日酬李觀 …………………………… 103
　　寄權器 …………………………………… 103
　　送陸澧郭鄖 ……………………………… 103
　　寄振上人無礙寺所居 …………………… 103
　　酬張繼并序 ……………………………… 103
　　又得雲字 ………………………………… 103
　　題蔣道士房 ……………………………… 104
　　送雲陽少府 ……………………………… 104
　　曾山送別 ………………………………… 104
　　赴李少府莊失路 ………………………… 104
　　送謝十二判官 …………………………… 104
　　同李萬晚望南岳寺懷普門上人 ………… 104
　　送魏十六還蘇州 ………………………… 104
　　浪淘沙二首 ……………………………… 105

夜發沅江寄李潁州劉侍郎 …………………… 105
唐皇甫曾詩集卷之一 ……………………………… 107
　五言古詩 ………………………………………… 107
　　贈鼎禪 ……………………………………… 107
　五言律詩 ………………………………………… 107
　　奉陪韋中丞使君遊鶴林寺 ………………… 107
　　奉送杜侍御還京 …………………………… 107
　　酬鄭侍御秋夜見寄 ………………………… 108
　　送普上人還陽羨 …………………………… 108
　　送李中丞歸本道 …………………………… 108
　　和謝舍人雪夜寓直 ………………………… 108
　　傷陸處士 …………………………………… 108
　　烏程水樓留別 ……………………………… 108
　　西陵寄二公 ………………………………… 109
　　題贈吳門邕上人 …………………………… 109
　　送著公歸越 ………………………………… 109
　　送陸鴻漸山人採茶回 ……………………… 109
　　寄劉員外長卿 ……………………………… 109
　　寄張衆甫 …………………………………… 109
　　送元侍御充使湖南 ………………………… 110
　　晚至華陰 …………………………………… 110
　　送孔徵士 …………………………………… 110
　　秋興 ………………………………………… 110
　　送歸中丞使新羅 …………………………… 110
　　送少微上人東南遊 ………………………… 110
　　送韋判官赴閩中 …………………………… 111
　　送人往荊州 ………………………………… 111
　　寄淨虛上人初至雲門 ……………………… 111
　　尋劉處士 …………………………………… 111

遇劉員外長卿別墅 ································· 111
　五言排律 ··· 111
　　奉和杜相公移入長興宅奉呈諸宰執 ········· 111
　　贈鑒上人 ··· 112
　　送楊中丞和蕃 ··· 112
　　送和西蕃使 ··· 112
　　送王相公赴幽州 ····································· 112
　　送徐大夫赴南海 ····································· 112
　七言律詩 ··· 113
　　早朝日寄所知 ··· 113
　　秋夕寄懷契上人 ····································· 113
　　張芬見訪郊居作 ····································· 113
　　奉寄中書王舍人 ····································· 113
　五言絶句 ··· 114
　　洛中口號 ··· 114
　　山下泉 ··· 114
　七言絶句 ··· 114
　　酬竇拾遺秋日見呈 ································· 114
　　韋使君宅海榴詩 ····································· 114
　　粵嶺四望 ··· 114
刊二皇甫詩後語 ··· 118
附録 ··· 119
　一、皇甫冉詩補遺 ····································· 119
　　逢莊納因贈 ··· 119
　　送鄭秀才貢舉 ··· 119
　　題竹扇贈別 ··· 119
　　怨回紇歌 ··· 119
　　送王相公之幽州 ····································· 120
　　田家作 ··· 120

送從侄棲閑律師 …………………………………… 120
　　和中丞奉使承恩還終南舊居 ……………………… 120
　　送令狐明府 ………………………………………… 121
　　春思 ………………………………………………… 121
　　韋中丞西廳海榴 …………………………………… 121
　　句 …………………………………………………… 121
　　寄劉方平 …………………………………………… 121
　　同韓給事觀畢給事畫松石 ………………………… 121
　　舟中送李觀 ………………………………………… 122
　二、皇甫曾詩補遺 …………………………………… 122
　　送韓司直 …………………………………………… 122
　　遇風雨作 …………………………………………… 122
　　錫杖歌送明楚上人歸佛川 ………………………… 122
　　玉山嶺上作 ………………………………………… 123
　　國子柳博士兼領太常博士輒申賀贈 ……………… 123
　　送裴秀才貢舉 ……………………………………… 123
　　送商州杜中丞赴任 ………………………………… 123
　　贈老將 ……………………………………………… 123
　　題摽上人房 ………………………………………… 124
　三、張元濟跋 ………………………………………… 124
參考文獻 ………………………………………………… 126

梁補闕集

整理説明 ………………………………………………… 135
梁補闕集卷上 …………………………………………… 138
　受命寶賦并序 ………………………………………… 138
　西伯受命稱王議 ……………………………………… 139
　爲太常答蘇端駁楊綰謚議 …………………………… 141

天台法門議 …………………………………… 142

止觀統例 ……………………………………… 144

《神仙傳》論 ………………………………… 147

四皓贊并序 …………………………………… 148

三如來畫像贊并序 …………………………… 148

《金剛般若波羅密經》石幢贊并序 ………… 149

藥師琉璃光如來畫像贊并序 ………………… 149

繡觀世音菩薩像贊 …………………………… 150

地藏菩薩贊并序 ……………………………… 151

藥師琉璃光如來繡像贊并序 ………………… 151

壁畫三像贊并序 ……………………………… 151

千手千眼觀世音菩薩像贊 …………………… 152

大羅天尊畫像并序 …………………………… 152

藥師琉璃光如來畫像贊并序 ………………… 153

繡西方像贊并序 ……………………………… 153

釋迦牟尼如來像贊 …………………………… 154

兵箴 …………………………………………… 154

磻溪銘并序 …………………………………… 155

圯橋石表銘并序 ……………………………… 155

心印銘 ………………………………………… 156

唐丞相鄴侯李泌文集序 ……………………… 157

毗陵集後序 …………………………………… 158

補闕李君前集序 ……………………………… 160

導引圖序 ……………………………………… 161

觀石山人彈琴序 ……………………………… 162

游雲門寺詩序 ………………………………… 163

中和節奉陪杜尚書宴集序 …………………… 164

秘書監包府君集序 …………………………… 165

晚春崔中丞林亭會集詩序 …………………… 166

賀蘇、常二孫使君鄰郡詩序 …………………………… 166

周公瑾墓下詩序 …………………………………………… 167

送謝舍人赴朝廷序 ………………………………………… 167

奉送泉州席使君赴任序 …………………………………… 168

送李補闕歸少室養疾序 …………………………………… 168

送耿拾遺歸朝廷序 ………………………………………… 169

送朱拾遺赴朝廷序 ………………………………………… 169

送竇拾遺赴朝廷序 ………………………………………… 170

送韋拾遺歸嵩陽舊居序 …………………………………… 170

奉送劉侍御赴上都序 ……………………………………… 171

送周司直赴太原序 ………………………………………… 171

送前長水裴少府歸海陵序 ………………………………… 172

送皇甫七赴廣州序 ………………………………………… 172

送張三十昆季西上序 ……………………………………… 173

送鄭子華之東陽序 ………………………………………… 173

送靈沼上人游壽陽序 ……………………………………… 174

送沙門鑒虛上人歸越序 …………………………………… 174

送皇甫尊師歸吳興卞山序 ………………………………… 174

送韋十六進士及第後東歸序 ……………………………… 175

送元錫赴舉序 ……………………………………………… 175

《維摩經略疏》序 ………………………………………… 175

陪獨孤常州觀講《論語》序 ……………………………… 176

梁補闕集卷下 ………………………………………… 205

吳縣令廳壁記 ……………………………………………… 205

河南府倉曹參軍廳壁記 …………………………………… 205

鄭縣尉廳壁記 ……………………………………………… 206

崑山縣學記 ………………………………………………… 206

通愛敬陂水門記 …………………………………………… 207

鹽池記 ……………………………………………………… 208

李晉陵茅亭記	209
京兆府司録西廳盧氏世官記	210
常州建安寺止觀院記	211
祇園寺浄土院志	211
漢高士嚴君釣臺碑	212
天台智者大師碑并序	213
越州開元寺律和尚塔碑銘并序	214
梁高士碣	215
外王父贈秘書少監東平呂公神道表銘	216
睦王墓志銘	217
給事中劉公墓志	218
侍御史攝御史中丞贈尚書户部侍郎李公墓志	219
房正字墓銘	221
明州刺史李公墓志銘	221
虔州刺史李公墓志銘	223
越州長史李公墓志銘	224
舒州望江縣丞盧公墓志銘	225
鄭州新鄭縣尉安定皇甫君墓志銘	225
恒州真定縣尉獨孤君墓志銘	226
鄭處士墓志	227
隴西李君墓志	227
著作郎贈秘書少監權公夫人李氏墓志	228
監察御史李君夫人蘭陵蕭氏墓志銘	229
鄭州原武縣丞崔君夫人源氏墓志銘	229
衢州司士參軍李君夫人河南獨孤氏墓志	230
杭州臨安縣令裴君夫人常山閻氏墓志	231
德州安得縣丞李君夫人梁氏墓志	232
朝散大夫使持節常州諸軍事守常州刺史賜紫金魚袋獨孤公行狀	232
祭獨孤常州文	236

祭李祭酒文 ………………………………………………………… 237
　　祭李虔州文 ………………………………………………………… 238
　　爲獨孤常州祭福建李大夫文 ……………………………………… 238
　　爲人祭柳侍御史文 ………………………………………………… 239
　　爲獨孤郎中祭皇甫大夫文 ………………………………………… 239
　　爲杜尚書祭劉侍御文 ……………………………………………… 240
　　爲常州獨孤使君祭李員外文 ……………………………………… 240
　　爲雷使君祭孟尚書文 ……………………………………………… 241
　　爲杜東都祭竇廬州文 ……………………………………………… 241
　　爲杜尚書祭殁將文 ………………………………………………… 242

附錄 …………………………………………………………………… 261
　　唐右補闕梁肅文集序 ……………………………………………… 261

梁肅佚文彙編 ………………………………………………………… 263
　　指佞草賦 …………………………………………………………… 263
　　述初賦并序 ………………………………………………………… 264
　　過舊園賦并序 ……………………………………………………… 265
　　唐故衢州司士參軍府君李公墓志銘并序 ………………………… 267
　　冠軍大將軍檢校左衞將軍開國男安定梁公墓志銘 ……………… 268
　　唐故朝散大夫都督容州諸（州）［軍］事容州刺史本管經略招討處置使
　　　　兼御史中丞封譙縣開國男賜紫金魚袋戴公神道碑 …………… 269

參考文獻 ……………………………………………………………… 274

玄晏先生集

〔晋〕皇甫謐 撰　〔清〕潘介祉 輯　安正發 校注

整理説明

《玄晏先生集》分上下兩卷,晋朝皇甫謐撰,清朝潘介祉輯。因避諱,輯本名曰《元晏先生集》,爲潘介祉輯録的《元晏先生遺書》之一種。抄本,中國國家圖書館藏。半頁九行,行二十字。四周雙邊,白口,單、黑魚尾。

皇甫謐生平參見本書前文《針灸甲乙經》提要。《玄晏先生集》原書亡佚,潘介祉從《晋書》《太平御覽》《藝文類聚》《初學記》《後漢志》注、《文選》及李善注、《世説新語》注、《全唐詩》《玉海》《針灸甲乙經》《中華古今注》《巢氏諸病源候論》《北堂書鈔》等書中輯録。内容卷上包括《表》(《讓徵聘表》)、《書》(《答辛曠書》)、《序》(《帝王世紀序》《三都賦序》《高士傳序》《黄帝三部針灸甲乙經序》《序例》)。卷下包括《論》(《玄守論》《釋勸論》《篤終論》)、《問》(《問鳳》)、《説》(《解服散説》)、《詩》(《女怨詩》)及《附録》九則。

《玄晏先生集》主要是對皇甫謐著述的介紹及個人立身處世見解的記載,爲深入了解皇甫謐成長經歷提供了重要的參考,具有較高的學術價值。

《玄晏先生集》,歷代記載多稱《皇甫謐集》,在《晋書》卷五一《皇甫謐傳》、《隋書》卷三五《經籍志四》、《舊唐書》卷四七《經籍志下》、《新唐書》卷六十《藝文四》《中國叢書綜録》等對《玄晏先生集》都有著録。

今人欒貴明主編的《皇甫謐集》(新世界出版社2015年版),幾乎收録皇甫謐的所有著述,包括《帝王世紀》《年曆》《高士傳》《逸士傳》《達士傳》《列女傳》《玄晏春秋》《針灸甲乙經》等書。目前未見專題研究《玄晏先生集》者。

玄晏先生集卷上

表

讓徵聘表[①]

臣以尪弊，迷於道趣，因疾抽簪，[1]散髮林阜，人綱不閑，[2]鳥獸爲群。陛下披榛採蘭，并收蒿艾。是以皋陶振褐，不仁者遠。臣惟頑蒙，備食晋粟，猶識唐人擊壤之樂，宜赴京城，稱壽闕外。而小人無良，致災速禍，[②]久嬰篤疾，軀半不仁，右脚偏小，十有九載。又服寒食藥，違錯節度，辛苦荼毒，于今七年。隆冬裸袒食冰，當暑煩悶，加以咳逆，或若溫瘧，或類傷寒，浮氣流腫，四肢酸重。於今困劣，救命呼噏，父兄見出，妻息長訣。仰迫天威，扶輿就道，[3]所苦加焉，不任進路，委身待罪，伏枕歎息。臣聞《韶》《衛》不并奏，《雅》《鄭》不兼御，故郤子入周，禍延王叔；虞丘稱賢，樊姬掩口。君子小人，禮不同器，況臣糠䅯麷䉼之彫胡？庸夫錦衣，不稱其服也。竊聞同命之士，咸以畢到，唯臣疾疚，抱釁床蓐，雖貪明時，懼斃命路隅。設臣不疾，已遭堯、舜之世，執志箕山，猶當容之。臣聞上有明聖之主，下有輸實之臣；上有在寬之政，下有委情之人。唯陛下留神垂恕，垂憐微命，更旌瑰環俊，索隱於傅巖，[4]收釣於渭濱，無令泥滓，久濁清流。臣聞鄒子一欷，霜爲之降；杞妻一感，城爲大崩。以臣況之，乃知精誠不可以賤致

---

① 題目依據《藝文類聚》卷三七，題作《讓徵聘表》；《太平御覽》七四〇亦作《表》，《晋書》本傳上疏自稱"草莽臣"云云。

② "陛下披榛採蘭……致災速禍"一段：《藝文類聚》卷三七作"伏自惟忖瓶甀器實非瑚璉之求，稊稗之賤，不中粢盛之用，小人致災。"

古人言爲虛也。[5]《晋書》卷五一《皇甫謐傳》、《藝文類聚》卷三七。

答辛曠書

聞服有素，委心無量，加昔州壤，通門舊儀，虛想之積，過於陵阜，汎愛不遺，猥降德音，清喻爛煥，情義款篤，執誨欣然，若饗太牢，抱佩至眷，銘乎心膂，且箕山之叟超迹於堯帝之世，首陽之老抗操於有周之隆，故能名奮百代，使聞之厲節，皆經聖明之論，所以邈世卓時者也，至於鄙薄，才頑行穢，疾奪其志，神迷其心，因託虛靜，遂竊美選，聖上仁聰，亮其辛苦，每自陳訴，輒見寬放，雖大君有命，實小人勿用也。匪敢盤桓，疾與榮競，巾車順命，非劣懱所堪也。密雲雖興，知枯木難植。昔人有言，欲之必爲之辭，豈來惠之謂矣。猥承告示，欲備七十，木非梧桐，豈敢栖鳳，聞命悚灼，如蹈春冰，非苟崇謙，實懼陷墜，幸恕不假，明亮志心。《藝文類聚》卷三七。

附：與皇甫士安書二首

辛　曠

夫三光懸象，式揚天德，岳瀆山澤，廣開地道；賢人顯進，實與聖治。故力牧佐黃，而涿鹿之征捷；舜禹翼唐，而滔天之災殄；阿衡在商而成湯之功著；姜望入周而文武之業建。聖人光濟四海，欲垂大化者，莫不收才取良而致股肱，忠賢大才之人，願立名迹，思在利見大人而主聖時治，此所以應天順民之神龜，利涉大川之元吉。大晋合天地之中和，經日月之重光，四目視其明，四聰達其聽，巖穴出其隱，四門啟其矇；登高陽之八子，御高辛之群龍，俊才在官，時亮天工；鳥獸非君子之儔，九皋無長鳴之鶴，萬國黎獻，咸仰南風之仁，而抱聖化之隆，此其至治也。而先生固執冲虛，塞淵其心，殉文人之耿介，忘宣尼之所沾，步幽山之窮徑，背漢津之明衢，日月遂往，時不我須，此惜寸陰者之所以爲懼，而臨川者之所懷慨也。竊謂先生降匪石於高岡，迴羽儀於皇京，順震驚而翔撫，奮六翮于天庭，邈禹、稷之返蹤，騁大往之夷塗,招不世之洪勳,同先哲之丕模;使瞻仰者所以藉之美也,希藉人六義之一。獻斯一篇,惟蒙采覽。

伏惟先生,黃中通理,經綸稽古,既好斯文,述而不作;將邁卜商於洙、泗之上,超董生於儒林之首,含光烈於千載之前,吐英聲於萬世之後,亦以盛矣。曠以不敏,感佩厚惠,願附驥尾,撫塵而游。諮覿未因,而西望延企。《藝文類聚》卷三七。

附：贈詩一首

辛　曠

顒顒朝士,亦孔其依,莫不遲想,載渴載飢。
我弓我旐,禮亦無違,企望高岡,來儀來歸。
其暉伊何,與帝同心,明明天子,如日之臨。
臨照四方,探賾幽深,山無逸民,水無潛龍。
爰彼九皋,克量德音,茂哉先生,皇實是欽。《藝文類聚》卷三六。

序

帝王世紀序

自天地設闢,未有經界之制,三皇尚矣。諸子稱神農之王天下也,地東西九十萬里,南北八十五萬里。及黃帝受命,始作舟車,以濟不通。乃推分星次,以定律度。自斗十一度至婺女七度,一名須女,曰星紀之次,於辰在丑,謂之赤奮若,於律為黃鍾,斗建在子,今吳、越分野。自婺女八度至危十六度,曰玄枵之次,一名天黿,於辰在子,謂之困敦,於律為大吕,斗建在丑,今齊分野。自危十七度至奎四度,曰豕韋之次,一名娵訾,於辰在亥,謂之大淵獻,於律為太蔟,斗建在寅,今衛分野。自奎五度至胃六度,曰降婁之次,於辰在戌,謂之閹茂,於律為夾鍾,斗建在卯,今魯分野,自胃七度至畢十一度,曰大梁之次,於辰在酉,謂之作噩,於律為姑洗,斗建在辰,今趙分野。自畢十二度至東井十五度，曰實沈之次，於辰在申，謂之涒灘，於律爲中呂，斗建在巳，今晉、魏分野。自井十六度至柳八度，曰鶉首之次，於辰在未，謂之叶洽，於律爲蕤賓，斗建在午，今秦分野。自柳九度至張十七度，曰鶉火之次，於辰在午，謂之敦牂，一名大律，於律爲林鍾，斗建在未，今周分野。自張十八度至軫十一度，曰鶉尾之次，於辰在巳，謂之大荒落，於律爲夷則，斗建在申，今楚分野。自軫十二度至氐四度，曰壽星之次，於辰在辰，謂之執徐，於律爲南呂，斗建在酉，今韓分野。自氐五度至尾九度，曰大火之次，於辰在卯，謂之單閼，於律爲無射，斗建在戌，今宋分野。自尾十度至斗十度百三十五分而終，曰析木之次，於辰在寅，謂之攝提格，於律爲應鍾，斗建在亥，今燕分野。凡天有十二次，日月之所躔也；地有十二分，王侯之所國也。故四方方七宿，四七二十八宿，合百八十二星。東方蒼龍三十二星，七十五度；北方玄武三十五星，九十八度四分度之一；西方白虎五十一星，八十度；南方朱雀六十四星，百一十二度。周天三百六十五度四分度之一。一度二千九百三十二里，分爲十二次，一次三十度三十二分度之十四，各以附其七宿間。距周天積百七萬九百一十三里，徑三十五萬六千九百七十一里。陽道左行，故太歲右轉，凡中外官常明者百二十四，可名者三百二十，合二千五百星。微星之數，凡萬一千五百二十星。萬物所受，咸系命焉。此黃帝創制之大略也。而佗説稱日月所照三十五萬里。考諸子所載，神農之地，過日月之表，近爲虛誕。及少昊氏之衰，九黎亂德，其制無聞矣。洎顓頊之所建，帝嚳受定，則孔子稱其地北至幽陵，南暨交阯，西蹈流沙，東極蟠木，日月所照，莫不底焉，是以建萬國而制九州。至堯遭洪水，分爲十二州，今《虞書》是也。及禹平水土，還爲九州，今《禹貢》是也。是以其時九州之地，凡二千四百三十萬八千二十四頃，定墾者九百三十萬六千二十四頃，不墾者千五百萬二千頃，民口千三百五十五萬三千九百二十三人。至於塗山之會，諸侯承唐虞之盛，執玉帛亦有萬國，是以《山海經》稱禹使大章步自東極，至于西垂，二億三萬三千五百里七十一步。又使豎亥步南極，北盡於北垂，二億三萬三千五百里七十五步，四海之内，則東西二萬八千里，南北二萬六千里。出水者八千里，受水者八千里，名山五千三百五十，經六萬四千五十六里。出銅之山四百六十七，出鐵之山三千六百九，以供財用。儉則有餘，奢則不足。以男女耕織，不奪其時，故公家有三十年之積，私家有九年之儲。及夏之衰，棄稷弗務，有窮之亂，少康中興，乃復禹迹。孔甲之至桀行暴，諸侯相兼，逮湯受命，其能存者三千餘國，方於塗山，十損其七。民離毒政，將亦如之。殷因於夏，六百餘載，其間損益，書策不存，無以考之。又遭紂亂，至周剋商，制五等之封，凡千七百七十三國，又減湯時千三百矣。民衆之損，將亦如之。及周公相成王，致治刑錯，民口千三百七十一萬四千九百二十三人，多禹十六萬一千人，周之極盛也。其後七十餘歲，天下無事，民彌以息。及昭王南征不反，穆王失荒，加以幽、厲之亂，平王東遷，三十餘載，至齊桓公二年，周莊王之十三年，五千里内，非天王九儐之御，自世子公侯以下至於庶民，凡千一百八十四萬七千人，除有土老疾，定受田者九百萬四千人。其後諸侯相并，當春秋時，尚有千二百國。二百四十二年之中，殺君三十六，亡國五十二，諸侯奔走不得保社稷者，不可勝數。至於戰國，存者十餘。於是縱橫短長之説，相奪於時，殘民詐力之兵，動以萬計。故嶠有匹馬之禍，宋有易子之急，晉陽之圍，縣釜而炊，長平之戰，血流漂鹵。周之列國，唯有燕、衛、秦、楚而已。齊及三晉，皆以篡亂，南面稱王。衛雖得存，不絶若綫。然考蘇、張之説，計秦及山東六國，戎卒尚存五百餘萬，推民口數，尚當千餘萬。及秦兼諸侯，置三十六郡，其所殺傷，三分居二；猶以餘力，行參夷之刑，收太半之賦，北築長城四十餘萬，南戍五嶺五十餘萬，阿房、驪山七十餘萬，十餘年間，百姓死没，相踵于路。陳、項又肆其餘烈，故新安之坑，二十餘萬，彭城之戰，睢水不流。至漢祖定天下，民之死傷，亦數百萬。是以平城之卒，不過三十萬，方之六國，五損其二。自孝惠至文、景，與民休息，六十餘歲，民衆大增，是以太倉有不食之粟，都内有朽貫之錢。武帝乘其資畜,軍征三十餘歲,地廣萬里,天下之衆亦減半矣。及霍光秉政,乃務省役。至于孝平,六世相承,雖時征行,不足大害,民户又息。元始二年,郡、國百三,縣邑千四百八十七,地東西九千三百二里,南北萬三千三百六十八里,定墾田八百二十七萬五百三十六頃,民户千三百二十三萬三千六百一十二,口五千九百一十九萬四千九百七十八人,多周成王四千五百四十八萬五十五人,漢之極盛也。及王莽篡位,續以更始、赤眉之亂,至光武中興,百姓虛耗,十有二存。中元二年,民户四百二十七萬千六百三十四,口二千一百萬七千八百二十人。永平、建初之際,天下無事,務在養民。迄于孝和,民户滋殖。及孝安永初、元初之間,兵飢之苦,民人復損。至于孝桓,頗增於前。永壽二年,户千六百七萬九千九百六,口五千六百萬六千八百五十六人,墾田亦多,單師屢征。及靈帝遭黃巾,獻帝即位而董卓興亂,大焚宮廟,劫御西遷,京師蕭條,豪桀并爭,郭汜、李傕之屬,殘害又甚,是以興平、建安之際,海内凶荒,天子奔流,白骨盈野。故陝津之難,以箕撮指,安邑之東,后裳不完,遂有寇戎,雄雌未定,割剥庶民,三十餘年。及魏武皇帝剋平天下,文帝受禪,人衆之損,萬有一存。景元四年,與蜀通計民户九十四萬三千四百二十三,口五百三十七萬二千八百九十一人。又案正始五年,揚威將軍朱照日所上吴之所領兵户凡十三萬二千,推其民數,不能多蜀矣。昔漢永和五年,南陽户五十餘萬,汝南户四十餘萬,方之於今,三帝鼎足,不踰二郡,加有食禄復除之民,凶年飢疾之難,見可供役,裁若一郡。以一郡之人,供三帝之用,斯亦勤矣。自禹至今二千餘載,六代損益,備於兹焉。《後漢志・郡國志一》注。

三都賦序

玄晏先生曰:古人稱不歌而頌謂之賦。然則賦也者,所以因物造端,敷弘體理,欲人不能加也。引而申之,故文必極美;觸類而長之,故辭必盡麗。然則美麗之文,賦之作也。昔之爲文者,非苟尚辭而已，將以紐之王教，本乎勸戒也。自夏殷以前，其文隱沒，靡得而詳焉。周監二代，文質之體，百世可知。故孔子采萬國之風，正雅頌之名，集而謂之《詩》。詩人之作，雜有賦體。子夏序《詩》曰：一曰風，二曰賦。故知賦者古詩之流也。

至于戰國，王道陵遲，風雅寖頓，[6]於是賢人失志，辭賦作焉。[7]是以孫卿屈原之屬，遺文炳然，辭義可觀。存其所感，咸有古詩之意，皆因文以寄其心，託理以全其制，賦之首也。及宋玉之徒，淫文放發，言過于實，誇競之興，體失之漸，風雅之則，於是乎乖。逮漢賈誼，頗節之以禮。自時厥後，綴文之士，不率典言，并務恢張，其文博誕空類。大者罩天地之表，細者入毫纖之內，雖充車聯駟，不足以載；廣廈接榱，不容以居也。其中高者，至如相如《上林》，揚雄《甘泉》，班固《兩都》，張衡《二京》，馬融《廣成》，王生《靈光》。初極宏侈之辭，終以約簡之制，煥乎有文，蔚爾鱗集，皆近代辭賦之偉也。若夫土有常產，俗有舊風；方以類聚，物以群分。而長卿之儔，過以非方之物，寄以中域，虛張異類，託有於無，祖構之士，雷同影附，[8]流宕忘反，非一時也。

曩者漢室內潰，四海圮裂。孫、劉二氏，割有交益；魏武撥亂，擁據函夏。故作者先爲吳蜀二客，盛稱其本土險阻瓌琦，可以偏王。而却爲魏主，述其都畿，弘敞豐麗，奄有諸華之意。言吳蜀以擒滅比亡國，而魏以交禪比唐虞，[9]既已著逆順，且以爲鑒戒。蓋蜀包梁岷之資，吳割荊南之富，魏跨中區之衍，考分次之多少，計殖物之衆寡，比風俗之清濁，課士人之優劣，亦不可同年而語矣。二國之士，各沐浴所聞，家自以爲我土樂，人自以爲我民良，皆非通方之論也。作者又因客主之辭，正之以魏都，折之以王道，其物土所出，可得披圖而校。體國經制，可得按記而驗，豈誣也哉！李善注《文選》卷四五。

高士傳序

孔子稱舉逸民，天下之民歸心焉。[10]洪崖先生創高道於上皇之代，[11]許由、善卷不降節於唐虞之朝，[12]是以《易》有束帛之義，《禮》有玄纁之制。詩人發《白駒》之歌，《春秋》顯子臧之節。《明堂》《月令》以季春聘名士，禮賢者。然則，高讓之士，王政所先，厲濁激貪之務也。史、班之載，多所闕略。梁鴻頌逸民，蘇順科高士，[13]或錄屈節，雜而不純。[14]又近取秦漢，不及遠古。夫思其人猶愛其樹，況稱其德而贊其事哉！謐采古今八代之士，身不屈於王公，名不耗於終始，自堯至魏，凡九十餘人。雖執節若夷齊，去就若兩龔，皆不錄也。《太平御覽》卷五〇一、《玉海》卷五八。

黃帝三部針灸甲乙經序

夫醫道所興，其來久矣。上古神農始嘗草木而知百藥。黃帝咨訪岐伯、伯高、少俞之徒，内考五藏六府，外綜經絡血氣色候，參之天地，驗之人物，本性命，窮神極變，而針道生焉。其論至妙，雷公受業傳之於後。伊尹以亞聖之才，撰用《神農本草》以為湯液。中古名醫有俞跗、醫緩、扁鵲，秦有醫和，漢有倉公。其論皆經理識本，非徒診病而已。漢有華佗、張仲景。其它奇方異治，施世者多，亦不能盡記其本末。若知直祭酒劉季琰病發於畏惡，治之而瘥，云："後九年季琰病應發，發當有感，仍本於畏惡，病動必死。"終如其言。仲景見侍中王仲宣，時年二十餘。謂曰："君有病，四十當眉落。眉落，半年而死。"令服五石湯可免。仲宣嫌其言忤，受湯勿服。居三日，見仲宣謂曰："服湯否？"仲宣曰："已服。"仲景曰："色侯固非服湯之胗，君何輕命也。"仲宣猶不言。後二十年，果眉落。後一百八十七日而死，終如其言。此二事雖扁鵲、倉公無以加也。華佗性惡矜技，終以戮死。仲景《論廣伊尹湯液》為數十卷，用之多驗。近代太醫令王叔和撰次，仲景選論甚精，指事施用。按：《七略·藝文志》，《黃帝内經》十八卷。今有《針經》九卷，《素問》九卷，二九十八卷，即《内經》也。亦有所忘失。其論遐遠，然稱述多而切事少，有不編次。比按《倉公傳》，其學皆出於《素問》，論病精微。《九卷》是原本經脈，其義深奧，不易覺也。又有《明堂孔穴針灸治要》，皆黃帝岐伯選事也。三部同歸，文多重複，錯互非一。甘露中，吾病風加苦聾百日，方治要皆淺近，乃撰集三部，使事類相從，刪其浮辭，除其重複，論其精要，至爲十二卷。《易》曰："觀其所聚，而天地之情事見矣。"況物理乎？事類相從，聚之義也。夫受先人之體，有八尺之軀，而不知醫事，此所謂游魂耳。若不精通於醫道，雖有忠孝之心，仁慈之性，君父危困，赤子塗地，無以濟之，此固聖賢所以精思極論盡其理也。由此言之，焉可忽乎？其本論其文有理，雖不切於近事，不甚刪也。若必精要，後其閒暇，當撰覈以爲教經云爾。《甲乙經序》。

序　例

諸問黃帝及雷公皆曰問其對也。黃帝曰答，岐伯之徒皆曰對。上章問及對，已有名字者，則下章但言問、言對，亦不更説名字也。若人異則重複更名字，此則其例也。諸言主之者，可灸可刺，其言刺之者不可灸，言灸之者不可刺，亦其例也。《甲乙經序後》。

【校勘記】

［1］疾：《藝文類聚》卷三七作"病"。
［2］不：《藝文類聚》卷三七作"否"。
［3］扶輿就道：《藝文類聚》卷三七作"不能淹留"。
［4］唯陛下留神垂恕，垂憐微命，更旌瑰環俊，索隱於傅巖：《藝文類聚》卷三七作"仰惟陛下留神恕恩，垂憐微命，索隱於傅巖"。
［5］臣聞鄒子一欷，霜爲之降；杞妻一感，城爲大崩。以臣況之，乃知精誠不可以賤致古人言爲虛也：此段據《藝文類聚》卷三七補。
［6］寑：六臣注作"寢"。
［7］辭賦：六臣注作"詞賦"。
［8］影：六臣注作"景"。
［9］魏：六臣注作"魏氏"。
［10］民：《太平御覽》卷五〇作"人"。

[11] 代:《太平御覽》卷五〇一作"世"。
[12] 許由、善卷不降節於唐虞之朝:此句後《太平御覽》卷五〇一有"自三代秦漢,達乎魏興,受命中賢之主,未嘗不聘巖穴之隱,追逋世之民。"
[13] 科:《玉海》卷五八作"敘"。
[14] 純:《玉海》卷五八作"紀"。

玄晏先生集卷下

論

玄守論

或謂謐曰："富貴人之所欲，貧賤人之所惡，何故委形待於窮而不變乎？且道之所貴者，理世也；人之所美者，及時也。先生年邁齒變，饑寒不贍，轉死溝壑，其誰知乎？"

謐曰："人之所至惜者，命也；道之所必全者，形也；性形所不可犯者，疾病也。若擾全道以損性命，安得去貧賤存所欲哉？吾聞食人之祿者懷人之憂，形強猶不堪，況吾之弱疾乎！且貧者士之常，賤者道之實，處常得實，沒齒不憂，孰與富貴擾神耗精者乎！又生爲人所不知，死爲人所不惜，至矣！喑聾之徒，天下之有道者也。夫一人死而天下號者，以爲損也；一人生而四海笑者，以爲益也。然則號笑非益死損生也。是以至道不損，至德不益。何哉？體足也。如迴天下之念以追損生之禍，運四海之心以廣非益之病，豈道德之至乎！夫唯無損，則至堅矣；夫唯無益，則至厚矣。堅故終不損，[1]厚故終不薄。[2]苟能體堅厚之實，居不薄之真，立乎損益之外，游乎形骸之表，則我道全矣。"《晋書》卷五一《皇甫謐傳》。

釋勸論

相國晋王辟余等三十七人，及泰始登禪，同命之士莫不畢至，皆拜騎都尉，或賜爵關內侯，進奉朝請，禮如侍臣。唯余疾困，不及國寵。宗人父兄及我僚類，咸以爲天下大慶，萬姓賴之，雖未成禮，不宜安寢,縱其疾篤,猶當致身。余唯古今明王之制,事無巨細,斷之以情,實力不堪,豈慢也哉!乃伏枕而歎曰:"夫進者,身之榮也;退者,命之實也。設余不疾,執高箕山,尚當容之,況余實篤!故堯、舜之世,士或收迹林澤,或過門不敢入。咎繇之徒兩遂其願者,遇時也。故朝貴致功之臣,野美全志之士。彼獨何人哉!今聖帝龍興,配名前哲,仁道不遠,斯亦然乎!客或以常言見逼,或以逆世爲慮。余謂上有寬明之主,下必有聽意之人,天網恢恢,至否一也,何尤於出處哉!"遂究賓主之論,以解難者,名曰《釋勸》。

客曰:"蓋聞天以懸象致明,地以含通吐靈。故黃鍾次序,律呂分形。是以春華發萼,夏繁其實,秋風逐暑,冬冰乃結。人道以之,應機乃發。三材連利,明若符契。故士或同升於唐朝,或先覺於有莘,或通夢以感主,或釋釣於渭濱,或叩角以干齊,或解褐以相秦,或冒謗以安鄭,或乘駟以救屯,或班荆以求友,或借術於黃神。故能電飛景拔,超次邁倫,騰高聲以奮遠,抗宇宙之清音。由此觀之,進德貴乎及時,何故屈此而不伸?今子以英茂之才,游精於六藝之府,散意於衆妙之門者有年矣。既遭皇禪之朝,又投祿利之際,委聖明之主,偶知己之會,時清道真,可以冲邁,此真吾生濯髮雲漢、鴻漸之秋也。韜光逐藪,含章未曜,龍潛九泉,硻焉執高,弃通道之遠由,守介人之局操,無乃乖於道之趣乎?

且吾聞招搖昏迴則天位正,五教班叙則人理定。如今王命切至,委慮有司,上招迕主之累,下致駭衆之疑。達者貴同,何必獨異?群賢可從,何必守意?方今同命并臻,飢不待餐,振藻皇塗,咸秩天官。子獨栖遲衡門,放形世表,遂遁丘園,不睎華好,惠不加人,行不合道,身嬰大疢,性命難保。若其羲和促轡,大火西積,臨川恨晚,將復何階!夫貴陰賤璧,聖所約也;顛倒衣裳,明所箴也。子其鑒先哲之洪範,副聖朝之虛心,冲靈翼于雲路,浴天池以濯鱗,排閶闔,步玉岑,登紫闥,侍北辰,翻然景曜,雜沓英塵。輔唐虞之主,化堯舜之人,宣刑錯之政,配殷、周之臣,銘功景鍾,參叙彝倫,存則鼎食,亡爲貴臣,不亦茂哉！而忽金白之輝曜，忘青紫之班瞵，辭容服之光粲，抱弊褐之終年，無乃勤乎！"

主人笑而應之曰："吁！若賓可謂習外觀之暉暉，未覩幽人之髣髴也。見俗人之不容，未喻聖皇之兼愛也；循方圓於規矩，未知大形之無外也。故曰：天玄而清，地靜而寧，含羅萬類，旁薄群生，寄身聖世，託道之靈。若夫春以陽散，冬以陰凝，泰液含光，元氣混蒸，衆品仰化，誕制殊征。故進者享天祿，處者安丘陵。是以寒暑相推，四宿代中，陰陽不治，運化無窮，自然分定，兩克厥中。二物俱靈，是謂大同；彼此無怨，是謂至通。

"若乃衰周之末，貴詐賤誠，牽於權力，以利要榮。故蘇子出而六主合，張儀入而橫勢成，廉頗存而趙重，樂毅去而燕輕，公叔没而魏敗，孫臏刖而齊寧，蠡種親而越霸，屈子疏而楚傾。是以君無常籍，臣無定名，損義放誠，一虛一盈。故馮以彈劍感主，女有反賜之説，項奮拔山之力，蒯陳鼎足之勢，東郭劫於田榮，顏闔恥於見逼。斯皆弃禮喪真，苟榮朝夕之急者也，豈道化之本與！

"若乃聖帝之創化也，參德乎二皇，齊風乎虞、夏，欲溫溫而和暢，不欲察察而明切也；欲混混若玄流，不欲蕩蕩而名發也；欲索索而條解，不欲契契而繩結也；欲芒芒而無垠際，不欲區區而分別也；欲闇然而日章，不欲示白若冰雪也；欲醇醇而任德，不欲瑣瑣而執法也。是以見機者以動成，好遁者無所迫。故曰：一明一昧，得道之概；一弛一張，合禮之方；一浮一沈，兼得其真。故上有勞謙之愛，下有不名之臣；朝有聘賢之禮，野有遁竄之人。是以支伯以幽疾距唐，李老寄迹於西鄰，顏氏安陋以成名，原思娛道於至貧，榮期以三樂感尼父，黔婁定諡於布衾，干木偃息以存魏，荊、萊志邁於江岑，君平因蓍以道著，四皓潛德於洛濱，鄭真躬耕以致譽，幼安發令乎今人。皆持難奪之節，執不迴之意，遭拔俗之主，全彼人之志。故有獨定之計者，不借謀於衆人；守不動之安者，不假慮於群賓。故能弃外親之華，通內道之真，去顯顯之明路，入昧昧之埃塵，宛轉萬情之形表，排託虛寂以寄身,居無事之宅,交釋利之人。輕若鴻毛,重若泥沈,損之不得,測之愈深。"真吾徒之師表,余迫疾而不能及者也。子議吾失宿而駭衆,吾亦怪子較論而不折中也。

夫才不周用,衆所斥也;寢疾彌年,朝所弃也。是以胥克之廢,丘明列焉;伯牛有疾,孔子斯歎。若黄帝創制於九經,岐伯剖腹以蠲腸,扁鵲造虢而尸起,文摯徇命於齊王,醫和顯術於秦、晉,倉公發秘於漢皇,華佗存精於獨識,仲景垂妙於定方。徒恨生不逢乎若人,故乞命訴乎明王。求絕編於天錄,亮我躬之辛苦,冀微誠之降霜,故俟罪而窮處。《晉書》卷五一《皇甫謐傳》。

篤終論

玄晏先生以爲存亡天地之定制,人理之必至也。故禮六十而制壽,至于九十,各有等差,防終以素,豈流俗之多忌者哉!吾年雖未制壽,然嬰疢彌紀,仍遭喪難,神氣損劣,困頓數矣。常懼夭隕不期,慮終無素,是以略陳至懷。

夫人之所貪者,生也;所惡者,死也。雖貪,不得越期;雖惡,不可逃遁。人之死也,精歇形散,魂無不之,故氣屬于天;寄命終盡,窮體反真,故尸藏于地。是以神不存體,則與氣升降;尸不久寄,與地合形。形神不隔,天地之性也;尸與土并,反真之理也。今生不能保七尺之軀,死何故隔一棺之土?然則衣衾所以穢尸,棺槨所以隔真,故桓司馬石槨不如速朽;季孫璵璠比之暴骸;文公厚葬,《春秋》以爲華元不臣;楊王孫親土,《漢書》以爲賢於秦始皇。如令魂必有知,則人鬼異制,黃泉之親,死多於生,必將備其器物,用待亡者。今若以存况終,非即靈之意也。如其無知,則空奪生用,損之無益,而啟奸心,是招露形之禍,增亡者之毒也。

夫葬者,藏也,藏也者,欲人之不得見也。而大爲棺槨,備贈存物,無異於埋金路隅而書表於上也。雖甚愚之人,必將笑之。豐財厚葬以啟奸心,或剖破棺槨,或牽曳形骸,或剝臂捋金環,或抇腸求珠玉。焚如之形，不痛於是？自古及今，未有不死之人，又無不發之墓也。故張釋之曰："使其中有欲，雖固南山猶有隙；使其中無欲，雖無石椁，又何戚焉！"斯言達矣，吾之師也。夫贈終加厚，非厚死也，生者自爲也。遂生意於無益，弃死者之所屬，知者所不行也。《易》稱"古之葬者，衣之以薪，葬之中野，不封不樹"。是以死得歸真，亡不損生。

故吾欲朝死夕葬，夕死朝葬，不設棺椁，不加纏斂，不修沐浴，不造新服，殯唅之物，一皆絶之。吾本欲露形入坑，以身親土，或恐人情染俗來久，頓革理難，今故觕爲之制，奢不石椁，儉不露形。氣絶之後，便即時服，幅巾故衣，以籧篨裹尸，麻約二頭，置尸床上。擇不毛之地，穿坑深十尺，長一丈五尺，廣六尺，坑訖，舉床就坑，去床下尸。

平生之物，皆無自隨，唯齎《孝經》一卷，示不忘孝道。籧篨之外，便以親土。土與地平，還其故草，使生其上，無種樹木、削除，使生迹無處，自求不知。不見可欲，則奸不生心，終始無忧惕，千載不慮患。形骸與後土同體，魂爽與元氣合靈，真篤愛之至也。若亡有前後，不得移袝。袝葬自周公來，非古制也。舜葬蒼梧，二妃不從，以爲一定，何必周禮。無問師工，無信卜筮，無拘俗言，無張神坐，無十五日朝夕上食。禮不墓祭，但月朔於家設席以祭，百日而止。臨必昏明，不得以夜。制服常居，不得墓次。夫古不崇墓，智也。今之封樹，愚也。若不從此，是戮尸地下，死而重傷。魂而有靈，則冤悲没世，長爲恨鬼。王孫之子，可以爲誡。死誓難違，幸無改焉！《晋書》卷五一《皇甫謐傳》。

問

問 鳳

問曰："鳳爲群鳥之王，有之乎？"答曰："非也。鳳，瑞應之鳥也，其雌曰凰。雞頭，蛇頸，鷰頷，龜背，魚尾。五色具采，其高六尺。與鳥之異也。出則爲祥，非常見之鳥也。人自敬之，與鳥别也。"馬縞《中華古今注》下。

説

解服散説

　　寒食藥者，世莫知焉，或言華佗，或曰仲景。考之於實：佗之精微，方類單省，而仲景經有侯氏黑散、紫石英方，皆數種相出入，節度略同；然則寒食、草石二方，出自仲景，非佗也。且佗之爲治，或刳斷腸胃，滌洗五臟，不純任方也。仲景雖精，不及於佗。至於審方物之候，論藥石之宜，亦妙絶衆醫。及寒食之療者，御之至難，將之甚苦。近世尚書何晏，耽聲好色，始服此藥，心加開朗，體力轉強，京師翕然，傳以相授。歷歲之困，皆不終朝而愈。衆人喜於近利，未覩後患。晏死之後，服者彌繁，于時不輟，余亦豫焉。或暴發不常，夭害年命，是以族弟長互，舌縮入喉；東海王良夫，癰瘡陷背；隴西辛長緒，脊肉爛潰；蜀郡趙公烈，中表六喪；悉寒食散之所爲也。遠者數十歲，近者五六歲；余雖視息，猶溺人之笑耳。而世人之患病者，由不能以斯爲戒，失節之人多來問。余乃喟然歎曰："今之醫官，精方不及華佗，審治莫如仲景，而競服至難之藥，以招甚苦之患，其夭死者，焉可勝計哉？"咸甯四年，平陽太守劉泰，亦沉斯病，使使問余救解之宜。先時有姜子者，以藥困絶，余實生之，是以聞焉。然身自荷毒，雖才士不能書，辨者不能説也。苟思所不逮，暴至不旋踵，敢以教人乎？辭不獲已，乃退而惟之，求諸《本草》，考以《素問》，尋故事之所更，參氣物之相使，并列四方之本，注釋其下，集而與之。匪曰我能也，蓋三折臂者，爲醫非生而知之，試驗亦其次也。

　　服寒食散，二兩爲劑，分作三貼。清旦温醇酒服一貼，移日一丈，復服一貼，移日二丈，復服一貼，如此三貼盡。須臾以寒水洗手足，藥氣兩行者，當小痺，便因脱衣以冷水極浴，藥勢益行，周體涼了，心意開朗，所患即瘥。雖羸困著床，皆不終日而愈。人有強弱，有耐藥；若人羸弱者，可先小食，乃服；若人強者，不須食也。有至三劑，藥不行者,病人有宿癖者,不可便服也,當先服消石大丸下去,乃可服之。

服藥之後,宜煩勞。若羸著床不能行者,扶起行之。常當寒衣、寒飲、寒食、寒臥,極寒益善。

若藥未散者,不可浴,浴之則矜寒,使藥躃不發,令人戰掉,當更溫酒飲食,起跳踴,舂磨出力,令溫乃浴解則止,勿過多也。又當數冷食,無晝夜也。一日可六七食,若失食飢,亦令人寒,但食則溫矣。若老小不耐藥者,可減二兩,強者過二兩。

少小氣盛及產婦臥不起,頭不去巾帽,厚衣對火者,服散之後,便去衣巾,將冷如法,勿疑也。虛人亦治,又與此藥相宜。實人勿服也。藥雖良,令人氣力兼倍,然甚難將息,適大要在能善消息節度,專心候察,不可失意,當絕人事。唯病著床,虛所不能言,厭病者,精意能盡藥意者,乃可服耳。小病不能自勞者,必廢失節度,慎勿服也。

若大傷寒者,下後乃服之,便極飲冷水。若產婦中風寒,身體強痛,不得動搖者,便溫服一劑,因以寒水浴即瘥。以浴後身有痹處者,便以寒水洗,使周遍。初得小冷,當數食飲酒於意。後憒憒不了快者,當復冷水浴,甚者水略不去體也。若藥偏在一處,偏痛、偏冷、偏熱痹及眩煩腹滿者,便以水逐洗,于水下,即了了矣。如此晝夜洗,藥力盡乃止。

凡服此藥,不令人吐下也,病皆愈。若膈上大滿欲吐者,便舖食,即安矣。服藥之後,大便當變於常,故小青黑色,是藥染耳,勿怪之也。若亦溫溫欲吐,當遂吐之,不令極也。明旦當更服。

若浴晚者,藥勢必不行,則不堪冷浴,不可強也,當如法更服之。凡洗太早,則藥禁寒;太晚,則吐亂,不可失過也。寒則出力洗,吐則速冷食。若以飢爲寒者,食自溫。常當將冷,不可熱炙之也。若溫衣、溫食、溫臥,則吐逆顛覆矣,但冷飲食、冷浴則瘥矣。

凡服藥者,服食皆冷,唯酒冷熱自從。或一日而解,或二十餘日解,常飲酒,令體中醺醺不絕。當飲醇酒,勿飲薄白酒也,體內重,令人變亂。若不發者,要當先下,乃服之也。

寒食藥得節度者，一月轉解，或二十日解。堪溫不堪寒，即以解之候也。

其失節度者，頭痛欲裂，坐服藥食溫作癖，急宜下之。

或兩目欲脫，坐犯熱在肝，速下之，將冷自止。

或腰痛欲弊，坐衣厚體溫，以冷洗浴，冷石熨也。

或眩冒欲蹶，坐衣裳犯熱，宜斷頭，冷洗之。

或腰痛欲折，坐久坐下溫，宜常令床上冷水洗也。

或腹脹欲決，甚者斷衣帶，坐寢處久下熱，又得溫、失食、失洗、不起行，但冷食、冷洗、當風立。

或心痛如刺，坐當食而不食，當洗而不洗，寒熱相結，氣不通，結在心中。口不得息，當校口。但與熱酒，任本性多少，其令酒氣兩得行，氣自通。得噫，因以冷水澆淹手巾，著所苦處，溫復易之，自解。解便速冷食，能多益善。於諸痛之內心痛，最急救之，若赴湯火，乃可濟耳。

或有氣斷絕，不知人，時蹶，口不得開，病者不自知，當須傍人救之。要以熱酒爲性命之本。不得下者，當斲齒，以酒灌咽中。咽中塞逆，酒入腹還出者，但與勿止也。出復內之，如此或半日，酒下氣蘇，酒不下者，便殺人也。

或下利如寒中，坐行止食飲，飲犯熱所致，人多疑冷病。人又滯癖，皆犯熱所爲，慎勿疑也，速脫衣、冷食飲、冷洗也。

或百節酸疼，坐臥太厚，又入溫被中，衣溫不脫衣故也。臥下當極薄單衣，不著棉也。當薄且垢，故勿著新衣，多著故也。雖冬寒常當被，頭受風以冷石熨，衣帶不得繫也。若犯此酸悶者，但入冷水浴，勿忍病而畏浴也。

或矜戰患寒，如傷寒，或發熱如瘧，坐食忍飢，洗冷不行便。坐食臭故也。急冷洗起行。

或惡食如臭物，坐溫衣作癖也，當急下之。若不下，萬救終不瘥也。

或咽中痛，鼻塞清涕出，坐溫衣近火故也。但脫衣，冷水洗，當風，以冷石熨咽頯五六遍自瘥。

或胸脅氣逆，乾嘔，坐飢而不食，藥氣熏膈故也。但冷食冷飲冷洗即瘥。

或食下便出，不得安坐，有癖，但下之。

或淋不得小便，久坐溫及騎馬鞍，熱入膀胱也。冷食，以冷水洗小腹，以冷石熨，一日即止。

或大行難，腹中牢固如蛇盤，坐犯溫，久積腹中，乾糞不去故也。消酥若膏，便寒服一二升，浸潤則下；不下，更服即瘥。

或寒慄頭掉，不自支任，坐食少，藥氣行於肌膚，五臟失守，百脈搖動，與氣爭競故也。弩力強飲熱酒，以和其脈；強冷食、冷飲，以定其臟；強起行，以調其關節。酒行食充，關機以調，則洗了矣。云了者，是瑟然病除，神明了然之狀也。

或關節強直，不可屈伸，坐久停息，不習煩勞，藥氣停止，絡結不散，越沉滯於血中故也。任力自溫，便冷洗即瘥。云任力自溫者，令行動出力，從勞則發溫也，非厚衣近火之溫也。

或小便稠數，坐熱食及噉諸含熱物餅黍之屬故也。以冷水洗少腹，服梔子湯即瘥。

或失氣不可禁，坐犯溫不時洗故也。冷洗自寒即止。

或遺糞不自覺，坐久坐下溫，熱氣上入胃，少腹不禁故也。冷洗即瘥。

或目痛如刺，坐熱，熱氣衝肝，上奔兩眼故也。勤冷食，清旦溫小便洗，不過三即瘥。

或耳鳴如風聲，汁出，坐自勞出力過度，房室不節，氣逆奔耳故也。勤好飲食，稍稍行步，數食節情即止。

或口傷舌強爛燥，不得食，少穀，氣不足，藥在胃脘中故也。急作梔子豉湯。

或手足偏痛，諸節解、身體發癰瘡聊結，坐寢處久不自移徙，暴熱偏併，聚在一處，或聊結核痛甚者，發如癰，覺便以冷水洗、冷石熨；微者，食頃散也；劇者，數日水不絕乃差。洗之無限，要瘥爲期。若大不瘥，即取磨刀石，火燒令熱赤，以石投苦酒中，石入苦酒皆破裂，因搗以汁，和塗癰上三即瘥。取糞中大蠐螬搗，令熟以塗癰上，亦不過三，再即瘥尤良。

或飲酒不解，食不復下，乍寒乍熱，不洗便熱，洗復寒，甚者數十日，輕者數日，晝夜不得寐，愁憂恚怒，自驚跳悸恐，恍惚忘誤者，坐犯溫積久，寢處失節，食熱作癖內實，使熱與藥并行，寒熱交爭。雖以法救之，終不可解也。吾嘗如此，對食垂涕，援刀欲自刺，未及得施，賴家親見迫奪，故事不行。退而自惟，乃強食冷飲水，遂止。禍不成，若絲髮矣。凡有寒食散藥者，雖素聰明，發皆頑嚚，若捨難愈也。以此死者，不可勝計。急飲三黃湯下之。當吾之困也，舉家知親，皆以見分別，賴亡兄士元披方，得三黃湯方，合使吾服，大下即瘥。自此常以救急也。

或脫衣便寒，著衣便熱，坐脫著之間無適，故小寒自可著，小溫便脫，即洗之即慧矣。慎勿忍，使病發也。洗可得了然瘥，忍之，則病成矣。

或齒腫脣爛，齒牙搖痛，頰車噤，坐犯熱不時救故也。當風張口，使冷氣入咽，漱寒水即瘥。

或周體患腫，不能自轉徙，坐久停息，久不飲酒，藥氣沈在皮膚之內，血脈不通故也。飲酒冷洗，自勞行即瘥。極不能行，使人扶，或車行之。事寧違意，勿聽從之，使支節柔調乃止，勿令過差。過則使極，更爲失度。熱者復洗也。

或患冷，食不可下，坐久冷食，食口中不知味故也。可作白酒糜，益著酥，熱食一兩頓。悶者，冷飲還冷食。

或陰囊臭爛，坐席厚下熱故也。坐冷水中即瘥。

或脚趾間生瘡，坐著履溫故也。脫履著屐，以冷水洗足即愈。

或兩腋下爛作瘡，坐臂脅相親也。以物懸手離脅，冷熨之即瘥。

或嗜寐不能自覺,久坐熱悶故也。急起洗浴飲冷自精了。或有癖也,當候所宜下之。

或夜不得眠,坐食少,熱在内故也。當服梔子湯,數進冷食。

或咳逆,咽中傷,清血出,坐卧温故也;或食温故也。飲冷水,冷熨咽外也。

或得傷寒,或得温瘧,坐犯熱所爲也。凡常服寒食散,雖以久解而更病者,要先以寒食救之,終不中冷也。若得傷寒及温瘧者,卒可以常藥治之,無咎也。但不當飲熱藥耳。傷寒藥皆除熱,瘧藥皆除癖,不與寒食相妨,故可服也。

或藥發輒并卧,不以語人,坐熱氣盛,食少,穀不充,邪干正性故也。飲熱酒、飲食、自勞便佳。

或寒熱累月,張口大呼,眼視高,精候不與人相當,日用水百餘石。澆不解者,坐不能自勞,又飲冷酒,復食温食。譬如喝人,心下更寒,以冷救之愈劇者,氣結成冰,得熱熨飲,則冰銷氣通,喝人乃解。令藥熱聚心,乃更寒戰,亦如喝人之類也。速與熱酒,寒解氣通,酒兩行于四肢,周體悉温,然後以冷水三斗洗之,憧然了了矣。

河東裴季彥,服藥失度,而處三公之尊,人不敢強所欲,已錯之後,其不能自知,左右人不解救之。救之法但飲冷水,以水洗之,用水數百石,寒遂甚,命絶于水中,良可痛也。夫以十石焦炭,二百石水沃之,則炭滅矣。藥熱雖甚,未如十石之火也。沃之不已,寒足殺人,何怨於藥乎?不可不曉此意。世人失救者,例多如此。欲服此藥者,不唯己自知也,家人皆宜習之,使熟解其法,乃可用相救也。吾每一發,氣絶不知人,雖復自知有方,力不復施也。如此之弊,歲有八九,幸家人大小以法救之,猶時有小違錯,況都不知者哉!

或大便稠數,坐久失節度,將死候也,如此難治矣。爲可與湯下之,儻十得一生耳。不與湯必死,莫畏不與也。下已致死,令不恨也。

或人困已,而脈不絶,坐藥氣盛行於百脈,人之真氣已盡,唯有藥氣尚自獨行,故不絶。非生氣也。

或死之後，體故溫如人肌，腹中雷鳴，顏色不變，一兩日乃似死人耳。或灸之尋死，或不死，坐藥氣有輕重，故有死生。雖灸得生，生非已疾之法，終當作禍，宜慎之，大有此故也。

或服藥心中亂，坐服溫藥與疾爭結故也。法當大吐下，若不吐下當死。若不吐死者，冷飲自了然瘥。

或偏臂脚急痛，坐久藉持臥溫，不自轉移，熱氣入肌附骨故也。勤以布冷水淹搶之，溫復易之。

或肌皮輒如木石枯，不可得屈伸，坐食熱臥溫作癖，久不下，五臟隔閉，血脉不周通故也。但下之，冷食飲酒自勞行即瘥。

或四肢面目皆浮腫，坐食飲溫，又不自勞，藥與正氣停并故也。飲熱酒、冷食、自勞、冷洗之則瘥。

或瞑無所見，坐飲食居處溫故也。脫衣自洗，但冷飲食，須臾自明了。或鼻中作鰕鷄子臭，坐著衣溫故也。脫衣冷洗即瘥。

或身皮楚痛，轉移不在一處，如風，坐犯熱所爲，非得風也。冷洗熨之即瘥。

或脚疼欲折，由久坐下溫，宜坐單床上，以冷水洗即愈。

或苦頭眩目疼，不用食，由食及犯熱，心膈有澼故也，可下之。

或臂脚偏急，苦痛者，由久坐臥席溫下熱，不自移轉，氣入肺胃脾骨故也。勤以手巾淹冷水迫之，溫則易之，如此不過兩日即瘥。

凡治寒食藥者，雖治得瘥，師終不可以治爲恩，非得治人後忘得效也。昔如文摯治齊王病，先使王怒，而後病已。文摯以是雖愈王病，而終爲王所殺。今救寒食者，要當逆常理，反正性，或犯怒之，自非達者，得瘥之後，心念犯怒之怨，不必得治之恩，猶齊王殺文摯也，后與太子不能救，況於凡人哉！然死生大事也，如知可生而不救之，非仁者也。唯仁者心不已，必冒犯怒而治之，爲親戚之故，不但其人而已。

凡此諸救，皆吾所親更也。試之不借問於他人也。要當違人理，反常性。重衣更寒，一反也；飢則生寒，二反也；極則自勞，三反也；溫則滯利,四反也;飲食欲寒,五反也;癰瘡水洗,六反也。

當洗勿失時,一急也;當食勿忍飢,二急也;酒必淳清令溫,三急也;衣溫便脱,四急也;食必極冷,五急也;卧必衣薄,六急也;食不厭多,七急也。

冬寒欲火,一不可也;飲食欲熱,二不可也;當疹自疑,三不可也;畏避風涼,四不可也;極不能行,五不可也;飲食畏多,六不可也,居貧厚席,七不可也;所欲從意,八不可也。

務違常理,一無疑也;委心弃本,二無疑也;寢處必寒,三無疑也。《巢氏諸病源候論》卷六。

詩

女怨詩

婚禮既定,婚禮臨成。施衿結帨,三命丁寧。《初學記》卷一四。

□輪迴路,驂服□半。馴車遠馳,僕陳交亂。棄我舊廬,爰適他館。《北堂書鈔》卷八四。

附　錄①

《晉書》本傳一則

史臣曰:皇甫謐素履幽貞,閒居養疾,留情筆削,敦悦丘墳。軒冕未足爲榮,貧賤不以爲恥。確乎不拔,斯固有晋之高人者歟。洎乎《篤終》立論,薄葬昭儉,既戒奢于季氏,亦無取于王孫,可謂達存亡之機矣。

贊曰:士安好逸,棲心蓬蓽。屬意文雅,忘懷榮秩。遺制可稱,養生乖術。《晋書》卷五一《皇甫謐傳》。

---

① "附録"每則後的引文出處爲整理者所加。

王隱《晉書》三則

謐字士安,安定朝那人,漢太尉嵩曾孫也。祖叔獻,灞陵令。父叔侯,舉孝廉。謐族從皆累世富貴,獨守寒素。所養叔母歎曰:"昔孟母以三徙成子,曾父以烹豕存教,豈我居不卜鄰,何爾魯之甚乎?修身篤學,自汝得之,于我何有?"因對之流涕。謐乃感激,年二十餘,就鄉人席坦受書。遭人而問,少有寧日。武帝借其書二車,遂博覽。太子中庶子、議郎徵,并不就,終於家。《世説新語·文學》注。

皇甫謐表從武帝借書,上送一車書與謐。謐羸病,手不釋卷,[3] 歷觀古今,[4] 無不皆綜。《太平御覽》卷三八六、卷六一九。

皇甫謐姑子梁柳,爲城陽太守。或勸謐送之,謐曰:"柳爲布衣過吾,吾送迎柳不出門,食不過鹽菜,貧不以酒食爲禮也。今而送,是貴城陽太守而賤梁鴻季也,豈中古人之道哉。"《太平御覽》卷八四八、卷九七六、《藝文類聚》卷七二。

臧榮緒《晉書》二則

皇甫謐,字士安,安定朝那人。年二十,始受書,得風痺疾,猶手不輟卷。舉孝廉,不行。又辟著作,不應。卒於家。《文選》卷四五李善注。

皇甫謐幼時,有甘露降其柳樹,謐母以食之,謂蜜也。《太平御覽》卷十二。

虞般佑《高士傳》一則

皇甫士安少執冲素,以耕稼爲業,專心好學。每改服以行,兼日而食,得風痺。或多勸修名,士安答曰:"居畎畝之中亦可以樂堯舜之道,何必崇利勢而後爲名乎。"詔以爲太子中庶子、著作郎,并不應。《太平御覽》卷五一〇。

《太平御覽》一則

皇甫謐自序曰:"士安每病,母輒推燥居濕,以袷易單。"《太平御覽》卷七三七。

吴筠《高士咏》①

士安逾弱冠,落魄未修飾。一朝因感激,志學忘寢食。著書窮天人,辭聘守玄默。薄葬信昭儉,可爲將來則。《全唐詩》卷八五三。

【校勘記】

［１］故：原注：《册府元龜》作"則"字。
［２］故：原注：《册府元龜》作"則"字。
［３］卷：《太平御覽》卷三八六作"書"。
［４］古今：《太平御覽》卷三八六作"今古"。

---

① 吴筠《高士咏》原詩共咏高士 35 位,本詩小題作《玄晏先生》。

二皇甫詩集

〔唐〕皇甫冉、皇甫曾 撰　〔明〕劉成德 編　何娟亮 校注

整理說明

《二皇甫詩集》八卷,含《皇甫冉詩集》七卷、《皇甫曾詩集》一卷,唐朝皇甫冉、皇甫曾撰。鐵琴銅劍樓藏明朝正德十三年(1518)劉成德刻本較爲通行。該本高十七厘米,寬二十厘米。四周單邊,白口,白、對魚尾。每半頁十行,行十六字,小字雙行同,版心題卷數及頁碼。

皇甫冉、皇甫曾兄弟均爲西晋名士安定郡朝那縣(今寧夏彭陽縣)皇甫謐的後人。皇甫冉,字茂政,潤州丹陽(今江蘇鎮江)人,天寶十五年(756)進士,曾官無錫尉,大曆初入河南節度使王縉幕,終右補闕。皇甫曾,字孝常,天寶十二年(753)進士,官至監察御史。後坐事貶舒州司馬,謫陽翟令以終。皇甫兄弟生平參見《新唐書》卷六〇、卷二〇二,《唐才子傳》卷三,《至順鎮江志》卷一八《人材》,《嘉定鎮江志》卷一七《人物》等。

《二皇甫詩集》卷首有王廷相撰《刊大曆二皇甫詩集序》、獨孤及撰《左補闕安定皇甫冉集序》,另附皇甫冉小傳。八卷本《二皇甫詩集》共收詩二百七十四首,張元濟再補十五首。其中《皇甫冉詩集》收詩二百三十三首,按詩體分卷爲:卷一,四言古詩、五言古詩;卷二,七言古詩;卷三,五言律詩;卷四,五言排律;卷五,七言律詩;卷六,五言、六言絶句;卷七,七言絶句。《皇甫曾詩集》收詩四十一首,按詩體分爲五言古詩、五言律詩、五言排律、七言律詩、五言絶句、七言絶句。張元濟又補皇甫冉詩七首、皇甫曾詩八首。

《二皇甫詩集》是皇甫冉、皇甫曾兄弟惟一傳世的詩歌集。其詩作記録詩人的交游、事迹等,從多個角度表達了人生感受和身世際遇,揭示了詩人在當時社會動蕩和世事變遷中的特殊心態,對二皇甫詩歌進行研究,有助於對唐代大曆時期詩歌創作背景及創作内容的深入了解,把握大曆時期地方詩人的心態和創作觀,加强對唐朝詩歌發展脉絡的研究。同時,二皇甫爲安定皇甫氏家族在唐代的主要代表人物,其詩歌對研究和豐富安定朝那皇甫氏家族創作和寧夏古代詩人創作具有一定意義。

《新唐書》卷六〇《藝文志》、《宋史》卷二〇八《藝文志》、《郡齋讀書志》卷一七、《直齋書錄解題》卷一九、《文獻通考》卷二四二、《徐氏家藏書目》卷六、《澹生堂藏书目》《天一閣書目》、《四庫全書總目》卷一八六《集部・總集》、《楹書隅錄》卷四、《鐵琴銅劍樓藏書目録》卷一九、《孫氏祠堂書目》卷四、《善本書室藏書志》卷二四、《藏園訂補邵亭知見傳本書目》卷二〇等對二皇甫詩集有著錄。《御覽詩》《中興間氣集》《極玄集》《文苑英華》《唐詩紀事》《會稽掇英總集》《萬首唐人絶句》《三體唐詩》《瀛奎律髓》《唐五十家詩》《唐五家詩》《唐百家詩》《唐四十四家詩》《唐詩百名家全集》《唐詩二十六家》《全唐詩》《四庫全書》等收錄皇甫冉、皇甫曾詩歌。傅璇琮、儲仲君、黃橋喜、韓立新、王超等對二皇甫詩集相關問題進行過研究。

校注者主要以標點、校勘、注釋等方式對《二皇甫詩集》進行整理。以國家圖書館出版社 2018 年版《朔方文庫》影印鐵琴銅劍樓藏明劉成德刻本爲底本，以北京圖書館出版社 2003 年版《中華再造善本》影印楊紹和宋刻本（簡稱"宋刻本"）、明《唐人詩》刻本、上海古籍出版社 1981 年版《唐五十家詩集》明活字本（簡稱"活字本"）、明正德十四年（1519）吳郡陸元大《唐五家詩》刻本（簡稱"陸本"）、明嘉靖十九年（1540）朱警《唐百家詩》刻本（簡稱"朱本"）、明嘉靖三十三年（1554）黃貫曾《唐詩二十六家》刻本（簡稱"黃本"）、明《唐四十四家詩》抄本、清康熙四十七年（1708）東山席氏琴川書屋《唐詩百名家全集》仿宋本（簡稱"席本"）等爲參校本，以中華書局 1980 年版《全唐詩》本、臺灣商務印書館 1986 年版影印文淵閣《四庫全書》本（简称"文淵閣本"）等爲對校材料。部分成果參考佟培基《全唐詩重出誤收考》、陶敏《全唐詩人名考證》、陳貽焮《增訂注釋全唐詩》、王浩遠《瑯琊山石刻》。

商務印書館 1936 年版《四部叢刊三編》影印鐵琴銅劍樓藏明刊本《唐皇甫冉詩集　附皇甫曾詩集》，附有張元濟"校勘記"，校注者全文過錄，在校勘記中以"［張元濟校］"注明。過錄的張元濟《校勘記》中，張元濟以黃本（黃貫曾刻《唐詩二十六家》本）、徐本（朱翼刻《唐百家詩》本）、袁本（袁翼覆宋刊本，今不存）、席本（席氏琴川書屋《唐詩百名家全集》刻本）、活字本（《唐人集》《唐五十家詩集》明活字本）爲參校本。張元濟從席氏本補冉詩二首，活字本補曾詩一首，《全唐詩》補冉詩五首，曾詩七首，均編列附後。

附録：《二皇甫詩集》研究成果

《皇甫冉皇甫曾研究》：王超撰，中國社會科學出版社 2019 年版。

《皇甫冉里居生平考辨》：黄橋喜撰，《文學遺産》1990 年第 1 期。

《皇甫冉考論》：儲仲君撰，《山西大學師範學院學報（綜合版）》1991 年第 1 期。

《李嘉祐皇甫冉生平事迹補證》：張瑞君撰，《山西師大學報（社會科學版）》1992 年第 4 期。

《皇甫曾貶舒州時間考》：熊飛撰，《咸寧師專學報》1993 年第 1 期。

《皇甫冉詩疑年》：儲仲君撰，《山西大學師範學院學報（綜合版）》1993 年第 1 期。

《皇甫冉詩疑年》（續）：儲仲君撰，《山西大學師範學院學報（綜合版）》1993 年第 3 期。

《皇甫冉詩疑年》（續）：儲仲君撰，《山西大學師範學院學報（綜合版）》1994 年第 1 期。

《皇甫冉詩疑年》（續）：儲仲君撰，《山西大學師範學院學報（綜合版）》1994 年第 4 期。

《皇甫曾詩疑年》：儲仲君撰，《晋陽學刊》1994 年第 2 期。

《版本考皇甫冉詩集》：黄橋喜撰，《孝感師專學報》1994 年第 3 期。

《皇甫冉詩歌淺議》：黄橋喜撰，《孝感教育學院學報（綜合版）》1996 年第 4 期。

《論二皇甫與大曆詩歌創作》：張雲婕撰，《産業與科技論壇》2011 年第 10 期。

《唐大曆詩人李嘉祐生平交游的幾個問題》：楊丁宇撰，《首都師範大學學報（社會科學版）》2011 年第 1 期。

《李白與皇甫冉〈春思〉之比較》：徐青撰，《時代文學（下半月）》2012 年第 5 期。

《唐代潤州文化氛圍對二皇甫創作的影響》：楊春曉撰，《文學教育（上）》2015 年第 10 期。

《皇甫冉詩歌創作與潤州》：辛馨撰，《牡丹江大學學報》2018 年第 12 期。

《〈全唐詩重出誤收考〉載皇甫冉條考補》：李謨潤、韓立新撰，《青海師範大學學報（哲學社會科學版）》2019 年第 3 期。

《論皇甫冉送別詩》：薛佳、段莉萍撰，《牡丹江大學學報》2020 年第 9 期。

《論儒學情懷烙印之下的二皇甫》：蔡利撰，《散文百家（理論）》2020 年第 11 期。

《二皇甫詩歌創作研究》：張雲婕撰，西北師範大學中國古代文學專業 2007 屆碩士學位論文，指導教師雷恩海教授。

《皇甫冉及其詩歌研究》：張華撰，南京師範大學中國古代文學專業 2012 屆碩士學位論文，指導教師潘百齊教授。

《皇甫曾研究》：王超撰，陝西師範大學中國古代文學專業 2013 屆碩士學位論文，指導教師魏景波副教授。

《唐代皇甫氏家族及其詩歌創作研究》：路蕾撰，寧夏大學中國古代文學專業 2018 屆碩士學位論文，指導教師梁祖萍教授。

《皇甫冉詩歌校注》：韓立新撰，廣西師範大學中國古典文獻學專業 2018 屆碩士學位論文，指導教師李謨潤副教授。

《〈唐二皇甫詩集〉整理研究》：何娟亮撰，寧夏大學中國古典文獻學專業 2019 屆碩士學位論文，指導教師胡玉冰教授。

刊大曆二皇甫詩集序

　　唐大曆中，以詩名者有錢起、盧綸、李端、吉中孚、韓翃、司空曙、苗發、崔峒、耿湋、夏侯審十人，當時以才子目之。後世之論，恒不釋於斯。較唐一代著作，神龍、垂拱樸而實，開元、天寶淳而暢，及大曆則美麗矣。物至於麗，削薄以之，而才之稱反不出於盛唐諸君子之際，何耶？蓋聲稱獲於偶然，而標榜起於所尚，古今之通途也。功相亞則以功并顯，德相侔則以德并著，志相符則以志并傳，文相擬則以文并美。故"三傑""二疏""七賢""七子"之見稱於時固然矣。今觀十子之詩，其氣骨類遞相仿效者，雖間有才質縮舒，而其機軸如發於一，遽不得以參差論也。然則名稱標榜之來，謂不自茲乎！雖然劉長卿、二皇甫亦爲同時，其才格當不在十子之下，而不得與其列，何哉？蓋招搖之光屬於斗外濟水，泓然以瀆并名。故曰："聲稱獲於偶然，殊不足爲定論也。"同寅劉君潤之，工於唐人之作，政暇取大曆十子詩校正，命梓以傳後，取皇甫諸君之詩續之。嗚呼！君之意可以識矣。

　　正德戊寅上巳日

　　儀封王廷相子衡序。

　　皇甫冉，字茂政，潤州人，玄晏先生[1]謐之後，十歲能屬文，張九齡嘆而異之。[2] 天寶間與弟俱登。弟授無錫尉，避難居陽羨，[3]大曆中爲王縉[4]掌書記，

---

[1] 玄晏先生即魏晉間醫家、文學家皇甫謐，字士安，安定朝那（今寧夏彭陽縣）人，自號玄晏先生。

[2] 張九齡：字子壽，一名博物，謚文獻。唐朝韶州曲江（今廣東省韶關市）人，世稱"張曲江"或"文獻公"。

[3] 陽羨：今江蘇宜興市。

[4] 王縉：唐代大臣，詩人，與兄王維，俱以名聞。

後爲左金吾衛兵曹參軍,終左補闕。卒,有集三卷傳于世。

　　皇甫曾,字孝常,潤州人。天寶中與兄冉俱登進士第,歷官侍御史,坐貶舒州司馬陽翟令。當時兄弟齊名,人比之"張景陽、孟陽"云,有集一卷行于世。

　　高仲武云:"昔孟陽之與景陽,論德遠慙厥弟,協居上品,載處下流。今侍御之與補闕,文辭亦爾,體制清潔,華彩有文。然'寒生五湖道,春及萬年枝',五言之選也,其爲士林所尚宜哉!"①

---

　　①　參見唐高棅撰《唐詩品匯》。

左補闕安定皇甫冉集序

　　五言詩之源，生於《國風》，廣於《離騷》，著於李蘇，[1]盛於曹劉，①其所自遠矣。當漢魏間，[2]雖已樸散爲器，作者猶質有餘而文不足。以今揆昔，則有朱絃疏越、大羹遺味之嘆。歷千餘歲，至沈詹事、宋員外，[3]②始財成六呂，[4]彰施五色，使言之而中倫，歌之而成聲，緣情綺靡之功，至是乃備。雖去雅寖遠，[5]其麗有過於古者，亦猶路轂出於土鼓、篆籀生於鳥迹也。沈、宋既歿，而崔司勳顥、王右丞維復崛起於開元、天寶之間。③得其門而入者，當代不過數人，補闕其一也。補闕諱冉，字茂政。玄晏先生之後，樂平縣令價之孫，潭州長史颺之子。[6]十歲能屬文，十五而老成。[7]右丞相曲江張公深所嘆異。[8]伯父秘書少監彬尤器之，自而令問休暢。[9]舉進士第一，歷無錫尉、左金吾兵曹。今相國太原公之推轂河南也，辟爲書記。大曆二載，[10]遷左拾遺，轉左補闕。[11]奉使江表，因省家至丹陽，朝廷虛三署郎位以待君之復，不幸短命，年方五十四而歿，嗚呼，惜哉！君忠恕廉恪，居官可紀，孝友恭讓，自内形外，言必依仁，交不苟合，得喪喜愠，罕見於容。故覩君述作，知君所尚以景命不永，斯文未臻其極也。蓋存於遺禮者，凡三百有五十篇。其詩大略以古之比興，就今之聲律，涵泳風騷，憲章顔、謝。至若麗曲感動，逸思奔發，則天機獨得，非師資所獎。[12]每舞雩咏歸，或金谷文會，曲水修禊，南浦愴別，新聲秀句，[13]輒加於常時一等，才鍾於情故也。君母弟曾，[14]字孝常，與君同稟學詩之訓，君有誨誘之助

---

① 曹劉：指"建安七子"中的曹植、劉楨，以五言詩見長，并稱"曹劉"。
② 沈詹事：指唐代詩人沈佺期，字雲卿，唐相州内黄人。高宗上元二年(675)進士。官終太子少詹事，世稱沈詹事。宋員外指唐代詩人宋之問，字延清，名少連，汾州隰城(今山西汾陽市)人。
③ 開元：唐朝皇帝唐玄宗李隆基的年號，共計二十九年(713—741)。天寶：唐玄宗李隆基的年號，共計十五年(742—756)。

焉。既而麗藻競爽,盛名相亞,同乎聲者方之景陽、孟陽。① 孝常既除喪,懼遺製之墜於地也,以某與茂政前後爲諫官,[15]故銜痛編次,[16]以論譔見托,遂著其始終以冠於篇。

時大曆十年月日司封郎中河南獨孤及序。[17]②

【校勘記】

[1] 李蘇:原作"蘇李",據《毘陵集》卷一三改。李指唐代詩人李白,蘇指宋代詩人蘇軾。
[2] 漢魏間:《毘陵集》卷一三作"漢魏之間"。
[3] 宋員外:《毘陵集》卷一三作"宋考功"。
[4] 六吕:《毘陵集》卷一三作"六律"。
[5] 寖:《毘陵集》卷一三作"浸",《全唐文》卷三八八《獨孤及五》作"寖"。[張元濟校]當作"寖"。
[6] 玄晏先生……顗之子:《毘陵集》卷一三作"玄晏先生之後,銀青光祿大夫、澤州刺史諱敬德之曾孫,朝散大夫、饒州樂平縣令諱價之孫,中散大夫、潭州刺史諱顗之子。"
[7] 十五:《毘陵集》卷一三作"十五載"。
[8] 嘆異:《毘陵集》卷一三"嘆異"下有"謂清穎秀拔,有江徐之風。"
[9] 而:《毘陵集》卷一三作"是"。
[10] 載:《毘陵集》卷一三作"年"。
[11] 左補闕:《毘陵集》卷一三作"右補闕"。
[12] 獎:原作"漿",據《全唐文》卷三八八《獨孤及五》改。[張元濟校]當作"獎"。
[13] 聲:《毘陵集》卷一三作"意"。
[14] 曾:《毘陵集》卷一三"曾"上有"殿中侍御史"五字。
[15] 某:《毘陵集》卷一三作"及"。
[16] 銜痛編次:原作"御痛編集",據《毘陵集》卷一三、《全唐文》卷三八八改。
[17] 大曆十年:原作"大曆十四年"。獨孤及卒於大曆十二年(777),故可知此處大曆十四年爲誤。

---

① 景陽、孟陽:即西晋文學家張協、張載。
② 獨孤及:唐朝散文家,字至之,河南洛陽人。

唐皇甫冉詩集卷之一

四言古詩

劉方平壁畫山[1]①

墨妙無前,性生筆先。[2]回溪已失,遠嶂猶連。側徑樵客,長林野烟。青峰之外,何處雲天。

五言古詩

與張補闕王鍊師自徐方清路同舟中下於臺頭寺留別趙員外裴補闕同賦雜題一首[3]②

朝朝春事晚,泛泛行舟遠。淮海思無窮,悠揚烟景中。幸將仙子去,復與故人同。高枕隨流水,輕帆任遠風。鍾聲野寺回,草色故城空。[4]送別高臺上,徘徊共惆悵。[5]懸知白日斜,定是猶相望。

屏風上各賦一物得攜琴客

不是向空林,應當就磐石。白雲知隱處,芳草迷行迹。如何祗役心,見爾攜琴客。[6]

---

① 劉方平:字、號均不詳,洛陽(今河南洛陽)人。唐天寶年間詩人,善書畫。
② 張補闕:生平不詳。王鍊師:生平不詳。趙員外即趙涓,冀州人。幼有文學。天寶初,舉進士,補鄳城尉,累授監察御史、右司員外郎。河南副元帥王縉奏充判官,授檢校兵部郎中、兼侍御史。《舊唐書》卷一三七有傳。裴補闕:生平不詳。

寄劉方平

坐憶山中人，窮棲事南畝。[7]烟霞相親外，墟落今何有。潘郎作賦年，陶令辭官後。①達生遺自適，[8]良願固無負。田取潁水流，樹入陽城口。歲暮憂思盈，離居不堪久。

曾東遊以詩寄之

出郭離言多，回車始知遠。寂然層城暮，更念前山轉。[9]總轡越成皋，浮舟背梁苑。[10]朝朝勞延首，往往若在眼。落日孤雲還，邊愁迷楚關。如何椒花發，[11]復對遊子顔。古寺杉栝裏，[12]連檣洲渚間。烟生海西岸，雲見吳南山。驚風掃蘆荻，翻浪連天白。正是揚帆時，偏逢江上客。由來論佳句，[13]況乃愜所適。嵳峩天姥峰，翠色春更碧。氣淒湖上雨，月净剡中夕。[14]釣艇或相逢，江蘺又堪摘。迢迢始寧野，蕪没謝公宅。[15]②朱槿攉列塢，蒼苔偏幽石。[16]顧予任疏懶，期爾振羽翮。滄洲未可行，須售金門策。

崔十四宅各賦一物得簷柳

官渡老風烟，潯陽媚雲日。[17]③漢將營前見，胡笳曲中出。復在

---

① 潘郎：即潘岳，世稱潘安，字安仁，籍貫河南中牟（今河南中牟縣大潘莊）。西晋文學家。"潘郎作賦年"意爲三十二歲。《文選》卷一三《秋聲賦》云："晋十有四年，餘存秋三十又二，始見二毛，以太尉掾兼虎賁中郎將，寓直於散騎之省。"陶令即陶淵明，字元亮，又名潛，謚爲"靖節"，世稱靖節先生，潯陽柴桑人。

② 謝公：南北朝詩人謝靈運，浙江會稽人。

③ 官渡：今河南省中牟縣東北。現有官渡橋村，因傍官渡水而得名。東漢建安五年（200），曹操與袁紹"官渡之戰"即在此。《中牟縣志》卷二《地理志》載："林櫃坡，在中牟縣東北一十里，曹操駐兵官渡，引河水於地中，覆之以土，灌袁紹軍處。"潯陽：唐以前爲"尋陽"，即今江西省九江市。

此簷端,重陰仲長①室。

送段明府

遥夜此何其,霜空殘杳靄。方嗟異鄉别,甗是同公會。[18]海林秋更疏,野水寒猶大。離人轉吴岫,[19]旅雁從燕塞。日夕望前期,勞心白雲外。

酬楊侍御寺中見招②

貧居依柳市,閑步在蓮宫。③高閣宜春雨,長廊好嘯風。誠如雙樹下,豈比一丘中。

見諸姬學玉臺體④

艷唱召燕姬,清絃侍盧女。[20]由來道姓秦,誰不知家楚。傳杯見目成,結帶明心許。寧辭玉輦迎,自堪金屋貯。朝朝作行雲,襄王迷處所。[21]

題裴二十一新園[22]

東郭訪先生,西郊尋隱路。[23]久爲江南客,自有雲陽樹。已得閑園心,[24]不知公府步。開門白日晚,[25]倚杖青山暮。果熟任霜封,籬疏從水度。[26]窮年常牽綴,往事皆淪俱。[27]唯見耦耕人,[28]朝朝自來去。

---

① 仲長:仲長統,字公理,東漢山陽郡高平(今山東省鄒城市西南部)人。《文選》卷六〇《齊竟陵文宣王行狀》:"良田廣宅,符仲長之言。"李善注引《後漢書》卷四九:"仲長統,字公理,山陽人也。少好學,博涉書記。每州郡召命,輒稱疾不就,欲卜居清曠,以樂其志,嘗論之曰:'使居有良田廣宅,背山臨流,溝池環匝,竹木周布,足以息四體之役。'"

② 楊侍御:唐代人楊濟。

③ 蓮宫:即寺廟。

④ 玉臺體:詩體名。以南朝陳徐陵所編詩集《玉臺集》(亦稱《玉臺新咏》)得名。宋嚴羽《滄浪詩話·詩體》:"玉臺體:《玉臺集》乃徐陵所序,漢魏六朝詩皆有之。或者但謂纖豔者爲玉臺體,其實則不然。"

寄高雲①

南徐風日好,悵望毗陵道。② 毗陵有故人,一見恨無因。獨戀青山久,唯令白髪新。每嫌持手板,時見著頭巾。烟景臨寒食,農桑接仲春。[29]家貧仍嗜酒,生事今何有。芳草遍江南,勞心憶攜手。

送張南史③效何記室體。

馬卿工詞賦,位下年將暮。④ 謝客愛雲山,家貧身不閑。⑤ 風波沓未極,幾處逢相識。富貴人皆變,誰能念貧賤。岸有經霜草,林有故年枝。俱應待春色,獨使客心悲。

送薛判官之越

時難自多務,識小亦求賢。[30]道路無辭遠,雲山併在前。樟亭待朝處,[31]已是越人烟。

賦得簷燕⑥

拂水競何忙,傍簷如有意。翻風去每遠,帶雨歸偏駛。[32]今君栽杏梁,更欲年年去。[33]

送魏中丞還河北

寧知貴公子,本是魯諸生。上國風塵舊,中司印綬榮。辛勤戎旅

---

① 高雲:字逸上,號琴山樵者,山陰(今浙江紹興)人,擅寫花鳥、人物。
② 毗陵:今江蘇省常州市。
③ 張南史:唐代詩人,字季直,幽州人。
④ 馬卿:漢司馬相如,字長卿,後人稱之爲"馬卿"。
⑤ 謝客:指南朝宋謝靈運。謝靈運幼名客兒,故稱。南朝梁鍾嶸《詩品·總論》:"謝客爲元嘉之雄。"
⑥ 賦得:凡摘取古人成句爲詩題,題上多冠以"賦得"二字。如南朝梁元帝有《賦得蘭澤多芳草》一詩。科舉時代的試帖詩,因試題多取成句,故題上均有"賦得"二字。亦應用於應制之作及詩人集會分題。後遂將"賦得"視爲一種詩體。即景賦詩者也往往以"賦得"爲題。

事,雪下護羌營。

又賦得越山三韵[34]

西陵猶隔水,北岸已春山。獨鳥連天去,孤雲伴客還。祇應結茅宇,出入石林間。

送竇叔向①

楚客怨逢秋,閑吟興非一。棄官守貧病,作賦推文律。樵徑未沾霜,[35]茅簷初負日。今看泛月去,偶見乘潮出。卜地會爲鄰,還依仲長室。②

題高雲客舍

孤興日自深,浮雲非所仰。窗中惡城峻,[36]樹外東川廣。晏起簪葛巾,閑吟倚藜杖。阮公道在醉,莊子生常養。③五柳轉扶疏,千峰恣來往。④清秋香秔穫,白露寒菜長。吳國滯風烟,平陵延夢想。時人趨纓弁,高鳥違羅網。世事徒亂紛,吾心方浩蕩。唯將山與水,處處諧真賞。

之京留別劉方平

客子慕儔侶,含悽整晨裝。邀歡日不足,況乃前期長。離袂惜嘉月,遠還勞折芳。[37]遲回越二陵,⑤回首但蒼茫。喬木清宿雨,故關愁夕陽。人言長安樂,其奈緬相望。

---

① 竇叔向:唐代詩人,字遺直,京兆(今陝西省扶風)人。
② 仲長:指東漢隱士仲長統。
③ 阮公:即阮籍,三國時期魏國詩人,字嗣宗。陳留尉氏(今河南開封)人。竹林七賢之一。曾任步兵校尉,世稱阮步兵。
④ 五柳:晋陶潛的別號。
⑤ 二陵:即二崤。《左傳·僖公三十二年》:"晋人禦師必於殽,殽有二陵焉。其南陵,夏后皋之墓也;其北陵,文王之所辟風雨也。"楊伯峻注:"二陵者,東崤山與西崤山也。"在今河南省。

出　塞

吹角出塞門，前瞻即胡地。[38]三軍盡回首，皆灑望鄉淚。[39]轉念關山長，行看風景異。由來征戍客，負得輕生義。[40]

酬裴十四_{得宴字。}[41]

淮海各聯翩，三年方一見。素心終不易，玄髮何須變。舊國想平陵，春山滿陽羨。鄰鷄莫遽唱，共惜良夜宴。

送鄭二員外

置酒竟長宵，送君登遠道。羈心看旅雁，晚泊依秋草。秋草尚芊芊，離憂亦渺然。元戎辟才彥，[42]行子犯風烟。風烟積惆悵，淮楚殊飄蕩。[43]明日是重陽，登高遠相望。

【校勘記】

［1］［張元濟校］劉方平壁畫山：本詩活字本、黃本無。

［2］筆：原作"壁"，據宋刻本、《全唐詩》卷二四九改。［張元濟校］袁本、席本"壁"作"筆"。

［3］與張補闕王鍊師自徐方清路同舟中下於臺頭寺留別趙員外裴補闕同賦雜題一首：活字本、黃本作"與張補闕王鍊師同舟南下雜題"。中下：宋刻本、文淵閣本、《全唐詩》卷二四九作"南下"。

［4］鐘聲：活字本作"聲鐘"。

［5］徘徊：《全唐詩》卷二四九作"裴回"。

［6］見爾：宋刻本作"見你"。

［7］窮棲事南畝。棲，宋刻本、陸本、《唐人詩》作"捿"。畝：陆本、《唐人詩》缺。

［8］遺：文淵閣本、《全唐詩》卷二四九作"貴"。

［9］轉：黃本作"薄"。

［10］成皋：活字本、黃本作"城皋"。總：黃本、《全唐詩》卷二四九作"縱"。［張元濟校］各本作"縱"。

［11］椒：宋刻本、活字本、黃本、《全唐詩》卷二四九作"淑"。［張元濟校］又作"淑"。

［12］栝：文淵閣本作"松"。《全唐詩》卷二四九校曰"一作松"。

[13] 論：宋刻本、活字本、黃本作"許"。《全唐詩》卷二四九校曰"許，一作論"。[張元濟校]又作"許"。
[14] 淒：原作"棲"，據活字本、陸本、黃本、《唐人詩》、《全唐詩》卷二四九改。
[15] 迢迢：活字本、黃本作"迢遥"。野：黃本、《全唐詩》卷二四九作"墅"。[張元濟校]活字本、黃本、席本作"墅"。
[16] 摧列：《全唐詩》卷二四九校曰"列摧，一作摧列"。偏：《全唐詩》卷二四九作"徧"。[張元濟校]摧：活字本、黃本作"攢"，席本作"列摧墉"。偏：活字本、黃本、袁本作"徧"。
[17] 潯陽：活字本、黃本作"尋陽"。
[18] 公：《全唐詩》卷二四九校曰"一作人"。
[19] 岫：宋刻本、陸本作"神"。
[20] 侍：黃本、《全唐詩》卷二四九作"待"。[張元濟校]各本作"待"。
[21] 朝朝：宋刻本、陸本、黃本、《唐人詩》二字無。《全唐詩》卷二四九校曰"一作一去"。[張元濟校]活字本、黃本、徐本"朝朝"二字空格，席本作"一去"。
[22] 題裴二十一新園：《全唐詩》卷二四九校曰"一作題裴固新園，又作裴周"。
[23] 隱：《全唐詩》卷二四九校曰"一作舊"。
[24] 閑：《全唐詩》卷二四九校曰"一作丘"。
[25] 開：《全唐詩》卷二四九校曰"一作閉"。
[26] 疏：陸本作"路"。度：宋刻本、陸本、黃本、活字本作"渡"。[張元濟校]徐本、袁本作"路"。
[27] 常：《全唐詩》卷二四九校曰"無，一作常"。皆：黃本作"惜"。惧：黃本、《全唐詩》卷二四九作"誤"。[張元濟校]各本皆作"惧"。
[28] 耦：《全唐詩》卷二四九校曰"一作獨"。
[29] 桑接：原作"□□"，據活字本、黃本、文淵閣本、《全唐詩》卷二四九補。[張元濟校]又係"桑接"二字。
[30] 識：宋刻本、黃本、《全唐詩》卷二五〇作"職"。[張元濟校]又作"職"。
[31] 朝：宋刻本、活字本、黃本、《全唐詩》卷二五〇作"潮"。[張元濟校]又作"潮"。樟亭：古地名。在今浙江省杭州市，爲觀潮勝地。
[32] 駃：文淵閣本、《全唐詩》卷二五〇作"駛"。[張元濟校]活字本、黃本、席本作"駛"。
[33] 今：《全唐詩》卷二五〇作"令"。
[34] 又賦得越山三韵：《全唐詩》卷二五〇校曰"一本題上有'又送陸潛夫'五字"。[張元濟校]活字本、黃本"又"字下有"送陸潛夫"四字。
[35] 沾：《全唐詩》卷二五〇校曰"經，一作沾"。
[36] 惡：文淵閣本、《全唐詩》卷二五〇作"西"。[張元濟校]活字本、黃本"惡"字空格，席本作"西"。城：《全唐詩》卷二五〇校曰"一作嶺"。

[37] [張元濟校]惜：活字本、黃本作"借"。還：《全唐詩》卷二五〇校曰"還，一作懷"。
[38] [張元濟校]胡：席本"胡"字空格。
[39] [張元濟校]皆：徐本作"背"。
[40] 負得：《全唐詩》卷二五〇校曰"負得，一作各負"。得：[張元濟校]徐本、袁本作"德"。
[41] 宴：陸本、《唐人詩》作"安"。《全唐詩》卷二五〇作"晏"，下同。
[42] 辟：宋刻本作"碎"。
[43] 楚：文淵閣本、《全唐詩》卷二五〇作"海"。

唐皇甫冉詩集卷之二

七言古詩

雜言湖山歌送許鳴謙并序[1]①

夫子隱者也,耕於湖山之田。孤雲無心,飛鳥無迹。伯仲邕友,[2]家人怡怡。貞白之風,[3]旁行於澆俗矣。始惠然而去,又翻然而歸。春田雪餘,具物繁殖。結我幽夢,湖間一峰。酒而歌,歌之以送遠。

湖中之山兮波上青,桂颸颸兮兩冥冥。[4]君歸兮春早,滿山兮碧草。晨春暮汲兮心何求,澗戶巖扉兮身自老。東嶺西峰兮同白雲,鷄鳴犬吠兮時相聞。幽芳媚景兮當嘉月,踐石捫蘿兮恣超忽。空山寂寂兮潁陽人,②旦夕孤雲隨一身。

雜言迎神詞二首并序

吴楚之俗,與巴渝同風。日見歌舞祀者,[5]問其故,答曰:"及夏不雨,慮將無年。"復云:"家有行人不歸,憑是景福。"夫此二者,[6]皆我所懷。寄地種苗,將成枯草。弟爲臺官,羈旅京師。秉筆爲迎神、送神詞,以應其聲,亦寄所懷也。

迎　神

啓庭戶,列芳鮮。目眇眇,心綿綿。因風托雨降瓊筵。紛下拜,屢加籩,人心望歲祈豐年。

---

① 許鳴謙:《舊唐書》卷一五四《許孟容傳》載:"許孟容,字公範,京兆長安人也。父鳴謙,究通易象,官至撫州刺史,贈禮部尚書。"

② 潁陽:潁水之北,今襄陽。傳說古高士巢父、許由隱居於此,後因以借指巢、許。

送　神

露沾衣,月隱壁。[7]氣凄凄,人寂寂。風回兩度虛瑶席。來無聲,去無迹。神心降和神遠客。[8]

江草歌送盧判官

江皋兮春早,江上兮芳草。雜靡蕪兮杜蘅,作叢秀兮復羅生。[9]被遥隔兮經長坂,[10]雨中深兮烟中淺。目眇眇兮增愁,步遲遲兮堪搴。澧之浦、湘之濱,[11]思夫君兮送美人。吴洲曲兮楚鄉路,遠孤城兮依獨戍。新月能分裏露時,夕陽照見連天處。問君行邁終何之,淹泊汾洄風日遲。[12]處處汀洲有芳草,王孫詎肯念歸期。

雜言月洲歌送趙冽還襄陽[13]

漢之廣矣中有洲,洲如月兮水環流。聒聒兮湍與瀬,草青兮春更秋。[14]苦竹林,香楓樹,樵子罛師幾家住。萬山飛雨一川來,巴客歸船傍洲去。歸人不可遲,芳杜滿洲時。無限風烟皆自悲,莫辭貧賤隔心期。[15]家住洲頭定近遠,朝泛輕橈暮當返。不能隨爾卧芳洲,自念天機一何淺。

澧水送鄭豐鄠縣讀書[16]①

麥秋中夏涼風起,送君西郊及澧水。孤烟遠樹動離心,隔岸江流若千里。早年江海謝浮名,此路雲山愜爾情。上古全經皆在口,[17]秦人如見濟南生。

登山歌

青山前,青山後。登高望兩處,兩處今何有。烟景滿川原,離人堪白首。

---

① 鄠縣:今陝西省西安市户縣。鄭豐:潁王府胄曹參軍鄭莖之子,曾爲正平(今廣西河池縣)令,參見《新唐書》卷七五《宰相世系表五上》。

雜言無錫惠山寺流泉歌[18]

寺有泉兮泉在山,鏘金鳴玉兮長潺潺。作潭鏡兮澄寺內,泛巖花兮到人間。土膏脉動知春早,隈隩陰深長苔草。處處縈回石磴喧,朝朝盥漱山僧老。僧自老,松自新。流活活,無冬春。[19]任疏鑿兮任汲引,[20]若有意兮山中人。偏依佛界通仙境,明滅玲瓏媚林嶺。宛如太室臨九潭,詎減天台望三井。我來結綬未經秋,已厭微官憶舊游。且復遲回猶未去,此心祗爲靈泉留。

送包佶賦得天津橋[21]①

洛陽歲暮作征客,相望依然一水間。相思已如千里隔,□□□□□□□。[22]晴烟霽景滿天津,[23]鳳閣龍樓映水濱。豈無朝夕軒車度,其奈相逢非所親。轟樹甘陵愁遠道,他鄉一望人堪老。君報還期在早春,橋邊日日看芳草。

廬山歌送至弘法師兼呈薛江州②

釋子去兮訪名山,禪舟容與兮住仍前。猿啾啾兮怨月,江渺渺兮多烟。東林西林兮入何處,上方下方兮通石路。連湘接楚饒桂花,事久年深無杏樹。使君愛人兼愛山,時引雙旌萬木間。政成人野皆不擾,遂令法侶性安閑。[24]

送陸潛夫往茅山賦得華陽洞離騷體[25]

游仙洞兮訪真官,奠瑶席兮禮石壇。忽髣髴兮雲擾,[26]杳陰深兮

---

① 包佶:唐代詩人。字幼正、潤州延陵(今江蘇省丹陽市)人。元代俞希魯編纂《〔至順〕鎮江志》卷一八《人材》"土著":"包佶,字幼貞,集賢學士融之子也,延陵人。天寶六年進士第,累任鹽鐵使。貞元二年以國子祭酒知禮部貢舉,後封丹陽郡公。何,字幼嗣,佶弟,天寶七年進士第,起居舍人。"何、包佶,爲包融二子,齊名,世稱二包。天津橋:洛陽尚善坊北。

② 薛江州:即薛弁,《新唐書》卷七三《宰相世系三下》載:"弁,江州刺史。"《全唐詩》卷二一〇載岑參所作詩《送薛弁歸河東》。

夏寒。欲回頭兮揮手,便辭家兮可否? 有婚姻兮嬰纏,綿歸來兮已久。[27]

酬權器

南望江南滿山雪,此情惆悵將誰說。徒隨群吏不曾閑,顧與諸生爲久別。聞君静坐轉耽書,種樹葺茅還舊居。[28]終日白雲應自足,明年芳草又何如。人生有懷若不展,[29]出入公門猶未免。回舟朝夕待春風,[30]先報華陽洞深淺。

【校勘記】

[1]［張元濟校］雜言湖山歌:活字本、黃本、席本無"雜言"二字。

[2]邑:《全唐詩》卷二四九校曰"一作邑"。

[3]貞:原作"真",據黃本、《全唐詩》卷二四九改。［張元濟校］活字本、黃本、席本作"貞",宋刻本、袁本同。

[4]兮:原作"分",據宋刻本、活字本、黃本改。

[5]舞:原作"無",據黃本、《全唐詩》卷二四九改。［張元濟校］各本作"舞"。

[6]云:活字本、陸本、黃本、《唐人詩》作"去"。福夫:原作"夫福",據宋刻本、活字本、黃本、《全唐詩》卷二四九改。［張元濟校］"夫福"二字乙轉。

[7]壁:陸本作"璧"。

[8]神:活字本、黃本、《全唐詩》卷二四九作"福"。［張元濟校］作"福"。

[9]復:陸本作"欲"。《全唐詩》卷二四九校曰"欲,一作復"。［張元濟校］活字本、黃本、徐本、袁本作"欲"。作:《全唐詩》卷二四九校曰"一作乍"。

[10]被:宋刻本作"彼"。［張元濟校］活字本、黃本、徐本作"彼"。《全唐詩》卷二四九校曰"被,一作彼"。遙隔:活字本、黃本作"遥隱隔"。坂:宋刻本、活字本、黃本作"衍"。［張元濟校］席本、袁本作"衍"。《全唐詩》卷二四九校曰"衍,一作坂"。

[11]澧之浦湘之濱:原作"澧之浦兮湘之濱",據宋刻本、活字本、黃本、朱本改。［張元濟校］活字本、黃本、徐本、袁本無"兮"字。

[12]終:活字本、陸本、黃本、《全唐詩》卷二四九作"將"。［張元濟校］又作"將"。

[13]［張元濟校］雜言月洲歌送趙洌:活字本、黃本無"雜言"二字,"洌"作"列"。

[14]聒聒兮湍與瀨:《全唐詩》卷二四九作"流聒聒兮湍與瀨"。青:［張元濟校］活字本、黃本、席本疊"青"字。《全唐詩》卷二四九疊"青"字。

[15]隔:宋刻本、活字本、黃本作"阻"。《全唐詩》卷二四九校曰"阻,一作隔"。［張元濟校］各本作"阻"。

[16] ［張元濟校］送鄭豐鄠縣讀書：各本作"豐"，活字本、黃本"豐"下有"之"字。
[17] ［張元濟校］全：席本作"金"。
[18] ［張元濟校］雜言無錫惠山寺：活字本、黃本無"雜言"二字。
[19] 僧自老松自新流活活無冬春：宋刻本作"松自新清流活活無冬春"。［張元濟校］活字本、黃本、徐本無"僧自老"三字。活字本、黃本、徐本、袁本"流"上有"清"字。
[20] 任汲引：宋刻本、活字本、黃本、《全唐詩》卷二四九作"與汲引"。［張元濟校］各本下作"與"。
[21] 送包佶賦得天津橋：《全唐詩》卷二四九校曰"第二、三句缺"。宋刻本缺句爲第四句。
[22] 千里隔：宋刻本、陆本、黃本、《唐人詩》"隔"下空七字。［張元濟校］千里隔："隔"下空七字。
[23] 津：原作"心"，據宋刻本、活字本、黃本、《全唐詩》卷二四九改。
[24] 似、閑：活字本作"侣""間"。［張元濟校］野：活字本、黃本、席本"野"字空格。
[25] 送陸潛夫往茅山賦得華陽洞離騷體華陽洞離騷體：華陽洞離騷體，宋刻本、活字本、黃本"華"上有"又"字，《全唐詩》卷二五〇校曰"華陽洞，一本題上有重字"。［張元濟校］活字本、黃本、徐本、袁本"洞"下有"效"字。
[26] 髣髴：宋刻本作"髣髮"。
[27] 姻：宋刻本、黃本作"嫁"。《全唐詩》卷二五〇校曰"嫁，一作姻"。綿：《全唐詩》卷二五〇校曰"一作待"。
[28] 還：《全唐詩》卷二五〇校曰"一作遠"。［張元濟校］活字本、黃本、徐本、袁本作"遠"。
[29] 若：《全唐詩》卷二五〇校曰"一作苦"。
[30] 朝夕：《全唐詩》卷二五〇校曰"一作早晚"。

唐皇甫冉詩集卷之三

五言律詩

潤州南郭留別[1]

縈回楓葉岸，留滯木蘭橈。[2]吳岫新經雨，[3]江天正落潮。故人勞見愛，行客自無聊。君問前程事，孤雲入剡遥。[4]

祭張公洞二首[5]①

堯心知稼穡，[6]②精意繞山川。風雨神斯應，笙鏞詔命傳。[7]③沐蘭柢掃地，[8]酌桂佇靈仙。拂霧陳金策，焚香拜玉筵。

雲開小有洞，日出大羅天。④ 三鳥隨王母，⑤雙童翊子先。何時種桃核，⑥幾度看桑田。倏忽烟霞散，空巖騎吏旋。

---

① 張公洞：傳爲東漢五斗米道創立者張道陵修煉處，在今江西貴溪西南龍虎山中。《册府元龜》卷五四載："唐天寶七載，册贈道陵爲太師，并賜田蠲免租税。"
② 堯心：聖君的心願、抱負。
③ 笙鏞：亦作"笙庸"。古樂器名。鏞，大鐘。
④ 大羅天：道教所稱三十六天中最高一重天。
⑤ 三鳥：古代神話中西王母身邊的三隻青鳥。亦爲使者的泛稱。《山海經·大荒西經》："有三青鳥，赤首黑目，一名曰大鵹，一名少鵹，一名曰青鳥。"郭璞注："皆西王母所使也。"
⑥ 種核桃：《漢武故事》："（王母）因出桃七枚，母自啖二枚，與帝五枚，帝留核著前，王母問曰：'用此何爲？'上曰：'此桃美，欲種之。'母笑曰：'此桃三千年一著子，非下土所植也。'"詩文中常用其事。

巫山峽[9]①

巫峽見巴東,②迢迢出半空。雲藏神女館,雨到楚王宮。③ 朝暮泉聲落,寒暄樹色同。清猿不可聽,偏在九秋中。

長安路 一作韓翃詩[10]

長安九城路,戚里五侯家。結束趨平樂,聯翩抵狹斜。高樓臨遠水,[11]複道出繁花。唯見相如宅,[12]蓬門度歲華。

送朱逸人④

時人多不見,出入五湖間。寄酒全吾道,移家愛遠山。便看秋草暮,[13]欲共白雲還。雖在風塵裏,陶潛身自閑。

西陵寄靈一上人朱放[14]⑤ 又見曾集題作《西陵寄二公》,尾句字不同

西陵遇風處,[15]自古是通津。終日空江上,雲山若待人。[16]汀洲寒事早,魚鳥興情新。回望山陰路,心中有所親。[17]

赴無錫寄別靈一淨虛二上人雲門所居[18] 又見郎集,題少數字

高僧本姓竺,開士一作寺舊名林。一入春山裏,千峰不可尋。新年芳草遍,[19]終日白雲深。欲徇微官去,[20]懸知訝此心。

---

① 巫山峽:即巫峽。
② 巴東:漢郡名,治所在今重慶奉節東。指今重慶和四川東部地區。
③ 神女館:指朝雲觀。宋玉作《高唐賦》,言楚懷王游高唐,夢見巫山女子,爲雲雨之歡。女子辭別時道:"妾在巫山之陽,高丘之阻,旦爲朝雲,暮爲行雨,朝朝暮暮,陽臺之下。"後懷王爲立廟,號"朝雲觀"。楚王宮指高唐觀。屈復云:"雲雨時有,而神女、楚王不見也。"
④ 朱逸人:即朱放,唐代詩人。字長通,襄州南陽人,隱居剡溪。《新唐書》卷六〇《藝文志四》載:"嗣曹王皋鎮江西,辟節度參謀,貞元初召爲拾遺,不就。"
⑤ 靈一:俗姓吳,生卒年均不詳,廣陵(今屬江蘇省揚州市)。《全唐文》卷三九〇載獨孤及所作《唐故揚州慶雲寺律師一公塔銘(并序)》。淨虛即靜虛。

獨孤中丞筵陪餞韋使君赴昇州[21]①

中司龍節貴,上客虎符新。地控吴襟帶,才光漢縉紳。[22]泛舟應度臘,入境便行春。處處歌來暮,長江建業人。

送王緒剡中[23]

不見開山去,[24]何時到剡中。已聞成竹木,[25]更道長兒童。籬落雲常聚,村墟水自通。[26]朝朝憶玄度,非是對清風。[27]

酬李郎中侍御秋夜登福州城樓見寄②

辛勤萬里道,蕭索九秋殘。月照閩中夜,天凝海上寒。[28]王程無地遠,主意在人安。遥寄登樓作,空知行路難。

同李司直諸公暑夜南餘館[29]

何處多明月,津亭暑夜深。烟霞不可望,雲樹更沉沉。好是吴中隱,仍爲洛下吟。微官朝復夕,[30]牽强亦何心。

贈普門上人[31]③

支公身欲老,長在沃州多。[32]④惠力堪傳教,[33]禪功久伏魔。山雲隨坐夏,江草伴頭陀。借問回心後,[34]賢愚去幾何？

與諸公同登無錫北樓[35]⑤ 又見郎集

秋興因危堞,歸心過遠山。風霜征雁早,江海旅人閑。[36]驛樹寒

---

① 獨孤中丞：即獨孤峻,乾元元年(758)至二年爲越州刺史、浙東節度使,御史中丞。韋使君：韋黄裳,至德二年(757)至乾元元年爲昇州刺史。見《唐刺史考》。
② 李郎中侍御：即李嘉祐,唐代詩人。字從一,趙州(今河北趙縣)人。
③ 普門：佛教語。謂普攝一切衆生的廣大圓融的法門。
④ 支公：即晋高僧支遁。字道林,時人也稱爲"林公"。河內林慮人,一説陳留人。沃州：山名,在浙江省新昌縣東。上有放鶴亭、養馬坡,相傳爲晋支遁放鶴養馬處。
⑤ 無錫北樓：即唐代無錫城北城門(蓮蓉門)的城樓。

仍密,漁舟晚自還。[37]仲宣何所賦,祗嘆在荊蠻。[38]① 末三字一作"滯柴關"。

同李蘇州傷美人②

玉珮石榴裙,當年嫁使君。專房猶見寵,[39]傾國衆皆聞。歌舞嘗無對,[40]幽明忽此分。陽臺千萬里,何處作朝雲。[41]③

題魏仲光淮山所居④

人群不相見,乃在白雲間。問我將何適,羨君今獨閑。朝朝汲淮水,暮暮上龜山。⑤ 幸已安貧定,惟從鬢髮斑。[42]

送鄭判官赴徐州[43]⑥

從軍非隴頭,師在古徐州。氣勁三河卒,功多萬里侯。元戎閫外令,才子幄中籌。莫聽關山曲,還生出塞愁。

送顧萇往新安[44]

由來山水客,復道向新安。半是乘潮便,全非行路難。晨裝林月在,野飯浦沙寒。[45]嚴子千年後,何人釣舊灘。[46]⑦

---

① 仲宣:漢末文學家王粲的字,爲"建安七子"之一。博學多識,文思敏捷,善詩賦,尤以《登樓賦》著稱。荊蠻:古代中原人對楚越或南人的稱呼。至乾元元年(758)任蘇州刺史。見《唐刺史考》卷一三九。
② 李蘇州:疑爲李涵,歷任浙西觀察使、蘇州刺史、御史大夫。《舊唐書》卷一二六有傳。
③ 陽臺:戰國楚宋玉《高唐賦》序:"昔者先王嘗游高唐,怠而晝寢,夢見一婦人,曰:'妾巫山之女也,爲高唐之客,聞君游高唐,願薦枕席。'王因幸之。去而辭曰:'妾在巫山之陽,高丘之岨,旦爲朝雲,暮爲行雨,朝朝暮暮,陽臺之下。'"後遂以"陽臺"指男女歡會之所。
④ 魏仲光:大曆中饒州樂平縣縣令。
⑤ 龜山:山名。在山東省泗水縣東北。
⑥ 鄭判官:即鄭正則,生卒年不詳。此詩又作郎士元詩,詩題《送鄭正則徐州行營》。《文獻通考》卷一八七載:"《鄭氏祠饗禮》一卷。陳氏曰:唐侍御史鄭正則撰。"
⑦ 嚴子:即嚴光,東漢著名隱士。

送權三兄弟[47]①

淮海風濤起,江關幽思長。[48]同悲鵲繞樹,獨作雁隨陽。山晚雲和雪,[49]汀寒月照霜。由來濯纓處,漁父愛滄浪。

落第後東遊留別

學成方自得,[50]何事學干求。果以浮名誤,深貽達士羞。九江連漲海,萬里任虛舟。② 歲晚同懷客,相思波上鷗。

寄劉八山中[51]③

東皋若近遠,苦雨隔還期。閏歲風霜晚,山田收穫遲。茅簷燕去後,[52]樵路菊黃時。平子遊都久,知君坐見嗤。

九日寄鄭豐[53]

重陽秋已晚,千里信仍稀。何處登高望,知君正憶歸。還當採時菊,定未授寒衣。欲識離君恨,郊園正掩扉。[54]

劉方平西齋對雪

對酒閑齋晚,開軒臘雪時。花輕疑絮絡,[55]色凈潤簾帷。委樹寒枝弱,縈空去雁遲。自然堪訪戴,無復四愁詩。④

---

① 權三:即權驊,唐朝議大夫、高平郡別駕權澈之子。《全唐文》卷三九〇載獨孤及所作《唐故朝議大夫高平郡別駕權公神道碑銘(并序)》云:"初公娶於博陵崔氏,生子曰驊而終。"
② 九江:漢潯陽境內,即今湖北省武穴市、黃梅縣一帶。
③ 劉八:即劉方平,生卒年不詳,河南人,不仕。
④ 訪戴:南朝宋劉義慶《世說新語》卷下《任誕》:"王子猷居山陰,夜大雪……忽憶戴安道。時戴在剡,即便夜乘小船就之。經宿方至,造門不前而返。人問其故,王曰:'吾本乘興而行,興盡而返,何必見戴。'"後因稱訪友為"訪戴"。四愁詩:詩篇名,東漢張衡作。張衡借詩寓意,抒發心煩紆鬱之情。詩分四章,每章七句,每句七言,初具了七言詩的形式。後用以指抒發憂鬱情懷的詩篇。

福先寺尋湛然寺主不見[56]①

寂然空佇立，往往報疏鍾。高館誰留客，東南二室峰。② 川原通霽色，野邑變春容。[57]惆悵層城暮，猶言歸路逢。

秋夜寄所思

寂寞坐遙夜，清風何處來。天高散騎省，月冷建章臺。鄰笛哀聲急，城砧朔氣催。芙蓉已委絕，誰復可為媒。

賦得郢路悲猿[58]

悲猿何處發，郢路第三聲。遠客知秋暮，空山益夜清。啾啾深衆木，嗷嗷入孤城。坐覺盈心耳，翛然適楚情。

清明日青龍寺上方賦得多字③

上方偏可適，季月況堪過。遠近水聲至，東西山色多。夕陽留徑草，新葉變庭柯。已度清明節，春秋如客何。

與張諲宿劉八城東莊④

人閑當歲暮，田野尚逢迎。萊子多嘉慶，陶公得此生。[59]寒蕪連古渡，雲樹近嚴城。雞黍無辭薄，貧交但貴情。

問上人疾[60]

醫王猶有疾，妙理競難窮。餌藥應隨病，觀身轉悟空。地閑花欲

---

① 福先寺：在今河南省洛陽市。
② 二室：指中嶽嵩山的太室、少室二山。
③ 清明日青龍寺上方賦得多字：該詩作者不定。青龍寺：古寺名。中國唐代密宗的根本道場，日本真實宗的發源地。初建于隋開皇二年(582)，本名靈感寺。唐景云二年(711)改名青龍寺。遺址在今陝西省西安市南郊鐵爐廟村北高地上。
④ 張諲：生卒年未詳，排行第五，又稱張五，永嘉人。初隱居少室山下，閉門讀書，不問世事。後應舉官至刑部員外郎。工詩，善草隸，兼畫山水。諲詩格高古，有集傳世。

雨,窗冷竹生風。幾日東林去,門人待遠公。①

送竇叔向入京[61]

冰結楊柳津,從吳去入秦。[62]徒云還上國,誰爲作中人。驛樹同霜霰,漁舟伴苦辛。相如求一謁,詞賦遠隨身。②

登石城戍望海寄諸暨嚴少府③

平明登古戍,徙倚待寒潮。江海方回合,雲林自寂寥。詎能知遠近,徒見蕩烟霄。即此滄洲路,嗟君久折腰。

同樊潤州秋日登城樓[63]

露冕臨平楚,[64]寒城帶早霜。時同借河內,人是臥淮陽。積水澄天塹,連山入帝鄉。因高欲見下,非是愛秋光。

送蔣評事往福州[65]

江上春常早,[66]閩中客去稀。登山怨迢遞,臨水惜芳菲。烟樹何時盡,風帆幾日歸。還看復命處,盛府有光輝。

賦得荊溪夜湍送蔣逸人歸義興山

驚湍流不極,夜度識雲岑。長帶溪沙淺,時因山雨深。方同七里路,更遂五湖心。揭厲朝將夕,潺湲古至今。花源君若許,[67]雖遠亦相尋。

送孔黨赴舉

入貢列諸生,詩書業早成。家承孔聖後,身有魯儒名。楚水通縈

---

① 遠公:晉高僧慧遠,居廬山東林寺,世人稱爲遠公。
② 相如:即司馬相如。字長卿,蜀郡成都人,西漢辭賦家。
③ 嚴少府:即嚴維,生卒年不詳。字正文,越州(今浙江紹興)人。辟河南幕府,遷餘姚令,仕終右補闕。

浦,秦山擁漢京。[68]愛君方弱冠,爲賦少年行。

齊郎中筵賦得的的帆向浦留別①

一帆何處去,正在望中微。浦回搖空色,汀回見落暉。[69]每爭高鳥度,[70]能送遠人歸。偏似南浮客,悠揚無所依。

送陸鴻漸棲霞寺採茶②

採茶非採菉,遠遠上層崖。布葉春風暖,盈筐白日斜。舊知山寺路,時宿野人家。借問王孫草,何時泛椀花。

泊丹陽與諸人同舟至馬林溪遇雨[71]

雲林不可望,溪水更悠悠。共載人皆客,離家春到秋。[72]遠山方對枕,細雨莫回舟。來往南徐路,多爲芳草留。[73]

送李使君赴撫州③

遠送臨川守,還同康樂侯。歲時徒改易,今古接風流。五馬嘶長道,雙旌向本州。鄉心寄西北,應此郡城樓。[74]

同樊潤州遊東山[75]

北固多陳迹,東山復盛遊。鐃聲發大道,草色引行騶。此地何時有,長江自古流。頻隨公府步,南客寄徐州。

送安律師

出家童子歲,愛此雪山人。長路經千里,孤雲伴一身。水中應見

---

① 齊郎中:疑爲齊翔,《全唐詩》卷七九四《建安寺西院喜王郎中遘恩命初至聯句》中注:"齊翔,前吏部郎中,兼括州刺史。"

② 陸鴻漸:即陸羽,字鴻漸,漢族,復州竟陵(今湖北省天門市)人,唐代著名的茶學專家。

③ 李使君:即李承,趙郡高邑(今屬河北)人。歷任刑部員外郎兼侍御史、撫州刺史等。《新唐書》卷一一五有傳。撫州:今江西臨川市西。

月,草上豈傷春。永日空林下,心將何物親。

溫湯即事[76]

天仗星辰轉,霜冬景氣和。樹含溫液潤,山入繚垣多。丞相金錢賜,平陽玉輦過。魯儒求一謁,無路獨如何。[77]

送薛秀才

雖是尋山客,還同慢世人。讀書惟務靜,[78]無褐不憂貧。野色春冬樹,雞聲遠近鄰。郤公即吾友,合與爾相親。[79]

酬李司兵直夜見寄

江城聞鼙角,旅宿復何如。寒月此宵半,春風舊歲餘。徒云資薄祿,未必勝閑居。見欲扁舟去,誰能畏簡書。[80]

送唐別駕赴郢州①

莫嘆辭家遠,方看佐郡榮。長林通楚塞,高嶺見秦城。雪向嶢關下,[81]人從郢路迎。翩翩駿馬去,自是少年行。

送李使君赴邵州②

出送東方騎,行安南楚人。城池春足雨,風俗夜迎神。郢路逢歸客,湘川問去津。③爭看使君度,皁蓋雪中新。[82]

故齊王贈承天皇帝挽歌④

禮盛追宗日,[83]人知友悌恩。舊居從代邸,新隴入文園。鴻寶仙

---

① 郢州:轄區約今湖北省鐘祥、京山二縣。

② 李使君:即李承。邵州:治所在邵陽縣(今湖南邵陽市)。轄境相當今湖南冷水江市以南資水流域。

③ 郢路:通往郢都的路途。謂重返國門之路。《楚辭·九章·抽思》:"惟郢路之遼遠兮,魂一夕而九逝。"湘川即湘江。

④ 齊王:即李倓。《舊唐書》卷一一《代宗紀》載:"乙卯,追諡故齊王倓爲承天皇帝,興信公主亡女張氏爲恭順皇后,祔葬。"

書秘,龍旂帝服尊。蒼蒼松裏月,萬古此高原。

贈恭順皇后挽歌[84]①

但謝年方久,[85]哀榮事獨稀。雖殊百兩迓,同是九泉歸。詔使歸金策,神人送玉衣。空山竟不從,寧肯學湘妃。[86]

寄鄭二侍御歸新鄭無礙寺所居

何事休官早,歸來作鄭人。雲山隨伴侶,伏臘見鄉親。南畝無三徑,東林寄一身。誰當便靜者,莫使甑生塵。

送盧山人歸林慮山[87]

無論行遠近,歸向舊烟林。寥落人家少,青冥鳥道深。白雲長滿目,芳草自知心。山色連東海,相思何處尋。

送榮別駕赴華州②

直到群峰下,[88]應無累日程。高車入郡舍,流水出關城。草色田家回,槐陰府吏迎。還將海沂咏,籍甚漢公卿。[89]

送常大夫加散騎常侍赴朔方③

故壘烟霞後,[90]新軍河塞間。金貂寵漢將,玉節度蕭關。澶漫沙中雪,依稀漢口山。人知寶車騎,計日勒銘還。

---

① 恭順皇后:《舊唐書》卷一一《代宗紀》載:"乙卯,追諡故齊王倓爲承天皇帝,興信公主亡女張氏爲恭順皇后,祔葬。"
② 華州:今陝西省渭南市華州區境內及周邊地區,因州境內有華山而得名。
③ 朔方:治所在靈州(今寧夏吳忠市北)。常大夫即常謙光。《舊唐書》卷一一《代宗紀》載:"冬十月甲寅,朔方留後、靈武大都督府長史常謙光加檢校工部尚書……甲辰,吐蕃寇靈州,朔方留後常謙光擊敗之。"

送柳八員外赴江西①

岐路窮無極,[91]長江九派分。行人隨旅雁,楚樹入湘雲。久在征南役,何殊薊北勳。離心不可問,歲暮雪紛紛。[92]

又送陸潛夫尋友[93]

登山自補屐,訪友不齎糧。[94]坐嘯青楓晚,[95]行吟白日長。人烟隔水見,草氣入林香。誰作招尋侶,清齋宿紫陽。

送盧郎中使君赴京[96]②

三年期上國,萬里自東溟。曲蓋遵長道,油幢憩短亭。楚雲山隱隱,淮雨草青青。康樂多新興,題詩紀所經。

送鄭員外入茅山居[97]

但見全家去,[98]寧知幾日還。白雲迎谷口,流水出人間。冠冕情遺世,[99]神仙事滿山。其中應有物,豈貴一身閑。

送志彌師往淮南

已能持律藏,復去禮禪亭。長老偏摩頂,時流尚誦經。獨行寒野曠,旅宿遠山青。眷屬空相望,[100]鴻飛已杳冥。

謝韋大夫柳栽③

本在胡笳曲,[101]今從漢將營。濃因方待庇,[102]弱植豈無情。比

---

① 柳八:即柳渾,字夷曠,襄州(今屬湖北市襄陽市)。《舊唐書》卷一二五《柳渾傳》載:"天寶初,舉進士,補單父尉。至德中,爲江西採訪使皇甫侁判官,累除衢州司馬。"

② 盧郎中:即盧幼平,范陽(今河北涿州)人。歷任兵部郎中、湖州刺史、大理少卿等。《全唐詩》卷七九四載《秋日盧郎中使君幼平泛舟聯句一首》。

③ 韋大夫:即韋元甫,少修謹,敏於學行。歷任尚書右丞、揚州長史、兼御史大夫、淮南節度使等職。《全唐文》卷三九三載獨孤及所作《祭揚州韋大夫文》云:"敬祭於故揚州大都督府長史,兼御史大夫、淮南道節度、觀察處置使韋公之靈。"

雪花應吐,藏烏葉未成。五株蒙遠賜,應使號先生。

寄劉方平大谷田家

故山聞獨往,樵路憶相從。水結泉聲絕,[103]霜清野翠濃。籬邊潁陽道,竹外少姨峰。日夕田家務,寒烟隔幾重。

雨　雪

風沙悲久戍,雨雪更勞師。絶漠無人境,將軍苦戰時。[104]山川迷向背,氛霧失旌旗。徒念天涯隔,中人芳草期。[105]

送劉兵曹還隴山居

離堂徒讌語,行子但悲辛。[106]雖是還家客,[107]終爲隴上人。先秋雪已滿,近夏草初新。唯有聞羌笛,梅花曲裏春。

同裴少府安居寺對雨

共結尋真會,還當退食初。爐烟雲氣合,林葉雨聲餘。潺暑銷珍簟,浮凉入綺疏。歸心從念遠,懷此復何如。

送元晟歸潛山所居[108]①

深山秋事早,歸去復何如。[109]裛露收新稼,迎寒葺舊廬。題詩即招隱,作賦是閑居。[110]別後空相憶,嵇康懶寄書。[111]

送康判官往新安賦得江路西南水[112]

不向新安去,那知江路長。猿聲近廬霍,[113]水色勝瀟湘。驛樹收殘雨,[114]漁家帶夕陽。何須愁旅泊,使者有輝光。

---

① 元晟:《全唐詩》卷二九〇注:"元晟,河南府進士。"有詩《送蕭穎士一作夫子赴東府得引字》。

宿洞靈觀[115]

孤烟靈洞遠,積雪滿山寒。[116]松柏凌高殿,莓苔封石壇。[117]客來清夜久,仙去白雲殘。明日開金籙,焚香更沐蘭。[118]

酬盧十一過宿

乞還方未遂,[119]日夕望雲林。況復逢春草,何勞問此心。[120]閑門公務散,[121]枉策故情深。遥夜他鄉酒,同君梁甫吟。[122]

奉和對雪[123]

春雪偏當夜,[124]暄風却變寒。庭深不復掃,城曉更宜看。命酒閑今酌,披裘晚未冠。[125]連營鼓角動,忽似戰桑乾。

送蕭獻[126]

惆悵烟郊晚,依然此送君。長河隔旅夢,浮客伴孤雲。[127]淇上春山直,[128]黎陽大道分。西陵倘一吊,應有士衡文。

賣藥人處得南陽朱山人書①

賣藥何爲者,逃名市井居。唯通遠山信,因致逸人書。已報還丹效,全將世事疏。秋風溪景裏,[129]蕭散寄樵漁。

送裴員外往江南[130]②

公務江南遠,留歡幕下榮。[131]楓林緑楚澤,水驛到溢城。[132]岸草知春晚,沙禽好夜驚。風帆幾泊處,處處暮潮清。[133]

---

① 南陽：郡名。秦置，包括河南省舊南陽府和湖北省舊襄陽府。朱山人即朱放。
② 裴員外：疑爲裴寬之侄裴霸。《新唐書》卷七一《宰相世系表一上》載裴寬兄裴卓有二子："騰,户部郎中。霸,吏部員外郎。"

奉和王相公早春登徐州城①

落日憑危堞,春風似故鄉。川流通楚塞,山色繞徐方。壁壘依寒草,旌旗動夕陽。無戎資上策,南畝起耕桑。[134]

奉和對山僧[135] 又見曾集

吏散重門掩,僧來閉閣閑。[136]遠心馳北闕,春興寄東山。草長風光裏,鶯喧靜默間。[137]芳辰不可住,[138]惆悵暮禽還。

奉和待勤照上人不至

東洛居賢相,南方待本師。旌麾儼欲動,杯錫杳仍遲。[139]積雪迷何處,驚風泊幾時。大臣能護法,況有故山期。

奉和漢祖廟下之作

古廟風烟積,春城車騎過。方修漢祖寺,[140]更使沛童歌。寢帳巢禽出,香烟水霧和。神心降福處,應在故鄉多。

和韓郎中揚子玩雪寄山陰嚴維[141]②

凝陰晦長箔,積雪滿通川。[142]征客寒猶去,愁人晝更眠。謝家興咏日,漢將出師年。聞有招尋興,隨君訪戴船。

歸渡洛水

暝色赴春愁,歸人南渡頭。渚烟空翠合,灘月碎光流。澧浦饒芳草,滄浪有釣舟。誰知放歌客,[143]此意正悠悠。

---

① 王相公：即王縉,字夏卿,太原祁縣人,唐朝宰相。《舊唐書》卷一一八、《新唐書》卷一四五有傳。

② 韓郎中：即韓洄。嚴維：生卒年不詳。字正文,越州(今浙江紹興)人。辟河南幕府,遷餘姚令,仕終右補闕。

送田濟揚州赴選[144]

家貧不自給,求禄爲荒年。調補無高位,卑棲屈此賢。[145]江山欲霜雪,吴楚接風烟。相去誠非遠,離心亦渺然。

酬崔侍御期籍道士不至兼寄

一心求妙道,幾歲候真師。丹竈今何在,[146]白雲無定期。崑崙景致絶,[147]汗漫往還遲。君但焚香待,人間到有時。

送韋山人歸鍾山所居[148]又見郎集

逸人歸路遠,弟子出山迎。服藥顔雖駐,耽書癖未成。[149]柴扉度歲月,藜杖見公卿。更作儒林傳,[150]還應有姓名。

徐州送丘侍御之越①

時鳥催春色,離人惜歲華。遠山隨擁傳,芳草引還家。北固潮當闊,西陵路稍斜。縱令寒食過,猶有鏡中花。

送延陵陳法師赴上元[151]②

延陵初罷講,建業去隨緣。[152]翻譯推多學,壇場最少年。浣衣逢野水,[153]乞食向人烟。遍禮南朝寺,[154]焚香古像前。

賦得海邊樹

歷歷緣荒岸,冥冥入遠天。[155]每同沙草發,長共水雲聯。[156]摇落潮風早,離披海雨偏。故傷遊子意,多在客舟前。

---

① 丘侍御：即丘丹,唐嘉興(今浙江嘉興市南)人。歷任尚書郎。《全唐詩》卷三〇七載其所作《經湛長史草堂》序尾云："檢校尚書户部外郎兼侍御史丘丹志。"

② 延陵：古邑名,春秋吴邑,公子季札因讓國避居(一説受封)於此。故址在今江蘇常州市。這里借指季札。

題昭上人房

沃州傳教後,[157]百衲老空林。慮盡朝昏磬,禪隨坐臥心。鶴飛湖草回,門閉野雲深。地與天台接,[158]中峰早晚尋。

婕妤怨

由來咏團扇,今已值秋風。事逐時皆往,[159]恩無日再中。早鴻聞上苑,寒露下深宮。[160]顏色年年謝,相如賦豈工。①

送 客

旗鼓軍威重,關山客路賒。[161]待封甘度隴,回首不思家。城下春山路,營中瀚海沙。[162]河源雖萬里,音信寄東查。[163]

秋夜宿嚴維宅

昔聞玄度宅,②門向會稽峰。[164]君住東湖下,清風繼舊迹。[165]秋深臨水月,夜半隔山鍾。世故多離別,良宵詎可逢。

送普門上人[166]又見曾集

花宮難久別,[167]道者憶千燈。殘雪入林路,深山歸寺僧。[168]日光依嫩草,[169]泉響滴春冰。何用求方便,看心是一乘。

送夔州班使君[170]③

晚日照樓前,[171]三軍拜峽前。白雲隨浪散,青壁與城連。[172]萬嶺岷峨雪,千家橘柚川。還如赴河內,天子去經年。

---

① 相如：即司馬相如。
② 玄度：東晋清談名士許詢的字。南朝宋劉義慶《世説新語·言語》："劉尹云,'清風朗月,輒思玄度。'"劉孝標注引《晋中興士書》："許詢能清言,于時士人皆欽慕仰愛之。"
③ 班使君：即班震。《元和姓纂》卷四"扶風班氏"載："宏,户部尚書,生肅。肅生震。震,夔州刺史。"夔州,轄境相當今重慶市奉節、雲陽、巫山、巫溪等縣地。

酬袁補闕中天寺見寄[173]

東林初結社,[174]已有晚鐘聲。窗戶背流水,房廊半架城。遠山重疊見,芳草淺深生。每與君攜手,多煩長老迎。

和謝舍人雪後寓直[175]①

禁省夜沉沉,春風雪滿林。滄洲歸客夢,青瑣侍臣心。揮翰宣鳴玉,承恩在賜金。建章寒漏起,更助掖垣深。

重西陵寄靈一上人朱放

西津遇風處,自古是通津。終日空江上,雲山若待人。汀洲寒事早,魚鳥興情新。回南望山陰路,吾心有所親。

歸陽羨兼送劉八長卿[176]②

湖上孤帆別,江南謫宦歸。前程愁更遠,臨水淚沾衣。雲夢春山徧,瀟湘過客稀。武陵招我隱,歲晚閉柴扉。[177]

尋戴處士[178]

車馬長安道,誰知大隱心。蠻僧留古鏡,蜀客寄新琴。曬藥竹齋暖,搗茶松院深。思君一相訪,殘雪似山陰。

早發中嚴寺別契上人[179]③

蒼蒼松桂陰,殘月半西岑。素壁寒燈暗,紅爐夜火深。厨開山鼠散,鍾盡嶺猿吟。行役方如此,逢師懶話心。

---

① 謝舍人:即謝良弼。《舊唐書》卷一五九載:"防於詩尤工,有所感發,以譏切世敝,當時稱之。與中書舍人謝良弼友善,時號'鮑謝'云。"

② 劉八長卿:即劉長卿。

③ 契上人:即契直。

酬鄭高郵秋夜見寄[180]

搖落空林夜,河陽興已生。欲辭公府步,知結遠山情。高柳風難定,寒泉月助明。袁安方臥雪,尺素及柴荆。

【校勘記】

[1] 潤州南郭留别:《全唐詩》卷二四九校曰"一作郎士元詩"。據佟培基、韓立新考證,應爲皇甫冉作。

[2] 橈:黄本作"澆"。

[3] 經:活字本、黄本作"紅"。

[4] 君:《全唐詩》卷二四九校曰"一作若"。

[5] 祭張公洞二首:《全唐詩》卷二四九校曰"一本作排律一首"。[張元濟校]祭:活字本、黄本無"祭"字。

[6] 牆:活字本作"穡"。[張元濟校]牆:當作"穡"。

[7] [張元濟校]斯:《全唐詩》卷二四九校曰"衹,一作斯"。

[8] 衹:活字本、黄本作"祇"。[張元濟校]當作"祇"。

[9] 峽:《全唐詩》二四九校"一作高"。

[10] 長安路:《全唐詩》二四九校曰"一作韓(翃)(翊)詩"。據考證,當爲皇甫冉作。

[11] 遠:《全唐詩》卷二四九校曰"一作積"。

[12] 見:《全唐詩》卷二四九校曰"一作有"。相如即司馬相如。

[13] 便:宋刻本作"更"。[張元濟校]活字本、黄本、徐本、席本作"更"。

[14] 寄靈一上人朱放:據考證當爲皇甫冉詩。[張元濟校]活字本、黄本、袁本、席本無"朱放"二字。

[15] 風:《全唐詩》卷二四九校曰"一作潮"。

[16] 雲:黄本作"靈"。

[17] 心中:《全唐詩》卷二四九校曰"一作中心,一作吾心"。[張元濟校]活字本、黄本作"中心"。

[18] 赴無錫寄别靈一净虛二上人雲門所居:《全唐詩》卷二四九校曰"一作劉長卿詩,一作郎士元詩"。[張元濟校]活字本、黄本無。據佟培基、韓立新考證當爲皇甫冉詩。净虛二上人:《全唐詩》卷二四九"上人"下校曰"一本有還字"。

[19] 遍:宋刻本、《全唐詩》卷二四九作"偏"。

[20] 狗:《全唐詩》卷二四九作"徇"。

[21] 餞韋使君:《全唐詩》卷二四九作"餞韋君"。
[22] 光:《全唐詩》卷二四九作"高"。
[23] 送王緒剡中:《全唐詩》卷二四九校曰"一作送王公還剡中別業"。〔張元濟校〕活字本、黃本"緒"下有"之"字。王緒:唐民變領袖。
[24] 開:《全唐詩》卷二四九作"關"。
[25] 竹:《全唐詩》卷二四九校曰"一作樹"。
[26] 墟:《全唐詩》卷二四九校曰"一作塘"。
[27] 非:《全唐詩》卷二四九校曰"一作嘗"。
[28] 凝:原作"疑",據宋刻本、活字本、黃本、《全唐詩》卷二四九改。〔張元濟校〕各本作"凝"。
[29] 餘:《全唐詩》卷二四九校曰"一作徐"。李司直即李嘉祐。
[30] 微官:原作"官微",據宋刻本、活字本、黃本、《全唐詩》卷二四九改。
[31] 贈普門上人:《全唐詩》卷二四九校曰"一作題普門上人房。一作劉長卿詩"。據佟培基、韓立新考證當爲皇甫冉詩。
[32] 欲:《全唐詩》卷二四九校曰"一作已"。
[33] 惠:宋刻本、《全唐詩》卷二四九作"慧"。〔張元濟校〕活字本、黃本、袁本作"慧"。
[34] 廻:《全唐詩》卷二四九校曰"一作明"。
[35] 與諸公同登無錫北樓:《全唐詩》卷二四九校曰"一作郎士元詩"。〔張元濟校〕活字本、黃本無。據佟培基、韓立新考證爲皇甫冉詩。
[36] 閑:《全唐詩》卷二四九校曰"一作還"。
[37] 還:《全唐詩》卷二四九校曰"一作閑"。
[38] 祇:陸本作"秖"。在荆蠻:《全唐詩》卷二四九校曰"一作滯柴關"。
[39] 猶:《全唐詩》卷二四九校曰"一作獨"。
[40] 嘗:《全唐詩》卷二四九校曰"常,一作長"。
[41] 朝:《全唐詩》卷二四九校曰"一作行"。
[42] 惟:《全唐詩》卷二四九校曰"當,一作惟"。〔張元濟校〕活字本、黃本、徐本、席本作"當"。
[43] 送鄭判官赴徐州:據佟培基、韓立新考證作者不定。〔張元濟校〕活字本、黃本無。《全唐詩》卷二四九校曰"一作郎士元詩"。
[44] 送顧萇往新安:《全唐詩》卷二四九校曰"一作劉長卿詩"。顧萇:《全唐詩》卷二四九校曰"一作中史,又作長史"。當爲皇甫冉詩。新安:今安徽黃山市一帶。
[45] 飯:《全唐詩》卷二四九校曰"一作飲"。浦:《全唐詩》卷二四九校曰"一作渚"。
[46] 何:《全唐詩》卷二四九校曰"一作誰"。
[47] 送權三兄弟:據佟培基、韓立新考證,該詩作者不定。宋刻本爲"賦中送權三兄弟",活字本作"送權暐",《全唐詩》卷二四九校曰"途中送權三兄弟,一本無'題上'二字,一作

'送權驊'。"［張元濟校］送權三兄弟五言律一首：席本無。

［48］江關幽思長：幽，陸本、《全唐詩》卷二四九作"憂"，活字本作"夏"。關：活字本作"開"。

［49］和：《全唐詩》卷二四九作"初"。

［50］學：《全唐詩》卷二四九校曰"功，一作學"。［張元濟校］活字本、黃本、徐本、席本作"此"，席本成空格。

［51］［張元濟校］寄劉八山中：活字本、黃本無"山中"二字。

［52］簷：活字本、黃本作"簷"。［張元濟校］各本作"簷"。《全唐詩》卷二四九作"簷"。

［53］［張元濟校］豊：又作"豐"。

［54］君：活字本、《全唐詩》卷二四九作"居"。［張元濟校］又作"居"。園：《全唐詩》卷二四九校曰"一作原"。正：《全唐詩》卷二四九校曰"一作晝"。

［55］花輕疑絮絡：宋刻本、活字本作"花飄疑節疾"，陸本、黃本、《全唐詩》卷二四九作"花飄疑節候"。［張元濟校］又作"花飄疑節候"。

［56］尋湛然寺主不見：［張元濟校］活字本、黃本"寺主"作"上人"。不見：活字本、黃本作"不遇"。

［57］野邑：宋刻本作"野色"，《全唐詩》卷二四九作"田野"。

［58］賦得郢路悲猿：《全唐詩》卷二四九校曰"一本題下有'送客'二字"。

［59］嘉：《全唐詩》卷二四九校曰"一作家"。萊子即老萊子。春秋時楚隱士。陶公即東晉陶潛。

［60］問上人疾：宋刻本、活字本、黃本、《全唐詩》卷二四九"問"下有"正"字。［張元濟校］各本"問"下有"正"字。

［61］送寶叔向入京：《全唐詩》卷二四九作"送寶十九叔向赴一作入京"。

［62］吳：原作"吾"，據活字本、黃本、袁本、席本、《全唐詩》卷二四九改。

［63］同：宋刻本作"和"，《全唐詩》卷二四九校曰"和，一作同"。［張元濟校］活字本、黃本、袁本、席本作"和"。樊潤州即樊晃，又名樊冕。郡望南陽湖陽（今河南唐河西南湖陽鎮）。《元和姓纂》卷四"南陽樊氏"載："晃，兵部員外、潤州刺史"。

［64］冕：宋刻本作"晃"。［張元濟校］活字本、袁本作"晃"。

［65］［張元濟校］送蔣評事往福州五言律一首：活字本、黃本、徐本無。

［66］早：宋刻本、陸本、《唐人詩》此字缺。

［67］君若許：宋刻本、陸本、活字本、《唐人詩》、黃本、袁本、徐本作"若□許"。《全唐詩》卷二四九校曰"君若，一作若可"。席本作"若可許"。

［68］縈：《全唐詩》卷二四九作"榮"。［張元濟校］活字本、黃本、袁本、徐本作"榮"，席本作"榮"。秦：《全唐詩》卷二四九作"春"。

［69］見：活字本、黃本作"日"。

［70］每：原作"無"，據宋刻本、活字本、黃本、《全唐詩》卷二四九改。

[71] 泊：原作"迫"，據活字本、陆本、《唐人詩》、黄本、《全唐詩》卷二四九改。[張元濟校]又作"泊"。
[72] 到：《全唐詩》卷二四九作"是"。[張元濟校]活字本、黄本、徐本、席本作"是"。
[73] 多：黄本作"客"。
[74] 此：《全唐詩》卷二五〇作"上"。
[75] 同樊潤州游東山：游東山，《全唐詩》卷二五〇作"游郡東山"。樊潤州即樊晃。[張元濟校]活字本、黄本、袁本、席本"游"下有"郡"字。
[76] 湯：《全唐詩》卷二五〇校曰"泉，一作湯"。
[77] 魯儒求一謁，無路獨如何：《全唐詩》卷二五〇校曰"一作接輿來自楚，朝夕值行歌"。
[78] 惟：活字本、黄本作"唯"。
[79] 合：宋刻本、陆本、《唐人詩》此字缺。《全唐詩》卷二五〇校曰"一作益"。[張元濟校]活字本、徐本、袁本"合"字空格，黄本作"知"，席本作"益"。
[80] 扁：黄本誤作"偏"。
[81] 嶢：活字本作"堯"。
[82] 度：黄本作"渡"。
[83] 宗：《全唐詩》卷二五〇校曰"崇，一作宗"。[張元濟校]活字本、黄本、袁本、席本作"崇"。
[84] 挽：原作"晚"，據宋刻本、活字本、《全唐詩》卷二五〇改。[張元濟校]當作"挽"。
[85] 但：宋刻本、活字本、黄本作"徂"。[張元濟校]各本作"徂"。
[86] [張元濟校]從：席本"從"字空格。
[87] 盧山：陆本作"廬山"。《全唐詩》卷二五〇校曰"廬，一作盧"。
[88] 群：《全唐詩》卷二五〇校曰"群，一作三"。
[89] 籍甚漢公卿：原作"缺五字"，據宋刻本、活字本補，《全唐詩》卷二五〇校曰"籍甚漢公卿，一本缺此五字"。[張元濟校]各本作"籍甚漢公卿"。
[90] 霞：《全唐詩》卷二五〇校曰"塵，一作霞"。
[91] 窮：《全唐詩》卷二五〇校曰"一作多"。
[92] 紛紛：陸本、《唐人詩》本少一"紛"字。
[93] 陸潛夫尋友：《全唐詩》卷二五〇作"陸潛夫茅山尋友"。
[94] 齎糧：宋刻本作"賫粮"。
[95] 嘯：宋刻本作"歌"，《全唐詩》卷二五〇校曰"一作歇"。楓：《全唐詩》卷二五〇校曰"一作松"。[張元濟校]活字本、黄本、徐本、袁本作"歌"，席本作"歇"，"楓"作"松"。
[96] [張元濟校]送盧郎中使君赴京五言律一首：活字本、黄本無。
[97] 入：原作"八"，據宋刻本、活字本、《全唐詩》卷二五〇改。[張元濟校]各本作"入"。
[98] 但：宋刻本作"且"。《全唐詩》卷二五〇校曰"一作且"。[張元濟校]活字本、黄本、徐本、席本作"且"。

[99] 情：《全唐詩》卷二五〇校曰"一作人"。
[100] 空：陸本、《唐人詩》此字缺。[張元濟校]活字本、徐本、袁本"空"字作空格。
[101] 本：宋刻本、黃本作"木"。筎：原本作"茹"，據張元濟校改。
[102] 因：宋刻本、《全唐詩》卷二五〇作"陰"。[張元濟校]活字本、黃本、徐本、席本作"陰"。
[103] 水：原作"冰"，據宋刻本、活字本、黃本改。[張元濟校]各本作"水"。
[104] 漠：活字本、黃本作"漢"。
[105] 隔：《全唐詩》卷二五〇校曰"一作事"。中人：《全唐詩卷二五〇》校曰"一作年年"。
[106] 譙：活字本作"燕"。但：活字本作"衵"。
[107] 客：宋刻本、活字本、《全唐詩》卷二五〇作"路"。[張元濟校]作"路"。
[108] 送元晟歸潛山所居：《全唐詩》卷二五〇校曰"一作送王山人歸別業"。晟，《全唐詩》卷二五〇校曰"一作盛"。
[109] 事：《全唐詩》卷二五〇校曰"一作意"。歸：《全唐詩》卷二五〇校曰"君，一作歸"。復：《全唐詩》卷二五〇校曰"一作意"。
[110] 招隱：黃本誤作"招應"。是：《全唐詩》卷二五〇校曰"一作足"。
[111] 空：《全唐詩》卷二五〇校曰"一作應"。
[112] 西南水：原作"曲南永"，據活字本、陸本、《唐人詩》改，《全唐詩》卷二五〇作"西南永"。[張元濟校]江路曲南永：活字本、黃本、袁本作"亞"，席本無此五字。《全唐詩》卷二五〇校曰"一作劉長卿詩"。據考證當爲皇甫冉詩。
[113] 近：宋刻本作"比"。《全唐詩》卷二五〇作"比，一作近"。[張元濟校]活字本、黃本、徐本、袁本作"比"。
[114] 樹：《全唐詩》卷二五〇校曰"一作路"。
[115] 宿：原作"宣"，據活字本、黃本、席本、《全唐詩》卷二五〇改。
[116] 滿：《全唐詩》卷二五〇校曰"一作暮"。
[117] 石：陸本、《唐人詩》作"古"，《全唐詩》卷二五〇作"古，一作石"。[張元濟校]各本作"古"。
[118] 更：《全唐詩》卷二五〇校曰"一作又"。
[119] [張元濟校]還：活字本、黃本、徐本作"遠"。
[120] 逢：《全唐詩》卷二五〇校曰"一作經"。勞：《全唐詩》卷二五〇校曰"一作妨"。
[121] 閑：《全唐詩》卷二五〇校曰"閉，一作閑"。
[122] 遙：《全唐詩》卷二五〇校曰"一作靜"。君：原作"居"，據活字本、黃本、席本、《全唐詩》卷二五〇改。[張元濟校]活字本、黃本、徐本、席本作"君"。
[123] 奉和對雪：《全唐詩》卷二五〇校曰"一本作'奉和王相公喜雪'"。
[124] 雪：活字本作"雲"。
[125] 今：《全唐詩》卷二五〇校曰"令，一作今，又作全"。裘：陸本、《唐人集》作"襄"。

[張元濟校]裘：活字本、黃本、袁本、徐本作"褏"。《全唐詩》卷二五〇校曰"褏，一作裘"。

[126] 送蕭獻：宋刻本、活字本"獻"下有"士"字。《全唐詩》卷二五〇校曰"送蕭獻士，一本題下有'往鄴中'三字"。[張元濟校]各本"獻"下有"士"字。

[127] 孤：《全唐詩》卷二五〇校曰"一作閑"。[張元濟校]孤：活字本"孤"字空格，黃本作"閑"。

[128] [張元濟校]上：黃本作"土"，徐本、袁本作"士"。

[129] 溪景：宋刻本、活字本作"景溪"。《全唐詩》卷二五〇校曰"景溪，一作溪景"。[張元濟校]各本作"景溪"。

[130] 往：《全唐詩》卷二五〇校曰"一作赴"。

[131] 公：活字本、《全唐詩》卷二五〇作"分"。[張元濟校]公：又作"分"。

[132] 緑：活字本作"緣"。《全唐詩》卷二五〇校曰"縈，一作緣"。[張元濟校]又作"緣"。澤：《全唐詩》卷二五〇校曰"塞，一作澤"。

[133] 泊處：《全唐詩》卷二五〇校曰"一作日到，一作度泊"。清：《全唐詩》卷二五〇校曰"一作平"。

[134] 無：《全唐詩》卷二五〇作"元"。起：《全唐詩》卷二五〇校曰"一作富"。

[135] 奉和對山僧：活字本作"同杜相公對山僧"，《全唐詩》卷二五〇校曰"一作同杜相公對山僧"。[張元濟校]席本無。據考證當爲皇甫冉詩。

[136] 閉閣閑：陸本作"閉復閑"。活字本作"閣復閑"。

[137] 喧：活字本作"啼"，《全唐詩》卷二五〇校曰"一作啼"。

[138] 辰：陸本、活字本作"晨"。住：陸本、活字本作"駐"。[張元濟校]活字本、黃本作"往"。

[139] 杯：《全唐詩》卷二五〇校曰"一作杖"。

[140] 寺：《全唐詩》卷二五〇作"祀"。

[141] 和韓郎中揚子雪寄山陰嚴維：原作"和朝郎中楊子玩雪滿寄山陰嚴維"。揚，據《全唐詩》二〇六、二五〇改。《全唐詩》卷二〇六載李嘉祐所作《和韓郎中揚子津》。滿，據宋刻本、活字本、陸本、《唐人詩》《全唐詩》删。[張元濟校]徐本無"滿"字。

[142] 川：陸本、《唐人詩》作"州"。

[143] 放：原作"訪"，據宋刻本、活字本、《全唐詩》卷二五〇改。[張元濟校]各本作"放"。

[144] 送田濟揚州赴選：《全唐詩》卷二五〇作"送田濟之揚州赴選"。[張元濟校]活字本、黃本、席本"濟"下有"之"字。

[145] 樓：宋刻本、陸本、《唐人詩》作"摟"。

[146] 在：《全唐詩》卷二五〇校曰"一作處"。

[147] 景致：《全唐詩》卷二五〇作"烟景"。

[148] 送韋山人歸鍾山所居：該詩作者不定，《全唐詩》卷二五〇校曰"一作郎士元詩"。

[149] 未：《全唐詩》卷二五〇校曰"已，一作未"。
[150] 作：宋刻本作"涙"，《全唐詩》卷二五〇校曰"一作閲"。[張元濟校]活字本、黄本"作"字空格，席本作"閲"。
[151] 延陵：活字本無"延"字。陸本、《唐人詩》作"江陵"。《全唐詩》卷二五〇校曰"延，一作江"。
[152] [張元濟校]業：活字本、黄本、徐本、袁本作"鄴"。
[153] 逢：《全唐詩》卷二五〇校曰"一作隨"。
[154] 朝寺：《全唐詩》卷二五〇校曰"一作峰項"。
[155] 冥冥：《全唐詩》卷二五〇作"溟溟"。
[156] 聯：《全唐詩》卷二五〇作"連"。
[157] 州：活字本作"洲"。
[158] 地：《全唐詩》卷二五〇校曰"一作願"。
[159] 時：《全唐詩》卷二四九校曰"一作人，又"。
[160] 露：陸本作"路"。[張元濟校]活字本、黄本、徐本、袁本作"路"。
[161] [張元濟校]客：活字本、黄本作"去"。
[162] 下：《全唐詩》卷二四九校曰"一作上"。山：《全唐詩》卷二四九校曰"一作風"。路：《全唐詩》卷二四九校曰"一作晚"。
[163] 東：陸本、活字本、《全唐詩》卷二四九作"來"。查：活字本作"賒"。
[164] 門：原作"問"，據宋刻本、活字本、《全唐詩》卷二四九改。[張元濟校]各本作"門"。
[165] 住：活字本作"往"。迹：陸本作"綜"，《全唐詩》卷二四九作"蹤"。[張元濟校]迹：活字本、黄本、席本作"蹤"，袁本作"踪"。
[166] 送普門上人：該詩作者不定，《全唐詩》卷二五〇校曰"一作皇甫曾詩，題下有還陽羨三字"。
[167] 難：《全唐詩》卷二五〇校曰"一作雖"。
[168] 深：《全唐詩》卷二五〇校曰"一作暮"。
[169] [張元濟校]嫩：活字本、黄本作"嬾"。
[170] 送夔州班使君：當爲盧綸詩，誤收。[張元濟校]各本無。
[171] 前：《全唐詩》卷二五〇作"邊"。
[172] 城：《全唐詩》卷二五〇作"山"。
[173] 酬袁補闕中天寺：《全唐詩》卷二五〇校曰"酬裴補闕吴寺見尋，一作酬裴補闕中天寺見寄"。[張元濟校]席本作"裴補闕吴寺"，活字本、黄本、徐本、袁本無。
[174] 社：《全唐詩》卷二五〇校曰"構，一作社"。
[175] 和謝舍人雪後寓直：當爲皇甫曾詩，誤收。[張元濟校]各本無。
[176] [張元濟校]歸陽羨兼送劉八長卿：各本無。
[177] 閉：《全唐詩》卷二五〇校曰"一作向"。

[178] [張元濟校]尋戴處士：各本無。
[179] 早發中巖寺別契上人：當爲許渾詩，誤收。[張元濟校]各本無。《全唐詩》卷五二八載許渾所作《早發中巖寺契直上人》，此首詩爲誤收。
[180] 酬鄭高郵秋夜見寄：當爲皇甫曾詩，誤收。[張元濟校]各本無。

唐皇甫冉詩集卷之四

五言排律

酬張二仲彝[①]

吳洲見芳草,楚客動歸心。居宋鄉山古,[1]荊衡烟雨深。艱難十載別,羇旅四愁侵。澧月通沅水,湘雲入桂林。已看生白髮,當爲乏黃金。江海時相見,唯聞梁甫吟。

答張諲劉方平兼呈賀蘭廣

野性難馴狎,荒郊自閉門。心閑同海鳥,日夕戀山村。[2]屢枉瓊瑤贈,如今道術存。[3]遠峰時振策,春雨耐香源。復有故人在,寧聞簪鵲喧。[4]青青草色綠,終是待王孫。

酬包評事壁畫山水見寄

一官知所傲,[5]本意在雲泉。濡翰生新興,群峰忽眼前。黛中分遠近,筆下起風烟。岩翠深樵路,湖光出釣船。寒侵赤城頂,日照武陵川。若覽名山志,仍聞招隱篇。遂令江海客,惆悵憶閑田。

贈鄭山人

白首滄洲客,陶然得此生。龐公採藥去,萊氏與妻行。[②] 乍見還

---

① 張二:即張南史。《新唐書》卷六〇《藝文志四》載:"字季直,幽州人。以試參軍避亂居揚州楊子,再召之,未赴,卒。"

② 龐公:指龐德公。東漢襄陽人。躬耕於襄陽峴山之南,曾拒絕劉表的禮請。後隱居鹿門山,采藥以終。萊氏即老萊子。春秋时楚隐士。漢劉向《古列女傳》卷二《賢明傳》載:"楚老萊妻,楚老萊子之妻也。……老萊與妻,逃世山陽。蓬蒿爲室,莞葭爲蓋。"

州里,[6]全非隱姓名。桂帆臨海嶠,[7]賈酒秣陵城。伐木吳山曉,持竿越水清。家人恣貧賤,[8]物外任衰榮。忽爾辭林壑,高歌至上京。避喧心已慣,念遠夢頻成。石路寒花發,江田臘雪明。玄纁倘有命,①何以遂躬耕。

河南鄭少尹城南亭送鄭判官還河東

使臣懷餞席,亞尹有前溪。② 客是仙舟裏,途從御苑西。泉聲喧暗竹,草色引長堤。故絳青山在,新田綠樹齊。天秋聞別鵠,[9]關曉待鳴雞。應歡沉冥者,年年津路迷。

登玄元廟③

古廟川原迴,重門禁籞連。[10]海童紛翠蓋,羽客事瓊筵。御路分疏柳,離宮出苑田。興新無向背,望久辯山川。[11]物外將遺老,區中誓絶緣。[12]函關若遠近,紫氣獨依然。

冬夜集賦得寒漏

清冬洛陽客,寒漏建章臺。④ 出禁因風徹,縈窗共月來。偏將殘瀨雜,乍與遠鴻哀。遥夜重城警,流年滴水催。閑齋堪坐聽,況有故人杯。

寄江東李判官

遠懷不可道,歷稔勸離憂。洛下聞新雁,江南想暮秋。澄清佐八使,⑤綱紀案諸侯。地識吳平久,才當晋用求。時賢幾殂謝,[13]摘藻

---

① 玄纁:後世帝王用作延聘賢士的禮品。《後漢書》卷八三《韓康傳》:"桓帝乃備玄纁之禮,以安車聘之。"
② 亞尹:少尹的別稱。
③ 玄元廟:《新唐書》卷九載:"上遣使就函谷故關尹喜臺西發得之,乃置玄元廟於大寧坊。"
④ 洛陽:今河南省洛陽市。建章:漢代長安宮殿名。
⑤ 八使:漢順帝時的周舉、杜喬等八人同日拜使,巡行州郡,謂之"八使"。

繼風流。更有西陵作,還成北固游。① 歸程限尺牘,[14]王事在扁舟。山色臨湖盡,猿聲入夢愁。

送從弟豫貶遠州[15]

何事成遷客,思歸不見鄉。游吳經萬里,吊屈過三湘。② 水與荆巫接,山通鄢郢長。③ 名嗟黃綬繫,身是白眉良。[16]獨結南枝恨,應思北雁行。憂來沽楚酒,玄髮莫凝霜。[17]

太常魏博士遠出賊庭江外相逢因叙其事

烽火驚戎塞,豺狼犯帝畿。川原無稼穡,日月翳光輝。里社枌榆毀,宮城騎吏非。群生被慘毒,雜虜耀輕肥。[18]多士從芳餌,[19]唯君識禍機。心同合浦葉,命寄首陽薇。④ 耻作纖鱗煦,方隨高鳥飛。山經商嶺出,水泛漢池歸。離別霜凝鬢,逢迎淚迸衣。京華長路絶,江海故人稀。秉節身常苦,求仁惠不違。[20]祇應窮野外,耕種且相依。

上禮部陽侍郎[21]

郢匠掄材日,⑤轅輪必盡呈。敢言當一幹,徒欲隸諸生。末學慚鄒魯,[22]深仁録弟兄。餘波知可挹,弱植更求榮。績愧他年敗,功期此日成。方因舊桃李,猶冀載飛鳴。[23]道淺猶懷分,時移但自驚。關門驚暮節,林壑廢春耕。十里嵩峰近,千秋潁水清。烟花迷戍谷,墟落接陽城。⑥ 渺默思鄉夢,遲回知己情。勞歌終此曲,還是苦辛行。

---

① 北固:山名。固,也寫作"顧"。在今江蘇省鎮江市東北。有南、中、北三峰。北峰三面臨江,形勢險要,故稱"北固"。
② 三湘:湖南湘鄉、湘潭、湘陰(或湘源),合稱三湘。
③ 鄢郢:春秋楚文王定都於郢,惠王之初曾遷都於鄢,仍號郢。因以"鄢郢"指楚都。
④ 合浦:古郡名。漢置,郡治在今廣西壯族自治區合浦縣東北,縣東南有珍珠城,又名白龍城,以産珍珠著名。首陽:山名。一稱雷首山,相傳爲伯夷、叔齊采薇隱居處。
⑤ 郢匠:喻指衡文取士的考官或砥礪切磋的師友。
⑥ 陽城:山名。《左傳·昭公四年》:"四岳、三塗、陽城、大室、荆山、中南,九州之險也。"楊伯峻注:"古陽城在今河南登封縣東南,俗名曰城山嶺。"

宿嚴維宅送包七[24]

江湖同避地，分守自依依。[25]盡室今爲客，經秋空念歸。歲儲無別墅，寒服羨鄰機。草色村橋晚，蟬聲江樹稀。夜涼宜共醉，時難惜相違。何事隨陽侶，汀洲忽皆飛。[26]

送李萬州赴饒州覲省① 得西字

前程觀拜慶，舊館惜招攜。[27]荀氏風流日，胡家清白齊。[28]川回吳岫失，塞闊楚雲低。舉目觀魚鳥，[29]驚心怯皷鼙。人稀漁浦外，灘沙定山西。[30]無限青青草，王孫去不迷。

送鄒判官赴河南[31]②

看君發原隰，四牡去皇皇。始罷滄江吏，還隨粉署郎。海沂軍未息，河畔歲仍荒。征稅人全少，榛蕪虜近亡。所行知宋遠，相隔嘆淮長。早晚裁書寄，銀鈎釣八行。[32]

送歸中丞使新羅③

詔使殊方遠，朝儀舊典行。浮天無盡處，望日計前程。暫喜孤山出，長愁積水平。野風飄疊皷，海雨濕危旌。異俗知文教，通儒有令名。還將大戴禮，方外受諸生。[33]

劉侍御朝命許停官歸侍

孟孫唯問孝，萊子復辭官。幸遂溫清願，[34]其甘稼穡難。採芝供上藥，拾槿奉晨飱。棟裏雲藏雨，山中暑帶寒。非時應有筍，[35]閑地

---

① 李萬：生卒年不詳，曾任司倉一職。

② 鄒判官：即鄒紹先，《全唐詩》卷二一五云："鄒紹先，劉長卿同時人，曾爲河南判官，與長卿相往還。"

③ 歸中丞：即歸崇敬，字正禮，吳縣（今江蘇蘇州）人。歷任倉部郎中、御史中丞等。《舊唐書》卷一四九、《新唐書》卷一六四有傳。

盡生蘭。賜告承優詔,[36]長筵永日歡。

夜集張謹所居[37] 得飄字

江南成久客,門館日蕭條。[38]唯有圖書在,多傷鬢髮凋。[39]諸生陪講誦,稚子給漁樵。[40]虛室寒燈静,空堦落葉飄。滄洲自有趣,誰道隱須招。

奉和獨孤中丞遊法華寺[41]①

謝君臨郡府,越國舊山川。訪道三千界,當仁五百年。岩空驪駬響,樹密旆旌連。閣影臨空壁,[42]松聲助亂泉。開門得初地,伏檻接諸天。向背春光滿,樓臺古制全。[43]群峰争彩翠,百谷會風烟。香像隨僧久,[44]祥烏報客先。清心乘暇日,稽首慕良緣。法證無生偈,詩成大雅篇。蒼生望已久,回駕獨依然。

閑居作

多病辭官罷,閑居作賦成。圖書唯藥籙,[45]飲食止藜羹。學謝淹中術,詩無鄴下名。不堪趨建禮,詎是厭承明。已輟金門步,方從石路行。遠山期道士,高柳覓先生。性懶尤因疾,家貧自少營。[46]種苗雖尚短,穀價幸全輕。篇咏投康樂,壺觴就步兵。何人肯相訪,[47]開户一逢迎。

送處州裴使君赴京

使君朝北闕,車騎發東方。別喜天書召,寧憂地脉長。山行朝復夕,水宿露爲霜。秋草連秦塞,孤帆落漢陽。新銜趨建禮,舊位識文昌。唯有束歸客,應隨南雁翔。[48]

---

① 獨孤中丞：即獨孤峻。

和袁郎中破賊後經剡中山水①

武庫分帷幄,儒衣事鼙鼛。兵連越徼外,寇盡海門西。節比全疏勒,功當雪會稽。[49]旌旗回剡嶺,士馬濯靈溪。[50]受律梅初發,班師草未齊。行看佩金印,[51]豈得訪丹梯。

送魏六侍御葬

哭葬寒郊外,行將何所從。盛曹徒列柏,[52]新墓已栽松。海月同千古,江雲覆幾重。[53]舊書曾諫獵,[54]遺草議登封。疇昔輕三事,常期老一峰。門臨商嶺道,窗引洛城鐘。應積泉中恨,無因世上逢。招尋偏見厚,疏慢亦相容。張范危通夢,求羊永絶蹤。[55]②誰知長卿疾,歌賦不還邛。

送王相公赴幽州[56]一作韓翃詩

黃閣開帷幄,丹墀拜冕旒。位高湯左相,權總漢諸侯。不改周南化,仍分趙北憂。雙旌過易水,千騎入幽州。塞草連天暮,邊風動地秋。無因陪遠道,結束佩吳鈎。

東郊迎春[57]

曉見蒼龍駕,東郊春已迎。綵雲天仗合,玄象太階平。佳氣山川秀,和風政令行。勾陳霜騎肅,御道雨師清。律向韶陽變,人隨草木榮。遙觀上林樹,[58]今日遇遷鶯。

華清宮[59]

驪岫接新豐,岩嶢駕翠空。鑿山開秘殿,隱霧閉仙宮。絳闕猶栖

---

① 袁郎中：即袁傪。
② 張范：漢張良、春秋越范蠡的并稱。兩人俱善謀,又皆功成隱退。求羊：漢代隱士求仲與羊仲的并稱。

鳳,雕梁尚带虹。溫泉曾浴日,華館舊迎風。肅穆瞻雲輦,沉深閉綺櫳。東郊倚望處,瑞氣靄濛濛。

和鄭少尹祭中嶽寺北訪蕭居士越上方

肅事祠靈境,[60]尋真到隱居。夤緣幽谷遠,蕭散白雲餘。晚節持僧律,他年著道書。海邊曾狎鳥,濠上正觀魚。寂靜求無相,淳和覿太初。一峰綿歲月,萬姓任盈虛。[61]籬隔溪中度,空臨澗水疏。[62]謝公懷舊壑,回駕復何如。

適荊州途次南陽贈何明府

千里獨遊日,有懷誰與同。言過細陽令,一遇朗陵公。清節邁多士,斯文傳古風。閭閻知俗變,原野識年豐。吾道方在此,前程殊未窮。江天經峴北,客思滿巴東。夢渚多愁遠,山丘晴望通。[63]應嗟出處異,流蕩楚雲中。

【校勘記】

[１]［張元濟校］居:活字本、黃本、徐本、席本作"屈"。
[２]巒:［張元濟校］各本作"戀"。《全唐詩》卷二四九作"戀"。
[３]如今道術存:《全唐詩》卷二四九校曰"今,一作令"。道:宋本、陸本、活字本、《唐人詩》本缺此字。［張元濟校］席本作"令",各本"道"字空格。
[４]簹:宋刻本作"盧"。［張元濟校］活字本、黃本、徐本、袁本作"盧",席本空格。《全唐詩》卷二四九校曰"盧,一作簹"。
[５]一:原作"達",據宋刻本、陸本、活字本、《全唐詩》卷二四九改。［張元濟校］達:各本作"一"。
[６]州:陸本、《唐人詩》作"洲"。
[７]桂:活字本、《全唐詩》卷二四九作"柱"。［張元濟校］疑作"挂"。
[８]恣:《全唐詩》卷二四九校曰"一作忘"。
[９]鵠:《全唐詩》卷二四九校曰"一作鶴"。［張元濟校］席本作"鶴"。
[10]籞:活字本作"禦"。
[11]辯:活字本、《全唐詩》卷二四九作"辨"。

[12] 物：《唐人詩》誤作"揚"。
[13] 殂：活字本作"殖"。
[14] 程：《全唐詩》卷二四九校曰"途，一作程"。
[15] 送從弟豫貶遠州：《全唐詩》卷二四九校曰"一作劉長卿詩。題作'送從弟貶袁州'"。據佟培基、韓立新考證應爲劉長卿詩。
[16] 身：《全唐詩》卷二四九校曰"才，一作身"。
[17] 沽：宋刻本、陸本作"活"。[張元濟校]髮：席本、徐本、袁本作"鬢"。
[18] [張元濟校]虜：席本空格。
[19] 多：活字本作"毁"。
[20] 惠：活字本、《全唐詩》卷二四九作"志"。[張元濟校]各本作"志"。
[21] 陽侍郎：原作"楊侍郎"，據《唐摭言》卷一四、《全唐文》卷一一七改。
[22] 末：原作"未"，據《全唐詩》卷二四九改。[張元濟校]又作"末"。
[23] 兾：活字本作"異"。《全唐詩》卷二四九校曰"一作異"。[張元濟校]活字本、黃本、徐本、袁本作"異"。
[24] 宿嚴維宅送包七：《全唐詩》卷二四九校曰"一作劉長卿詩。題下作送包佶"。據佟培基、韓立新考證當爲皇甫冉詩。
[25] 守：活字本、《全唐詩》卷二四九作"手"。[張元濟校]各本作"手"。
[26] 皆：活字本、《全唐詩》卷二四九作"背"。[張元濟校]何事隨陽侣：活字本、黃本、徐本、袁本"隨陽"二字空格。
[27] 觀：活字本作"親"。《全唐詩》卷二五〇校曰"一作歡"。[張元濟校]當作"觀"。舊館：《全唐詩》卷二五〇校曰"一作異縣"。
[28] 日：《全唐詩》卷二五〇作"遠"。荀氏即荀彧。胡家即胡質。
[29] 觀：宋刻本作"親"。《全唐詩》卷二五〇校曰"親，一作觀"。[張元濟校]各本作"親"。
[30] 沙：活字本、《全唐詩》卷二五〇作"淺"。[張元濟校]活字本、黃本、徐本、席本作"淺"。
[31] 送鄒判官赴河南：《全唐詩》卷二五〇校曰"一作劉長卿詩"。
[32] 釣：宋刻本、活字本、《全唐詩》卷二五〇作"佇"。[張元濟校]各本作"佇"。八：《唐人詩》作"入"。
[33] 戴：陸本、活字本此字缺。[張元濟校]活字本、徐本、袁本"戴"字空格，黃本作"唐"。受：宋刻本、《全唐詩》卷二五〇作"授"。[張元濟校]活字本、黃本、徐本作"授"。
[34] 願：宋刻本、活字本作"所"。[張元濟校]徐本、袁本作"所"，席本"清願"二字作"清所"。
[35] 應：原作"因"，據宋刻本、活字本、《全唐詩》卷二五〇改。[張元濟校]活字本、黃本、徐本、袁本"應"。
[36] 詔：《全唐詩》卷二五〇校曰"一作老"。活字本此字缺。[張元濟校]活字本、徐本、袁本"詔"字空格，黃本作"老"。

[37] 謹：宋刻本作"謌"。[張元濟校]各本作"謌"。
[38] 肅：《全唐詩》卷二五〇作"蕭"。[張元濟校]又作"蕭"。
[39] 唯：宋刻本、陸本《全唐詩》卷二五〇作"惟"。
[40] 稚子：宋刻本作"稚了"。陸本作"穉子"。
[41] 和：原作"賀"，據宋刻本、活字本、《全唐詩》卷二五〇改。
[42] 臨：宋刻本、活字本、《全唐詩》卷二五〇作"凌"。
[43] 制：活字本作"製"。《全唐詩》卷二五〇校曰"一作製"。[張元濟校]又作"製"。
[44] 像：活字本、《全唐詩》卷二五〇作"象"。[張元濟校]又作"象"。
[45] [張元濟校]籙：席本作"録"。
[46] 少：《全唐詩》卷二五〇校曰"省，一作少"。[張元濟校]少：又作"省"。
[47] 人：原作"日"，據宋刻本、《全唐詩》卷二五〇改。[張元濟校]各本作"人"。
[48] 唯有東歸客，應隨南鴈翔：宋刻本、陸本、活字本、《唐人詩》"東歸客應"四字空格。[張元濟校]"東歸客應"四字空格。
[49] 會稽：陸本、《唐人詩》作"會秸"。
[50] 濯：《全唐詩》卷二五〇校曰"一作躍"。靈：《全唐詩》卷二五〇校曰"耶，一作靈"。
[51] 金：《全唐詩》卷二五〇校曰"一作侯"。
[52] 柏：活字本作"指"。
[53] 覆：《全唐詩》卷二五〇校曰"一作復"。
[54] 獵：活字本作"臘"。
[55] 唯：原作"危"，據宋刻本、活字本、《全唐詩》卷二五〇改。[張元濟校]作"唯"。永：陸本、活字本作"承"。
[56] 送王相公赴幽州：《全唐詩》卷二四二載爲張繼詩，題《奉送王相公赴幽州》。據韓立新考證爲韓翃詩。[張元濟校]各本無。
[57] [張元濟校]東郊迎春：活字本、黃本、徐本、袁本無。
[58] 觀：《全唐詩》卷二五〇校曰"一作歡"。樹：《全唐詩》卷二五〇校曰"一作苑"。[張元濟校]樹：席本作"苑"。
[59] [張元濟校]華清宮：各本無。
[60] 事：《全唐詩》卷二四九作"寺"。
[61] 姓：《全唐詩》卷二四九作"性"。
[62] 籬隔溪中度，空臨澗水疏：籬隔溪，《全唐詩》卷二四九校曰"一作門掩林"。中，宋刻本、活字本、《全唐詩》卷二四九作"鍾"。[張元濟校]作"鍾"。空，《全唐詩》卷二四九作"窗，一作空"。水，《全唐詩》卷二四九作"木"，[張元濟校]作"木"。
[63] 夢渚多愁遠，山丘晴望通：多：原作"夕"，據宋刻本改。[張元濟校]活字本、黃本、徐本、袁本作"多"，席本空格。山：《全唐詩》卷二四九校曰"一作巴"。

唐皇甫冉詩集卷之五

七言律詩

三月三日義興李明府後亭泛舟[1]①

江南烟景復如何？聞道新亭更可過。處處蓺蘭春浦綠,[2]萋萋藉草遠山多。壺觴須就陶彭澤,時俗猶傳晉永和。[3]更使輕橈徐轉去,微風落日水增波。

送李録事赴饒州[4]

北人南去雪紛紛,雁叫汀沙不可聞。[5]積水長天隨遠客,荒城極浦足寒雲。[6]山從建業千峰斷,江至潯陽九派分。[7]借問督郵纔弱冠,府中年少不如君。

秋夜有懷高十五兼呈空和尚[8]②

晚節聞君趨道深,結茅栽樹近東林。大師幾度曾摩頂,高士何年遂發心。北渚三更聞過雁,西城萬里動寒砧。不見支公與玄度,相思擁膝坐長吟。

---

① 李明府：即烏程縣令李伯宜。唐詩人皎然有詩《贈烏程李明府伯宜沈兵曹仲昌》《感興贈烏程李明府伯宜兼簡諸秀才》等詩。

② 高三十五：即高適。《全唐詩》卷二一六載杜甫詩《送高三十五書記》,題後注："高適,渤海人。解褐爲封丘尉,不就。客游河西,哥舒翰奇之,表爲書記。"空和尚：即不空和尚,《全唐文》卷四七載代宗所作《追贈不空和尚詔》。

玄元觀送李深李風還奉先華陰[9]

此去那知道路遥，寒原紫府上迢迢。莫持別酒傾瓊液，[10]乍唱離歌和鳳簫。遠水東流浮落景，繚垣西轉失行鑣。華山秦塞長相憶，無使音塵頓寂寥。

送錢塘路少府赴制舉[11]

公車待詔赴長安，[12]客裏新正阻舊歡。遲日未能銷野雪，[13]晴花偏自犯江寒。東溟道路通秦塞，北闕威儀識漢官。[14]共許郤詵工射策，[15]恩榮請向一枝看。

酬張二倉曹楊子所居見寄兼呈韓郎中[16]①

孤雲獨鶴自悠悠，別後經年尚泊舟。[17]漁父置詞相借問，郎官能賦許依投。折芳遠寄三春草，乘興閑看萬里流。[18]莫恠杜門頻乞假，不堪扶病拜龍樓。[19]

使往壽州淮路寄劉長卿[20]②

榛草荒涼村落空，驅馳卒歲亦何功。蒹葭曙色蒼蒼遠，蟋蟀秋聲處處同。鄉路遥知淮浦外，故人多在楚雲東。日夕烟霜那可道，[21]壽陽西去水無窮。

同温丹徒登萬歲樓[22]

高樓獨立—作上思依依，極浦遥山合翠微。[23]江客不堪頻北顧，塞鴻何事復南飛。[24]丹陽古渡寒烟積，[25]瓜步空洲遠樹稀。聞道王師猶轉戰，誰能談笑鮮重圍。

---

① 張二：即張南史。韓郎中：即韓翃，字幼深，京兆長安人。歷任司封郎中、户部郎中、諫議大夫、國子祭酒等。

② 劉長卿：字文房，玄宗天寶進士。歷任監察御史、睦州司馬、隨州刺史等。壽州：今安徽省六安市壽縣境内。

宿淮陰南樓酬常伯能

淮陰日落上南樓,喬木荒城古渡頭。浦外野風初入户,窗中海月早知秋。滄波一望通千里,[26]畫角三聲起百憂。佇一作獨立分宵絶一作遠來客,煩君步履忽相求。[27]

酬李補闕①

十年歸客但心傷,三徑無人已自荒。夕宿靈臺伴烟月,晨趨建禮逐衣裳。[28]偶因麋鹿隨豐草,[29]謬荷鴛鷺借末行。縱有諫書猶未獻,春風拂地日空長。

送崔使君赴壽州[30]②一見劉長卿集

列郡專城分國憂,彤襜皂蓋古諸侯。[31]仲華遇主年猶少,公瑾論兵位已酬。③ 草色青青宜建隼,蟬聲處處雜鳴騶。千里相思如可見,淮南木落早驚秋。

館陶李丞舊居④

盛名天下挹餘芳,弃置終身不拜郎。詞藻世傳平子賦,園林人比鄭公鄉。門前墜葉浮秋水,籬外寒皋帶夕陽。日日青松成古木,秖應來者爲心傷。

---

① 李補闕:即李紓。《舊唐書》卷一三七《李紓列傳》:"李紓,字仲舒,禮部侍郎希言之子。少有文學。天寶末,拜秘書省校書郎。大曆初,吏部侍郎李季卿薦爲左補闕,累遷司封員外郎、知制誥,改中書舍人。"

② 崔使君:即崔昭,唐博陵(今山東省茌平縣西北)人。歷任散騎常侍、御史中丞、江西觀察使等。壽州:唐轄境相當今安徽省淮南、壽縣、六安、霍山、霍邱等市縣地。

③ 仲華:即范曄。公瑾:即周瑜。

④ 館陶李丞:即李頎,開元間進士。《國史補》卷下:"開元日……位卑而著名者,李北海、王江寧、李館陶。"

送袁郎中破賊北歸[32]

優詔親賢時獨稀,中途紫綬換征衣。[33]黃香省闥登朝去,楊僕樓船振旅歸。① 萬里長聞隨戰角,十年不得偃郊扉。[34]□□□□□□,但將詞賦奉恩輝。[35]

寄韋司直[36]② 郎士元亦有此詩,未詳誰作。

聞君感嘆二毛初,舊友相邀萬里餘。[37]烽戍有時驚暫定,甲兵何處可安居。客來吳地星霜久,家在平陵音信疏。昨夜春風還入戶,登山臨水復何如。

奉和彭祖井[38]

上公旌節在徐方,舊井莓苔近寢堂。訪古應知彭祖宅,[39]③得仙何必葛洪鄉。清虛不共春池竟,[40]盥漱偏宜夏日長。聞道延年如玉液,欲將調鼎獻明光。

秋日東郊作[41]

閑看秋水心無事,臥對寒林一作松手自栽。[42]廬嶽高僧留偈別,茅山道士寄書來。[43]燕知社日辭巢去,[44]菊爲重陽冒雨開。淺薄將何稱獻納,臨岐終日自遲回。[45]

---

① 黃香:東漢江夏安陸人。字文彊。少時博學能文,時稱"天下無雙,江夏黃童。"初任郎中,曾被詔入東觀,讀官藏典籍。官至尚書令。參閱《後漢書》卷八〇《文苑傳上》有傳。後亦借指史官。

② 韋司直:即唐代韋元甫。

③ 彭祖:傳說中的人物。傳說他善養生,有導引之術,活到八百高齡。見漢劉向《列仙傳·彭祖》。葛洪:東晉道家、醫學家、煉丹術家。字稚川,自號抱樸子,丹陽句容(今屬江蘇)人。自幼好神仙導養之法。先後從鄭隱、鮑玄學煉丹術和道術。後聞交趾出丹砂,求爲勾漏令。攜子侄至廣州,止于羅浮山煉丹。著有《抱樸子》《金匱藥方》《神仙傳》《西京雜記》等。

送張道士歸茅山謁李尊師①

向山獨有一人行，近洞應逢雙鶴迎。常以素書傳子弟，還因白石號先生。[46]無窮杏樹行時種，幾許芝田向月耕。[47]師事少君年歲久，欲隨旌節往層城。[48]

送孔巢父赴河南軍[49]②

江城相送阻烟波，況復新秋一雁過。聞道全師征北虜，更言諸將會南河。邊心杳杳鄉人絶，塞草青青戰馬多。共許陳琳工奏記，知君名宦未蹉跎。③

招隱寺送閻判官還江州[50]④

離別那逢秋氣悲，東林更作上方期。共知客路浮雲外，暫愛僧房墜葉時。長江九派人歸少，寒嶺千重雁度遲。借問潯陽在何處，每看潮落一相思。

李二侍御丹陽東去新亭[51]⑤

姑蘇東望海陵間，幾度裁書信未還。長在府中持白簡，豈知天畔有青山。人歸極浦寒流廣，雁下平蕪秋野閑。舊日新亭更攜手，他鄉風景亦相關。

---

① 李尊師：即李含光，唐揚州江都（今江蘇市揚州市西南）人。玄宗天寶時道士，賜號玄静。《茅山志》卷一〇載："十三代宗師上清真人唐國師正議大夫玄静先生姓李，諱含光，廣陵江都人。"

② 孔巢父：字弱翁，冀州人。少時與李白等隱於徂徠山，號"竹溪六逸"。

③ 陳琳工奏記：陳琳，字孔璋，建安七子之一，嘗爲魏武帝曹操記室。咏軍府中有才能的文人。

④ 閻判官：即閻士和，字伯均，銘州廣平（今河北廣平縣）人。初受業於蕭穎士，歷任江州判官，曾至湖州，與皎然等唱和聯句。

⑤ 李二侍御：即李嘉祐。

【校勘記】

［1］三月三日義興李明府後亭泛舟：《全唐詩》卷二四九校曰"一作劉長卿詩"。據佟培基考證爲皇甫冉詩。

［2］蓺蘭：宋刻本、活字本作"埶蘭"。陸本作"處埶埶蘭"。

［3］時：《全唐詩》卷二四九校曰"一作風"。

［4］李録事：《全唐詩》卷二四九校曰"一作裴員外"。

［5］沙：《全唐詩》卷二四九校曰"一作洲"。

［6］客：宋刻本、活字本作"近"。《全唐詩》卷二四九校曰"一作色"。荒城：《全唐詩》卷二四九校曰"一作荒林，又作孤舟"。

［7］斷：宋刻本、活字本作"遠"。［張元濟校］作"遠"。《全唐詩》卷二四九作"出"，"出"下校曰"一作起，又作斷"。至：《全唐詩》卷二四九校曰"一作自，又作到"。

［8］秋夜有懷高十五：據佟培基、韓立新考證當爲張南史詩。《全唐詩》卷二四九校曰"一作劉長卿詩"。［張元濟校］活字本、黃本無。三十五，原作"十五"，據《全唐詩》卷二四九改。

［9］玄元觀送李深李風：陸本、活字本、《唐人詩》"深"作"源"。《全唐詩》卷二四九"李源，一作深"，"風，一作渢"。［張元濟校］活字本、黃本、徐本、袁本"深"作"源"，席本"風"作"渢"。

［10］持：《全唐詩》卷二四九作"辭"。傾：宋刻本、活字本作"和"，《全唐詩》卷二四九校曰"和，一作傾，又作注"。

［11］塘：陸本、活字本、《唐人詩》《全唐詩》卷二四九作"唐"。

［12］赴：《全唐詩》卷二四九校曰"一作詣"。

［13］銷：活字本作"消"。

［14］識：《全唐詩》卷二四九校曰"一作擁，又作覩"。

［15］共：《全唐詩》卷二四九校曰"一作時"。詵：《全唐詩》卷二四九校曰"一作生"。工射：《全唐詩》卷二四九校曰"一作能對"。

［16］楊：《全唐詩》卷二四九作"揚"。

［17］泊：原作"治"，據宋刻本、活字本、《全唐詩》卷二四九改。［張元濟校］尚治舟：席本"尚"作"向"，"治"各本作"泊"。

［18］閑：活字本作"來"。《全唐詩》卷二四九校曰"一作來"。［張元濟校］活字本、黃本作"來"。

［19］扶：宋刻本作"抶"。

［20］往：《全唐詩》卷二五〇校曰"一作至"。［張元濟校］淮路：活字本、黃本、席本無"淮路"二字。長卿：《全唐詩》卷二五〇校曰"一作判官"。

[21] 霜：《全唐詩》卷二五〇校曰"一作波"。
[22] 丹：《全唐詩》卷二五〇校曰"一作司"。"樓"後校曰"一作劉長卿詩"。據佟培基考證當爲皇甫冉詩。
[23] 立：活字本作"上"。[張元濟校]席本作"上"。合：《全唐詩》卷二五〇校曰"一作涵"。
[24] 顧：《全唐詩》卷二五〇校曰"一作望"。復：《全唐詩》卷二五〇校曰"一作獨，又作又"。
[25] 丹：宋刻本作"聊"，陸本《唐人詩》作"遼"。[張元濟校]徐本、袁本作"遼"。
[26] 通：原作"知"，據宋刻本改。《全唐詩》卷二五〇校曰"通，一作知"。[張元濟校]活字本、黃本、徐本、席本作"通"。
[27] 佇立分宵絕：《全唐詩》卷二五〇校曰"一作獨立宵分遠"。履：宋刻本作"屐"，《全唐詩》卷二五〇校曰"屐，一作履，又作屣"。[張元濟校]活字本、黃本、席本、徐本作"屣"。
[28] 逐：陸本、活字本作"遂"。[張元濟校]活字本、黃本、徐本、袁本作"遂"。
[29] 豐：活字本作"風"。
[30] 送崔使君赴壽州：《全唐詩》卷二五〇校曰"一作劉長卿詩"。據佟培基考證當爲皇甫冉詩。
[31] 襜：活字本作"檐"。
[32] 送袁郎中破賊北歸：《全唐詩》卷二五〇校曰"第七句缺"。
[33] 綏：《全唐詩》卷二五〇校曰"絨，一作綏"。[張元濟校]袁本作"絨"。
[34] 偃：《全唐詩》卷二五〇校曰"偃，一作掩"。
[35] □□□□□□，但將詞賦奉恩輝：原本作"但將詞賦奉□□□□□□恩輝"，據宋刻本、陸本、活字本、《唐人詩》《全唐詩》卷二五〇改。[張元濟校]但將詞賦奉下注缺七字：各本空七格。
[36] 寄韋司直：該詩作者不定。[張元濟校]活字本、黃本無。
[37] [張元濟校]邀：徐本、袁本作"依"。
[38] 奉和彭祖井：原本無"奉和"，據宋刻本、活字本補。《全唐詩》卷二五〇校曰"一本題上有'奉和王相公'五字"。[張元濟校]徐本、袁本"彭"上有"奉和"二字。
[39] 應：宋刻本、活字本作"因"。《全唐詩》卷二五〇作"因"。
[40] 清虛不共春池竟："虛""竟"二字原缺，據黃本、活字本、《全唐詩》卷二五〇補。竟：《全唐詩》卷二五〇校曰"一作競"。[張元濟校]黃本、徐本、袁本"清"下有"虛"字，活字本"池"下有"竟"字，席本"竟"作"競"。
[41] 郊：《全唐詩》卷二四九校曰"一作林"。
[42] 臥：《全唐詩》卷二四九校曰"一作坐"。林：活字本、《全唐詩》卷二四九作"松"。
[43] [張元濟校]寄：席本作"送"。
[44] 燕知：原作"燕曰"，據宋刻本、活字本、《全唐詩》卷二四九改。[張元濟校]各本上

作"知"。
[45] 臨岐終日自遲回：臨岐，原作"岐臨"，據宋刻本、活字本、《全唐詩》卷二四九改。自，《全唐詩》卷二四九校曰"一作獨"。遲，《全唐詩》卷二四九校曰"一作裵"。
[46] [張元濟校]常以素書傳子弟，還因白石號先生：常、子弟，《全唐詩》卷二五〇作"嘗""弟子"。[張元濟校]因：活字本、黄本作"同"。
[47] 無窮杏樹行時種，幾許芝田向月耕：行時，《全唐詩》卷二五〇校曰"一作何年"。向，《全唐詩》卷二五〇校曰"一作帶"。
[48] [張元濟校]旌：席本、徐本、袁本作"斾"。
[49] 送孔巢父赴河南軍：《全唐詩》卷二五〇校曰"一作劉長卿詩"。佟培基考證爲皇甫冉詩。[張元濟校]各本無。
[50] 招隱寺送閻判官還江州：[張元濟校]各本無。閻，原作"聞"，據《全唐詩》卷二五〇改。
[51] [張元濟校]李二侍御丹陽東去新亭：各本無。

唐皇甫冉詩集卷之六

五言絕句

同諸公有懷絕句[1]

舊國迷江樹,他鄉近海門。移家南渡久,童稚解方言。

題畫帳二首

山　水

桂水饒楓衫,[2]荆南足烟雨。猶凝黛色中,復是雒陽岨。[3]

遠　帆

朝見巴江客,暮見巴山客。[4]雲帆倘暫停,中路陽臺夕。[5]

渡汝水向大和山[6]①

落日事搴涉,[7]西南投一峰。誠知秋水淺,但怯無人踪。

秋　怨

長信多秋氣,昭陽借月華。[8]那堪閉永巷,聞道選良家。[9]

山中五咏

門　柳

接影武昌城,分行漢南道。何事閉門外,[10]空對青山老。

---

① 大和山：即武當山。相傳真武曾修煉於此,爲道教名山,亦以傳授武當派拳術著稱,山在湖北均縣西南境。

遠山

少室盡西峰,鳴皋隱南面。柴門縱復關,終日窗中見。[11]

南澗

上路各乘軒,高朋盡鳴玉。[12]寧知澗下人,自愛輕波淥。

春草

草遍潁陽山,[13]花開武陵水。春色既已同,人心亦相似。

山館

山館長寂寂,閑雲朝夕來。空庭復何有,落日照青苔。

同張侍御詠興寧寺經藏院海石榴[14]

嫩葉生初茂,[15]殘花少更鮮。結根龍藏側,故欲抗青蓮。[16]

送王司直[17]

西塞雲山遠,東風道路長。[18]人心勝潮水,相送過潯陽。

婕妤怨[19]

花枝出建章,鳳管發昭陽。[20]借問承恩者,雙蛾幾許長。[21]

酬李判官度梨嶺見寄[22]

隴首怨西征,嶺南雁北顧。[23]行人與流水,共向閩中去。

題盧十所居[24]

春風來幾日,先入辟疆園。身外無餘事,閑吟書閉門。[25]

山半橫雲[26]

湘水風日滿,楚山朝夕空。連峰雖已見,猶念長雲中。

病中對石竹花

散點空堦下,閑凝細雨中。那能久相伴,嗟爾殢秋風。

送王翁信還剡中舊居

海岸耕殘雪,溪沙釣夕陽。家中何所有,[27]春草漸看長。

送陸邃潛夫并序[28]

頃者江淮征鎮,屢有掄材之舉,子不列焉![29]有司之過,予方耕山釣湖,避人如逃寇。徒欲羅高鴻,捕深魚,窮年竭日,其可得也。今齒髮向暮,筋勞無力,衆雛嗷嗷,開口待哺。如有知者,子其行乎,無爲自苦,一絕賦之。[30]

高山回欲登,遠水深難渡。杳杳復漫漫,行人別家去。

楊氏林亭探得古槎

千年古兒多,[31]八月秋濤晚。偶被主人留,那知來近遠。

和王給事禁省梨花詠[32]①

巧解逢人笑,還能亂蝶飛。[33]春時風入户,[34]幾片落朝衣。

送陸鴻漸赴越序[35]②

君自數百里訪予羈病,牽力迎門,握手心喜,宜涉旬日始至焉。究孔釋之名理,窮歌詩之麗則。遠墅孤島,通舟必行,漁梁釣磯,[36]隨意而往。餘興未盡,告云遄征。[37]夫越地稱山水之鄉,轘門當節鉞之重。進可以自薦求試,退可以閑居保和。吾子所行,蓋不在此。尚書郎鮑侯,③知子愛子者,將推食解衣以拯其極,講德游藝以凌其深,豈徒嘗鏡水之魚,宿耶溪之月而已。吾是以無間,勸其晨裝,同賦送遠

---

① 王給事:即王維,字摩詰,山西祁縣人。歷任中書舍人、右拾遺、監察御史、尚書右丞等。《舊唐書》卷一九〇有傳。

② 陸鴻漸:即陸羽,字季疵,又字鴻漸,復州竟陵(今湖北天門)人。

③ 尚書郎鮑侯:即鮑防。《會稽掇英總集》卷一五載鮑防所作《雲門寺濟公上方偈》序:"己酉歲,僕忝尚書郎,司浙南之武。"

客一絕。

行隨新樹深，夢隔重江遠。[38]迢遞風日間，蒼茫洲渚晚。[39]

臺頭寺願上人院古松下有小松栽毫末新生，[40]與纖草不辯重，[41]其有淩雲干霄之志，與趙八員外、裴十補闕同賦之①

細草亦全高，秋毫乍堪比。及至干霄日，何人復居此？

漁子溝寄趙員外裴補闕[42]

欲逐淮潮上，暫停漁子溝。相望知不見，[43]終是屢回頭。

同李三月夜作

霜風驚度雁，月露皎疏林。[44]處處砧聲發，星河秋夜深。

初出沆江夜入湖[45]

放溜出江口，回瞻松栝深。不知舟中月，更引湖間心。

送裴陟歸常州

夜雨須停棹，秋風暗入衣。見君常北望，何事復南歸。[46]

洪澤館壁見禮部尚書題詩[47]

底事洪澤壁，空留黃絹詞。年年淮水上，行客不勝悲。

望南山雪懷山寺普上人②

夜夜夢蓮宮，無由見遠公。朝來出門望，知在雪山中。

---

① 趙八：即趙涓。冀州人。幼有文學。天寶初，舉進士，補鄢城尉，累授監察御史、右司員外郎。河南副元帥王縉奏充判官，授檢校兵部郎中、兼侍御史。《舊唐書》卷一三七有傳。

② 普上人：即普門上人。

贈寄權三客舍[48]

南橋春日暮,楊柳帶清渠。[49]不得同攜手,空成意有餘。[50]

送李山人還[51]

從來無檢束,只欲老烟霞。雞犬聲相應,深山有幾家。

六言附

小江靈一上人[52]

江上年年春早,津頭日日人行。借問山陰遠近,猶聞薄暮鍾聲。

奉寄皇甫補闕[53]又作"張繼寄茂政"

京口情人別久,揚州估客來疏。潮去潯陽來去,[54]相思無處通書。

送鄭二之茅山

水流絶澗終日,草長深山暮春。犬吠雞鳴幾處,條桑種杏何人。

問李二司直所居雲山

門外水流何處,[55]天邊樹繞誰家。山色東西多少,朝朝幾度雲遮。

閑居又作王維詩[56]

桃紅復含宿雨,柳綠更帶春烟。花落家童未掃,鶯啼山客猶眠。

【校勘記】

[1]同諸公有懷絶句:原無"絶句"二字,據宋刻本、目錄頁、《全唐詩》卷二四九補。

[2] 衫:《全唐詩》卷二四九作"杉"。
[3] 凝:《全唐詩》卷二四九作"疑"。[張元濟校]活字本、黃本、席本作"疑"。
[4] 朝見巴江客,暮見巴山客:江,《全唐詩》卷二四九校曰"一作山"。山,宋刻本、活字本作"江"。《全唐詩》卷二四九校曰"江,一作山"。[張元濟校]活字本、黃本、袁本、席本作"江"。
[5] 雲帆倘暫停,中路陽臺夕:停,《全唐詩》卷二四九校曰"一作駐"。中,宋刻本作"巾",[張元濟校]活字本、黃本、徐本"中"字空格。
[6] 大和山:《全唐詩》卷二四九作"太和山"。
[7] 搴:原作"褰",據宋刻本、活字本改。《全唐詩》卷二四九校曰"搴陟,一作褰涉"。
[8] 長信多秋氣,昭陽借月華:氣,《全唐詩》卷二四九校曰"一作草"。借,《全唐詩》卷二四九校曰"一作惜"。
[9] 聞道選良家:聞,陸本作"顧"。良,陸本、《唐人詩》作"長"。
[10] 閉:《全唐詩》卷二四九校曰"閑,一作閉"。
[11] 柴門縱復關,終日窗中見:縱,《全唐詩》卷二四九校曰"一作啟"。關,《全唐詩》卷二四九校曰"一作閉"。終,《全唐詩》卷二四九校曰"一作今"。
[12] 上路各乘軒,高朋盡鳴玉:路,《全唐詩》卷二四九校曰"一作客"。朋,活字本作"明",《全唐詩》卷二四九校曰"明,一作朋"。鳴,宋刻本、活字本為"明"。
[13] 遍:原作"偏",據活字本、黃本、席本、袁本、《全唐詩》卷二四九改。
[14] 石榴:宋刻本、活字本、《全唐詩》卷二四九作"石榴花"。
[15] 生初:原作"初生",據宋刻本、活字本、黃本、徐本、席本、《全唐詩》卷二四九改。
[16] 抗:宋刻本作"競",《全唐詩》卷二四九校曰"并,一作競,又作抗。"[張元濟校]活字本、黃本、徐本、袁本作"竟",席本"競"。
[17] 送王司直:《全唐詩》卷二四九校曰"一作劉長卿詩"。佟培基考證為皇甫冉詩。[張元濟校]席本無。
[18] 風:《全唐詩》卷二四九校曰"一作南"。
[19] 妤:原作"好",據《全唐詩》卷二四九改。[張元濟校]作"婕妤春怨,一本無'春'字"。
[20] 昭陽:原作"朝陽",據宋刻本、活字本、《全唐詩》卷二四九改。
[21] 長:宋刻本作"春"。
[22] 梨:原作"黎",據宋刻本、活字本、《全唐詩》卷二五〇改。
[23] 雁:《全唐詩》卷二五〇校曰"一作應"。
[24] 題盧十所居:宋刻本、活字本作"題盧十一所居",《全唐詩》卷二四九校曰"題盧十一所居,一作盧十"。[張元濟校]活字本、黃本、徐本、席本"十"下有"一"字。
[25] 書:《全唐詩》卷二四九作"畫"。[張元濟校]各本作"畫"。
[26] 半:《全唐詩》卷二四九校曰"中,一作半"。"橫雲"下校曰"一作題畫帳"。
[27] 家:活字本、《唐人詩》作"客"。《全唐詩》卷二五〇校曰"客,一作家"。

[28] 送陸澧潛夫并序：《全唐詩》卷二五〇校曰"賦長道一絶送陸澧潛夫并序，一本無題上五字"。
[29] 掄：宋刻本作"倫"。
[30] 賦之：宋刻本、活字本作"賦長道"。《全唐詩》卷二五〇校曰"長道二字作之"。[張元濟校]作"賦長道"。
[31] 兒：活字本、《全唐詩》卷二五〇作"貌"。[張元濟校]徐本袁本作"兒"，活字本、黃本、席本作"貌"。
[32] 王給事：《全唐詩》卷二五〇校曰"一本有'維'字"。
[33] 巧解逢人笑，還能亂蝶飛：逢，《全唐詩》卷二五〇校曰"一作迎"。還，《全唐詩》卷二五〇校曰"一作偏"。
[34] 時風：活字本作"風時"，《全唐詩》卷二五〇校曰"一作風時"。[張元濟校]活字本、黃本、席本二字乙轉。
[35] 送陸鴻漸赴越序：《全唐詩》卷二五〇作"送陸鴻漸赴越并序"。[張元濟校]活字本、黃本、席本題作"送遠客無序"，徐本、袁本作"同賦送遠客有序"。
[36] 漁：《全唐詩》卷二五〇作"魚"。
[37] 云：《全唐詩》卷二五〇作"去"。
[38] 江：《全唐詩》卷二五〇校曰"一作山"。
[39] 蒼：原作"滄"，據活字本、黃本、徐本、席本、《全唐詩》卷二五〇改。
[40] 栽：陸本《全唐詩》卷二五〇作"裁"。
[41] 辯：《全唐詩》卷二五〇作"辨"。[張元濟校]席本、袁本作"辨"。
[42] 漁子溝：活字本題上有"清明日"三字。《全唐詩》卷二五〇校曰"一本題上有'淮口'二字"。[張元濟校]活字本、黃本、席本"漁"字上有"清明日"三字，徐本、袁本有"清"字。
[43] [張元濟校]望知：活字本、黃本、席本二字乙轉。
[44] 皎：活字本作"皓"。《全唐詩》卷二五〇校曰"皓，一作皎"。[張元濟校]各本作"皓"。
[45] 沉：陸本、活字本作"沉"。《全唐詩》卷二五〇作"沉"。[張元濟校]黃本、徐本、袁本作"沈"，席本作"沉"。
[46] 復：活字本、《全唐詩》卷二五〇作"卻"。[張元濟校]各本作"却"。
[47] 洪澤館壁見禮部尚書題詩：《全唐詩》卷二五〇"禮"上有"故"字。[張元濟校]除黃本外，各本無。
[48] 贈寄權三客舍：《全唐詩》卷二五〇校曰"贈別，一作贈寄權三客舍"。
[49] 清：《全唐詩》卷二五〇校曰"青，一作清"。
[50] 成：《全唐詩》卷二五〇校曰"一作城"。
[51] 送李山人還：《全唐詩》卷二五〇校曰"一本題下有'山'字"。[張元濟校]活字本、徐本、袁本無。
[52] 宋刻本、《全唐詩》卷二五〇題爲"小江懷靈一上人"。[張元濟校]活字本、黃本、席本、

袁本無"小江"二字,多"懷"字。
[53] 奉寄皇甫補闕：此應爲張繼詩。
[54] [張元濟校]去：活字本、黄本、袁本作"至"。
[55] 水流：《全唐詩》卷二五〇校曰"一作流水"。[張元濟校]水流：活字本、黄本、徐本、袁本二字乙轉。
[56] 閑居：《全唐詩》卷二五〇校曰"一作王維詩"。佟培基考證爲王維詩。

唐皇甫冉詩集卷之七

七言絕句

臨平道中贈同舟人①

遠山誰辯江南北，[1]長路空隨樹淺深。[2]流蕩飄颻此何極，唯因行客共知心。[3]

舟中送李八得回字

詞客金門未有媒，游吳適越任舟回。遠水迢迢分首去，[4]天邊山色待人來。

少室韋鍊師昇仙歌[5]②

紅霞紫氣畫氤氳，絳節青幢迎少君。[6]③忽從林下昇天去，空使時人禮白雲。

送裴闡得歸字

道向毗陵豈是歸，客中誰與換春衣。今夜孤舟行近遠，子荆零雨正霏霏。[7]

秋夜戲題劉方平壁

鴻悲月白時將謝，正可招尋惜遥夜。翠帳蘭房曲且深，寧知戶外清霜下。

---

① 臨平：山名，在今浙江餘杭縣東北。
② 少室：山名，在今河南登封縣北，嵩山之西峰。
③ 少君：李少君，漢武帝時方士，見《漢書》卷二五《郊祀志上》。

重陽日酬李觀

不見白衣來送酒,但令黃菊自開花。[8]愁看日晚良辰過,步步行尋陶令家。

寄權器

露濕青蕪時欲晚,水流黃葉意無窮。節近重陽念歸否,眼前籬菊帶秋風。

送陸澧郭鄖[9]

纔見吳洲百草春,已聞燕雁一聲新。秋風何處催年急,偏逐山行水宿人。

寄振上人無礙寺所居

戀親時見在人群,多在東南就白雲。[10]獨坐焚香誦經處,深山古寺雪紛紛。

酬張繼并序[11]

懿孫,余之舊好,祗役武昌,六言詩見懷。[12]今以七言裁答,[13]蓋拙於事者繁而費也。[14]

悵望南徐登北固,①迢遙西塞限東關。[15]落日臨川問音信,寒潮惟帶夕陽還。[16]

又得雲字[17]

何事千年遇聖君,坐令雙鬢老如雲。[18]南行更入深山淺,[19]岐路悠悠水自分。

---

① 南徐:古代州名。東晉僑置徐州於京口城,南朝宋改稱南徐,即今江蘇省鎮江市。歷齊梁陳,至隋開皇年間廢。

題蔣道士房

軒窗縹緲起烟霞,[20]誦訣存思白日斜。聞道崑崙有仙籍,何時青鳥送丹砂。

送雲陽少府 得歸字

渭田春光無遠近,[21]池陽谷口倍芳菲。官舍村橋來幾日,殘花寥落待君歸。

曾山送別[22]

淒淒遊子若飄蓬,明月清罇秖暫同。[23]南望千山如黛色,愁君客路在其中。[24]

赴李少府莊失路[25]

君家南郭白雲連,正待情人弄石泉。[26]月照烟花迷客路,蒼蒼何處是伊川。[27]

送謝十二判官[28]

四牡驅馳千里餘,越山稠疊海林疏。不辭終日離家遠,應爲劉公一紙書。

同李萬晚望南岳寺懷普門上人[29]

釋子身心無垢紛,[30]獨將衣鉢去人群。相思晚望松林寺,[31]唯有鐘聲出白雲。

送魏十六還蘇州

秋夜沉沉北一作此送君,[32]陰蟲切切不堪聞。歸一作孤舟明月一作日毗陵道,回首姑蘇是白雲。[33]①

---

① 毗陵:古地名。春秋時吳季劄封地延陵邑。西漢置縣,治所在今江蘇省常州市。姑蘇:蘇州吳縣。因其地有姑蘇山而得名。

浪淘沙二首[34]

蠻歌荳蔻北人愁,松雨蒲風野艇秋。浪起鶏鶒眠不得,①寒沙細細入江流。

灘頭細草接疏林,惡浪罾船半欲沉。宿鷺眠洲非舊浦,去年沙觜是江心。

夜發沅江寄李潁州劉侍郎[35]時二公貶於此

半夜回舟入楚鄉,月明山水共蒼蒼。孤猿更發秋風裏,不是愁人亦斷腸。

【校勘記】

[1] 遠山誰辯江南北:辯,[張元濟校]席本、袁本作"辨"。《全唐詩》卷二四九亦作"辨"。江,《全唐詩》卷二四九校曰"一作山"。
[2] 空:《全唐詩》卷二四九校曰"一作長"。
[3] 因:活字本、《全唐詩》卷二四九作"應"。
[4] 首:《全唐詩》卷二四九作"手"。
[5] 少室韋鍊師昇仙歌:《全唐詩》卷二四九作"少室山韋鍊師昇仙歌"。
[6] 紅霞紫氣畫氳氳,絳節青幢迎少君:畫,《全唐詩》卷二四九校曰"一作甚"。幢,《全唐詩》卷二四九校曰"一作童"。
[7] 今夜孤舟行近遠,子荊零雨正霏霏:舟,陸本、《唐人詩》此字缺。子,《全唐詩》卷二四九校曰"一作柴",[張元濟校]活字本、黃本作"紫",席本作"柴"。
[8] 令:《全唐詩》卷二五〇校曰"一作憐"。
[9] 澧:《全唐詩》卷二四九校曰"一作邃"。
[10] 南:活字本作"山",《全唐詩》卷二五〇校曰"山,一作南"。[張元濟校]徐本、袁本、席本作"山"。
[11] 酬:原作"酧",據宋刻本、《全唐詩》卷二五〇改。
[12] 六言詩見懷:《全唐詩》卷二五〇"六"上校曰"枉,一本無此字"。[張元濟校]活字本、黃本、席本"六"上有"以"字,徐本、袁本空格。

---

① 鶏鶒:即池鷺。

[13] 今：活字本作"余"，《全唐詩》卷二五〇校曰"一作余"。〔張元濟校〕活字本、黃本、徐本、席本作"余"。

[14] 繁而費也：宋刻本、活字本無"也"字。

[15] 限：活字本作"恨"，《全唐詩》卷二五〇校曰"恨，一作限，又作望"。〔張元濟校〕活字本、黃本、徐本作"恨"。

[16] 惟：《全唐詩》卷二五〇作"唯"。

[17] 又得雲字：《全唐詩》卷二五〇校曰"一作張繼詩，題作留別。"佟培基考證爲皇甫冉詩。〔張元濟校〕活字本、黃本"又"字作"送陸潛夫"。

[18] 如：《全唐詩》卷二五〇校曰"一作江"。

[19] 深山淺：活字本作"山深淺"，《全唐詩》卷二五〇校曰"一作山深淺"。〔張元濟校〕又作"山深淺"，袁本同，席本"淺"作"舊"。

[20] 縹緲：宋刻本作"縹渺"。

[21] 田：《全唐詩》卷二五〇作"曲"。〔張元濟校〕席本作"曲"。

[22] 曾山送別：《全唐詩》卷二五〇校曰"一作劉長卿詩"，"魯，一作曾"。

[23] 秖：活字本作"抵"，《全唐詩》卷二五〇作"秖"。〔張元濟校〕徐本、袁本"秖"字空格。

[24] 在：陸本此字缺。〔張元濟校〕徐本、袁本"在"字空格。

[25] 李：《全唐詩》卷二五〇校曰"一作季"。〔張元濟校〕李：袁本作"季"。

[26] 情人：《全唐詩》卷二五〇校曰"一作天晴"。

[27] 川：陸本、《唐人詩》作"家"。

[28] 十二：《全唐詩》卷二五〇校曰"一作二十"。

[29] 上人：陸本、《唐人詩》作"上"。

[30] 紛：《全唐詩》卷二五〇校曰"紛，一作氛"。

[31] 〔張元濟校〕望：活字本、黃本作"日"。

[32] 沉沉北：活字本"北"作"此"，《全唐詩》卷二四九校曰"深深北，一作沉沉此"。〔張元濟校〕沈沈：徐本、袁本作"深深"。

[33] 月：活字本作"日"，《全唐詩》卷二四九校曰"日，一作月"。

[34] 浪淘沙二首：《全唐詩》卷二五〇校曰"一作皇甫松詩"。〔張元濟校〕各本無。

[35] 州：《全唐詩》卷二五〇作"川"。

唐皇甫曾詩集卷之一

五言古詩

贈霈禪[1]

南嶽滿湘源，吾師經利涉。[2]身歸沃洲老，名與支公接。①淨教傳荆吴，道緣正漁獵。[3]觀空色不染，對境心自愜。室中人寂寞，門外山稠疊。[4]天台積幽夢，早晚當負笈。[5]

五言律詩

奉陪韋中丞使君遊鶴林寺②

古寺傳燈久，層城閉閣閑。[6]香花同法侶，旌旆入深山。寒磬空虛裏，[7]孤雲起滅間。謝公憚一作憶高卧，徒御欲忘一作東還。[8]

奉送杜侍御還京[9]

罷戰回龍節，朝天識鳳池。[10]寒生五湖道，春及萬年枝。[11]召一作郡化多遺愛，胡清一作官清已畏加。[12]懷恩偏感別，墮淚向旌麾。

---

① 沃洲：亦作"沃州"。山名。在浙江省新昌縣東。上有放鶴亭、養馬坡，相傳爲晋支遁放鶴養馬處。支公：晋高僧支遁。字道林，時人也稱爲"林公"。河内林慮人，一説陳留人。

② 鶴林寺：今江蘇省鎮江市南郊。韋中丞：韋元甫，少修謹，敏於學行。任御史中丞、尚書右丞等。《舊唐書》卷一一五有傳。

酬鄭侍御秋夜見寄[13]①

搖落空林夜，河陽興已生。②未一作欲辭公府照，[14]知結遠山情。高柳風難定，寒泉月助明。袁公方臥雪，③尺素及柴荆。

送普上人還陽羨[15]

花宮難久別，[16]道者憶千燈。殘雪入林路，暮山歸寺僧。日光依嫩草，泉響滴春冰。何用求方便？看心是一乘。

送李中丞歸本道[17]④

上將宜分閫，[18]雙旌復去一作出秦。關河三晉路，賓從五原人。碣石山通海，漙池雪度春。[19]一作"孤戍雲連海，平沙雪度春"。酬恩看玉劍，何處有烟塵。

和謝舍人雪夜寓直

禁省夜沉沉，春風雪滿林。滄洲歸客夢，青瑣近臣心。[20]揮翰宣鳴玉，承恩在錫金。[21]建章寒漏起，[22]更助掖垣深。

傷陸處士[23]

從此無期見，柴門對雪開。[24]二毛逢世難，萬恨掩泉臺。返照空堂夕，孤城吊客回。漢家偏訪道，猶畏鶴書來。[25]

烏程水樓留別

悠然千里去，惜此一尊同。[26]客散高樓上，帆飛細雨中。川程隨遠水，楚思望青楓。[27]共說前期易，滄波處處通。[28]

---

① 鄭侍御：鄭詹，歷任左巡使、殿中侍御史。
② 河陽：指潘岳，曾任河陽縣令，後多以"河陽"指稱潘岳。
③ 袁公：指漢袁安。唐皇甫曾《酬鄭侍御秋夜見寄》詩："袁公方臥雪，尺素及柴荆。"
④ 李中丞：即李抱真，本姓安，字太玄，河西人。歷任殿中少監、澤州刺史、御史中丞等。《舊唐書》卷一三二有傳。

西陵寄二公 又見冉集,題與尾句不同

西陵遇風處一作雨,自古是通津。終日空江上,雲山若待人。汀洲寒事早,魚鳥興情新。西望稽山路,吾心有所親。

題贈吳門邕上人[29]①

春山唯一作臨一室,獨坐草萋萋。身寂心成道,花閑一作開鳥自啼。細泉松徑裏,返景竹林西。晚與門人別,依依出虎溪。

送著公歸越 一作末[30]

誰能愁此別,到越會相逢。長憶雲門寺,門前千萬峰。石床埋積雪,山路倒枯松。莫學白道士,[31]無人知去蹤。

送陸鴻漸山人採茶回[32]

千峰待逋客,香茗復叢生。採摘知深處,烟霞羨獨行。幽期山寺遠,野飯石泉清。寂寂燃燈夜,相思磬一聲。[33]

寄劉員外長卿

南憶新安郡,千山帶夕陽。斷猿知夜久,秋草助江長。疏髮應成素,青松獨耐霜。愛才稱漢主,題柱待回鄉。[34]②

寄張棨甫[35]③

悲風還一作生舊浦,雲嶺隔東田。[36]伏臘同雞黍,柴門閉雪天。孤

---

① 邕上人:神邕,暨陽人,字道恭。俗姓蔡。年十二請業于法華寺,後移居焦山大曆寺。《宋高僧傳》卷一七收《唐越州焦山大曆寺神邕傳》云:"旋居故鄉法華寺,殿中侍御史皇甫曾……引以繼支許之游,爲邑中故事。邕修念之外,時綴文句,有集十卷,皇甫曾爲序。"

② 田郎:即東漢京兆人田鳳。題柱:相傳東漢靈帝時,長陵田鳳爲尚書郎,儀貌端正。入奏事,"靈帝目之,因題殿柱曰:'堂堂乎張,京兆田郎。'"見漢趙岐《三輔決錄》卷二。後遂以"題柱"爲稱美郎官得到皇帝賞識之典。

③ 張棨甫:《全唐詩》卷二七五載:"字子初,清河人。河南壽安縣尉,罷秩,僑居雲陽,後拜監察御史,爲淮寧軍從事。"《全唐文》卷五〇二收《監察御史清河張府君墓志銘》。

村明夜火,稚子候歸船。静者心相憶,離居畏度年。

送元侍御充使湖南

雲夢南行盡,三湘萬里流。山川重分首,[37]徒御亦悲秋。白簡勞王事,清猿助客愁。[38]離群復多病,歲晚憶滄洲。

晚至華陰

臘盡促歸心,行人及華陰。雲霞仙掌出,松柏古祠深。野渡冰生岸,寒川燒隔林。温泉看漸近,[39]宫樹晚沉沉。

送孔徵士①

谷口函一作山多處,[40]君歸不可尋。家貧清史在,[41]身老白雲深。掃雪開松徑,疏泉過竹林。余生負丘壑,相送亦何心。

秋　興

流螢與落葉,秋晚共紛紛。返照城中盡,寒砧雨外聞。離人見衰鬢,獨鶴慕何群。[42]楚客在千里,[43]相思看碧雲。

送歸中丞使新羅②

南憲銜恩去,[44]東夷泛海行。天遥辭上國,水盡到孤城。已變炎涼氣,仍愁浩淼程。雲濤不可極,來往見雙旌。

送少微上人東南遊[45]

石梁人不到,獨往更迢迢。乞食山家少,尋鐘野寺遥。松門風自掃,瀑布雪難消。秋夜聞清梵,餘音逐海潮。

---

　　① 孔徵士：即孔述睿,越州(今浙江紹興市)人。歷任國子博士、尚書司勛員外郎、史館修撰。《舊唐書》卷一九二有傳。

　　② 歸中丞：歸崇敬,字正禮,吴縣(今江蘇蘇州)人。歷任倉部郎中、御史中丞等。《舊唐書》卷一四九、《新唐書》卷一六四有傳。

送韋判官赴閩中[46]

孤棹閩中客，雙旌海上軍。路人從北少，嶺水向南分。[47]野鶴傷秋別，[48]林猿忌夜聞。漢家崇亞相，知子遠邀勳。[49]

送人往荊州[50]

草色隨驄馬，悠悠同出秦。水傳雲夢曉，山接洞庭春。帆影連三峽，猿聲近四鄰。青門一分首，難見杜陵人。[51]

寄淨虛上人初至雲門[52]

寒蹤白雪裏，法侶自提攜。竹徑通城下，松門隔水西。方同沃州去，不似武陵迷。仿佛心知處，[53]高峰是會稽。

尋劉處士

幾年人不見，林下掩柴關。[54]留客當清夜，逢君話舊山。隔城寒杵急，帶月早鴻還。南陌雖相近，其如隱者閑。

遇劉員外長卿別墅[55]

謝客開山後，郊扉積水通。[56]江湖千里別，衰老一樽同。[57]返照寒川滿，平田暮雪空。滄洲自有趣，不復哭途窮。[58]

五言排律

奉和杜相公移入長興宅奉呈諸宰執[59]①

欲向幽偏適，還從絕地移。秦官鼎食貴，堯世土階卑。[60]戟戶槐陰滿，堂窗竹葉垂。[61]纔分午夜漏，遙隔萬年枝。北闕深恩在，東林遠

---

① 杜相公：杜鴻漸，字子巽，濮州濮陽（今河南濮陽）人。唐朝宰相，歷任兵部侍郎、河西節度使、尚書右丞等。《舊唐書》卷一〇八有傳。

夢知。日斜門掩映,[62]山遠樹參差。論道齊駕一作鸞翼,題詩憶鳳池。從公亦何幸,長與珮聲隨。

贈鑒上人[63]

律儀傳教誘,僧臘老烟霄。樹色依禪誦,泉聲入寂寥。寶龕經末劫,[64]畫壁見南朝。深竹風開合,寒潭月動搖。[65]息心歸靜理,愛道坐中宵。[66]更欲尋真去,乘船泝海潮。[67]

送楊中丞和蕃[68]①

繼好中司出,天心外國知。已傳堯雨露,更説漢威儀。隴上應回首,河源復載馳。孤峰問徒御,空磧見旌麾。春草鄉愁起,邊城旅夢移。莫嗟行地遠,此去答恩私。[69]

送和西蕃使

白簡初分命,黄金已在腰。恩華通外國,徒御發中朝。雨雪從邊起,旌旗上隴遙。暮天沙漠漠,空磧馬蕭蕭。[70]寒路隨河水,關城見柳條。[71]和戎先罷戰,知勝霍嫖姚。②

送王相公赴幽州

臺袞兼戎律,勤憂秉化元。鳳池東掖寵,龍節北方尊。長路山河轉,前驅鼓角喧。人安布時令,地遠答君恩。暮日平沙淡,[72]秋風大旆翻。漁陽在天末,③戀別信陵門。

送徐大夫赴南海④

舊國當分閫,天涯答聖私。大軍傳羽檄,老將拜旌旗。位重登壇

---

① 楊中丞:楊濟,唐代和蕃使。
② 霍嫖姚:指西漢抗擊匈奴名將霍去病。以其曾受封嫖姚校尉,故名。
③ 漁陽:今北京市密雲縣西南。
④ 徐大夫:徐浩,字季海,越州(今浙江紹興市)人。歷任工部侍郎、吏部侍郎、集賢殿學士、御史大夫等。《舊唐書》卷一三七、《新唐書》卷一六〇有傳。

後,恩深弄印時。[73]何年諫獵賦,今日飲泉詩。海内求民瘼,城隅見島夷。由來黃霸去,①自有上臺期。

七言律詩

早朝日寄所知一作皇甫冉詩

長安歲後見歸鴻,[74]紫禁朝天拜舞同。曙色漸分雙闕下,[75]漏聲一作常遥在百花中。爐烟乍起開仙仗,玉佩成行引上公。[76]共荷發生同雨露,不應黃葉久從風。[77]

秋夕寄懷契上人[78]

已見槿花朝委露,獨悲孤鶴在人群。[79]真僧出世心無事,静夜名香手自焚。窗臨絕澗同流水,[80]客至孤峰掃白雲。更想清晨誦經處,獨看松上雪紛紛。[81]

張芬見訪郊居作[82]

林中雨散早凉生,已有迎秋促織聲。三徑荒蕪羞對客,十年衰老愧稱兄。愁心自惜江蘺晚一作短,世事方看木槿榮。君若罷官攜手去,尋山莫計白雲程。[83]

奉寄中書王舍人②

腰金載筆謁承明,至道安禪得此生。[84]西掖幾年綸綍貴,東山遥夜薜蘿情。風傳漏刻星河曙,[85]月上梧桐雨露清。聖主好文誰為薦,閉門空賦子虚成。

---

① 黃霸:字次公,淮陽陽夏(今河南太康)人,西漢大臣,事漢武帝、漢昭帝和漢宣帝三朝。
② 王舍人:即王維,字摩詰,山西祁縣人。歷任中書舍人、右拾遺、監察御史、尚書右丞等。《舊唐書》卷一九〇有傳。

五言絶句

洛中口號[86]

還鄉不見家，年老眼多淚。車馬上河橋，城中好天氣。

山下泉

漾漾帶山光，澄澄倒林影。那知石上喧，却憶山中静。[87]

七言絶句

酬竇拾遺秋日見呈①時此公自江陰令除諫官

孤城永巷時相見，衰柳閑門日半斜。欲送近臣朝魏闕，獨憐殘菊在陶家。

韋使君宅海榴詩[88]②

淮陽卧理有清風，[89]臘月榴花帶雪紅。閉閣寂寥常對此，[90]江湖心在數枝中。

粵嶺四望

漢家仙仗在咸陽，洛水東流出建章。野老至今猶望幸，離宫秋樹獨蒼蒼。[91]

【校勘記】

［1］贈需禪：活字本作"贈需禪師"，《全唐詩》卷二一〇校曰"贈沛禪師……沛，一作需"。

---

① 竇拾遺：即竇叔向，字遺直，爲左拾遺、内供奉，出溧水令。
② 韋使君：即韋元甫。少修謹，敏於學行。任御史中丞、尚書右丞、淮南節度使等。《舊唐書》卷一一五有傳。

［2］滿、源：《全唐詩》卷二一〇校曰"一作瀟""沉,一作源"。
［3］正：《全唐詩》卷二一〇作"志"。
［4］稠：《全唐詩》卷二一〇校曰"重,一作稠"。
［5］晚當：《全唐詩》卷二一〇校曰"一作歲歸"。
［6］傳：陸本校曰"傳,一作停"。
［7］空虛：陸本、活字本作"虛空"。
［8］惇：陸本、活字本作"憶"。御：《全唐詩》卷二一〇校曰"一作望"。
［9］還京：原無"京"字,據陸本、活字本、《全唐詩》卷二一〇補。杜侍御：《全唐詩》卷二一〇校曰"一作杜中丞,一作林中丞"。
［10］識：《全唐詩》卷二一〇校曰"上,一作識,一作見"。
［11］及：《全唐詩》卷二一〇校曰"入,一作及"。
［12］郡：陸本、活字本作"郡化"。加：活字本作"知"。
［13］侍御：《全唐詩》卷二一〇校曰"一作高郵"。
［14］府照：陸本、活字本、《全唐詩》卷二一〇作"府步"。
［15］送普上人還陽羨：《全唐詩》卷二一〇、張元濟作"一作皇甫冉詩",當為皇甫曾詩。
［16］宮：活字本作"官"。
［17］送李中丞歸本道：《全唐詩》卷二一〇校曰"一作送人作使歸"。
［18］宜分閫：《全唐詩》卷二一〇校曰"還專席,一作宜分閫"。
［19］泡：陸本、活字本作"沱"。
［20］近：《全唐詩》卷二一〇校曰"一作侍"。
［21］揮翰宣鳴玉,承恩在錫金：宣,《全唐詩》卷二一〇校曰"一作宜"。錫:陸本作"賜"。
［22］建章寒漏起：《全唐詩》卷二一〇校曰"一作章臺寒雁起"。
［23］傷：《全唐詩》卷二一〇校曰"哭,一作傷"。
［24］門：《全唐詩》卷二一〇校曰"一作扉"。
［25］畏：《全唐詩》卷二一〇校曰"一作未"。
［26］悠然：《全唐詩》卷二一〇作"悠悠"。尊：陸本、活字本作"罇"。
［27］川：《全唐詩》卷二一〇作"山"。望：《全唐詩》卷二一〇校曰"在,一作望,一作任"。
［28］通：《全唐詩》卷二一〇校曰"同,一作通"。
［29］吳門：《中興間氣集》卷下、《會稽掇英總集》卷一二皆作"雲門"。《全唐詩》卷二一〇校曰"一作題贈雲門,一作送雲林"。
［30］末：陸本作"未放"。
［31］道：《全唐詩》卷二一〇校曰"居,一作衣"。
［32］回：《全唐詩》卷二一〇校曰"一本無'回'字"。
［33］燃：原作"然",據陸本、活字本、《全唐詩》卷二一〇改。夜：《全唐詩》卷二一〇校曰"一作火"。磬一：陸本、活字本作"一磬"。《全唐詩》卷二一〇校曰"一磬,一作磬一"。

[34] 回鄉：《歷代詩話》作"田郎"。《全唐詩》卷二一〇校曰"一作劉郎"。

[35] 衆：《全唐詩》卷二一〇校曰"仲，一作衆"。

[36] 嶺：原作"迷"，據陸本、活字本、《全唐詩》卷二一〇改。

[37] 首：《全唐詩》卷二一〇校曰"手，一作首"。

[38] 清：原作"青"。據陸本、活字本、《全唐詩》卷二一〇改。

[39] 溫泉看漸近：看，《全唐詩》卷二一〇校曰"一作程"。近，《全唐詩》卷二一〇校曰"一作遠"。

[40] 函多：活字本作"山多"，《全唐詩》卷二一〇校曰"山多，一作多山，一作多幽"。

[41] 清：《全唐詩》卷二一〇作"青"。

[42] 慕：《全唐詩》卷二一〇校曰"暮，一作慕"。

[43] 楚客：原作"生容"，據陸本、活字本、《全唐詩》卷二一〇改。

[44] 憲：《全唐詩》卷二一〇校曰"憾，一作憲"。

[45] 送少微上人東南游：該詩作者不定。

[46] 送韋判官赴閩中：該詩作者不定。

[47] 嶺：《全唐詩》卷二一〇校曰"海，一作嶺"。

[48] 秋：原作"情"，據陸本、活字本、《全唐詩》卷二一〇改。

[49] 子：《全唐詩》卷二一〇校曰"一作汝"。

[50] 送人往荊州：《全唐詩》卷二一〇校曰"一作李嘉祐詩"。往，《全唐詩》卷二一〇校曰"一作還"。

[51] 首：《全唐詩》卷二一〇作"手"。杜陵：地名。在今陝西省西安市東南。

[52] 寄净虛上人初至雲門：該詩作者不定，《全唐詩》卷二一〇校曰"一作劉長卿詩"。

[53] 心：《全唐詩》卷二一〇校曰"方，一作心"。

[54] 関：陸本、活字本作"關"。

[55] 遇劉員外長卿別墅：《歷代詩話》卷二作"過長卿碧澗別業"。《全唐詩》卷二一〇校曰"一作碧澗別業"。

[56] 積：《全唐詩》卷二一〇校曰"一作去"。

[57] 千里，樽：《全唐詩》卷二一〇校曰"一作十年""尊"。

[58] 復哭：《全唐詩》卷二一〇校曰"便哭，一作復泣"。

[59] 奉和：原作"春和"，據活字本改。

[60] 畢：《全唐詩》卷二一〇作"卑"。

[61] 堂：《全唐詩》卷二一〇作"書"。

[62] 掩：《全唐詩》卷二一〇作"杳"。

[63] 送鑒上人：原作"送監上人"，據活字本、文淵閣本、《全唐詩》卷二一〇改，《全唐詩》卷二一〇校曰"贈鑒上人，一作贈別筌公"。

[64] 寶龕經末劫：《全唐詩》卷二一〇校曰"寶，一作龍。經末劫，一作來遠國"。

[65] 竹、潭：《全唐詩》卷二一〇校曰"一作户""一作泉"。
[66] 道坐：《全唐詩》卷二一〇校曰"一作定至"。
[67] 尋：陸本此字缺。過：原作"泝"，據陸本、活字本、《全唐詩》卷二一〇改。
[68] 楊中丞：原作"湯中丞"，據《資治通鑑》卷八二、《舊唐書》卷一九六改。
[69] 莫嗟行地遠，此去答恩松：地遠，《全唐詩》卷二一〇作"遠地"。私：原作"松"，據陸本、活字本、《全唐詩》卷二一〇改。
[70] 礫：《全唐詩》卷二一〇作"磧"。
[71] 寒：活字本作"城"。
[72] 淡：陸本、活字本作"漠"，《全唐詩》卷二一〇作"回"。
[73] 弄：原作"掛"，據陸本、活字本、《全唐詩》卷二一〇改。
[74] 歲後：《全唐詩》卷二一〇校曰"雪夜，一作雪後"。
[75] 下：《全唐詩》卷二一〇校曰"一作裏"。
[76] 成行：《全唐詩》卷二一〇校曰"才成，一作成行"。
[77] 從：《全唐詩》卷二一〇作"隨"。
[78] 秋夕寄懷契上人：秋，原作"狄"，據陸本、活字本、《全唐詩》卷二一〇改。契，活字本、《全唐詩》卷二一〇作"素"。
[79] 孤鶴：《全唐詩》卷二一〇校曰"一作憔悴"。
[80] 同：《全唐詩》卷二一〇校曰"聞，一作同"。
[81] 雪：陸本、活字本作"雨"。雪：《全唐詩》卷二一〇校曰"一作雨"。
[82] 芬：《全唐詩》卷二一〇校曰"一作芳"。
[83] 去、計：《全唐詩》卷二一〇校曰"日，一作去"，"算，一作計"。
[84] 至：《全唐詩》卷二一〇校曰"一作志"。
[85] 漏刻：《全唐詩》卷二一〇作"刻漏"。
[86] 洛：《全唐詩》卷二一〇作"路"。
[87] 憶：《全唐詩》卷二一〇校曰"一作益"。
[88] 詩：陸本、活字本作"咏"。
[89] 理：原作"裏"，據陸本、活字本、《全唐詩》卷二一〇改。
[90] 此：陸本作"比"。
[91] 秋：原作"晚"，據陸本、活字本、《全唐詩》卷二一〇改。

刊二皇甫詩後語[1]

慎早聞詩於李文正先生，曰："唐人號能詩者，無慮千家，其有傳者百餘集而止。其集可以諷咏與觀，難以章什拈摘者，自李杜外，雖高、岑、王、孟，固有憾然矣。"又曰："選唐者，凡幾人，雖精駁相出入，然而良金美玉，人共珍拾，未有隱焉者也。"慎周於是言，則取唐集之存者披之，其的然可傳者，昔人蓋嘗表之矣。棄餘雖富平漫，實繁山林遐遠。篇籍罕具者，不必以未見爲恨也。河中劉閏之苦勤聲律，於唐尤數數者，近輯《二皇甫集》，將鋟布之。吾觀二子生實伯仲，故調亦雅似，時以方張景陽、孟陽焉！然二張集，吾不見其全矣。迹若是者，吾見二陸焉！評者舍陸而稱張，知儓倫矣。嗚呼！二陸之集，自《昭明選》外無留良者，況又甚亞乎！吾於是安得不重有感於文正之言也。

正德戊寅六月成都楊慎書。

---

[1] 據國家圖書館所藏劉成德刻本補。

附　　錄

一、皇甫冉詩補遺

逢莊納因贈①

世故還相見，天涯共向東。春歸江海上，人老別離中。郡吏名何晚，沙鷗道自同。甘泉須早獻，且莫嘆飄蓬。

送鄭秀才貢舉②

西去意如何，知隨貢士科。吟詩向月路，驅馬出烟蘿。晚色寒蕪遠，秋聲候雁多。自憐歸未得，相送一勞歌。

題竹扇贈別③

湘竹殊堪製，齊紈且未工。幸親芳袖日，猶帶舊林風。掩笑歌筵裏，傳書臥閣中。竟將爲別贈，寧與合歡同。

怨回紇歌④

白首南朝女，愁聽異域歌。收兵頡利國，飲馬胡蘆河。毳布腥膻久，穹廬歲月多。雕巢城上宿，吹笛淚滂沱。

---

① 逢莊納因贈：據《四部叢刊三編》影印鐵琴銅劍樓藏明劉成德刻本補。莊納：莊若訥，密州莒縣（今屬山東）人。天寶十年（751）進士，曾爲長安簿尉。《全唐詩》卷二〇四載莊若訥所作《湘靈鼓瑟》，注："莊若訥，天寶進士。"

② 送鄭秀才貢舉：據《四部叢刊三編》影印鐵琴銅劍樓藏明劉成德刻本補。《文苑英華》卷二三七、《唐詩拾遺》卷七作權德輿詩。《全唐詩》卷二一〇作皇甫曾詩，該詩作者不定。

③ 題竹扇贈別：據《四部叢刊三編》影印鐵琴銅劍樓藏明劉成德刻本補。

④ 怨回紇歌：據《四部叢刊三編》影印鐵琴銅劍樓藏明劉成德刻本補。

其 二

祖席駐征櫂,開帆信候潮。隔烟桃葉泣,吹管杏花飄。船去鷗飛閣,人歸塵上橋。別離惆悵淚,江路濕紅蕉。

送王相公之幽州①[1]

自昔蕭曹任,難兼衛霍功。勤勞無遠近,旌節屢西東。不選三河卒,還令萬里通。雁行緣古塞,馬鬣起長風。[2]遮虜關山靜,防秋鼓角雄。徒思一攀送,羸老蓽門中。[3]

田家作②

臥見高原燒,閑尋空穀泉。土膏消臘後,麥隴發春前。藥驗桐君錄,心齊莊子篇。荒村三數處,衰柳百餘年。好就山僧去,時過野舍眠。汲流寧厭遠,卜地本求偏。向子諳樵路,陶家置黍田。雪峰明晚景,風雁急寒天。且復冠名鷫,寧知冕戴蟬。問津夫子倦,荷蓧丈人賢。顧物皆從爾,求心正儼然。稽康懶慢性,祇自戀風烟。

送從侄棲閑律師③

能知出世法,詎有在家心。南院開門送,東山策杖尋。經年期故里,及夏到空林。念遠長勞望,朝朝草色深。

和中丞奉使承恩還終南舊居④

軒車尋舊隱,賓從滿郊園。蕭散烟霞興,殷勤故老言。謝公山不改,陶令菊猶存。苔蘚侵垂釣,松篁長閉門。風霜清吏事,江海諭君恩。祇召趨宣室,沉冥在一論。

---

① 送王相公之幽州:據《全唐詩》卷二五〇補。
② 田家作:據《全唐詩》卷八八二補。
③ 送從侄棲閑律師:據《全唐詩》卷八八二補。
④ 和中丞奉使承恩還終南舊居:據《全唐詩》卷八八二補。

送令狐明府[①]

行當臘候晚，共惜歲陰殘。聞道巴山遠，如何蜀路難。荒林藏積雪，亂石起驚湍。君有親人術，應令勞者安。

春　思[②][4]

鶯啼燕語報新年，馬邑龍堆路幾千。家住秦城鄰漢苑，心隨明月到胡天。機中錦字論長恨，樓上花枝笑獨眠。爲問元戎竇車騎，何時反旆勒燕然。

韋中丞西廳海榴[③]

海花爭讓候榴花，[5]犯雪先開內史家。末客朝朝鈴閣下，從公步履玩年華。

句[④]

微官同侍蒼龍闕，直諫偏推白馬生。《寄李補闕》。出《詩式》。[⑤]

寄劉方平[⑥]

十年不出蹊林中，一朝結束甘從戎。嚴子持竿心寂歷，寥落荒籬遮舊宅。終日碧湍聲自喧，暮秋黃菊花誰摘。每望南峰如對君，昨來不見多黃雲。石徑幽人何所在，玉泉疏鐘時獨聞。與君從來同語默，豈是悠悠但相識。天畔三秋空復情，袖中一字無由得。世人易合復易離，故交棄置求新知。嘆息青青長不改，歲寒霜雪貞松枝。

同韓給事觀畢給事畫松石[⑦]

海嶠微茫那得到，楚關迢遞心空憶。夕郎善畫巖間松，遠意幽姿此何極。

---

① 送令狐明府：據《全唐詩》卷八八二補。
② 春思：據《四部叢刊三編》影印鐵琴銅劍樓藏明劉成德刻本補。
③ 韋中丞西廳海榴：據《四部叢刊三編》影印鐵琴銅劍樓藏明劉成德刻本補。韋中丞即韋元甫。
④ 句：據《全唐詩》卷二五〇補。
⑤ 《詩式》：詩歌理論專著，唐代僧人皎然所著。
⑥ 寄劉方平：據《全唐詩》卷八八二補。
⑦ 同韓給事觀畢給事畫松石：據《全唐詩》卷八八二補。韓給事：韓滉，《舊唐書》卷一二九載："大曆中，改吏部郎中、給事中。"

千條萬葉紛異狀,虎伏螭盤争勁力。扶疏半映晚天青,凝澹全和曙雲黑。烟籠月照安可道,雨濕風吹未曾息。能將積雪辨晴光,每與連峰作寒色。龍樓不競繁花吐,騎省偏宜遥夜直。羅浮道士訪移來,少室山僧舊應識。掖垣深沈晝無事,終日亭亭在人側。古槐衰柳寧足論,還對枲罳列行植。

舟中送李觀①

江南近別亦依依,山晚川長客伴稀。獨坐相思計行日,出門臨水望君歸。

二、皇甫曾詩補遺

送韓司直②

游吴還適越,來往任風波。復送王孫去,其如芳草何。岸明殘雪在,潮滿夕陽多。季子留遺廟,③停舟試一過。

遇風雨作④[6]

草草理夜裝,涉江又登陸。望路殊未窮,指期今已促。傳呼戒徒馭,振轡轉林麓。陰雲擁巖端,霡雨當山腹。震雷如在耳,飛電來照目。獸迹不敢窺,馬蹄惟務速。虔心若齋禱,濡體如沐浴。萬竅相怒號,百泉暗奔瀑。危梁慮足跌,峻坂憂車覆。問我何以然,前日愛微禄。轉知人代事,縹組乃徽束。向若家居時,安枕春夢熟。遵途稍已近,候吏來相續。曉霽心始安,林端見初旭。

錫杖歌送明楚上人歸佛川⑤[7]

上人遠自西天至,頭陀行遍南朝寺。口翻貝葉古字經,手持金策聲泠泠。護法護身惟振錫,石瀨雲溪深寂寂。乍來松逕風露寒,[8]遥映霜天月成魄。後

---

① 舟中送李觀:據《全唐詩》卷八八二補。
② 送韓司直:據《四部叢刊三編》影印鐵琴銅劍樓藏明劉成德刻本補。
③ 季子:指春秋時吴季札。爲吴王壽夢少子。不受君位,封於延陵,號延陵季子。
④ 遇風雨作:據《四部叢刊三編》影印鐵琴銅劍樓藏明劉成德刻本補。
⑤ 錫杖歌送明楚上人歸佛川:據《四部叢刊三編》影印鐵琴銅劍樓藏明劉成德刻本補。

夜空山禪誦時，寥寥挂在枯樹枝。真法嘗傳心不住，東西南北隨緣路。佛川此去何時回？應真莫便游天台。

玉山嶺上作①

悠悠驅匹馬，征路上連岡。晚翠深雲竇，寒臺净石梁。秋花偏似雪，楓葉不禁霜。愁見前程遠，空郊下夕陽。

國子柳博士兼領太常博士輒申賀贈②

博士本秦官，求才帖職難。臨風曲臺净，對月碧池寒。講學分陰重，齋祠曉漏殘。朝衣辨色處，雙綬更宜看。

送裴秀才貢舉③

儒衣羞此別，[9]去抵漢公卿。賓貢年猶少，篇章藝已成。臨流惜暮景，話別起鄉情。離酌不辭醉，西江春草生。

送商州杜中丞赴任④

安康地理接商於，帝命專城總賦輿。夕拜忽辭青瑣闥，晨裝獨捧紫泥書。深山古驛分驄騎，芳草閑雲逐隼旟。綺皓清風千古在，因君一爲謝巖居。

贈老將⑤

白草黃雲塞上秋，曾隨驃騎出并州。⑥ 轆轤劍折虬髯白，轉戰功多獨不侯。

---

① 玉山嶺上作：據《四部叢刊三編》影印鐵琴銅劍樓藏明劉成德刻本補。
② 國子柳博士兼領太常博士輒申賀贈：據《四部叢刊三編》影印鐵琴銅劍樓藏明劉成德刻本補。
③ 送裴秀才貢舉：據《四部叢刊三編》影印鐵琴銅劍樓藏明劉成德刻本補。
④ 送商州杜中丞赴任：據《四部叢刊三編》影印鐵琴銅劍樓藏明劉成德刻本補。杜中丞即杜兼，字處弘，京兆（今陝西西安）人。歷任濠州刺史、軍郡刺史等。《舊唐書》卷一四六有傳。
⑤ 贈老將：據《四部叢刊三編》影印鐵琴銅劍樓藏明劉成德刻本補。
⑥ 并州：今河北保定和山西太原、大同一帶地區。

題摽上人房①

寂寞知成道，山林若有期。岚峰關掩後，微路□□時。壑谷聞泉近，雲深得月遲。頹顏方問法，形影自堪悲。

三、張元濟跋②

《唐書·藝文志》：“《皇甫冉詩集》三卷。”但云“與弟曾齊名”而不載曾詩。宋《藝文志》則并列曾詩一卷，《皇甫冉集》二卷。《四庫》著録，合集爲七卷。是集冉詩乃有七卷，獨孤及序謂其弟除喪，銜痛編集，然序稱存者三百五十篇。此則僅存二百三十篇，亦非其舊矣。曾詩僅四十篇，未分卷。計敏夫《唐詩紀事》謂張曲江甚愛冉詩，稱其“清穎秀拔，有江、徐之風”。③ 徐獻忠《詩品》亦謂曾詩“律調[10]澄泓，聲文華潔，俯視當世，殆已飄然木末”。④ 是本刊刻，殆在有明正、嘉之際，其同時刊行者，余見有活字本、黃貫曾刊本、徐獻忠刊本、袁翼覆宋刊本、又席氏《唐百家》本，⑤皆取而校之，文字略有歧異，别録《校記》。又從席氏本補冉詩二首，活字本補曾詩一首，《全唐詩》補冉詩五首，[11]曾詩七首，均編列附後。卷首獨孤及序後闕二葉，度必别有一序，然無可補矣。

海鹽張元濟。

【校勘記】

［１］之：《全唐詩》卷二五〇校曰“一作赴”。
［２］雁行緣古塞，馬鬣起長風：《全唐詩》卷二五〇校曰“一作御閑分善馬，武庫出彤弓”。
［３］老：《全唐詩》卷二五〇校曰“一作病”。

---

① 題摽上人房：據王浩遠《琅琊山石刻》補。
② 據《四部叢刊三編》影印鐵琴銅劍樓藏明劉成德刻本附録。
③ 參見宋計有功所撰《唐詩紀事》。
④ 參見明朱警所編《唐百家詩》。
⑤ 活字本：即《唐人小集》本。黃貫曾刊本，即黃貫曾刻《唐詩二十六家》本。徐獻忠刊本，實爲朱警刻《唐百家詩》本。袁翼覆宋刊本，袁冀曾刻《皇甫冉詩集》二卷，今不存。席氏《唐百家》本，即席啓寓所刻《唐詩百名家全集》本。

［4］《全唐詩》卷二五〇校曰"一作劉長卿詩"。
［5］花：《全唐詩》卷二五〇校曰"一作榴，又作流"。
［6］《全唐詩》卷二一〇校曰"一作權德輿詩"。
［7］《全唐詩》卷二一〇校曰"一作權德輿詩"。
［8］逕：《全唐詩》卷二一〇作"徑"。
［9］羞此別：《全唐詩》卷三二四作"風貌清"。
［10］調：原作"度"，據明嘉靖十九年(1540)朱警《唐百家詩》刻本改。
［11］五：原作"四"，據《附錄一》改。

參考文獻

一、古代文獻

（一）經部

《詩經譯注》：程俊英注，上海古籍出版社2006年版。
《左傳譯注》：劉利譯注，中華書局2007年版。

（二）史部

《古列女傳》：〔漢〕劉向編撰，顧愷之圖畫，《叢書集成初編》第3400册，文選樓叢書本影印，中華書局1985年版。
《史記》：〔漢〕司馬遷撰，中華書局2013年版。
《漢書》：〔漢〕班固撰，中華書局1962年版。
《後漢書》：〔南朝宋〕范曄撰，中華書局1965年版。
《晉書》：〔唐〕房玄齡等撰，中華書局1974年版。
《宋書》：〔梁〕沈約撰，中華書局1974年版。
《魏書》：〔北齊〕魏收撰，中華書局1974年版。
《隋書》：〔唐〕魏徵等撰，中華書局1973年版。
《舊唐書》：〔後晉〕劉昫等撰，中華書局1975年版。
《新唐書》：〔宋〕歐陽修、宋祁撰，中華書局1975年版。
《宋史》：〔元〕脱脱等撰，中華書局1977年版。
《資治通鑑》：〔宋〕司馬光編著，中華書局1956年版。
《清光緒丹陽縣志》：政協丹陽市委員會、丹陽市史志辦公室編，江蘇人民出版社2016年版。
《〔嘉定〕鎮江志》：〔宋〕盧憲撰，國家圖書館藏清宣統二年（1910）刻本。

《〔至順〕鎮江志》:〔元〕俞希魯撰,江蘇古籍出版社 1999 年版。

《禹州志》:〔清〕邵大業撰,孫廣生纂,中國國家圖書館藏清乾隆十二年(1747)刻本。

《中牟縣志》:蕭德馨等修,熊紹龍等纂,《中國方志叢書》影印本,成文出版社 1936 年版。

《通典》:〔唐〕杜佑撰,王文錦等點校,中華書局 1988 年版。

《三輔黃圖校證》:著者佚,陳正校證,陝西人民出版社 1980 年版。

《直齋書錄解題》:〔宋〕陳振孫撰、徐小蠻、顧美華點校,上海古籍出版社 1987 年版。

《郡齋讀書志校證》:〔宋〕晁公武撰,孫猛校證,上海古籍出版社 1990 年版。

《澹生堂讀書記 澹生堂藏書目》:〔明〕祁承㸁撰,上海古籍出版社 2015 年版。

《新輯紅雨樓題記 徐氏家藏書目》:〔明〕徐㷆撰,上海古籍出版社 2014 年版。

《楹書隅錄》:〔清〕楊紹和撰,《續修四庫全書》影印本,上海古籍出版社 2003 年版。

《鐵琴銅劍樓藏書目錄》:〔清〕瞿鏞撰,《續修四庫全書》影印本,上海古籍出版社 2003 年版。

《孫氏祠堂書目》:〔清〕孫星衍撰,商務印書館 1935 年版。

《善本書室藏書志》:〔清〕丁丙撰,《續修四庫全書》影印本,上海古籍出版社 2003 年版。

《藏園訂補邵亭知見傳本書目》:〔清〕莫友芝撰,傅增湘訂補,中華書局 2009 年版。

《天一閣書目 天一閣碑目》:〔清〕范邦甸等撰,江曦、李婧點校,上海古籍出版社 2010 年版。

《三輔決錄·三輔故事·三輔舊事》:〔漢〕趙岐等撰,〔清〕張澍輯,陳曉捷注,三秦出版社 2016 年版。

(三) 子部

《莊子》:〔清〕郭慶藩撰,中華書局 2006 年版。

《山海經》：方韜譯注，中華書局 2009 年版。

《元和姓纂》：〔唐〕林寶撰，中國國家圖書館藏清嘉定錢氏得自怡齋抄本。

《小學紺珠》：〔宋〕王應麟撰，《叢書集成初編》影印津逮秘書本，商務印書館 1936 年版。

《世説新語校箋》：〔南朝宋〕劉義慶撰，徐震堮著，中華書局 1984 年版。

《太平御覽》：〔宋〕宋李昉等修撰、夏劍欽等校點，河北教育出版社 1994 年版。

《江鄰幾雜志》：〔宋〕江休復撰，〔清〕勞格輯，中國國家圖書館藏明萬曆商濬刻本。

《能改齋漫録》：〔宋〕吳曾撰，上海古籍出版社 1979 年版。

《宋高僧傳》：〔宋〕贊寧撰，范祥雍點校，中華書局 1987 年版。

(四) 集部

《新論》：〔漢〕桓譚撰，上海人民出版社 1977 年版。

《詩品譯注》：〔梁〕鍾嶸撰，周振甫譯注，中華書局 1998 年版。

《文選》：〔梁〕蕭統撰，〔唐〕李善注，中華書局 1977 年版。

《皇甫冉詩集》：〔唐〕皇甫冉撰，中國國家圖書館藏宋刻本。

《唐皇甫冉詩集 附皇甫曾詩集》：〔唐〕皇甫冉、皇甫曾撰，《四部叢刊三編》影印常熟瞿氏鐵琴銅劍樓藏明刊本，商務印書館 1936 年版。

《二皇甫詩集》：〔唐〕皇甫冉、皇甫曾撰，《朔方文庫》影印中國國家圖書館藏明正德十三年(1518)劉成德刻本，國家圖書館出版社 2018 年版。

《詩式》：〔唐〕皎然撰，中國國家圖書館藏清抄本。

《文苑英華》：〔宋〕李昉等編，中華書局 1966 年版。

《樂府詩集》：〔宋〕郭茂倩撰，中華書局 1979 年版。

《會稽掇英總集》：〔宋〕孔延之輯，〔清〕杜丙傑撰，中國國家圖書館藏清道光元年(1821)杜氏浣花宗塾刻本。

《萬首唐人絶句》：〔宋〕洪邁撰，〔明〕趙宧光等編定：書目文獻出版社 1983 年版。

《唐五十家詩集》：上海古籍出版社編，上海古籍出版社 1981 年版。

《唐人選唐詩十種》：〔唐〕元結、殷璠等選，上海古籍出版社 1968 年版。

《唐五家詩》:〔明〕陸元大編,中國國家圖書館藏明正德十四年(1519)吳郡陸元大刻本。

《唐百家詩》:〔明〕朱警編,《中華再造善本》影印明嘉靖十九年(1540)刻本,國家圖書館出版社 2014 年版。

《唐詩二十六家》:〔明〕黃貫曾編,中國國家圖書館藏明嘉靖三十三年(1554)黃氏浮玉山房刻本。

《唐人詩》:〔明〕佚名,中國國家圖書館藏明刻本。

《唐四十四家詩》:〔明〕佚名,中國國家圖書館藏明抄本。

《唐詩百名家全集》:〔清〕席啟寓編,中國國家圖書館藏影印清康熙席氏琴川書屋刻本。

《瘖堂集》:〔清〕黃之雋撰,中國國家圖書館藏清刻本。

《文心雕龍注》:〔南北朝〕劉勰撰,范文瀾注,人民文學出版社 1962 年版。

《後村先生大全集》:〔宋〕劉克莊撰,《四部叢刊初編》影印涵芬樓藏賜硯堂抄本,商務印書館 1929 年版。

《四溟詩話 薑齋詩話》:〔明〕謝榛撰,宛平校點,人民文學出版社 1961 年版。

《師友詩傳錄》:〔清〕郎廷槐撰,影印文淵閣《四庫全書》本,臺灣商務印書館 1986 年版。

《瀛奎律髓匯評》:〔元〕方回選評,李慶甲集評校點,上海古籍出版社 1986 年版。

《唐音評注》:〔元〕楊士弘編選,河北大學出版社 2007 年版。

《詩藪》:〔明〕胡應麟撰,上海古籍出版社 1958 年版。

《唐詩紀事》:〔宋〕計有功編,上海古籍出版社 1987 年版。

《三體唐詩》:〔宋〕周弼撰,影印文淵閣《四庫全書》本,臺灣商務印書館 1986 年版。

《眾妙集》:〔宋〕趙師秀撰,影印文淵閣《四庫全書》本,臺灣商務印書館 1986 年版。

《王荊公唐百家詩選》:〔宋〕王安石撰,中國國家圖書館藏宋犖丘迥清康熙四十三年(1704)刻本。

《唐詩品》:〔明〕徐獻忠撰,《中華再造善本》影印明嘉靖十九年(1540)刻本,國家圖書館出版社2014年版。

《唐詩類苑》:〔明〕張之象編,上海古籍出版社2006年版。

《唐詩品匯》:〔明〕高棅撰,影印文淵閣《四庫全書》本,臺灣商務印書館1986年版。

《唐音癸簽》:〔明〕胡震亨撰,影印文淵閣《四庫全書》本,臺灣商務印書館1986年版。

《石倉歷代詩選》:〔明〕曹學佺撰,影印文淵閣《四庫全書》本,臺灣商務印書館1986年版。

《古今詩刪》:〔明〕李攀龍撰,影印文淵閣《四庫全書》本,臺灣商務印書館1986年版。

《唐詩鏡》:〔明〕陸時雍撰,影印文淵閣《四庫全書》本,臺灣商務印書館1986年版。

《大曆詩略箋釋輯評》:〔清〕喬億撰,天津古籍出版社2008年版。

《全唐詩》:〔清〕彭定求等編,中華書局1960年版。

《全唐文》:〔清〕董誥、阮元、徐松編,中華書局1983年版。

《昭昧詹言》:〔清〕方東樹撰,汪紹楹點校,人民文學出版社2006年版。

二、現當代文獻

(一) 著作

《故宮博物院善本舊籍總目》:"臺北故宮博物院"編,"臺北故宮博物院"1983年版。

《唐集敘錄》:萬曼撰,中華書局1980年版。

《昌平集》:李致忠撰,上海古籍出版社2012年版。

《涉園序跋集錄》:張元濟撰,顧廷龍編,上海古典文學出版社1957年版。

《琅琊山石刻》:王浩遠撰,黃山書社2011年版。

《全唐詩人名考》:吳汝煜、胡可先編,江蘇教育出版社1990年版。

《全唐詩人名考證》:陶敏編,陝西人民教育出版社1996年版。

《全唐詩補編》:陳尚君輯校,中華書局1992年版。

《唐代詩人叢考》:傅璇琮撰,中華書局1980年版。

《唐代文學叢考》：陳尚君撰，中國社會科學出版社1997年版。

《唐人行第錄》：岑仲勉撰，中華書局2004年版。

《唐人選唐詩新編》：傅璇琮撰，陝西人民教育出版社1996年版。

《全唐詩》：周振甫主編，黃山書社1999年版。

《唐人律詩箋注集評》：陳增傑編著，浙江古籍出版社2003年版。

《唐詩論評類編》（增訂本）：陳伯海主編，張寅彭、黃剛編撰，上海古籍出版社2015年版。

《全唐詩重出誤收考》：佟培基撰，陝西人民教育出版社1996年版。

《唐詩新編五言律詩》：張崇明撰，中國文史出版社2015年版。

《唐詩書目總錄》：陳伯海、朱易安撰，上海古籍出版社2015年版。

《中國古籍善本書目》：中國古籍善本書目編委會編，上海古籍出版社1998年版。

《中國善本書提要》：王重民撰，上海古籍出版社1983年版。

《大曆詩人研究》：蔣寅撰，中華書局1995年版。

《皇甫冉皇甫曾研究》：王超撰，中國社會科學出版社2019年版。

（二）論文

《皇甫冉里居生平考辨》：黃橋喜撰，《文學遺產》1990年第1期。

《皇甫冉考論》：儲仲君撰，《山西大學師範學院學報（綜合版）》1991年第1期。

《李嘉祐皇甫冉生平事跡補證》：張瑞君撰，《山西師大學報（社會科學版）》1992年第4期。

《皇甫曾貶舒州時間考》：熊飛撰，《咸寧師專學報》1993年第1期。

《皇甫冉詩疑年》：儲仲君撰，《山西大學師範學院學報（綜合版）》1993年第1期。

《皇甫冉詩疑年》（續）：儲仲君撰，《山西大學師範學院學報（綜合版）》1993年第3期。

《皇甫冉詩疑年》（續）：儲仲君撰，《山西大學師範學院學報（綜合版）》1994年第1期。

《皇甫冉詩疑年》（續）：儲仲君撰，《山西大學師範學院學報（綜合版）》

1994 年第 4 期。

《皇甫曾詩疑年》：儲仲君撰，《晉陽學刊》1994 年第 2 期。

《版本考皇甫冉詩集》：黃橋喜撰，《孝感師專學報》1994 年第 3 期。

《皇甫冉詩歌淺議》：黃橋喜撰，《孝感教育學院學報（綜合版）》1996 年第 4 期。

《論二皇甫與大曆詩歌創作》：張雲婕撰，《產業與科技論壇》2011 年第 10 期。

《唐大曆詩人李嘉祐生平交游的幾個問題》：楊丁宇撰，《首都師範大學學報（社會科學版）》2011 年第 1 期。

《唐代潤州文化氛圍對二皇甫創作的影響》：楊春曉撰，《文學教育（上）》2015 年第 10 期。

《皇甫冉詩歌創作與潤州》：辛馨撰，《牡丹江大學學報》2018 年第 12 期。

《〈全唐詩重出誤收考〉載皇甫冉條考補》：李謨潤、韓立新撰，《青海師範大學學報（哲學社會科學版）》2019 年第 3 期。

《論皇甫冉送別詩》：薛佳、段莉萍撰，《牡丹江大學學報》2020 年第 9 期。

《論儒學情懷烙印之下的二皇甫》：蔡利撰，《散文百家（理論）》2020 年第 11 期。

《二皇甫詩歌創作研究》：張雲婕撰，西北師範大學中國古代文學專業 2007 屆碩士學位論文，指導教師雷恩海教授。

《皇甫冉及其詩歌研究》：張華撰，南京師範大學中國古代文學專業 2012 屆碩士學位論文，指導教師潘百齊教授。

《皇甫曾研究》：王超撰，陝西師範大學中國古代文學專業 2013 屆碩士學位論文，指導教師魏景波副教授。

《唐代皇甫氏家族及其詩歌創作研究》：路蕾撰，寧夏大學中國古代文學專業 2018 屆碩士學位論文，指導教師梁祖萍教授。

《皇甫冉詩歌校注》：韓立新撰，廣西師範大學中國古典文獻學專業 2018 屆碩士學位論文，指導教師李謨潤副教授。

《〈唐二皇甫詩集〉整理研究》：何娟亮撰，寧夏大學中國古典文獻學專業 2019 屆碩士學位論文，指導教師胡玉冰教授。

梁補闕集

〔唐〕梁肅 撰 韓中慧 校注

整理説明

《梁補闕集》二卷，唐朝梁肅撰。梁肅(753—793)，字寬中，一字敬之。郡望追溯至漢代安定郡。高祖父梁敬舉家遷移至河南陸渾，開元中，因避洪水又遷徙至新安縣，即梁肅出生地。唐德宗建中元年(780)春於長安應制舉文辭清麗科，其年夏授太子校書郎，秋八月告歸。建中二年(781)，蕭復推薦梁肅，朝命擢授右拾遺、修史，詔至京，因母"有沉痼之疾"辭歸。貞元二年(786)入淮南節度使杜亞幕府，領殿中侍御史内供奉、掌書記之任。後因杜亞推薦，在貞元五年(789)升遷爲監察御史，冬月入京。貞元六年(790)轉右補闕。貞元七年(791)加翰林學士，領東宫侍讀。貞元九年(793)病逝於長安萬里縣之永樂里，詔贈禮部郎中。貞元十年(794)正月二十八日葬於京師之南小趙村之原。《新唐書》卷二二○有傳，崔元翰撰《右補闕翰林學士梁君墓志》、權德輿撰《祭梁補闕文》記其事甚詳。所撰《梁補闕集》《删定止觀》均傳世，另編著獨孤及撰《毗陵集》，也傳世。梁肅文章多散見在《唐文粹》《文苑英華》《全唐文》等總集之中，《梁補闕集》是其唯一傳世的别集。

《梁補闕集》清抄本分上下兩卷，無序跋，有《目録》。共録文九十九篇，卷上有《受命寶賦并序》《西伯受命稱王議》《爲太常答蘇端駁楊綰謚議》等共五十四篇，卷下有《吴縣令廳壁記》《河南府倉曹參軍廳壁記》《鄭縣尉廳壁記》等共四十五篇。按賦、議、論、贊、銘、序、記、碑、墓志、行狀、祭文等文體分類編纂。

《梁補闕集》在北宋時有寫本、刻本傳世。據南宋嘉熙元年(1237)僧宗鑒所著《釋門正統》卷二《梁肅傳》，至晚在南宋嘉熙時期，梁肅文集的刻本就亡佚了。其寫本在北宋到南宋期間一直流傳，至少在南宋寧宗之時還未消亡。南宋陳振孫《直齋書録解題》言"崔恭爲之序，首稱其從釋氏，爲天台大師元浩之弟子"，今崔恭撰《唐右補闕梁肅文集序》一文可見於《唐文粹》卷九二、《全唐文》卷四八○等。海源閣藏《梁補闕集》清小雲谷抄本。小雲谷爲清朝趙坦的室名。趙坦(1765—1828)，字寬夫，號石侶，浙江仁和(今杭州)人，曾受業於阮元之詁經精舍。據《宋存書室宋元秘本書目》著錄、海源閣書籍散佚史及此本藏書印等可知，此本當是在同治八年(1869)後流入海源閣，疑在 1927 年後又自海源閣散出，在 1965 年之前流入美國，見藏於哈佛大學漢和圖書館。哈佛大學藏抄本每半頁十一行，行二十一字。左右雙邊，上下單邊，白口，雙、對、黑魚尾。版心有"小雲谷抄書"的字樣。鈐蓋有"楊氏海源閣藏""茶院子孫""隨意收書不計貧""瀛海僊班""東郡楊紹和彥和珍藏""宋存書室""楊紹和讀過""東郡楊氏鑒藏金石書畫印"等印。

從内容上看，《梁補闕集》主要分爲三類，第一類是以史書紀傳的方式直書大曆、貞元期間與梁肅交往的文士們的生平仕屨、治學與思想心靈，多是爲他人撰寫詩文集的序文、墓志銘、神道碑或祭文等；第二類是爲天台宗撰寫譜系，弘揚佛教法理和教義，如《天台法門議》《止觀統例》等，或有爲佛像畫像作贊，如《三如來畫像贊并序》《藥師琉璃光如來畫像贊并序》等，呈現了中唐社會信仰觀念一隅；第三類以墓志銘的方式爲少量唐代女性立傳，如《著作郎贈秘書少監權公夫人李氏墓志》《監察御史李君夫人蘭陵蕭氏墓志銘》等。

從歷史語境來看，梁肅《過舊園賦序》言"昔予生之三歲，值勍虜之冲奔"。安史之亂不僅是一次歷史事件的爆發，它更是各地動亂的開端。突變、顛沛的社會混亂，給中唐文士階層帶來了綿長深遠的心理影響。討論《梁補闕集》的内容，不能忽略這樣的歷史記憶。在《梁補闕集》中，我們可以看到梁肅視角中的文士們積極尋求重建、恢復社會秩序和人心的"藥方"，一方面他們決定在儒家經學中尋找答案，選擇在自己任職的地方鄉縣中，公開講學，移風易俗；另一方面，以梁肅爲代表的文士們逐漸在佛教中尋找安撫人心、開啟智慧的方法，在整體社會對佛教理論漸漸喪失興趣的趨勢中，精簡原典，擴大傳播。梁肅及其《梁補闕集》文本所呈現出文士階層的心態與選擇，是中唐整體社會思潮、風氣逐漸由外化轉而内觀的一段個人生命細節的歷史呈現。

《新唐書·藝文志》《宋史·藝文志》《崇文總目》《遂初堂書目》《直齋書錄解題》《通志》《文獻通考》《國史經籍志》《宋存書室宋元秘本書目》等書目對《梁補闕集》有著錄。日本神田喜一郎及蔣寅、胡大浚等撰文研究過梁肅生平、年譜及其文集。胡大浚、張春雯有對梁肅文集的整理成果。

本書以標點、校勘、注釋、輯補等方式對《梁補闕集》進行整理。以美國哈佛大學燕京圖書館藏清小雲谷抄本爲底本，簡稱"哈佛本"。以《文苑英華》和國家圖書館藏傅增湘校周叔弢藏影宋鈔本《文苑英華》校勘記、南宋紹興九年(1139)臨安府刻本《唐文粹》中所收錄的梁肅文章爲參校本。《文苑英華》中周必大、彭叔夏等人的校勘結論照本過錄，以"《文苑英華》卷某注曰"的形式說明。《文苑英華》校語中出現"一作某""集作某"，凡"一作"皆指集本，"集本""集"爲周必大、彭叔夏等人所見到宋代別集本。"國家圖書館藏傅增湘校周叔弢藏影宋鈔本《文苑英華》校勘記稿謄清本"簡稱"傅增湘校記"。以《毘陵集》(《四部叢刊》影印清趙懷玉亦有生齋刻本)、宋明清舊志、宗教文獻如《佛祖統紀》《佛祖歷代通載》等以及《全唐文》等文學總集和存世碑志等爲部分篇章的對校材料。部分成果參考彭叔夏《文苑英華辨正》、岑仲勉《唐集質疑》等，北京大學圖書館藏清小雲谷抄本對校成果參考胡大浚、張春雯點校《梁肅文集》，簡稱"胡張校記"。

梁補闕集卷上

受命寶賦并序[1]

受命寶在昔曰傳國璽,①自秦始皇有焉。蓋取夫一世二世,傳於無窮,故有傳國之號。歷兩漢至於陳、隋。隋煬帝之遇禍也,[2]宇文化及盜之而西,[3]竇建德滅化及取焉。《易》稱"物不可以終否"。② 武德中,太宗一戎衣而天下大定。是器也,與璽同歸,國家用之,以受命所承,更名大寶,而多歷年所。自前代觀之,受天明命,則不求而得;僭賊劫遷,則得之而失。蓋神物之所在,非徒然也。抑又聞之,鼎之輕重,與璽之去留,莫不視德之上下,位之安危。[4]若恃寶命在己,而慆心堙耳,漸至危殆,[5]以負扆之尊,被竊鈇之言。當此時也,此片玉耳,復何爲哉!竊讀史氏,感興亡之器,忿徹覬之類,[6]於是作《受命寶賦》。若形制之小大、厚薄,則未始詳也,故不備焉。其辭曰:

物之貴兮,惟玉之英。禽二氣以成形,涵百寶之純精。[7]卞氏得之,獻而後明。[8]當秦趙之抗衡,挺高價於連城;伊玩好之所資,微神器之鴻名。[9]及夫秦始稱皇,削平六王,爲龍爲光,追琢其章,[10]其文曰:"受命於天,既壽永昌。"其始也,謂世有哲王,傳國寶之無疆;何逆天以暴物,不及期以降殃。[11]惟陰隲之運行,[12]終有授而不常;[13]隨素車之白馬,[14]歸赤精於路傍。[15]

---

① 傳國璽:《漢書》卷九八《元后傳》載:"初,漢高祖入咸陽至霸上,秦王子嬰降於軹道,奉上始皇璽。及高祖誅項籍,即天子位,因御服其璽,世世傳受,號曰漢傳國璽。"

② 參見《周易》卷九《序卦》。

逮夫漢業中微，后族專命，祿去公室，世移威柄。[16]寔沙麓之遺㜸，成巨君之篡害；雖擲地以慷慨，終莫救夫顛沛。俄漸臺之傾移，[17]歷更始與赤眉；咸庸懦而不居，[18]卒亂長而禍滋。洎四七之龍驤，爲火主以得之；遂祀漢以配天，延二百之炎輝。苟非其人，寶命不歸。悼桓、靈之不嗣，置天下於阽危。

既而赤伏道喪，黃星兆發，雲雷遘屯，[19]朝社播越。去乘輿而漂蕩，入眢井以蕪没，披草萊以拯之，[20]寔功存乎武烈。何典午之傾潰，劉石盗以自尊；既江表之卜年，遂歸明以去昏。[21]五世推移，或亡或存，失由道喪，[22]隋之并吞。[23]始負險以爭雄，俄銜璧而來奔。惟大業之離阻，[24]由君昏而黷武，犲狼呀以當路，郊廟毀而失主。[25]望夷之釁既發，斯器淪於醜虜。昊天有命，眷我高祖，鶱飛汾晉，震疊關輔。[26]雲行雨施，雷動颷舉，聖人既作，萬物斯覩。於時也，[27]充德扇結，東周脆脆；帝謂文皇，[28]陳師往伐。[29]如火烈烈，如風發發，牛口先撥，虎牢則達致。四海於昇平，[30]混車書以同轍；惟神器之有在，終告歸於魏闕。[31]

考乎先王之統世也，[32]以文經天，以武緯地，觀象備物，從宜制器。播而用之，[33]爲天下利，故曰：大德曰生，大寶曰位，位之升降，惟道所至。先王審其所以，故爲大於細，爲難於易，然後本不摇而末不墜，安危之體，鑒此而已。若夫符命之所加，曆數之所歸，莫不天人合發，[34]區宇樂推，休祥焕然，[35]靈命顯思。是以有守有失，動而悦隨。苟貪功而僭禮，[36]莫不速禍而召危。此玉也，公路執持，衆叛而親離；趙高引佩，殿壞而身糜。[37]惟前軌之昭昭，孰可幸捷以取之？答曰：[38]吾皇有命，[39]如天有日。傳寶在我，昏庸自佚，則陸渾無問鼎之事，歷代無奉璽之術。苟思慮於廢興，朝不既而患失。[40]於戲！天發禍機，聖人定之；天生神物，聖人用之；康哉皇哉，[41]大人造之；子孫百代，永言保之。

西伯受命稱王議

太史公曰：詩人道西伯以受命之年稱王，而斷虞、芮之訟，遂追王太王、王季,改正朔,易服色,十年而崩。① 或謂《大雅·序》"文王受命作周",②《泰誓·序》"十有一年,武王伐殷",③妄徵二經,以實其説。予以爲反經非聖,不可以訓,莫此爲甚焉。[42]

嘗試言之。夫聖人無作,[43]作則爲萬代法。仲尼美文王之德,[44]曰:"三分天下有其二,以服事殷。"④又曰:"內文明而外柔順,以蒙大難,[45]文王以之。"⑤未有南面稱王,而謂之服事;易姓創制,而謂之柔順。仲尼稱武王之烈,曰"湯武革命"。⑥ 又曰"武王末受命"。[46]未有父受之而子後革命,[47]父爲天子,子云末受。[48]當武王之會盟津也,告諸侯曰:"汝未知天命,未可其誓師也。"[49]曰:"惟九年,[50]大統未集,予小子其承厥志。"孰有王者出征,復俟天命? 大統既改,[51]而復云未集?《禮·大傳》稱:牧之野,既事而退,遂柴於上帝。[52]⑦追王太王、王季、文王,改正朔,殊徽號。[53]若虞、芮之歲稱王,則不應復云追王;王制既行,則不應復云改物。[54]是皆反經者也。

夫大者天地,其次君臣。聖人知定位之不可易也,故制爲上下之禮,財成天地之道,[55]使各當其分而不相間。若億兆之去留,天命之與奪,則存乎其時。[56]聖人順而行之,故謳歌所歸,[57]而舜禹揖讓,桀紂惡盈,[58]則湯武放伐。[59]所謂後天而奉天時,不得已而爲之者也。若殷道未絶,紂凶未極而遂稱王,[60]以令天下,則不可謂至德也已,[61]此其非聖者也。[62]予以爲《大雅》"作周"之義,蓋取夫積德累仁,[63]爲海內所歸,往武王因之,[64]遂成大業。非所謂革命易姓爲"作周"也。[65]《泰誓》紀年,蓋武王、周公追考前文,陳王業之盛,自虞、芮始,故斷爲受命之歲。仲尼憲章文武,故因而敘之曰"十有一年,武

---

① 參見《史記》卷四《周本紀》。
② 參見《毛詩注疏》卷一六《文王之什詁訓傳》。
③ 參見《尚書正義》卷一一《周書·泰誓》。
④ 參見《論語》卷八《泰伯》。
⑤ 參見《周易正義》卷四《明夷》。
⑥ 參見《周易正義》卷五《革》。
⑦ 參見《禮記正義》卷三四《大傳》。

王伐殷",非所謂自稱王而爲之數也。文王既没,經義斯在,如曰不然,以俟君子。

爲太常答蘇端駁楊綰諡議①

議曰:[66]有國之典,存以位,叙其德;没以諡,易其名。名之小大,視德之美惡。蓋書其著而略其微,要其終而明其義,故曰:"諡以尊名,節以一惠,耻名之浮於行也。"②楊文貞體淳素之質,協時中之德,爰自下列,至於宰司。秉心不渝,動必由道,與夫立功立事,開物濟衆,不同日語矣。而清儉厲俗,明哲保身,曰文與貞,在我惟允。秉公議者,誰曰不然?[67]今奉符謂公與元載交游,嘗爲載薦引,[68]載之咎惡,悉歸於公。斯乃昧於觀行定諡之義,且非君子成人之美也。[69]昔荀爽爲董卓所舉,致位三公,及卓斁亂漢政,可謂甚矣。而《漢史》曾不以卓之過,累於慈明;晏子、陳氏,俱事齊侯,陳志邪而晏志正,《春秋》亦不以陳之惡,延於平仲。是知道不必合,事不必同,[70]則載之於公,其事可見。况當載秉鈞,而公不參大政,載以時望慕我,我則静而守中,因疏爲簡,適見清節。又有發載之惡,[71]皆漏泄致辭,[72]患自掇也,庸可救乎? 及夫載覆其餗,公膺大任,任職日淺,[73]屢以疾辭。位且不安,安可以寂寥啓悟而責之乎? 昔季文子相三君,[74]無食粟之馬,衣帛之妾,君子以爲忠。楊公以大名厚位,出入三朝,無宅一區,無馬一駟,志於清白,交不詔瀆,可不謂貞乎? 掌訓誥,秉銓衡,[75]處成均,貳宗伯,潤色王度,無替厥美,加以敏而好學,見善如不及,可不謂文乎?

謹按諡法,稱貞之例有三:清白守節曰貞,大憲克就曰貞,[76]憂國忘死曰貞。文之義有六:經天緯地曰文,[77]道德博聞曰文,[78]愍人接禮曰文,[79]不耻下問曰文,慈惠愛人曰文,修德來遠曰文。名既不備,事亦殊貫,又安可以二王三恪、私祭家廟之闕,[80]併責於一名

---

① 《文苑英華》卷八四〇題作"代太常答蘇端駁楊綰諡議",《唐文粹》卷四一題作"唐丞相諡文貞楊綰諡議代太常答蘇端駁議"。

② 參見《禮記正義》卷三二《表記》。

哉？[81]若具美果在一名，則士文伯、[82]孔文子且無經緯天地之文，孟武伯、寧武子又非克定禍亂之武，若以廢禮，不稱其名，則臧孫辰縱逆祀，[83]①不得謚文；管夷吾塞門反坫，[84]②不得謚敬。是知議名之道，錄其所長，[85]則捨其所短；志其大行，[86]則遺其小節。使善惡決於一字，褒貶垂於將來，蓋先王制謚之方也。若綜覈名實，於公論宜取坦然明白、[87]彰於遐邇者。今或乘人之意，肆誣謗之辭，所謂"抉瑕刺骨"之説，[88]非正議也。且聖人無全能，[89]才不必備。以鄭公徵立言正色，③恥君不如堯舜，其節大矣，而昧於知人；許公環固執條詔，[90]④廷沮邪計，其志明矣，終不能守。故《春秋》爲賢者諱過，《傳》稱"不以一眚掩大德"，⑤《語》曰"無求備於一人"，⑥蓋二公所以爲"文貞"也。若曰百行所歸，九德咸事，如周公之文，宣父之德，[91]然後擬議，則千古莫嗣而謚典絶矣。安在一二蘇、魏只爲定制乎？[92]謹上參典禮，近考故事，楊公之名，請如前議云爾。[93]

天台法門議⑦

論曰：[94]修釋氏之訓者，務三而已，[95]曰戒，定，慧。[96]斯道也，始於發心，成於妙覺，經緯於三乘，導達於萬行而能事備矣。[97]昔法王出世，[98]由一道清净，用一音演法，[99]機感不同，所聞亦異。[100]故五時、五味、半滿、權實、偏圓、大小之義，[101]播於諸部，粲然殊流，要其

---

① 臧孫辰：魯孝公之後，僖伯曾孫。僖伯字子臧，後因爲氏。事莊、閔、僖、文四公爲正卿。仲之言次，謚曰文，故稱文仲。
② 管夷吾：字仲，齊大夫，相桓公。
③ 鄭公徵：即鄭國公魏徵(580—643)，貞觀三年(629)以秘書監參與朝政。又進侍中，封鄭國公。
④ 蘇瓌：字昌容(639—710)，京兆武功(今陝西咸陽)人，隋尚書右僕射威曾孫。其事迹見《舊唐書》卷八八《蘇瓌傳》等。條：《唐文粹》卷四一同，《文苑英華》卷八四〇、《全唐文》卷五一七作"遺"。《文苑英華》卷八四〇注曰"二本作'條'"，《全唐文》卷五一七注曰"一作'條'"。
⑤ 參見《春秋左傳正義》卷一七《僖公三十三年》。
⑥ 參見《論語注疏》卷一八《微子》。
⑦ 《删定止觀》題作"天台智者大師傳論"，《佛祖統紀》卷四九題作"智者大師傳論"，文末有小字注曰"一名'天台法門議'"。

所歸,無越一實。故《經》曰:"雖說種種道,其實爲佛乘。"① 又曰:"開方便門,示真實相。"② 喻之以衆流入海,標之以不二法門,自他兩得,[102]同詣秘密,此教之所由作也。

洎鶴林滅而法網散,[103]神足隱而宗途異。各權所得,[104]互爲矛盾,[105]更作其中。或三昧示生,四依出現,應機不等,持論亦別。故《攝論》《地持》《成實》《惟識》之類,分路并作,非有非空之談,莫能一貫。既而去聖滋遠,[106]其風東扇,[107]說法者桎梏於文字,莫知自解;[108]習禪者虛無其性相,不可牽復。是此者非彼,未證者謂證,[109]慧解之道,流以忘反;[110]身口之事,蕩而無章。於是法門之前統,[111]或幾乎息矣。

既而教不終否,至人利見,[112]惠聞、[113]惠思,[114]或躍相繼。法雷之振未普,[115]故木鐸重授於天台大師。大師像身子善現之超悟,備帝堯、后舜之休相,[116]贊龍樹之遺論,從南嶽之妙解,然後用三種止觀,成一事因緣。[117]括萬法於一心,開十乘於八教。[118]戒、定、慧之說,空、假、中之觀,坦然明白,可舉而行。是故教無遺法,[119]法無棄人,人無廢心,[120]心無釋行,[121]行有所證,證有其宗。大師教門,所以爲盛。故其在世也,光照天下,[122]爲帝王師範;其去世也,往來上界,爲慈氏輔佐。卷舒於普門,示現降德,爲如來所使,[123]階位境智,蓋無得而稱焉。[124]

於戲![125]應迹雖往,正言不墜,[126]習之者,猶足以抗折百家,照示三藏。又況聞而能思,思而能修,修而能信,[127]信而不已者歟?斯人也,雖曰未證,吾必謂之近矣。今之人,正信者鮮。游禪關者,[128]或以無佛無法,[129]何善何罪之化,[130]中人以下,[131]馳騁愛欲之徒,[132]出入衣冠之類,以爲斯言至矣,且不逆耳。[133]故從其門者,若飛蛾之赴明燭,破塊之落空谷,殊不知坐致燋爛而莫能自出。[134]雖曰

---

① 參見《妙法蓮華經》卷一《方便品》。
② 參見《妙法蓮華經》卷四《法師品》。

益之,[135]而實損之,與夫衆魔外道,爲害一揆。[136]由是觀之,此宗之大訓,此教之旁濟,其於天下,爲不俟矣。自智者傳法,五世至今,天台湛然大師中興其道,[137]爲予言之如此,故錄之以繫於篇。

止觀統例①

夫止觀何爲也？導萬法之理而復於實際者也。[138]實際者何也？性之本也。物之所以不能復者,[139]昏與動使之然也。照昏者謂之明,駐動者謂之靜。明與靜,止觀之體也。在因謂之止觀,在果謂之智定,因謂之行,果謂之成。[140]行者行此者也,成者證此者也。原夫聖人有以見惑足以喪志,[141]動足以失方,於是乎止而觀之,靜而明之,使其動而能靜,靜而能明,因相待以成法,即絶待以照本。御大車以禦正,[142]乘大事而總權,消息乎不二之場,鼓舞於説三之域,至微以盡性,至賾而體神。[143]語其近,則一毫之善可通也；語其遠,則重玄之門可闢也。用至圓以圓之,物無偏也；用至實以實之,物無妄也。聖人舉其言,所以示也；廣其用,[144]所以告也。優而柔之,[145]使自求之；擬而議之,使自至之,此《止觀》所由作也。

夫三諦者,何也？一之謂也。空、假、中者,何也？一之目也。空、假者,[146]相對之義。中道者,[147]得一之名,此思議之説,非至一之旨也。至一即三,至三即一,非相含而然也,[148]非相生而然也,非數義也,非强名也,自然之理也。言而傳之者,迹也。理謂之本,迹謂之末。本也者,聖人所至之地也；末也者,聖人所示之教也。由本以垂迹,則爲小爲大,爲通爲別,爲頓爲漸,爲顯爲秘,爲權爲實,爲定爲不定。循迹以返本,則爲一爲大,爲圓爲實,爲無住爲中,爲妙爲第一義,是三一之藴也。[149]所謂空也者,[150]通萬法而爲言者也；假也者,立萬法而爲言者也；中也者,妙萬法而爲言者也。破一切惑,莫盛乎

---

① 《删定止觀》；《佛祖統紀》卷四九題作"天台止觀統例"。《佛祖歷代通載》卷一四載,貞元二年(786)丙寅,翰林梁肅修天台止觀通論,成著《止觀統例》。

空；建一切法，莫盛乎假，究竟一切性，莫大乎中。舉中則何法非中，[151]自假則何法非假，[152]舉空則無法不空。成之謂之三德，修之謂之三觀。舉其要，則聖人極深研幾窮理盡性之說乎？昧者使明，塞者使通。通則悟，悟則至，至則常，常則盡矣；明則照，照則化，化則成，成則一矣。聖人有以彌綸萬法而不差，旁礴萬劫而不遺，[153]燾載恆沙而不有，復歸無物而不無。寓名之曰"佛"，經號之曰"覺"。[154]究其旨，其解脫自在莫大極妙之德乎![155]夫三觀成功者如此。

所謂圓頓者，非漸次、非不定，指論十章之義也。十章者，恢演始末通道之關也；五略者，舉其宏綱截流之津也；十境者，發動之機，立觀之諦也；十乘者，妙用所修，發行之門也。止於正觀而終於見境者，[156]義備故也。闕其餘者，非修之要也。[157]乘者，何也？載物而運者也；[158]十者，何也？成載之事也，[159]知其境之妙不行而至者，德之上也。乘一而已，[160]豈藉夫九哉？九者非他，相生之說未至者之所踐也。故發心者發其所發，[161]安心者安無所安，徧破者徧無所破，[162]爰至餘乘，皆不得已而說也。至於別其義例，判爲章目，推而廣之不爲煩，[163]統而簡之不爲少。如連環不可解也，如貫珠不可雜也，如懸鏡不可弇也，[164]如通川不可遏也。議家多門，[165]非静論也；按經正義，[166]非虚說也。辨四教淺深，[167]事有源也；成一事因緣，理無遺也。

噫，《止觀》其救世明道之書乎！非夫聖智超絕，卓爾獨立，其孰能爲乎？非夫聰明深達，得意忘象，[168]其孰能知乎？今之人乃專用章句文字，從而釋之，又何疏漏耶！或稱不思議境，與不思議事，皆極聖之域，等覺至人，猶所未盡。[169]若凡夫生滅，心行三惑，浩然於言說之中，推上妙之理，是猶醯雞而說大鵬，夏蟲之議增冰，[170]其不可見明矣。今《止觀》之說，文字萬數，廣尋果地，[171]無益初學，豈如闇然自修，[172]功至自至，何必以早計爲事乎？是大不然。幾所爲上聖之域，[173]豈隔闊遼夐，與凡境杳絕歟？[174]是惟一性而已。得之爲悟，[175]失之爲迷，[176]一理而已。迷而爲凡，悟而爲聖。迷者自隔，[177]理不隔也；失者自失，性不失也。《止觀》之作，所以離異同而究聖神，[178]使群生正性而順理者也。正性順理，[179]所以行覺路而至妙境也。不知此教者，則學何所入？功何所施？智何所發？譬如無目，[180]昧於日月之光，[181]行於重險之處，顛沛墮落，[182]可勝既乎？[183]

噫，去聖久遠，賢人不出，庸昏之徒，含識而已。至使魔邪詭惑，[184]諸黨并熾，空有云云，爲坑爲穽。有膠於文句不敢動者，[185]有流於湍浪不能住者，[186]有太遠而甘心不至者，有太近而我身即是者，有枯木而稱定者，有竅號而言慧者，[187]有奔走非道而言權者，有假於鬼神而言通者，[188]有放心而言廣者，[189]有罕言而爲密者，有齒舌潛傳爲口訣者。[190]凡此之類，自立爲祖，繼祖爲家，反經非聖，昧者不覺。仲尼有言："道之不明也，我知之矣。"①由物累也，悲夫！

隋開皇十八年，[191]智者去世，[192]至皇朝建中，[193]垂二百載。以斯文相傳，凡五家師。其始曰灌頂，其次曰縉雲威，又其次曰東陽小威，[194]又其次曰左谿朗公，其五曰荆谿然公。頂於同門中慧解第一，[195]能奉師訓，集成此書，蓋不以文辭爲本故也。或失則煩，[196]或得則野，[197]當二威之際，緘受而已，[198]其道不行。天寶中，左谿始弘解說，而知者蓋寡。荆谿廣以傳記數十萬言，網羅遺法，勤矣備矣。荆谿滅後，知其說者，適三四人。②

古人云："生而知之者，上；[199]學而知之者，次；[200]困而學之，[201]又其次。[202]"夫生而知之者，蓋性德者也；學而知之者，天機深者也。若嗜慾深，[203]耳目塞，雖學而不知，[204]斯爲下矣。今夫學者，內病於蔽，外役於煩，沒世不能通其文，數年不能得其益，是則業文爲之屢校桎足也，棼句爲之簸糠眯目也。[205]以不能之師教不能之弟子，[206]《止觀》所以未光大於時也。予嘗戚戚，於是整其宏綱，撮其機要。其理

---

① 參見《禮記正義》卷五二《中庸》。
② 《佛祖歷代通載》卷一四載，翰林梁肅題荆溪湛然禪師碑陰曰："聖人不興，必有命世者出焉。自智者以法付灌頂，頂再世而至左溪朗，道若昧，待公而發，乘此寶乘，煥然中興，其受業身通者，三十有九人，而縉紳先生高位崇名、屈體受教者數十。師嚴道尊，遐邇歸仁，自非命世亞望，曷以臻此。"

之所存,[207]教之所急,或易置之,或引伸之;其義之迂,其辭之鄙,或薙除之,或潤色之。大凡浮疏之患,[208]十愈其九,廣略之宜,三存其一。於是袪鄙滯,[209]導蒙童,貽諸他人,則吾豈敢?若同見同行,且不以《止觀》罪我,亦無隱乎爾。[210]建中上元甲子首事,①筆削三歲,[211]歲在析木之津,[212]功畢云爾。

《神仙傳》論

予嘗覽葛洪所記,以爲神仙之道,昭昭焉足徵已。試論之,曰夫人之生,與萬物同。彼由妄而生,由生而死,生死相沿,未始有極。聖人知其本虛也,其體無也,示以大道,俾性情其無妄而反諸本焉。[213]本則不生,不生則不死,然後能周游太虛,出入萬變,朝爲羲農,暮爲堯舜,或存而亡,或亡而存。天地莫能覆而載也,陰陽莫能陶而蒸也,寂然不見其朕,曠乎不識其門,是之謂至神。至神也者,視天地四海,若毛末而已;[214]萬古之前,億載之後,若一息而已。列禦寇謂"不生者能生,不化者能化"[215],②蓋謂彼也。不性其情者則不然。其用有際,其動有待,存亡相制,倚伏相繫,其道有數窮則壞。[216]故列禦寇謂生者不能不死,不死者不能不化,[217]蓋謂此也。

彼仙人之徒,方竊竊然。化金以爲丹,鍊氣以存身,覬千百年居於六合之內,[218]是類龜鶴大椿,愈長且久,[219]不足尚也。[220]噫,後之人迭爲所惑,不思老氏損之之義,顔子不遠之復,乃馳其智用,以符籙藥術爲務,而妄於靈臺之中,有所念慮,其末也。謂齒髮不變,疾病不作,以之爲功,而交戰於天壽之域,號爲道流,不亦大哀乎?

按《神仙傳》凡一百九十人,予所尚者,惟柱史、廣成二人而已,餘皆生死之徒也。因而論之,以自警云。

---

① 建中上元甲子:唐德宗建中五年,即興元元年(784)。參見《唐大詔令集》卷四《帝王》"改元建中敕"。

② 參見《列子》卷一《天瑞》。

四皓贊并序

　　道可佐皇而隘於帝治，是以崆峒、箕山之長揖於軒、堯也；德宜輔王而偶生霸世，則四皓之所以晦明於漢氏也。噫，周道絶而王澤涸，[221]秦短世而漢雜興。六合披攘，兵不暇戢，則四公軒軒然，鴻飛於冥，時也；天下大寶，一人攸繫，苟蔑嫡崇庶，則亂用是長，[222]四公僂僂然，[223]俯定儲后，權也。處則以時，出則以權，時以全己之道，權以安天下之器，得非知幾者歟？《易》謂"知幾其神乎"？① 四公體之，故曰"時合道合，時塞道塞，生非其時，與道消息"，四公之謂歟！[224]贊曰：②

　　秦失其鹿，豪傑并逐。鸞鳳何依，白雲深谷。英英南山，采采紫芝。漢以劍起，吾誰與歸。棲心元化，[225]澹泊無爲。禮物雖至，先生默而。惟彼貞石，確不可轉。儲皇不安，我德用顯。大君是驚，惠位是寧。四公屈身，天下和平。弋者何思，鴻飛冥冥。

三如來畫像贊并序

　　法王之身有三：曰法，曰報，曰應。[226]報身從無邊功德生，應身依無邊衆生生，[227]法身從如如無有生。分別説三，其極一貫。原夫大道之體，[228]離一切相，是其本也；[229]積大德，施大惠，[230]合大道，成大身，是其報也；出入十界，隨所利見，如水月鏡，[231]是其應也。自因至果，故不得不有其報；病一切病，[232]故不得不行其應。[233]應亦名也，報亦名也。名乎哉，其實相之賓乎。《經》云"觀身實相，③觀佛亦然。"嘗試思之。以爲衆生，蓋反佛者也，是三相，在佛爲三德，在凡爲三障。一者生死，生死即空寂，空寂即法身也；二者煩惱，煩惱即智慧，[234]智慧即報身也；三者結業，結業即解脱，[235]解脱即應身也。三德成於悟，三障成於迷，迷而不復也，[236]遂自絶於佛乘。[237]哀哉！予

---

① 參見《周易正義》卷八《繫辭》。
② "贊曰"以下《歷代名賢確論》卷四〇不載。
③ 參見《維摩詰所説經》卷三《見阿閦佛品》。

嘗齋心命工裂素作繪,聖德之形容,可舉目而見。見而後思,[238]思而後知至,知至之路,蓋由是矣。瞻仰之不足,遂爲之贊,庶觀者有以知三如來不在心外,不可以有無心取。[239]贊曰:[240]

大哉法體!體如虛空,不始不終,不垢不淨,不邊不中。是謂涅槃,[241]是謂法身。諸佛性海,是無上正真。右贊毗盧遮那佛。[242]

妙哉報體!體法而大,由清淨功,德色無礙。[243]德色無礙,成實智慧,範圍沙界,[244]盡未來際。右贊盧舍那佛。[245]

神哉化功!萬化無方,[246]休有烈光。以百億色身,播百億國土。啓權顯實,或默或語。示我寂滅,雙林之下。右贊釋迦牟尼佛。[247]

三聖一身,本無有異。恒沙諸佛,其道一致。衆生惟妄,竟妄斯至。[248]懸象著明,[249]用鑒心地。右總贊。

《金剛般若波羅密經》石幢贊并序①

二十有五之內,[250]根塵相磨,[251]生滅相蕩,斡流旋轉,[252]往復無際。如來憫之,於是開智慧門,[253]示諸法如義。俾夫即動而寂,即寂而照,假文字以筌意,一色空而觀妙。然離一切相,得無住心。二乘遠而不見,十住見而不辯,[254]如是信解乎?難哉!

隴西李氏先夫人,常州刺史獨孤公之伯姊也。聖善之德,自天而植,不捨母訓,受持是經,內涵道機,外順化物。十一年八月,[255]即世於晉陵郡舍。公茹尚右之痛,追無作之福,纘無言於金石,[256]庶幽贊乎妙報。嗚呼![257]傾沙界以施而施有窮,等山王之大而大有終。[258]惟金剛空印,永不壞滅,蓋夫人福慧之所以增也。[259]於是乎贊:[260]

脫三解軛,[261]入一相地,資慧力兮;追琢道妙,爲祐與導,[262][263]實懿德兮;石可轉而字有磷,福不極兮。

藥師琉璃光如來畫像贊并序

聖之道,無形無名。形以感著,名以功立。蓋物有病於妄,我則

---

① 清楊守敬《日本訪書志》卷七題作"金剛石經贊",并言:"唐梁肅,非唯文章嚴壯,而於佛理高妙,曾作《金剛般若波羅密經》石幢贊。"

喻其瞖；物有滯於闇，我則照其光。其行無方，有感必應。[264]神哉仁哉！惟唐代宗孝武皇帝之甥，某邑長公主之子，曰蘭陵蕭位，稟靈天潢，承訓家範，其性孝，其氣醇。大曆中，丁先人銀青光祿大夫光祿卿贈汝州刺史府君之憂，自反哭至於大祥，[265]哀敬之禮，動無違者。長公主戒之曰："欲報之德，豈止於斯乎？歸誠上仁，可以徼福，爾其志之。"位於是泣遵德命，爰用作繪。八十之初，一作物。[266]十二之願，赫然如見其全身，肅然如聞其音聲。自外入者，或疑亂怖，投體膜拜，而不知其粉繪也。嘻，昔人有一至之性，或通於神祇，以致福慶。矧夫孝子之哀思，大聖之玄運，幽贊之力，可思量哉！安定梁肅，悅聞其風，[267]乃爲贊曰：

披聖籍兮覽玄功，赫神光兮被無窮。勿藥用兮醫之王，[268]感斯應兮萬福彰。棄於梁兮出於唐，[269]畜純孝兮思不忘。綽大象兮景焜煌，洞冥冥兮福穰穰。

繡觀世音菩薩像贊

《蓮華經·普門品》載菩薩盛德大業詳矣。蓋變動不測之謂"神"，窮神盡性之謂"聖"，[270]慈悲廣運之謂"力"，三者一貫，是謂"妙覺"。[271]功不並化，尊無二上，故佛爲法王，我爲素臣。或擬諸形容，稱其名號，資不匱之力，報罔極之恩，誰其爲之？有齊孝女，初尚書吏部郎趙郡李公第六女，[272]歸於博陵崔綽。大曆初，居公憂，泣血無聲，至於大祥。既而思求冥祐，徼福上聖，針縷之間，成就莊嚴，其用心也至矣乎！公之立行立言，天下所推焉。存爲人範，歿無鬼責，前際之勝因，不可度已。此功德也，蓋以展蓼莪蒸蒸之心。[273]崔氏之子，以肅嘗獲升公堂，以贊述見托。痛梁木之壞，慟懷思之烈，[274]故像設之所，[275]敢著乎辭。贊曰：

菩薩之德，相炳而兹，[276]憑身以儀之。[277]女也孝思，不可方思，冀冥福於斯。欲報之德，斯焉取斯。

地藏菩薩贊并序

　　菩薩以大慈運大願,弘大道,濟大苦,俾三界之間,[278]利見大人,如大地之無不持載,故號曰"地藏"。有秘書少監兼侍御史李公之甥,太原王氏之第某女,頃遭先夫人棄敬養,祔拚以暨於小祥。或曰此孝也,匪報也。以報爲功,則惟地藏乎?乃手針縷之事,繡而黻之,則而像之。焕乎有成,毫相畢觀者,然後知聖善之内訓,淑女之孝思。至矣哉!是可以錫爾類也。秘書向予道之,[279]且命贊曰:

　　皇矣上仁,乃聖乃神,厥功備兮。有女伊棘,孝思罔極,厥誠至兮。[280]聖儀彰之,景福將之,無有既兮。

藥師琉璃光如來繡像贊并序

　　得妙道者聖之大,感罔極者孝之至。[281]孝有欲報之志,聖有善應之功。神其願,運其力,故悲智行焉;發乎心,彰乎事,故像設作焉。誰其孝之?[282]有齊孝婦。孝婦姓某氏,前新城令柳誠之室也。先是居皇姑豆盧氏夫人憂,自卒哭及朞,呼天之聲不絶;自朞至於大祥,追福之功不息。乃誦金偈,乃瞻粹容,爰用五綵,以成大像。莊嚴相好,昭焯焕爛,凜乎若披毫光而演善願,啟清真而屏濁亂,[283]至矣夫!乃爲贊曰:

　　光彼千界,赫琉璃兮。勿藥之師,號大醫矣。不形之形,妙相具兮。窈冥希夷,[284]玄功著兮。孝婦之烈,心不渝兮。章施五綵,[285]福皇姑兮。

壁畫三像贊并序

　　貞元元年冬十月,會稽龍興寺釋法忍與門弟子道俗衣冠之衆,以五采色寫釋迦如來像於所居之宇,[286]吉祥天女像在左,多聞天王像在右。德容威神,焕赫熙怡,爲佛股肱,作人依歸。[287]至矣哉!聖人無形,以萬利見爲形,形生功,功生名。是像玄德,存乎前經。[288]二上

人以予嘗探微言之所緣起,資爲之贊,[289]以示昧者云:

上聖有作,體神立德,天人遵兮。我示妙法,清我濁劫,示存存兮。日歸月依,[290]是準是儀,[291]破群昏兮。巍乎比王,[292]休有烈光,護下土兮。俾爾含識,躋彼樂域,萬物睹兮。[293]金甲雄姿,示威宣慈,我何怒兮。唯聖所起,吉祥止止,天德至矣。[294]粵惟首冠,[295]佐佑於佛,[296]成大事兮。高明婉柔,[297]願與道游,滋景福兮。息達本二,沙門有德有則,知聖知神,[298]圖此妙相,示後昆兮。實以善利,與元元兮。

千手千眼觀世音菩薩像贊

不形之形無形,神人之形也。當法王御世,有元聖曰"觀音",以感通之妙用,運溥博之宏應,協贊無上,弼成玄功,[299]神應無方,[300]形亦丕變,故此像設,[301]施於群生,此其至矣。夫彼聾盲者,方駭其手目之多,以致恢詭,[302]隨諸毀墮,[303]無升濟期,可不爲大哀乎?故壽王府士曹參軍韋侯,修身以仁,處順而化。夫人京兆杜氏,既嬬始虞,哀且顧禮,追惟冥祐,[304]爲素爲繢。相近而理遠,誠著而感深,《易》稱"神而明之",①《詩》云"聿懷多福",②盡在是矣。贊曰:

良人下士,[305]杳冥冥兮。配德追遠,心不寧兮。裂素表聖,爲丹青兮。昭赫彩繪,[306]光儀形兮。[307]祐彼君子,歸福庭兮。

大羅天尊畫像并序

維唐肅宗文明武德大聖大宣孝皇帝,[308]以大功平大難,以大孝纂大業。少康復業,[309]下武繼文,丕丕崇崇,千古同德。亦既厭代,去而上仙,衣冠留於喬岳,耀魄歸乎太極。[310]惟夏四月十有八日,實遺弓之辰。皇上追聖祖之烈光,[311]申孝孫之永慕,載揚至道之蹟,[312]

---

① 神而明之:《周易注疏》卷七《周易繫辭上》載:"神而明之,存乎其人。黙而成之,不言而信,存乎德行。"

② 聿懷多福:《毛詩注疏》卷一六《大雅》載:"惟此文王,小心翼翼,照事上帝,聿懷多福,厥德不回,以受方國。"

用弘上清之福，爰詔國工，以是日畫大羅天尊像一軀。混成真精，揮倬神化，包裹六極，覆露九皇，巍乎道主之德相既明，至哉，聖人之孝思可見！小臣肅拜手受詔，[313]爲之贊曰：[314]

至陽之原，無窮之門。大羅之界，象帝之尊。文明武德，有赫孝宣。道光乾元，人畏軒轅。翼翼睿宗，嗣武統天。或圖尊容，追孝前文。肅拜稽首，臣敢颺言。惟此功德，載煥載玄。既祐聖神，介福無邊。亦祐我后，壽考萬年。①

藥師琉璃光如來畫像贊并序

於戲！至人不可得而見之矣。所可見者，[315]像設而已。藥師者，大醫之號；琉璃者，大明之道。所以洗蕩八苦，振燭六幽，巍乎其有功，復歸於無爲，[316]蓋其蹟也。[317]皇帝德女唐安公主委化歸真之辰，先是命國工繢佛像，爰設妙色，載揚耿光，以追福祥，以迪幽贊，[318]祐我貴主，達於真乘。至哉！聖人之慈也。小臣某拜手稽首而作偈言：

藥師妙法王，光被於十方。惟皇大聖主，文命敷下土。二聖合玄德，廣運慈悲力。[319]莊嚴成儀形，[320]延福於女英。女英受玆福，亦以流萬族。

繡西方像贊并序

道無方，所以法不垢不净，[321]聖人有以見群生大迷也。乃方以聚之，净以極之，[322]應形主之，列聖輔之。俾夫感而通，通而應，應而不窮，其慈善之功乎！皇朝故中書舍人贈華州刺史吳郡朱君，夫人扶風馬氏，以淑行爲宗姻之表，明識通出世之道。泊居華州之喪，晝哭哀慕，慟爲律呂。[323]既而曰："予聞妙覺之用，無幽不燭，宜勤上善，[324]以福吾夫。"廼用五綵，[325]彰施五色，[326]發揮德容，及二聖輔，

---

① 此篇文末《文苑英華》卷七八一有載："此篇編入佛像門，疑是附記。"傅增湘校記曰"無'編'字"。

焕乎有見。聖人之妙相,與夫人之至誠,希夷之中,協用休福,於是乎在矣。肅嘗以文墨,從華州之遊,爰美成功,或感斯慟。贊曰:

允方有國兮,至聖居之;乃示净妙兮,[327]拯此群疑。[328]美蓮月兮焕金色,色相永思兮不可得。夫人洞此幽贊力,祐我往哲福無極。[329]人既往,道斯存,掌王綸,殁州尊,體有美德貽後昆。[330]誕躋妙域參聖神,誰謂至道嘿昏昏。

釋迦牟尼如來像贊

贊曰:法王崩於竺乾露寢二千歲矣,[331]有像設糟粕,留示後世。上士得之,超詣實際,其次奉之,爲祐爲道,爲律爲梁。[332]應之遲速,視感之深淺;觀其所感,聖人之情可見矣。杜陵吏鮑君游,信道之士也。建中、興元際,君游丁先大夫憂,[333]孝純誠至,哀感亦至。[334]謂至道杳冥,在擬議之外;聖人形容,居瞻仰之内。[335]有慈力可以追孝,有弘願可以祐神,我儀圖之,或纘休福。[336]於是合用綵繡,焕焉發揮,天光照臨,晬容肅穆,有二元聖爲翼謂左右二菩薩。以夫人母德昭聞,[337]君游孝思不怠,雖欲無利功德,能仁其肯捨之?[338]

戲!夫孝子之志,聞一毫之福可以及親者,則竭力而奉之。矧夫教行於夷夏,理貫於幽明,而無良之徒,坐生異論,以蕞爾愚管之所不及,齗然世籍之所不書。乃尤其先人,[339]謂作福無益,抑犬豕之類耳,[340]何人倫足稱?予既美君游之孝,因而志之,[341]俾不肖者,企及云爾。

兵箴

皇道無名,帝治有征。[342]故效天殺,作爲五兵。曰王及霸,功濟天下。威實助德,伐乃除禍。[343]逐鹿於原,[344]戰龍在野。大寶靦脆,非兵孰可?[345]動如決河,静逾滅火。[346]蒼蒼萬姓,懸命在我。所行者師,所統者德。功本乎義,不本乎力。[347]順之者聖,[348]逆之者賊。成敗存亡,鮮不是則。衆不足恃,勝不足保。武王一戎,奄有九有。紂之百克,其卒無後。故長民者,無曰我强,莫予敢抗,[349]尋邑百萬,覆於昆陽;[350]無曰我大,莫予敢制,陳吳攘袂,嬴氏大潰。武不可黷,黷則必窮。兵不可廢,[351]廢則終凶。故曰天下雖平,忘兵則危,[352]不教民戰,是謂棄之。[353]齊桓矜衮,[354]九國以離;徐偃仁義,本邦亦瘳。[355]《傳》美止戈,《易》稱以律,古之睿知,[356]神武不殺。治亂之機,繫於杪忽,壯直且順,孰云我過?旅臣斯箴,[357]敢告執鉞。

磻溪銘并序

陰陽和而萬物生,聖賢合而天下平。和者,時也,合者,運也。在昔堯舜合禹抑洪水而天下平者,四百年;湯合伊尹革桀鷟而天下平者,六百年;文武合太公一戎衣而天下平者,八百年。與夫風雨寒暑,五行四時,佐天生物,[358]一也。天之數,不可以不變,時則有懷山襄陵,浩浩滔天之災;君之運,不可以不極,時則有作威殺戮,毒痛四海之變。[359]變則通,時則有四載之庸;極則反,時則有放伐之功。於戲,惟尚父鐘其運而遇其主,[360]躡其機而作,其合者歟!於後伯陽不顯,仲尼旅人,其不合者歟!故曰:"君子得其時則大行,不得其時則龍蟠也。"①嘉尚父之動靜不失其時,作《磻溪銘》曰:

至人無心,與道出處。處則土木,出則雷雨。惟殷道絕,粵有尚父。爰宅於幽,盤桓草莽。天地閻闔,[361]陰陽運行。明極而昏,昏極而明。遇主水濱,謨泰八紘。[362]牧野桓桓,一麾而平。惟彼日月,得天而光。惟彼聖賢,得時而彰。獨夫昏迷,我乃豹藏。文武作周,我乃鷹揚。故曰"大道無體,大人無方"。運用變通,至虛而常。作銘磻溪,今古茫茫。

圯橋石表銘并序

臨淮之下邳,有古圯橋,蓋漢少傅留文成侯張良受神人黃石公兵書之地。[363]初,留侯醜秦,高帝在豐,龍虎不起,風雲未會。黃石公知天

---

① 參見《史記》卷六三《老子韓非列傳》載:"且君子得其時則駕,不得其時則蓬累而行。"

衢欲平,否極必傾,秦之亡而漢之昌,故先以興亡之符而授留侯,且曰:"孺子可教。後得濟北黃石,其我也。"故以號云。夫受命之君,與佐命之臣,將欲叙天道、定人倫,則必幽贊明神,協成大勳。在黃帝氏方平蚩尤,時乃玄女啓符,風后行誅,然後迎日推算,天下大治;在帝堯方憂水害,[364]時乃洛出《九疇》,以成九功,[365]然後萬國底寧,[366]黎民時雍;在漢祖方征秦、項,時乃黃石授兵,留侯演成,然後絀嬰軹道,斬羽垓下。自昔玄圖元命,著在篆籀,皆片言隱辭,無益帝載。惟此三后,感及神書,[367]文章昭明,大業用興。《易》稱"人謀鬼謀,百姓與能",①又曰:"神道設教而天下服。"②蓋謂是矣。凡志不定則事不成,謀不成則業不廣。[368]留侯不遭黃石,無以定其志;高祖不獲留侯,無以廣其業。人神參并,[369]漢道乃行。不然,何通降聖賢,[370]君臣遇合,上得天統,中爲帝師,[371]如此其盛也？大曆七年,予旅游次墮履之地,於是鑽石勒銘,揚於邳圻,庶俾力違天、徼功妄作之輩,於以儆戒之爾。銘曰:

　　陰陽之精,不測曰神;厥有黃石,假形爲人。告譩留侯,夷項滅秦;迹寄穀城,精還氤氲。惟帝軒后,肇興兵謀;玄女降符,實平蚩尤。爰洎陶唐,洪水橫流;天乃錫禹,洪範九疇。亂秦紛如,帝在草茅;赫矣黃石,亦命留侯。丕顯有唐,紹漢絶風;革暴承天,與軒比崇。亦有反常,貪亂國功;[372]人神莫從,動罔弗凶。有開必先,惟德乃同;宜究兹道,[373]順於家邦。作爲紀銘,永鑒無窮。

心印銘③陳諫序

安定梁肅,字敬之。學止觀法門於沙門元浩。其未知也,患不能

---

① 參見《周易注疏》卷八《周易兼義》。
② 參見《周易注疏》卷三《周易兼義上經隨傳》。
③ 《輿地碑記目》卷一《臨安府碑記》載:"下石龍浮勝院摩崖《心印銘》,唐翰林學士梁肅文。"《兩浙金石志》卷五《宋刻心印銘》文末載:"錢唐講律僧崇羽書陶翼并男拱鐫字大宋皇祐癸巳歲(1053)七月草堂僧慎微斜同志刊於石龍院之崖。"并云:"右在慈雲嶺舊石龍院石壁內摩崖,正書十四行,行二十四字,字徑二寸。梁補闕文潔淨精微,頗稱西來之嗣大書,深刻宜矣。沖羽書亦錚錚自喜,可與思齊。"清代孫星衍《寰宇訪碑録》卷六亦載:"石龍院梁肅《心印銘》,僧沖羽正書皇祐五年(1053)七月。"

知之;既知之,患不能至之。於是作《心印銘》,蓋几杖盤盂座右之類,[374]取其自省也。其文自"浩浩群生"至"有無云云",言未知也;自"本則不然"至終篇,言其既知也。以既知之心,印其未知,號曰"心印銘"。大抵與經論合而歸於無,相庶乎哉!諫獲與敬之游,又嘗聞浩公之言,故序其所由然,著於銘之首,云:

浩浩群生,或動或靜,或幽或明。旁魄六合,運用五行。莫不因心,[375]而寓其形。波流火馳,出入如機。如環無端,莫知其歸。或細不可視,或大不可圍。日月至明,或以爲昏;秋毫至微,或以爲繁。或囊包天地,或渴飲四海。卷舒變化,[376]惟心所在;夭壽得喪,惟心所宰。心遷境遷,心曠境曠。[377]物無定心,心無定象。[378]明則有天人,幽則有鬼神。苦樂相紛,如絲之棼。有無云云,不可勝言。抑末也已,本則不然。惟本之爲體,寂兮浩兮,不可遺兮;顯矣默矣,不可測矣。統萬有於纖芥,視億載於屈指。外而不入,内而不出;不闔不闢,不虛不實。無感不應,無應不神;在天而天,在人而人。常存而未始或存,常昏而未常不昏。[379]豈惟我哉?[380]蓋無物不然;豈惟我得?蓋無物不得。混而爲一,莫覯其極。故曰:"心生法生,心滅法滅。"①離一切相,則名諸佛。

唐丞相鄴侯李泌文集序②

唐興九世,[381]天子以人文化成天下。王澤洽,頌聲作,洋洋焉與三代同風。其輔相之臣曰:"鄴侯李公泌字長源,[382]用比興之文,[383]行易簡之道。贊事盛聖,辨章品物,[384]疏通以盡理,閎麗而合雅。"舒卷之道,必形於辭,其偉矣夫!予嘗論古者聰明睿聖之君,[385]忠肅恭懿之臣,敘六府三事,同八風七律,莫不言之成文,歌之成聲。然後浹

---

① 參見《大乘義章》卷三"心生法生,心滅法滅,諸法生滅,皆隨於心。"
② 李泌(722—789),字長源,京兆(今陝西西安)人。其子李繁撰有《相國鄴侯家傳》十卷,此書在明代亡佚,今佚文留存於《資治通鑑考異》《說郛》等。其生平事跡見《舊唐書》卷八〇《李泌傳》、《新唐書》卷六四《李泌傳》、《唐李鄴侯年譜》等。

於人心，人心安以樂；播爲風俗，[386]風俗厚以順。其有不由此者，爲理則粗，在音則煩。粗之弊也樸，[387]煩之甚也亂。用其道行其位者，歷選百千不得十數。嘻，才難不其然乎！開元中，公七歲，見丞相始興張公九齡。張駭其聰異，授以屬辭之要，許以輔相之業。[388]洎始興没，不六十載，公果至宰相封侯。有文集二十卷。其美嘉遯，[389]則有滄浪紫府之詩；其在王庭，[390]則有君臣賡載之歌。或依隱以玩世，或主文以譎諫。[391]步驟六義，發揚時風。觀其辭者，有以見上之任人、始興之知人者已。

初，太上當陽，公以處士延登内殿，寔敷黃老之訓。至德初，宣皇以元良受禪，公則獻《太階頌》，[392]昭纂堯之道。睿文以廣平伐罪，[393]公則握中權之柄，參復夏之功。大德不官，既追五嶽之隱；大用不器，終踐代天之職。方將熙庶工以成邦教，載直筆以修《唐書》，命之不融，凡百興嘆。[394]既薨之來載，皇上負扆之暇，思索時文，徵公遺編，藏諸御府，[395]於是公之文辭，光大一門。[396]近歲，[397]肅以監察御史徵詣京師，始得集録於公子繁，且以序述見托。公之執友諫議大夫北平陽城亦謂予曰："鄴侯經邦緯俗之謨，[398]立言垂世之譽，[399]獨善兼濟之略，藏在册牘，載於碑表，惟斯文之可傳於後。"[400]嘗謂肅曰：[401]"吾子辭直，盍存乎篇序。"既咏嘆之不足，因著其所以然，貽諸好事者。

凡詩三百，[402]表、志、碑、[403]頌、[404]贊、叙、[405]議、述又百有二十，其五十篇缺，獨著其目云。

毗陵集後序①

大曆丁巳歲夏四月，[406]有唐文宗常州刺史獨孤公既薨。[407]秋九月既葬，[408]門下客安定梁肅，[409]咨謀先達，稽覽故志，[410]以公茂德，映乎當世，美化加乎百姓。若發揚秀氣，磅礡古訓，則在乎斯文。[411]

---

① 《文苑英華》卷七三〇題作"常州刺史獨孤及集後序"，《毘陵集》卷二〇題作"唐故常州刺史獨孤公毘陵集後序"。

文之盛,[412]不可以莫之紀也。於是綴其遺草三百篇,爲二十卷,以示後嗣,乃繫其辭曰:[413]

夫大者天道,其次人文。在昔聖王以之經緯百度,臣下以之弼成五教。德文下衰,[414]則怨刺形於歌咏,諷議彰乎史册。故道德仁義,非文不明;禮樂刑政,非文不立。文之興廢,視世之治亂;文之高下,視才之厚薄。帝唐接前代澆漓之後,[415]承文章顛墜之運。王風下扇,作者迭起,[416]不及百年,文體反正。[417]其後時寖和溢,[418]而文亦隨之。天寶中,作者數人,頗節之以禮。[419]洎公之爲,[420]則又操道德爲根本,[421]總禮樂爲冠帶,[422]以《易》之精義,《詩》之雅訓,[423]《春秋》之褒貶,屬之於詞。故其文寬而簡,直而婉,辯而不華,[424]博厚而高明,論人無虛美,比事爲實錄。天下凜然,復覩兩漢之遺風,善乎!中書舍人崔公祐甫之言也,曰:"常州之文,以立憲戒世、[425]褒賢遏惡爲用,故議論最長。其或列於碑頌,[426]流於歌咏,[427]峻如嵩華,[428]浩如江河。[429]若贊堯舜禹、湯之命,爲誥爲典,爲謨爲訓,人皆許之而不吾試。論道之位,宜而不陟。"誠哉![430]

公諱及,字至之,秘書監府君第四子。[431]道與之粹,天付之德,[432]聰明博達,剛毅正直,中行獨復,動靜可則。仁厚積爲大本,[433]文藝成乎餘力。凡立言必忠孝大倫,[434]王霸大略,權正大義,古今大體。[435]其文體中雖波騰雷動,[436]起伏萬變,[437]而殊流會歸,同致於道。[438]故於賦遠游、頌嘯臺,見公放懷大觀,[439]超邁流俗。於《仙掌》《函谷》二銘,《延陵論》《八陣圖記》,見公識探神化,理合權道;[440]於議郊祀配天之禮,呂諲、①盧奕之諡,②見公闡明典訓,綜覈名實。若夫述聖道,揚儒風,[441]則《陳留郡文宣王廟碑》《福州新學碑》;美成功,[442]旌善人,[443]則《張平原頌》,李常侍、姚尚書、嚴庶子、

---

① 吕諲:生卒年不詳,蒲州河東(今山西永濟縣)人。其生平事迹見《舊唐書》卷一八五《吕諲傳》、《新唐書》卷一四〇《吕諲傳》等。
② 盧奕(?—755):滑州靈昌(今河南滑縣)人,黄門監懷慎之少子也。其生平事迹見《舊唐書》卷一八七《盧奕傳》等。

韋給事穎叔墓志,[444]《鄭氏孝行記》,李睢陽、楊懷州碑;纂世德,[445]貽後昆,[446]則《先秘監靈表》。陳黃老之義,於是有對策文;[447]演釋氏之奧,於是有《鏡智禪師碑》;論文變損益,[448]於是有《李遐叔集序》;稱物狀之美而暢其情性,[449]於是有《瑯琊谿述》[450]《盧氏竹亭記》;抒久要於存歿之間,則祭賈尚書、相里侍郎、元郎中、[451]李庶子文。[452]其叙一事紀一物,[453]皆足以追蹤往烈,裁正狂簡。噫!天其以述作之柄授夫子乎?不然,則吾黨安得遭遇乎斯文也?

初,公視肅以友,肅仰公猶師。[454]每申之話言,必先道德而後文章。[455]且曰:"後世雖有作者,六籍其不可及已。荀、孟樸而少文,屈、宋華而無根。有以取正,其賈生、史遷、班孟堅云爾,吾子可共與學。[456]當視諸斯文。[457]"肅承其言,[458]大發蒙惑。[459]今則已矣,知我其誰哉?[460]遂銜涕爲叙,[461]俾來者有以觀夫子之志。[462]若立身行道,終始出處,皆載易名之狀,[463]故不備之此篇。[464]

補闕李君前集序①

文之作,上所以發揚道德,正性命之紀;次所以財成典禮,[465]厚人倫之義;又其次所以昭顯義類,[466]立天下之中。三代之後,其流派別。炎漢制度,以霸、王道雜之,故其文亦二:賈生、馬遷、劉向、班固,其文博厚,出於王風者也;枚叔、相如、楊雄、[467]張衡,其文雄富,出於霸塗者也。其後作者,理勝則文薄,文勝則理消。理消則言愈繁,繁則亂矣;[468]文薄則意愈巧,巧則弱矣。[469]故文本於道,失道則博之以氣,[470]氣不足則飾之以辭。[471]蓋道能兼氣,氣能兼辭,辭不當則文斯敗矣。[472]

唐有天下幾二百載,而文章三振:[473]初則廣漢陳子昂以風雅革浮侈;[474]次則燕國張公説以宏茂廣波瀾;天寶已還,[475]則李員

---

① 《唐文粹》卷九二題作"唐左補闕李翰前集序"。《〔雍正〕畿輔通志》卷一○○題作"李補闕文集序"。《古文淵鑒》卷三四篇名下有小字注曰:"翰,趙州贊皇人華之子。"

外、[476]蕭功曹、[477]賈常侍、[478]獨孤常州比肩而出,[479]故其道益熾。若乃其氣全,其辭辯,[480]馳騖古今之際,[481]高步天地之間,則有左補闕李君。[482]君名翰,趙郡贊皇人也。天姿朗秀,率性聰達,博涉經藉,其文尤工。故其作,敘治亂則明白坦蕩,紆餘條暢,[483]端如貫珠之可觀也;陳道義則游泳情性,[484]探微豁冥,渙乎春水之將泮也;[485]廣勸戒則得失相維,[486]吉凶相追,焯乎元龜之在前也;[487]頌功美則溫直顯融,[488]協於大中,穆如清風之中人也。議者又謂君之才,[489]若崇山出雲,神禹導河,觸石而彌六合,隨山而注巨壑,蓋無物足以阻其氣而閼其行者也。[490]世所謂文章之雄,舍君其誰與?[491]弱冠進士登科,解褐補衛縣尉,其後以奏記再參淮南節度軍謀,[492]累遷大理司直。天子聞其才,召拜左補闕,俄加翰林學士。

夫士之處世,[493]用舍計乎才,[494]進退牽乎時。始君筮仕,[495]值蔽善者當路,故屈於下位。① 中歲多難,時方用武,故屈於外藩。[496]及夫入宣室而揮神翰也,[497]方用人文以餚王度,則因疾罷免。嘻,昔之君子賢人,運與事并,得信其志者稀矣。[498]其餘屬雅道喪缺,黃鐘棄毀,[499]若孟子轗軻,[500]士安多病,[501]亦何可勝論?惟斯文足以振當世,餘烈足以遺後嗣,此之謂不朽。

君既退歸,居於河南之陽翟。家愈貧而祿不及,志愈邁而文益壯。[502]暇日以嘗所述作三十卷,目爲前集,[503]命予序之。[504]君與予實有伯喈、仲宣之義,[505]故書於篇。

導引圖序②

氣之貫萬物也,盛矣。本乎天者,資之以生;本乎地者,資之以

---

① "故屈於下位"一句后,《唐文粹》卷九二、《文苑英華》卷七三〇、《古文淵鑒》卷三四有雙行小字載:"天寶末,房公琯、韋少師陟薦公充史官諫司之任,當國者不聽,乃已。"其中"末",《文苑英華》卷七三〇作"未",傅增湘校記曰"'未'作'末'","韋少師"《文苑英華》卷七三〇作"韋公"。

② 《新唐書》卷五九《藝文志》載:"朱少陽《導引錄》三卷。浮山隱士,代、德時人。"《太平御覽》卷六五九《道部一》載:"欲食道氣,當得《導引圖》。"

成。古之善爲道者，知氣之在人，不利則鬱，鬱則傷性，伐其命而不可援也。於是乎張而翕之，導而引之，熊經鳥伸，吐故納新，使流於六藏，暢於四肢，[506]浹於肌膚之會，固其筋髓之束。[507]然後百病不生，耳目聰明，可以保神，可以盡年，和之至也。故歧伯得之，爲軒轅師；廣成子得之，千二百歲而身不衰；彭祖得之，上及有虞，下及五霸；後學得之，隱名山而游人間，壽考者不可詳而計矣。[508]原其所出，皆以歧伯爲祖。有浮山隱居朱少陽者，得其術於黃帝外書，又加以元化五禽之説，乃志其善者，演而圖之，被以章目，凡三篇。究其所由，蓋久視之門，戶樞之善喻也。[509]少陽年涉期頤，神氣轉壯，每至虛空之中，自試此法。或屈或伸，或盤或旋，或回互翕闢，終日不倦。每振寂郵肯綮之際，必砉然響然，用力甚微而合於桑林之舞，[510]此又技之甚尤異者也。暇日以所述示予，予喜而序之，以置篇首，俾博覽者以知還年之一路，道者之雅戲云。

觀石山人彈琴序

天寶中，言雅樂者稱馬氏琴，石侯嘗得其門而入矣，故其曲高，其聲全。予嘗觀其操縵，[511]味夫節奏，和而不流，淡而不厭，凜其感人而忘夫佚志。已而謂予曰："鄙人徒能彈之。[512]而至和樂獨善其身，足使情反乎性，吾聞其語矣，未辨其方也。敢問何爲而臻哉？古之聰明睿智，其能爲乎？"予愀然曰："善乎！夫子之問，是道也，吾嘗聞諸師矣。夫人生無其節則亂，故聖人道之天和，作樂以救之。於是乎有五弦之琴，以暢五音，以協五行，以宣五常，以紀五事。後世聖人，以爲五弦備其本而未行其變，變而裁之，莫先乎文武之用。於是究夫剛柔，復益其弦者，非他也，文武之道也。亦猶八卦既列，復因而重之，然後可以動天地而鼓萬物，[513]盡變化而感鬼神，格聖人之能事，[514]反百慮於一致，此琴之所以爲貴也。故虞帝以之，乃歌《南風》；禹、湯以之，而作《夏護》；周文、武以之，萬邦協和，卜代三十；成、康以之，刑措不用；仲尼以之，見文王之象而樂正，雅頌各得其所。若琴道不行，則君子之道消而王澤不下。故殷紂失之,而棄河海;幽厲失之,而周道中絕;晉悼失之,師曠一彈而國大旱。琴之興廢,與理亂相並。夫佾殷薦以配祖考蕭相,庶幾神降,則不可廢於郊廟矣。若夫和平其志氣,暢達於動用,使邪物不接,則不可廢於律度矣。故自有國有家,下逮於庶人,莫不尤重焉。君子所居,於是有'左琴右書',①'士無故不徹'②蓋謂是也。《周禮》載雲和空桑龍門之琴,[515]《禹貢》嶧陽之桐以爲之,③歷代善琴之士,與幽蘭白雪之號,則吾子其自知已。[516]夫何言哉!"

問曰:"若向所云,[517]則今之爲琴者多矣。君子之風,何其未扇歟?"對曰:"琴,樂之雅者也。雅者,正也。正者,謂能宣正其聲而行正道。今夫鄭、衛之移人久矣,其人或正,則其位未大,其位未大,故正聲未被,君子風薄,不其然乎? 夫雅樂之所貴者,豈取清商流徵不失度曲而已,彼各有所起也!"言畢,石君善之,俾予紀其辭,遂號爲序云。

游雲門寺詩序④

上德以汗漫爲友,[518]無江海之閑;[519]其次則仁智相從,山水爲樂。[520]故同志同方,[521]賢者有柴桑之隱;游道游趣,[522]吾徒有雲門之會,[523]其造適一也。先會一日,沙門釋去諲命我友,[524]相與探玉笥,上會稽,然後泝若耶,過鳳林而南,意欲脫人世之羈鞅,窮林泉之遐奧。於是捨丹清瀾,反策閑原,遞杳靄而歷嶇峨,[525]入深翠以泛回環,遂至雲門。[526]觀其群山疊翠,[527]秦望拔起,五峰巉巉,列壑沉沉,

---

① 左琴右書:《古列女傳》卷二《賢明傳·楚於陵妻》載:"夫子織屨以爲食,非與物無治也。左琴右書,樂亦在其中矣。"

② 士無故不徹:《禮記注疏》卷四載:"君無故玉不去身,大夫無故不徹縣,士無故不徹琴瑟。"

③ 嶧陽之桐:宋代陳暘撰《樂書》卷一一九《樂圖論·七弦琴圖》載:"古者造琴之法,削以嶧陽之桐,成以麗桑之絲徽,以麗水之金軫,以崑山之玉,雖成器在人,而音含太古矣。"

④ 《唐文粹》卷九七題作"游雲門序"。

上摩碧落,旁湧金界。其下則百泉會流,蓄爲澄潭,涵虛鏡徹,鳴瀨玉漱,[528]泠泠之聲,[529]與地籟唱和,不待笙磬而五音迭作。眺聽不足,[530]則凝思宴息,怳然疑諸天樓觀,[531]列在咫步,[532]庭衢之中,別有日月。既而動步真境,静聆法音,[533]合漆園一指之喻,[534]詣净名無住之本。萬累如洗,[535]百骸坐空。視松喬爲弱喪,輕世界於棗葉。蓋道由境深,理自外獎故也。

昔之遠公記廬山,[536]謝客題石門,道流勝賞,今古一貫,曷可不賦,貽雲山羞。乃各爲詩,以志斯會。同乎道者,有隴西李公受,①高陽齊霞舉,約會未至,亦請同賦此篇,用廣夫游衍之致云。

中和節奉陪杜尚書宴集序②

沛乎聖人,在穆清之中,合四序,茂萬物,謂二月之吉,殷天人之和,肇以是日,爲中和節。③原夫中以立天下之本,和以通天下之志,明君所以總萬邦也。奉時以協氣,播氣以授人,元侯所以承王命也。[537]於時上元甲子之六歲,④地平天成,河海清宴,[538]君臣高會,由内及外。粵我主公,總揚州,[539]領東諸侯,既承湛露之澤,且修式燕之禮,乃邀中貴人,及我上介部從事,列將群吏,大官重客,峩星弁,[540]執象笏,脱劍曳綬,列於賓席者,百有餘人。火旗在門,雷鼓在

---

① 隴西李公受:《權載之文集》卷二四《墓誌銘·唐故使持節歙州諸軍事守歙州刺史賜緋魚袋陸君墓誌銘并序》曾載:陸參生前"常與故虔州刺史隴西李公受、故右補闕安定梁寬中、今禮部郎中京兆韋德符……"交往。

② 杜尚書:即杜亞。其生平事迹見《舊唐書》卷一四八《杜亞傳》、《新唐書》卷一七二《杜亞傳》等。

③ 中和節:《舊唐書》卷一三《德宗紀》載,貞元"五年春正月壬辰朔乙卯詔":"自今宜以二月一日爲中和節,以代正月晦日,備三令節數,内外官司休假一日。"《武林舊事》卷二《挑菜》亦有載:"二月一日,謂之'中和節',唐人最重,今惟作假,及進單羅御服,百官服單羅公裳而已。二日,宫中排辦挑菜御宴。先是,内苑預備朱緑花斛,下以羅帛作小卷,書品目於上,系以紅絲,上植生菜、薺花諸品。俟宴酬樂作,自中殿以次,各以金篦挑之。后妃、皇子、貴主、婕妤及都知等,皆有賞無罰。以次每斛十號,五紅字爲賞,五黑字爲罰。上賞則成對真珠、玉杯、金器、北珠、篦環、珠翠、領抹,次亦鋌銀、酒器、冠鐲、翠花、緞帛、龍涎、御扇、筆墨、官窑、定器之類。罰則舞唱、吟詩、念佛、飲冷水、吃生薑之類。用此以資戲笑。王宫貴邸,亦多效之。"

④ 上元甲子之六歲:上元甲子爲興元元年,其六歲,即貞元五年己巳(789)。

庭,合樂既成,大庖既盈,左右無聲,旨酒斯行。廼陳獻酬之事,廼酣無籌之飲。[541]於是群戲坌入,絲竹雜遝,[542]毬蹈槃舞、橦懸索走之疾,[543]飛丸拔距、扛鼎踰刃之奇,迭作於庭内;急管參差、長袖嫋娜之美,陽春白雪、流徵清角之妙,[544]更奏於堂上。風和景遲,既醉且儀,[545]自朝及暮,惟節有度。[546]君子謂福禄之所浹,在是命矣。

既醉,小子且輒起而言曰:[547]"大君有命,令節兹始。我公宴喜,於以受祉。歌以發德,詩以頌美。[548]於胥樂兮,胡可廢已?"公曰:"善!"廼俾坐客,偕以六韻成章,授簡爲序。上以志王澤所及,次以紀方鎮之歡,末以示將來盛事云爾。

秘書監包府君集序

文章之道,與政通矣。世教之污崇,人風之薄厚,與立言立事者邪正臧否皆在焉。故登高能賦,可以觀,[549]可與圖事;[550]誦詩三百,可以將命,可與專對。[551]若子産入陳,以文詞爲功,仲尼弟子,用文學命科。文學者或不備德行,德行者或不兼政事,於戲,才全其難乎!

有唐故秘書監丹陽公包氏諱佶,①字幼正,烈考集賢院學士大理司直贈秘書監諱融,②寔以文藻盛名揚於開元中。洎公與兄起居何,又世其業,競爽於天寶之後。[552]一動一静,必形於文辭,由是議者稱爲"二包"。③ 孝友之美,聞於天下,擬諸孔門,則何居德行,④公居政事,而偕以文爲主,不其偉歟!諷諭其從政,則執度行志,率誠會理,不苟簡晦昧以撓其守,故其言體要,而動有事功。《易》稱"君

---

① 包佶:生卒年不詳。字幼正,潤州延陵(今江蘇省丹陽市)人。有詩集行於世。其生平事迹見《唐才子傳》卷三《包佶傳》等。
② 包融:潤州延陵(今江蘇省丹陽市)人。二子何、佶,縱聲雅道,齊名當時,號"三包"。有詩一卷行世。其生平事迹見《唐才子傳》卷二《包融傳》等。
③ 二包:即包何、包佶。包何,字幼嗣,潤州延陵(今江蘇省丹陽市)人,包融之子。與弟佶俱以詩鳴,時稱"二包"。其生平事迹見《唐才子傳》卷三《包何傳》等。
④ 居:《文苑英華》卷七三〇注曰"集作'得'"。

子之光",①《傳》美忠文之寔,公之謂也。[553]

晚春崔中丞林亭會集詩序

德充則體和,道勝則境静,[554]抑常理也。前左馮翊崔公,意遺富貴,迹叶幽曠。與浩氣爲徒,故不導引而壽;以善閉爲事,故無江湖而閑。[555]春池始平,芳草如織,乃啓虚館延群賢。鳴琴濁酒,[556]以侑談笑;搴英玩華,以賞景物。修竹滿嶼以環合,[557]紫藤垂旒以縈結。[558]地有滄州之趣,鳥無城郭之音。信上智之高居,人間之方外者也。

於時衆君子飽公之和,惜日不足,顧相謂曰:"夫養正在我,叙位在時。今朝廷虚老更之席,[559]以待園綺。公實舊德,行將論道不暇,焉可晦而息乎?蓋詩可以興,可以群,盍歌咏之,以志斯會,且用祝公以君子萬年,受兹介福焉爾。"

賀蘇、常二孫使君鄰郡詩序

古之厚風俗,美教化,必播於歌咏,垂於無窮,故《風》有二南之什,《傳》稱兄弟之政,其事尚矣。二孫鄰郡詩者,前道州刺史李蕚賀晋陵、吴郡伯仲二守之作也。② 二公修懿文之烈,成變魯之政,地無夾河之阻,人有同舟之樂,[560]抑近古未之有也。故道州詩而美之、屬而和之者,凡三十有七章,溢於道路,[561]蓋云盛矣。

初,伯氏用雅度碩畫,掌柱下史,[562]出擁麾幢,[563]四領江郡。仲氏以茂學達才,[564]由尚書郎貳京兆、守上饒。興元、貞元間,偕以治行聞。天子器之,於是仲有吴苑之寄,伯受晋陵之命。自廌丑極切,又恥陵切。[565]亭以東,禦兒以北,面五湖,負大江。列城十二縣,環地二千

---

① 君子之光:《周易集解》卷一二載,君子之光,有孚,吉。虞翻曰:動之乾,離爲光,故"君子之光"也。孚謂二。二變應已,得有之,故"有孚吉"。坎稱孚也。干寶曰:以六居五,周公攝政之象也,故曰"貞吉無悔"。制禮作樂,複子明辟。天下乃明其道,乃信其誠。故"君子之光,有孚,吉"矣。

② 晋陵、吴郡伯仲:據《唐刺史考》蘇、常二州條引該詩序云:"按仲指孫成,貞元元年至四年爲蘇州刺史;伯指孫會,刺常亦約在貞元初。"胡大浚《梁肅年譜》據《新唐書》卷七三《宰相世系表》考孫會、孫成爲從兄弟。

里,政教同和,[566]風雨同節,禮讓同俗,熙熙然有太平之風。每歲土膏將起,場功向畢,[567]二公各約車輿,[568]將命者十數人,循行邑里,勞之斯耕,喻之斯藏。民樂其教,且飽其和,然後用籩豆觳觫,[569]展友愛於交壤之次。[570]綽綽怡怡,有裕有歡。[571]二邦之人,於斯觀德,可謂之榮矣。本夫詩人之志有四焉:[572]美其德,美其位,美其政,美其鄰。信可以編諸《唐雅》,昭示後學,豈止於塗歌里誦,遐邇悅慕而已。

肅嘗忝二公之眷,謹序篇首,庶采詩者得之,陳於太師,以知吳風。

周公瑾墓下詩序

昔趙文子觀九原,有歸歟之嘆;謝靈運適朱方,[573]興墓下之作。或裹德異世,[574]或感舊一時,而清辭雅義,終古不歇。十三年春,予與友人歐陽仲山旅游於吳,里巷之間,有墳巋然,問於人,則曰:"吳將軍周公瑾之墓也。"予嘗覽前志,壯公瑾之業,歷於遺墟,[575]想公瑾之神,息駕而弔,徘徊不能去。昔漢綱既解,當塗方熾,利兵南浮,[576]江漢失險。公瑾嘗用寡制衆,挫強爲弱,燎火一舉,樓船灰飛。遂乃張吳之臂,壯蜀之趾,以魏祖之雄武,披攘躑躅,救死不暇。袁彥伯贊是功曰:"三光三分,宇宙暫隔。[577]"富哉言乎!於是時,彌遠而氣益振,[578]世逾往而聲不滅,有由然矣。

詩人之作,感於物,動於中,[579]發於咏歌,形於事業。事之博者其辭盛,志之大者其感深。故仲山有過墓之什,廓然其慮,粲乎其文,可以窺盤桓居貞之道,梁父閑吟之意。凡有和者,當繫於斯文![580]

送謝舍人赴朝廷序①

初,公以文似相如,得盛名於天下。大曆再居獻納,[581]俄典書

---

① 謝舍人:《唐刺史考》卷一六二《吉州廬陵郡》疑謝舍人即謝良弼。參見胡大浚《梁肅年譜》。

命,時人謂公視三事大夫猶寸步耳。爾來六七年,同登掖垣者,已迭操國柄,而公方自廬陵守入副九卿,器大舉遲,不其然歟。前史稱漢文帝對賈生語至夜半,且有不早見之嘆,矧公才爲國華,識與道并,當欽明文思之日,繼宣室前席之事,必有敷陳至論,[582]超履右職。使賢能者勸,彼棘寺竹刑,豈君子淹心之地乎?亦既撰吉,晋陵主人於天子有中朝班列之舊,[583]是日惜歡會不足,乃用觴豆宴酬,以將其厚意。意又不足,則陳詩贈之,屬而和者,凡十有一人。小子適受東觀之命,從公後塵,行有日矣。存乎辭者,祇以道詩人之意而已。至於瞻望不及之思,不敢自序云。

奉送泉州席使君赴任序[584]

使君至德初以一命領太原尉,俄歷御史、參丞相軍事,所從之主,則李侍中、王黃門其人。當時議者謂翰音上騰,非決起所及。展轉祿仕三十餘年,乃以宰邑功次除晋安守,其恬於名利如是。體命者歟,後時然乎?《傳》稱"士任重而道遠"。① 惟先尚書文公,茂德盛名,光乎前朝。[585]吾子淑慎其身,荷伯父覆露,銀章皂蓋,秩二千石,方將布皇澤以牧閩人,[586]得不謂重且遠乎?行當變餘善之俗,[587]使至齊魯,然後祇承優命,超處蕃閫,[588]迺其盛也。七月之吉,火雲在天。征車徂東,瞻望不及。所當慎者,殘暑而已,豈以遠道爲戒哉?操扎如之何![589]序以道意。

送李補闕歸少室養疾序

昔司馬相如當漢六葉,爲言語侍從之臣。今天子用人文化成,亦以君有相如之才,擢居諫職,且掌宸翰,賦頌書奏,粲然同風。夫君子之道,與命與時。三者并,則不期達而達。[590]不然,則或鼓或罷,或塞或通。是以長卿屢去其官,而君亦以疾退息,各其時也。君曩時祭夏

---

① 《孟子注疏》卷一〇《萬章下》曰:"正義曰:傳云'任重而道遠者,不擇地而息;家貧親老者,不擇官而仕。'"

圭一作主。[591]頌比干,馭龍射虎,其詞最盛。如夏雲秋濤,變化騰湧,蔚乎當代,學者誦之。[592]及夫朝夕論思,上尤所器異。故乞身之表七上而後賜告,有以見聖王之愛才也。夫賢者境不靜則神不怡,身不安則疾不去。故夫子暫游江湖,樂其靜也;復還少室,就其安也。《易傳》稱"養正則吉",①矧夫氣甚和,志甚邁,興愈贍而才未竭。[593]是行也,方憩於雲林之中,陶然自養,以餌浩氣。然後階浮雲,[594]翼疾風,登紫垣,步清漢。當此時,無妄之疾,抑自去不暇,安肯住於蓬廬間哉!②

始君未爲近臣,時論有積薪之嘆;及其告退,[595]朝廷厚優賢之禮;今也於歸,君子賦《考槃》之詩。③ 此數者,足以觀子之義,不可不序焉爾。[596]

送耿拾遺歸朝廷序④

國家方偃武事,行文道,命有司修圖籍。[597]且慮有闕文遺編,逸詩墜禮,分命史臣,求之天下。[598]若汲冢墓陵山穴之徒,必從而搜焉。拾遺耿君,亦是乎擁輕軒,[599]奉明詔,有江湖之役,亦勉己事,[600]將復命闕下。七月乙未,改轅而西。將朝夕論思,左右帝宸,用廣夫天祿、石渠之籍,托風於吟咏情性之作。[601]當堯、舜之聰明,魏、丙之謨猷,⑤以拾遺之才之美,其翰飛遠邇,不可度己,[602]衆君子蓋將賀不暇。彼吴、秦離別,於我何有?作者之志,小子承命而序之。

送朱拾遺赴朝廷序

上將以道莅天下,先命大臣舉有道以備司諫,故朱君長通有拾遺

---

① 參見《周易正義》卷五《頤》。
② 蓬廬:《文苑英華》卷七二五注曰"集作'肌膚'"。《全唐文》卷五一八作"肌膚"。胡張校記曰:蓬廬,驛舍也。《莊子》卷五《天運》蓬廬"止可以一宿,而不可久處"。是文義所在。
③ 《毛詩注疏》卷三《國風·衛風》載:"正義曰:作《考槃》詩者,刺莊公也,刺其不能繼先君武公之業,修德任賢,乃使賢者退而終處於澗阿。"
④ 耿拾遺:即耿湋。參見傅璇琮《耿湋考》。
⑤ 魏、丙:即漢相魏相和丙吉。參見《漢書》卷七四《魏相丙吉傳》。

之拜。時議以爲，明天子在上，百僚奉職於下，化既成矣，而猶廣獻納以通諷諭，聖人之心其至矣。初，長通以比興之文，名震翰林，又以玄遠之致，升聞天朝。其靜也，眄滄海以遂志；其動也，披白雲以受詔。吳中賢士大夫，相賀不暇。長通方移疾餌藥，不出東山者三年。或曰："以君之才、之識，宜行而止，宜語而嘿。且君命召，其可以久乎？"由是不俟駕，亦不敢言病，獻歲之吉，涉江而西。

夫宴息以弘道，由道以致遠。位在乎忠，道在乎辭，蓋拾遺之志如此。彼離別之難，秦吳之遠，前期之不易，皆付之尊中可也，[603]又曷足置於心胸間？群賢於是乎酒酣歌詩以代雜珮之贈。

送竇拾遺赴朝廷序

至哉！聖人在穆清之中，注意左右獻納之臣，於是扶風竇遺直由華陰令擢拜左拾遺。[604]詔下之日，士大夫相見而喜曰："遺直舉矣，[605]直道其行乎！"頃之，會國家舉風力以變元氣，闡文明以張四維，上曰："五諫寂寥，七臣安在？"由是獻可弼違者悚以奉職，夫君亦朝服賁然，[606]時然後行。七月初吉，整車秪敕，安定梁肅舉觴以祝曰：

夫有其道而不得其位，得其位而不得其時，[607]昔人所以爲嘆也。君以懿文當百僚師師之盛，[608]履王臣謇謇之位，行見夫束帶彤墀之下，高議明堂之側。宣上德，抒下情，唯夫子是望。[609]彼吟咏風騷、[610]優游平勃之事，又曷足爲長者言耶？非歌詩無以見惜別之志，不可以不賦。

送韋拾遺歸嵩陽舊居序

高人出於華族，冠冕處乎山林，於士儀見之矣。在魏、周際，逍遙韋公，語默之間，全清凈之道。間餘二百載，之子以純懿貞粹，追烈祖之綜，[611]一門清風，獨映今古，[612]可謂全美也已。初，士儀與孔君述睿同隱於嵩丘。[613]上嗣位，舉逸民，孔以諫議大夫徵且調護太子。乘輿還自漢中。吾子方徜徉於松桂之下，鶴板入谷，拜左拾遺。固辭獻納之任,遂有江湖之適。議者稱孔之兼善,吾子之自得。出處一轍,消息同符。然後知刻意而高,待時而動者,俱失其道理矣。

楊州刺史杜公,蘊伊、召之望,[614]悦禽息之風。士儀得位行道,[615]幾歷寒暑,既浩然有歸思,乃忽乎以將行。余嘗同召諫官,[616]同被儒服。所不同者,執李公之御,與蹈潁陽之塵而已。[617]會脱韁鎖,隨煙霞,訪吾子於嵌岩之側,豈或碌碌久爲躁静之異乎? 先書寄懷,[618]且以序衆君子《考槃》之什。

奉送劉侍御赴上都序

才全者必幾於道,志正者必安於時。[619]初,劉君以文章游翰林,深於文者以公幹、越石爲比。中歲有邁世志,脱略纓弁,住江湖間,論者又比之阮始平、陶元亮。未幾,詔掌柱下方書,出參蜀漢軍事。俄復自適其適,道岷江,浮湘潭,歷敷淺原而東。君子謂君涉履所至,儗司馬子長。[620]遂留滯吴南,以道自居,其名益振,其致愈高。[621]向非才全志正,又昌由光茂如是乎? 今軒堯在上,伊傅作輔,方舉賢能,以熙衆職,故劉君朝服賁然,將如京師。御史延陵包公,①祖而觴之,且曰:"《易傳》不云'立誠以居業'?②《論語》不云'邦有道則智'?③ 吾子居可大之業,當則智之時,是往也,將賀不暇,豈愴別乎? 二三子尚未醉,盍各賦詩,以代疏麻、瑶華之贈?"

中丞既歌詩首章,[622]命和者用古意,皆以一百字成之,凡七篇。

送周司直赴太原序

今年春,上以副丞相鮑公領導太原尹,假節主河東諸侯。北門宴閑,夷夏是賴。秋七月,其部從事大理司直周頌自廣陵赴焉,是宜後

---

① 御史延陵包公:即包佶。據《唐才子傳校箋》卷三《包佶傳》載:"佶,潤州延陵人。"
② 立誠以居業:《子夏易傳》卷一《周易》載:"修辭立其誠,所以居業也。"
③ 邦有道則智:《論語》卷三《公冶長第五》子曰:"寧武子,邦有道則知,邦無道則愚。其知可及也,其愚不可及也。"

命,[623]禮也。初,朝廷謂晉陽國家之豐、沛,天下勁兵所處也,[624]故以推轂之任付鮑公。① 公謂三軍經用,仰淮湖之餽,非仁智不足任也。故以泛舟之役咨司直。司直器量宏遠,[625]文敏忠信。夫文則經遠,[626]敏則有功,忠信則厚事。三務既成,單車而還。議者謂司直道將光大乎,[627]不然時之與才,何其參會也。

夫躡搏風之便者,其翼必大;列構廈之重者,[628]其材必廣。頃鮑公由尚書郎爲韓侯之佐,三四年間,董戎於蕃,穆如清風,文武爲憲,以司直之懿文碩畫,翔集翰林之上。陵厲之勢,[629]不可度已,非光大而何。士有不佞,嘗辱盛府之召。之子於役,我亦載馳。[630]因賦《思雁門》一章,蓋取夫"欲往從之,路遠莫致"焉爾。[631]

送前長水裴少府歸海陵序[632]

秋風木落,臨水一望,而遠客之思多矣。[633]而裴侯復告予將歸故國,傷裹贈別之詩,於是乎作也。夫道勝則遇物而適,文勝則緣情而美。裴侯溫粹在中,英華發外。既乘興而至,亦虛舟而還。與夫泣窮途、咏《式微》者,不同日矣。若悲秋送遠之際,宋玉之所以流嘆也,況吾儕乎?

送皇甫七赴廣州序

予同郡皇甫生,膚清氣和,敏學而文,嘗纂《家範》數千言。自遠祖漢太尉晉玄宴先生以還,[634]門風世德,煥燿篇錄,生聿修之志可觀矣。予聞璵璠在璞,與砆砇等耳。及夫琢而成器,則價重當世。以吾子之質,且琢之不已,名者公器,其可避乎?鎮南杜公,負佐世之才,有盛名於天下。門閭之賓,唯吾子屬。斯往也,亦以赴知己而求善價。[635]吾儕贈之以詩,蓋勉行而已,豈以遠道爲戒乎?唯酒可以破別愁,衆君子不可以不醉焉爾。

---

① 鮑公:即鮑防。參見《唐刺史考》卷九〇《太原府下》。

送張三十昆季西上序

　　恒衛大陸之間，土厚風淳，世生偉人。其大名大節之後，著於天下，唯張氏爲盛。曩予得其叔季，曰芃曰苞，始冠章甫，游翰林，蓋相知矣，而未深也。間八九年，又相遇於江淮間，則叔也秀才登科，已知名於代；季也立誠居業，爲後進之表。加以簡直强毅，恭寬信敏，文史足用，施張不窮，[636]嚮吾所稱"土風偉人"，蓋此也。今年，上求士於四方，揚州牧扶風公嘗得叔爲門閭之賓，因以充選。議者謂扶風舉賢不避親，叔得舉不以私，則其才可知也。季屬文以氣爲主，以經爲師。慕宗伯之賢，從州黨之賦，則其志可知也。

　　始大曆末，予應詔至京師。時子伯氏以文德都絲綸之任，博約之道，於予最深。絕絃之悲，仰前修而未遠；斷金之契，於吾子而益厚。別者人所不免，[637]況予情乎？凡道不合則信不深，[638]言不盡則意不見，序所以盡言而信道焉爾，無金玉爾音焉。

送鄭子華之東陽序

　　鄭侯身甚否而意甚泰，家愈貧而學愈富。言政必及王，言性必及道，言文必及經，而動不踰閑，貞不絕俗。年出三十，其志未光，抑有由哉！夫風之行也，則萬竅怒號，時之止也，不能動纖毫。士不用則塊爾而已，遇則雲蒸雨隨，是牽於時而不由於己。鄭侯雖有洛陽之才，[639]淹中之學，其如時止何？《傳》曰："美惡周必復。"①吾子困於艕庪，星幾周矣，或者其將復乎？予材薄體弱，曩遇晉陵守獨孤公，方執文柄，爲當世律度，[640]見視有終日不違之嘆。公既問服，予將絕絃寢門銜悲，適覯吾子。子即晉陵之出也，一見而觀其禮，再見而同其志。志同而忘其言，悲嘆兩集而不知其止，邇來蓋一紀矣。詩人賦繁霜之月，予滯於吳，子游東陽。當逆旅之次，送乘桴之士，命旨酒，登高樓，

---

①　參見《春秋左傳正義》卷四五《昭公十一年》。

酣歌氣振，人莫知者。夫物不可以終聚，必受之以散，離會不紀，何用文焉？[641]既而叙行，且以見志。

送靈沼上人游壽陽序

　　上人形就而心和，行獨而志潔，辱與僕游，殆二十年矣。初用文合，晚以道交。淡而文，文而敬，他人未有知也。[642]今年春，予有幽憂之疾，謁長桑氏於東南。上人以無住爲樂，將邁乎壽陽，相待形骸之外，相忘江湖之上，比夫世間重事者，[643]不同日矣。彼都人士高陽許生孟容、開封鄭侯通誠，皆於上人有忘言之契，相與夫二者道舊之暇，[644]必荷錫而游，問小山叢桂何在？濠上儵魚樂否？予至東越，亦訪支許故事，歸而於虎丘之精廬。先出後期，以志少別云爾。

送沙門鑒虛上人歸越序

　　至人不在方，實相無所住，此沙門鑒虛所以順理而隨世也。適遊皇都，談天於重雲之殿；今也於歸，將休於沃洲之上。[645]泛然則無事，[646]獨與道俱。遇物成不遷之論，閑吟有定後之作，可謂遠也矣。曩予師來越，[647]業天台之道，追石門之遊，爾來已十數年。長松飛泉，寢寐吟想，[648]送子於往，情如之何？東南高僧有普門、元浩，予甚深之友也。相遇之際，幸說鄙夫擾擾俗狀，且當澡灌心垢，再期於無何之鄉。

送皇甫尊師歸吳興卞山序

　　尊師以齊物爲師，抱神爲事，[649]有年數矣。外則質貌蒼古，遺是非於耳目；内則冲氣浩然，卷虛無於槖籥。嘗誦《道》《德》上下篇，往來吳中諸山，如浮雲獨鶴，自適其適。吾陋，且遁迹不暇，又焉識其所以？戊辰仲夏，①覿於山陰精舍，於時方牧追右軍、許邁之期，下走作壺丘、[650]禦寇之遇，亦既合契，於焉飽和，百骸自理，滓濁如洗。先是

―――――――

① 戊辰：疑貞元四年(788)。

師藏道書於下山之下,留止未幾,忽乎將行,不受一毫之施,且輕千里之別,有以見無待之情矣。予欲脱形神於鞅絆,蹈方外之逸軌,有志未就,心焉火馳。[651]命養空而游,相從於赤水之上。師乎師乎,斯言不苟也夫!

送韋十六進士及第後東歸序

益都有司馬、楊、[652]王遺風,生嘗薄遊西南,覽其江山,頗奮文詞,嘆蜀《解嘲》《四子講德》之式。及夫秀士升貢,有司處之以上第,時輩歸之以高名,飄飄然有排大風、摩青天之勢。今歲後四月,謝諸朋游,輕騎東出,且以五綵之服,拜慶於庭闈。榮哉!孝乎!是往也,予嘗與生爲五湖之游矣。[653]今則繫在柱下,不能奮飛,送歸如何,爲媿爲羨。《大雅》云:"敬慎威儀,以近有德。"①蓋雖有雜珮,不如此詩,輟而爲好,以志少別。安定梁肅序。[654]

送元錫赴舉序

自三閭大夫作《九歌》,於是有激楚之辭,流於後世。其音清越,其氣淒厲。吾友君睨者,實能誦遺編,吟逸韵,所作詩歌,楚風在焉。初元之明年,予與君睨兄洪俱參淮南軍事,屬河外塵起,羽書狎至。每沉迷簿領之際,一見夫人清揚,[655]則煩襟洗如也。又常愛其人也,澹然其静也,曠然其適也,泛然其德不與也。[656]且從賓薦之禮,以赴揚名之期,又見其志也。秋氣云暮,蕪城草衰,[657]亭皋一望,烽戍滿目,邊馬數聲,心驚不已。感離別於茲日,[658]限鄉關於遠道。孰曰有情而不嘆息?傷時臨歧者,得無詩乎?

《維摩經略疏》序②

聖非道不生,道非教不明,教非人不行,是三者相依而住。道有

---

① 參見《毛詩注疏》卷一七《大雅·民勞》。
② 《維摩經略疏》:湛然著,十卷本,此本是湛然將智顗二十八卷本的《維摩經疏》删節而成。

大小權實，故净明以在家成化；人有聖賢淺深，故智者以初依啓法。然後因言遣言，即象忘象，俾後學有以得正真之終始，[659]遊道義之門户，[660]祖而述之，存乎其人。

　　天台大比丘然公，[661]纂智者之法裔，[662]探毗耶之妙蹟，一貫文字之學，會歸解脱之淵。以爲昔智者大師之演是經也，備偏圓、頓漸之義，盡方等、生蘇之體，其旨遠，其道微，微言在兹，兹用不惑。故常外闡其訓，内澄其照，凡百學者，望崖而歸。[663]嘗謂門弟子曰：[664]"祖師所述，其道甚著。[665]而嗜簡者或病其繁，習精者則遺其粗。[666]吾欲因而就之，以伸其教，删而裁之，以存其要，何如？"弟子比丘衆作禮以請。公於是删其浮辭，[667]合爲十軸。不失舊則，其義惟明，與前部偕行，號爲《净名略疏》。原夫聖人有以見生生根器之不齊也，故用四教五味，經而緯之；有以見萬法弛張之不齊也，[668]故用一道一乘，會而成之。然則聖人隨感以利物，[669]故其數不得不差；賢哲因感以立誠，故其業不得不傳。觀其所感，則毗耶之與天台，杜口之與立言，雖偕位不同，[670]廣略異宜，至於赴機施化，其揆一也。

　　肅嘗受經於公門，遊道於義學，[671]雖鑽仰莫能而嗟嘆不足，[672]故序其述作之所以然著乎辭。[673]疏成之歲，歲在甲辰，①吾師自晋陵歸於佛龕之夏也。

陪獨孤常州觀講《論語》序

　　晋陵守河南獨孤公，以德行文學，爲政一年，儒術大行，與洙泗同風。公以爲使民悦以從教，莫先乎講習；括五經英華，使夫子微言不絶，莫備乎《論語》。於是俾儒者陳生，以《魯論》二十篇，於郡學之中，率先講授。乃季冬月朔，公既視政，與二三賓客，[674]躬往觀焉。已而公遂言曰："昔文翁用儒變蜀，[675]蜀至於魯。當大曆初元，新被兵饉

---

① 甲辰：疑廣德二年(764)。

之苦,今御史大夫贊皇李公爲是邦,①愍學道圮闕,開此庠序。自後俊秀并興,[676]與計偕者歲數十人。子矜之詩,②起而復廢;卿飲酒之禮,廢而復興。[677]至於今風俗遂敦,美矣哉!仁人之化也。摳衣之徒,承其波流,[678]得不勉歟?"既誨而屬之,又悅以動之。朱輪遲遲,[679]逮暮而歸。士有獲在左右,覯公之施教,退謂人曰:"夫四時繼氣而成物,仁賢繼功而成化,是學校也。非贊皇不啓,非我公不大,鼓之以經書,潤之以仁義。君子得之以修詞立誠,小人仰之以遷善遠罪。泱泱乎不知所以然,以至夫政和而人泰。"

舊史記前召後杜而南陽移風,[680]民到於今稱之。矧贊皇植學之本,與我公道之以德,德則有成而未播於敘述,後人謂之何哉?鄙不佞,謹記公之雅訓,[681]或傳諸好事者云爾。

【校勘記】

[1]并序:《歷代賦匯》卷九六作"有序"。

[2]隋煬帝:《文苑英華》卷一一一、《歷代賦匯》卷九六作"隋煬",《文苑英華》卷一一一注曰"一有'帝'字"。

[3]西:《文苑英華》卷一一一無此字,其注曰"一有'西'字"。

[4]危:《文苑英華》卷一一一、《歷代賦匯》卷九六作"否",《文苑英華》卷一一一注曰"一作'危'"。

[5]恃寶命在己,而悁心埋耳,漸至危殆:《玉海》卷八四《車服》載"傳國璽"一條引《受命寶賦序》無此十四字。至,《文苑英華》卷一一一、《歷代賦匯》卷九六、《全唐文》卷五一七作"乎"。《文苑英華》卷一一一注曰"一作'至'"。

[6]徹覜:《全唐文》作"覶覦"。義同。

[7]涵:《文苑英華》卷一一一、《歷代賦匯》卷九六作"極"。

[8]獻而後明:《歷代賦匯》卷九六、《全唐文》卷五一七作"三獻而後明"。

---

① 李公:即李華(約715—774)。李華字遐叔,趙州贊皇人。晚事浮圖法,不甚著書,惟天下士大夫家傳、墓版及州縣碑頌,時時齎金帛往請,乃彊爲應。大曆初卒。生平事跡參見《新唐書》卷二〇三《李華傳》。

② 子衿:《毛詩注疏》卷四《國風·鄭緇衣故訓傳》言:"子衿,刺學校廢也,亂世則學校不脩焉。"

[9] 微：傅增湘校記曰"'微'作'徵'"。
[10] 其：《唐文粹》卷四、《全唐文》卷五一七作"成"。
[11] 以：《全唐文》卷五一七作"而"。
[12] 隲：《唐文粹》卷四作"騭"；《文苑英華》卷一一一、《歷代賦匯》卷九六、《全唐文》卷五一七作"陽"；《文苑英華》卷一一一注曰"一作'隲'"。胡張校記曰：騭亦作隲，排、安定之意。《尚書》卷六《洪範》："惟天陰騭下民，相協厥居。"
[13] 有授：《唐文粹》卷四、《文苑英華》卷一一一作"受授"，《文苑英華》卷一一一又曰"一作'有受'"。《歷代賦匯》卷九六、《全唐文》卷五一七作"授受"。
[14] 之：《歷代賦匯》卷九六、《全唐文》卷五一七作"與"。
[15] 傍：《歷代賦匯》卷九六、《全唐文》卷五一七作"旁"。義同。
[16] 威：《唐文粹》卷四作"成"。
[17] 傾移：《唐文粹》卷四作"頹侈"；《文苑英華》卷一一一、《歷代賦匯》卷九六、《全唐文》卷五一七作"頹覆"。《文苑英華》卷一一一注曰"二字一作'頹移'"，傅增湘校記曰"'頹'作'傾'"。
[18] 居：《唐文粹》卷四作"君"。
[19] 屯：《全唐文》卷五一七作"迪"。《周易正義》卷一《乾卦》："《象》曰：雲雷，《屯》，君子以經綸。"
[20] 披草萊以拯之：披，《文苑英華》卷一一一注曰"一作'拂'"。拯，《唐文粹》卷四作"極"。
[21] 遂：《唐文粹》卷四作"遠"。
[22] 失由道喪：《文苑英華》卷一一一、《歷代賦匯》卷九六、《全唐文》卷五一七作"失得由道"，《文苑英華》卷一一一注曰"一作'失由道喪'"。
[23] 隋：《文苑英華》卷一一一注曰"一作'值'"。傅增湘校記曰"之字上有'後隨'二字"。
[24] 阻：《文苑英華》卷一一一作"垣"，其注曰"一作'阻'。"傅增湘校記曰"'垣'作'坦'"。
[25] 毀：《文苑英華》卷一一一、《歷代賦匯》卷九六作"棄"，《文苑英華》卷一一一注曰"一作'毀'"。
[26] 震疊關輔：傅增湘校記曰"雄震疊輔"。關，《文苑英華》卷一一一注曰"一作'開'"。
[27] 於時也：《文苑英華》卷一一一、《歷代賦匯》卷九六、《全唐文》卷五一七作"於斯時也"。
[28] 皇：《唐文粹》卷四、傅增湘校記作"帝"。
[29] 往伐：傅增湘校記曰"'往伐'作'栈'"。
[30] 昇：《全唐文》作"清"。
[31] 於：《文苑英華》卷一一一、《歷代賦匯》卷九六作"乎"，《文苑英華》卷一一一注曰"一作'于'"。
[32] 考乎先王之統世也：傅增湘校記曰"考乎争（一無此字）先王之統世也"。
[33] 用：傅增湘校記曰"'用'作'周'"。
[34] 合：《文苑英華》卷一一一注曰"一作'啓'"。

[35] 然：傅增湘校記曰"'然'作'照'"。
[36] 貪功而僭禮：《文苑英華》卷一一一"而"作"與"。《唐文粹》卷四、《歷代賦匯》卷九六作"貪叨與僭亂"。
[37] 縻：《文苑英華》卷一一一注曰"一作'麋'"。
[38] 答：《文苑英華》卷一一一、《歷代賦匯》卷九六作"若答"，《全唐文》卷五一七作"若"。
[39] 若答曰吾皇有命：傅增湘校記曰"若曰吾有人有命"，《全唐文》卷五一七作"吾天有命"。
[40] 朝不既而患失：朝，《文苑英華》卷一一一、《歷代賦匯》卷九六、《全唐文》卷五一七作"故"。傅增湘校記曰"'故'作'胡'"。《文苑英華》卷一一一、《歷代賦匯》卷九六、《全唐文》卷五一七作"故不既得而患失"。
[41] 康：《文苑英華》卷一一一、《歷代賦匯》卷九六、《全唐文》卷五一七作"唐"。
[42] 爲：《文苑英華》卷七七〇、《全唐文》卷五一七無此字，《文苑英華》七七〇在"此"字下有注曰"《文粹》有'爲'字"。
[43] 夫：《文苑英華》卷七七〇、《全唐文》卷五一七同，《唐文粹》卷四二、《歷代明賢確論》卷六作"夫惟"。
[44] 《文苑英華》卷七七〇、《〔雍正〕陝西通志》卷八七、《全唐文》卷五一七此句前有一"蓋"字。
[45] 《唐文粹》卷四二此句作"仲尼美蒙大難"，其間缺"文王之德……柔順以"等二十六字。
[46] 末：《文苑英華》卷七七〇注曰"《禮記》作'未'"。按：據《古列女傳》卷一《母儀傳》、《禮記注疏》卷五二等載"武王末受命"知，應爲"末"。
[47] 後：《文苑英華》卷七七〇作"復"，其注曰"《文粹》作'移'"，傅增湘校記曰"注'移'作'後'"。《〔雍正〕陝西通志》卷八七、《全唐文》卷五一七作"復"。
[48] 子：此字原脱，據《文苑英華》卷七七〇、《〔雍正〕陝西通志》卷八七、《全唐文》卷五一七補。末，原作"未"，據底本上文"武王末受命"和《古列女傳》卷一、《禮記注疏》卷五二等改。
[49] 其：《唐文粹》卷四二、《文苑英華》卷七七〇、《〔雍正〕陝西通志》卷八七、《全唐文》卷五一七均作"以"。胡張校記曰：《史記》卷四《周本紀》載："女未知天命，未可也，乃還師歸。"
[50] 惟九年：《文苑英華》卷七七〇、《〔雍正〕陝西通志》卷八七、《全唐文》卷五一七作"惟我文考"。《文苑英華》卷七七〇且注云："四字《文粹》作'祇九年'。"傅增湘校記曰"'祇'作'惟'"。胡張校記曰：《尚書》卷六《周書》作"惟九年，大統未集，予小子其承厥志"。
[51] 大：《唐文粹》卷四二、《文苑英華》卷七七〇、《〔雍正〕陝西通志》卷八七、《全唐文》卷五一七作"天"。
[52] 遂：《文苑英華》卷七七〇、《〔雍正〕陝西通志》卷八七、《全唐文》卷五一七無此字，《文

苑英華》卷七七〇注曰"《文粹》有'遂'字"。
[53] 殊：《文苑英華》卷七七〇、《〔雍正〕陝西通志》卷八七作"書"。
[54] 應復：《文苑英華》卷七七〇作"復應"，其注曰"《文粹》作'應復'"。
[55] 財：《〔雍正〕陝西通志》卷八七作"裁"。
[56] 存：《文苑英華》卷七七〇作"與"，其注曰"《文粹》作'存'字"。
[57] 所：《文苑英華》卷七七〇、《〔雍正〕陝西通志》卷八七無此字，《文苑英華》卷七七〇注曰"《文粹》有'所'字"。《全唐文》卷五一七作"有所"。
[58] 盈：《文苑英華》卷七七〇、《〔雍正〕陝西通志》卷八七無此字，《文苑英華》卷七七〇注曰"《文粹》有'盈'字"。
[59] 則：《〔雍正〕陝西通志》卷八七作"而"。
[60] 凶：《文苑英華》卷七七〇、《〔雍正〕陝西通志》卷八七、《全唐文》卷五一七作"惡"，傅增湘校記曰"惡下注《文粹》作'凶'"。
[61] 也已：《唐文粹》卷四二同，《文苑英華》卷七七〇、《〔雍正〕陝西通志》卷八七、《全唐文》卷五一七作"也"，傅增湘校記曰"'也'下有'已'"。
[62] 其非：《〔雍正〕陝西通志》卷八七作"非其"。
[63] 取：《文苑英華》卷七七〇、《〔雍正〕陝西通志》卷八七作"承"，傅增湘校記曰"'承'作'取'"。
[64] 往：《歷代明賢確論》卷六作"後"。
[65] 所：《文苑英華》卷七七〇、《〔雍正〕陝西通志》卷八七無此字。《文苑英華》卷七七〇注曰"《文粹》有'所'字"。
[66] 議：《文苑英華》卷八四〇作"謚"，傅增湘校記曰"'謚'作'議'"。
[67] 誰曰不然：《唐文粹》卷四一、《文苑英華》卷八四〇、《全唐文》卷五一七作"其誰曰不然"。
[68] 嘗：《全唐文》卷五一七作"當"。
[69] 《唐文粹》卷四一、《文苑英華》卷八四〇、《全唐文》卷五一七此句後有"請區而評之"一句。《文苑英華》卷八四〇"而"下有注曰"集作'以'"。
[70] 同：《唐文粹》卷四一作"周"。
[71] 又：《唐文粹》卷四一作"文"。
[72] 漏泄：《全唐文》卷五一七作"泄漏"。
[73] 日：《文苑英華》卷八四〇作"月"，其注曰"集作'日'"。
[74] 相三君：《文苑英華》卷八四〇同，《唐文粹》卷四一作"三尹"。
[75] 秉：《文苑英華》卷八四〇注曰"集作'持'"。
[76] 憲：《全唐文》卷五一七作"慮"。胡張校記曰："慮，謀也。憲，法也。"
[77] 經天緯地：《文苑英華》卷八四〇同，《唐文粹》卷四一作"經緯天地"。
[78] 聞：《全唐文》卷五一七作"厚"。

梁補闕集卷上　181

[79] 愍人接禮：愍人，《文苑英華》卷八四〇注曰"集作'忠信'"。接，《全唐文》卷五一七作"惠"。
[80] 私祭家廟：《文苑英華》卷八四〇、《全唐文》卷五一七作"私廟家祭"。
[81] 責：《唐文粹》卷四一作"貴"。
[82] 士：《文苑英華》卷八四〇作"仕"，傅增湘校記曰"'仕'作'士'"。
[83] 則：《唐文粹》卷四一無"則"字。
[84] 坫：《文苑英華》卷八四〇作"玷"，傅增湘校記曰"'玷'作'坫'"。
[85] 録：《文苑英華》卷八四〇注曰"《文粹》作'取'"。《唐文粹》卷四一作"取"。
[86] 其：《唐文粹》卷四一無此字。
[87] 於公論：傅增湘校記曰"'於'上有'形'"；此句首《全唐文》卷五一七多一"形"字；《唐文粹》卷四一此句中"宜"后多一"也"字。
[88] 刺：《文苑英華》卷八四〇注曰"集作'次'"。"抉瑕刺骨"句，參見《東觀漢記》卷一六《陳元傳》。
[89] 人：《文苑英華》卷八四〇、《全唐文》卷五一七無此字，《文苑英華》卷八四〇"聖"下注曰"二本有'人'字"。
[90] 許公環固執條詔：環，《文苑英華》卷八四〇作"壞"，傅增湘校記曰"'壞'作'環'"。
[91] 周公之文，宣父之德：《文苑英華》卷八四〇注曰："八字，集作'周公之文，宣王之宣'。《文粹》集（按：疑'集'爲衍字。）作'周公之文宣'。"《唐文粹》卷四一作"周公之文宣"。《全唐文》卷五一七作"周公之文，宣父之宣"。
[92] 只：《唐文粹》卷四一、《文苑英華》卷八四〇作"足"。
[93] 文末《文苑英華》卷八四〇注曰"後諡爲'文簡'"。
[94] 論：《佛祖歷代通載》卷一三作"議"。
[95] 三：原作"之"，據《佛祖統紀》卷四九、《佛祖歷代通載》卷一三改。
[96] 慧：《唐文粹》卷六一作"惠"，下同。
[97] 矣：《佛祖統紀》卷四九、《全唐文》卷五一七作"焉"。
[98] 昔：《佛祖統紀》卷四九作"設"。
[99] 法：《删定止觀》《佛祖統紀》卷四九、《全唐文》卷五一七作"説"。
[100] 亦：《唐文粹》卷六一、《佛祖歷代通載》卷一三、〔雍正〕《浙江通志》卷二六七、《全唐文》卷五一七作"益"，《删定止觀》《佛祖統紀》卷四九作"蓋"。
[101] 大小：《佛祖統紀》卷四九、《佛祖歷代通載》卷一三、《全唐文》卷五一七作"小大"。
[102] 他：《佛祖歷代通載》卷一三作"次"。
[103] 洎：《佛祖統紀》卷四九作"暨"。
[104] 得：《佛祖統紀》卷四九、《全唐文》卷五一七作"據"。
[105] 互爲矛盾：《全唐文》卷五一七無"互爲"二字。
[106] 既：《佛祖統紀》卷四九作"即"。滋，《佛祖歷代通載》卷一三作"非"。

[107] 柬：《删定止觀》《佛祖統紀》卷四九、《全唐文》卷五一七作"益"。

[108] 知：《佛祖歷代通載》卷一三作"之"。

[109] 未證者：《佛祖統紀》卷四九、《全唐文》卷五一七作"未得者"。

[110] 流以忘反：忘，《佛祖歷代通載》卷一三作"亡"。反，《全唐文》卷五一七作"返"，義同。

[111] 前：《删定止觀》《佛祖統紀》卷四九、《佛祖歷代通載》卷一三、《全唐文》卷五一七作"大"。

[112] 至人利見：《佛祖統紀》卷四九此句前有"而"字。見，《佛祖統紀》卷四九作"兒"。

[113] 惠聞：《删定止觀》《佛祖統紀》卷四九作"慧文"。

[114] 惠思：《删定止觀》《佛祖統紀》卷四九作"慧思"。

[115] 振：《删定止觀》《佛祖歷代通載》卷一三作"震"。

[116] 后舜之休相：后，《删定止觀》《佛祖統紀》卷四九、《佛祖歷代通載》卷一三、《全唐文》卷五一七作"大"。休相，《删定止觀》同，且小字注有"一作德相，一作異表"。《佛祖統紀》卷四九、《全唐文》卷五一七作"體相"。

[117] 成一事因緣：《佛祖歷代通載》卷一三作"成一事之因緣"。梁肅《止觀統例》曰："辨四教淺深，事有源也；成一事因緣，理無遺也。"

[118] 十：原作"千"，據《删定止觀》《唐文粹》卷六一、《佛祖統紀》卷四九、《佛祖歷代通載》卷一三、《〔雍正〕浙江通志》卷二六七改。

[119] 是故：《删定止觀》《佛祖統紀》卷四九作"於是"。

[120] 無：此字原脱，據《删定止觀》《唐文粹》卷六一、《佛祖統紀》卷四九、《佛祖歷代通載》卷一三補。

[121] 釋：《删定止觀》《佛祖統紀》卷四九、《佛祖歷代通載》卷一三作"擇"。

[122] 照：《佛祖統紀》卷四九、《全唐文》卷五一七作"昭"，下同。

[123] 爲：《佛祖統紀》卷四九作"於"。

[124] 得：《佛祖統紀》卷四九作"德"。

[125] 於戲：《〔雍正〕浙江通志》卷二六七作"嗚呼"。

[126] 正：《删定止觀》《佛祖統紀》卷四九、《佛祖歷代通載》卷一三、《全唐文》卷五一七作"微"。

[127] 信：《删定止觀》《佛祖統紀》卷四九、《全唐文》卷五一七作"進"，下同。

[128] 游：《删定止觀》《佛祖統紀》卷四九、《佛祖歷代通載》卷一三、《全唐文》卷五一七作"啓"。

[129] 無佛無法：《删定止觀》《佛祖統紀》卷四九作"無佛無佛法"。

[130] 何善何罪之化：何善何罪，《唐文粹》卷六一、《佛祖統紀》卷四九、《佛祖歷代通載》卷一三、《〔雍正〕浙江通志》卷二六七、《全唐文》卷五一七作"何罪何善"。之化，《佛祖統紀》卷四九、《全唐文》卷五一七作"之化化之"，《佛祖歷代通載》卷一三、《〔雍正〕浙江通志》作"之化化"。

[131] 以:《唐文粹》卷六一、《佛祖歷代通載》卷一三、《〔雍正〕浙江通志》卷二六七作"已"。

[132] 愛欲:《刪定止觀》作"貪愛"。

[133] 至矣且不逆耳:至矣,《佛祖歷代通載》無此二字。且不逆耳,《佛祖統紀》卷四九、《全唐文》卷五一七作"且不逆耳,私欲不廢"。

[134] 燋:《唐文粹》卷六一作"憔",《佛祖統紀》卷四九、《全唐文》卷五一七作"焦"。

[135] 曰:《佛祖統紀》卷四九、《佛祖歷代通載》卷一三、《〔雍正〕浙江通志》卷二六七、《全唐文》卷五一七作"欲"。

[136] 與:《〔雍正〕浙江通志》卷二六七作"歟"。

[137] 天台:《佛祖統紀》卷四九、《佛祖歷代通載》卷一三無此二字。

[138] 法:《佛祖歷代通載》卷一四作"化"。

[139] 物之所以不能復者:物,原作"復",據《唐文粹》卷六一、《佛祖統紀》卷四九、《佛祖歷代通載》卷一四改,哈佛本"復"字上有黃色"物"字覆蓋的校改痕迹。者,《佛祖歷代通載》卷一四訛作"看"。

[140] 在因謂之止觀在果謂之智定因謂之行果謂之成:《佛祖歷代通載》卷一四作"在因謂謂之行,果謂之成。"疑缺甚多。

[141] 惑:《佛祖統紀》卷四九作"感"。

[142] 御大車以禦正:御,《佛祖統紀》卷四九、《全唐文》卷五一七作"立"。禦,《佛祖統紀》卷四九作"御"。

[143] 而:《佛祖統紀》卷四九、《全唐文》卷五一七作"以"。

[144] 用:《佛祖統紀》卷四九、《佛祖歷代通載》卷一四作"目"。

[145] 之:《佛祖統紀》卷四九作"乏"。

[146] 空假者:《佛祖歷代通載》卷一四作"空假也者"。

[147] 中道者:《佛祖歷代通載》卷一四作"中道也者"。

[148] 含:《刪定止觀》作"合"。

[149] 三一:《佛祖歷代通載》卷一四作"一三"。

[150] "所謂空也者"至"妙萬法而爲言者也":《佛祖統紀》卷四九作"所謂空者,通萬法爲言,假者,立萬法爲言,中者,妙萬法爲言也。"《佛祖歷代通載》卷一四載,荆溪湛然禪師臨終告其徒曰:"夫一念無相謂之空,無法不備謂之假,不一不異謂之中。"

[151] 何:《佛祖統紀》卷四九、《佛祖歷代通載》卷一四作"無",下同。

[152] 自:《佛祖統紀》卷四九作"目",《全唐文》卷五一七作"睪"。

[153] 旁礴萬劫而不遺:礴,《唐文粹》卷六一作"薄"。遺,《佛祖歷代通載》卷一四作"違"。

[154] 經:《佛祖統紀》卷四九、《佛祖歷代通載》卷一四作"强"。

[155] 其解脱自在莫大極妙之德乎:其,《佛祖歷代通載》卷一四無"其"字。"大"下《佛祖統紀》卷四九有"乎"。

[156] 止:《佛祖歷代通載》卷一四作"始"。

[157] 非修之要也：《佛祖統紀》卷四九、《全唐文》卷五一七作"非所修之要故也"。
[158] 而：《佛祖歷代通載》卷一四無此字。
[159] 成載之事：《佛祖統紀》卷四九、《全唐文》卷五一七作"成載之事者"。
[160] 乘一而已：《佛祖統紀》卷四九、《全唐文》卷五一七作"乘一而已矣"。
[161] 其：《佛祖統紀》卷四九、《佛祖歷代通載》卷一四、《全唐文》卷五一七作"無"。
[162] 偏破者偏無所破：《佛祖歷代通載》卷一四同。《全唐文》卷五一七作"偏破者偏無所偏"，《唐文粹》卷六一作"破偏者破無所破"。《刪定止觀》《佛祖統紀》卷四九作"破偏者偏無所破"。
[163] 煩：《唐文粹》卷六一、《佛祖統紀》卷四九、《佛祖歷代通載》卷一四、《全唐文》卷五一七作"繁"。
[164] 弆：《全唐文》卷五一七作"拚"。
[165] 議：《佛祖統紀》卷四九作"義"。
[166] 按經正義：按，《佛祖統紀》卷四九作"案"。正，《佛祖統紀》卷四九、《全唐文》卷五一七作"證"。
[167] 辨：《佛祖歷代通載》卷一四作"辯"。
[168] 忘：《佛祖歷代通載》卷一四作"思"。
[169] 猶：《唐文粹》卷六一作"由"。
[170] 增冰：增，《唐文粹》卷六一、《佛祖統紀》卷四九作"曾"，《佛祖歷代通載》卷一四、《全唐文》卷五一七作"層"。冰，《佛祖統紀》卷四九作"水"。
[171] 尋：《刪定止觀》《佛祖統紀》卷四九、《全唐文》卷五一七作"論"。
[172] 闇：《刪定止觀》《唐文粹》卷六一、《佛祖統紀》卷四九、《佛祖歷代通載》卷一四作"暗"。
[173] 幾所爲上聖之域：幾，《刪定止觀》《佛祖統紀》卷四九、《佛祖歷代通載》卷一四作"凡"。爲，《刪定止觀》《佛祖統紀》卷四九、《佛祖歷代通載》卷一四作"謂"。
[174] 杳絶：《佛祖統紀》卷四九作"天經"。
[175] 爲：《佛祖統紀》卷四九、《佛祖歷代通載》卷一四作"謂"。
[176] 爲：《佛祖統紀》卷四九、《佛祖歷代通載》卷一四作"謂"。
[177] 迷：《全唐文》卷五一七作"述"。
[178] 離異同：離，《佛祖統紀》卷四九、《全唐文》卷五一七作"辨"。異同，《佛祖統紀》卷四九作"同異"。
[179] "所以離異同而究聖神"至"正性順理"：原缺，據《唐文粹》卷六一補。
[180] 如：《佛祖統紀》卷四九作"以"。
[181] 於：《佛祖統紀》卷四九作"乎"。
[182] 沛：《全唐文》卷五一七作"踣"。
[183] 既乎：《佛祖統紀》卷四九作"紀哉"，《佛祖歷代通載》卷一四作"已乎"。

[184] 至：《佛祖統紀》卷四九、《佛祖歷代通載》卷一四作"致"。
[185] 有：《佛祖統紀》卷四九、《佛祖歷代通載》卷一四無此字。
[186] 往：《全唐文》卷五一七作"住"。
[187] 言慧：《唐文粹》卷六一作"稱惠"，《佛祖統紀》卷四九、《佛祖歷代通載》卷一四、《全唐文》卷五一七作"稱慧"。
[188] 假於鬼神：《唐文粹》卷六一、《全唐文》卷五一七作"假於鬼"。
[189] 言：《佛祖統紀》卷四九作"爲"。
[190] 傳爲：《佛祖歷代通載》卷一四作"傳而爲"。
[191] 八：《刪定止觀》《佛祖統紀》卷四九、《全唐文》卷五一七作"七"。
[192] 智者：《佛祖統紀》卷四九作"大師"，《全唐文》卷五一七作"智者大師"。
[193] 至：《佛祖統紀》卷四九無此字。
[194] 小：《佛祖統紀》卷四九無此字。
[195] 頂於同門中慧解第一：頂，《佛祖統紀》卷四九作"頂公"。慧，《唐文粹》卷六一作"惠"。
[196] 煩：《佛祖統紀》卷四九、《佛祖歷代通載》卷一四作"繁"。
[197] 得：《全唐文》卷五一七作"失"。
[198] 受：《佛祖統紀》卷四九、《佛祖歷代通載》卷一四作"授"。
[199] 上：《全唐文》卷五一七作"上也"。
[200] 次：《全唐文》卷五一七作"次也"。
[201] 學之：《佛祖歷代通載》卷一四作"不學"。
[202] 又其次：《佛祖統紀》卷四九、《佛祖歷代通載》卷一四、《全唐文》卷五一七作"又其次也"。
[203] 若嗜慾深：《佛祖歷代通載》卷一四作"若其嗜慾深"。
[204] 不知：《佛祖統紀》卷四九、《全唐文》卷五一七作"不能知"。
[205] 簸糠眯目：簸，原訛作"簌"，今據《唐文粹》卷六一、《佛祖統紀》卷四九、《佛祖歷代通載》卷一四、《全唐文》卷五一七等諸本改。眯，《唐文粹》卷六一作"瞇"。
[206] 以不能之師教不能之弟子：以不能之師，《佛祖統紀》卷四九、《全唐文》卷五一七作"以不能喻之師"。不能之弟子，《唐文粹》卷六一、《佛祖統紀》卷四九、《佛祖歷代通載》卷一四、《全唐文》卷五一七作"不領之弟子"。
[207] 其：《佛祖統紀》卷四九無此字。
[208] 大：《佛祖統紀》卷四九無此字。
[209] 於：《佛祖統紀》卷四九無此字。
[210] 乎爾：《唐文粹》卷六一作"爾乎"。
[211] 歲：《佛祖歷代通載》卷一四作"年"。
[212] 歲在析木之津：歲，此字原脱，據《佛祖統紀》卷四九、《佛祖歷代通載》卷一四補。析，

《唐文粹》卷六一作"枏"。

[213] 性其情：原作"性情其"，據《全唐文》卷五一九改。按：下文有"不性其情者則不然"一句。

[214] 毛：《文苑英華》卷七三九注曰"集作'毫'"。《全唐文》卷五一九作"毫"。

[215] 能：原作"不"，據《文苑英華》卷七三九改。

[216] 其道有數窮則壞：《文苑英華》卷七三九、《全唐文》卷五一九作"其道有數數窮則壞"，傅增湘校記曰"'數'下又疊一數字"。

[217] 不死者：胡張校記曰"'不'字當衍"。

[218] 覬：《文苑英華》卷七三九作"凱"，傅增湘校記曰"'凱'作'覬'"。

[219] 愈：《文苑英華》卷七三九注曰"集作'逾'"。

[220] 不：《文苑英華》卷七三九注曰"集作'何'"。

[221] 涸：《歷代名賢確論》卷四〇作"洞"。

[222] 亂用是長：《歷代名賢確論》卷四〇、《唐文粹》卷二四、《全唐文》卷五一九作"亂是用長"。

[223] 四公儻儻然：四，《唐文粹》《全唐文》卷五一九作"而"。儻儻，《全唐文》卷五一九作"儻"。

[224] 歟：《歷代名賢確論》卷四〇作"矣"。

[225] 棲心元化：《唐文粹》卷二四、《全唐文》卷五一九作"棲心化元"。

[226] 曰法，曰報，曰應：《文苑英華》卷七八一作"曰報，曰應，曰法"。

[227] 依：《全唐文》卷五一九作"從"。

[228] 大：《文苑英華》卷七八一作"人"，傅增湘校記曰"'人'作'天'"。

[229] 是：《文苑英華》卷七八一作"視"，傅增湘校記曰"'視'作'是'"。

[230] 施大惠：施，《文苑英華》卷七八一注曰"一作'得'"。惠，《文苑英華》卷七八一、《全唐文》卷五一九作"慧"。

[231] 如水月鏡：《文苑英華》卷七八一注曰"集有'像'字。此句后無"像"字，《唐文粹》卷二四作"象"。《全唐文》卷五一九作"像"。

[232] 病：《全唐文》卷五一九作"瘵"。

[233] 故：《文苑英華》卷七八一作"其"，其注曰"一作'德'"。傅增湘校記曰"無'其'字"。

[234] 煩惱：《文苑英華》卷七八一無此二字，作"二者煩惱即智慧"。傅增湘校記曰"'煩惱'下脱'煩惱'二字"。

[235] 結業：《文苑英華》卷七八一無此二字，作"三者結業即解脱"。傅增湘校記曰"'結業'下脱'結業'二字"。

[236] 復：《文苑英華》卷七八一作"服"。傅增湘校記曰"'服'作'復'"。

[237] 乘：原作"眾"，哈佛本此字上有黃色校改的痕迹，將"乘"字覆蓋於"眾"之上。《唐文粹》卷二四、《文苑英華》卷七八一、《全唐文》卷五一九作"乘"，《文苑英華》卷七八一

注曰"集作'身'"。

[238] 見而後思：《文苑英華》卷七八一作"見而後知思"，注曰"集無'知'字"。

[239] 取：《文苑英華》卷七八一作"取云"。

[240] 贊曰：此二字原脫，《文苑英華》卷七八一僅作"云"，據《全唐文》卷五一九補。

[241] 槃：《文苑英華》卷七八一作"盤"。

[242] 那：《文苑英華》卷七八一作"郍"，傅增湘校記曰"'郍'作'那'"。

[243] 德：《文苑英華》卷七八一注曰："集作'得'。下同。"《全唐文》卷五一九、民族文化宮圖書館藏本作"得"。下同。

[244] 沙：《唐文粹》卷二四、《文苑英華》卷七八一、《全唐文》卷五一九、民族文化宮圖書館藏本作"法"。

[245] 右贊盧舍那佛：民族文化宮圖書館藏本作"盧舍那佛贊"。

[246] 萬：《文苑英華》卷七八一、《全唐文》卷五一九、民族文化宮圖書館藏本作"其"，《文苑英華》卷七八一注曰"集作'萬'"。

[247] 右贊釋迦牟尼佛：民族文化宮圖書館藏本作"釋迦牟尼佛贊"。

[248] 竟：《文苑英華》卷七八一、《全唐文》卷五一九、民族文化宮圖書館藏本作"覺"，《文苑英華》卷七八一注曰"《文粹》作'竟'"。

[249] 象：《文苑英華》卷七八一作"像"，注曰"《文粹》作'象'"。

[250] 有五：《文苑英華》卷七八一、《日本訪書志》卷七作"五有"。

[251] 根：《日本訪書志》卷七無此字。

[252] 斡流旋轉：斡，《文苑英華》卷七八一作"幹"。旋，《文苑英華》卷七八一注曰"集作'幻'"；《日本訪書志》卷七注曰"集作'句'"。

[253] 智：傅增湘校記曰"'智'作'悟'"。

[254] 辯：《文苑英華》卷七八一、《日本訪書志》卷七作"辨"。

[255] 十一年：原作"十一月"，據《文苑英華》卷七八一改。

[256] 無：《文苑英華》卷七八一注曰"集作'微'"。《全唐文》卷五一九作"微"。

[257] "隴西李氏先夫人"至"嗚呼"：《日本訪書志》卷七缺。嗚呼，《文苑英華》卷七八一、《全唐文》卷五一九作"嘻"。

[258] 王：《日本訪書志》卷七作"河"。

[259] 增：《文苑英華》卷七八一、《全唐文》卷五一九作"臻"。

[260] 於是乎贊：傅增湘校記曰"'贊'下有'曰'字"。

[261] 解：《文苑英華》卷七八一注曰"集作'界'"。胡張校記曰：佛教以欲界之十四有、色界之七有、無色界之四有爲二十五有。此二十五有通三界，有二十五之果報。據前後文，"解"或當作"界"。

[262] 慧：《文苑英華》卷七八一、《全唐文》卷五一九作"惠"，《文苑英華》卷七八一注曰"集作'慧'"。

[263] 爲祐與導：祐，《全唐文》卷五一九作"佑"。與導，《文苑英華》卷七八一、《全唐文》卷五一九作"與道"，《文苑英華》卷七八一注曰"集作'爲導'"。

[264] 有感必應：《文苑英華》卷七八一注曰"四字集作'惟妙無不應'"。

[265] 反：《文苑英華》卷七八一注曰"集作'卒'"。胡張校記曰：反哭，葬後歸而哭；卒哭，虞（百日）祭後止無時之哭。

[266] 初：《文苑英華》卷七八一注曰"集作'物'"。胡張校記曰：佛經言八十種好，又曰八十隨形好，謂佛相也。八十之物即指畫像言。下句十二之願即指藥師如來。

[267] 悦：此字原脱，據《文苑英華》卷七八一、《全唐文》卷五一九補。

[268] 藥用：《全唐文》卷五一九作"用藥"。

[269] 棄於：《文苑英華》卷七八一注曰"集作'系是'"，《全唐文》卷五一九作"系於"。

[270] 神：《全唐文》卷五一九作"理"。胡張校記曰：《騰鼇寶窟》云："聖者正也，以理正物名爲聖。"

[271] 謂：《文苑英華》卷七八一注曰"集作'爲'"，傅增湘校記曰"'謂'作'爲'，注'爲'作'謂'"。《全唐文》卷五一九作"爲"。

[272] 吏部：此二字原脱，據《文苑英華》卷七八一補。胡張校記曰：李華檢校吏部員外郎，蕭《爲常州獨孤使君祭李員外文》云："祭於故尚書吏部郎趙郡李遐叔。"

[273] 蓼莪：《文苑英華》卷七八一、《全唐文》卷五一九作"蓼莪者"。《文苑英華》卷七八一注曰"集無'者'"。《毛詩注疏》卷一三《小雅·蓼莪》曰："蓼蓼者莪，匪莪伊蒿。哀哀父母，生我劬勞。蓼蓼者莪，匪莪伊蔚。哀哀父母，生我勞瘁。"

[274] 慟懷思：《文苑英華》卷七八一、《全唐文》卷五一九作"慟懷恩"，《文苑英華》卷七八一注曰"三字集作'重懷報恩'。"傅增湘校記曰"'恩'作'思'"。

[275] 所：《文苑英華》卷七八一注曰"集有'然'字"。

[276] 兹：《全唐文》卷五一九作"慈"。傅增湘校記曰"'兹'作'慈'"。

[277] 之：《文苑英華》卷七八一注曰"集無'之'字"。

[278] 間：傅增湘校記曰"'間'作'門'"。

[279] 向：《文苑英華》卷七八一注曰"集作'與'"。

[280] 誠：《文苑英華》卷七八一、《全唐文》卷五一九作"成"。傅增湘校記曰"'成'作'誠'"。

[281] 至：《文苑英華》卷七八一注曰"集作'大'"。

[282] 孝：《文苑英華》卷七八一、《全唐文》卷五一九作"爲"。

[283] 屏：《文苑英華》卷七八一注曰"集作'敕'"。

[284] 窈冥：《文苑英華》卷七八一注曰"一作'章施'"。

[285] 綵：《文苑英華》卷七八一作"彩"，同。傅增湘校記曰"'彩'作'綵'"。

[286] 采：《文苑英華》卷七八一作"綵"。傅增湘校記曰"'綵'作'采'"。

[287] 人：《文苑英華》卷七八一注曰"集有'大'字"。

[288] 存：《文苑英華》卷七八一注曰"集作'在'"。

[289] 資：傅增湘校記曰"'資'作'咨'"。

[290] 日歸月依：《文苑英華》卷七八一注曰"集作'日月歸依'"。傅增湘校記曰"注作'集作曰歸曰依'"。《全唐文》卷五一九作"日月歸依"。

[291] 準：《文苑英華》卷七八一注曰"集作'威'"。《全唐文》卷五一九作"威"。

[292] 巍乎比王：巍，《文苑英華》卷七八一注曰"集疊'巍'字"。比，《全唐文》卷五一九作"北"。

[293] 睹：《文苑英華》卷七八一作"賭"。傅增湘校記曰"'賭'作'睹'"。

[294] 矣：《文苑英華》卷七八一、《全唐文》卷五一九作"兮"。

[295] 冠：《文苑英華》卷七八一注曰"集作'出'"。傅增湘校記曰"'冠'作'觀'"。《全唐文》卷五一九作"出"。

[296] 佐佑：《文苑英華》卷七八一注曰"集作'勸佐'"。

[297] 婉：《文苑英華》卷七八一注曰"集作'克'"。

[298] 沙門有德有則，知聖知神：《文苑英華》卷七八一注曰"集作'沙門有則，知此聖言'"。《全唐文》卷五一九作"沙門有則，知此聖言"。

[299] 玄：原作"元"，避諱，今據《文苑英華》卷七八一回改。

[300] 應：《文苑英華》卷七八一作"行"。

[301] 故：《文苑英華》卷七八一注曰"集作'傳'"。《全唐文》卷五一九作"傳"。

[302] 以致恢詭：《文苑英華》卷七八一注曰"集有'之誚'二字"。《全唐文》卷五一九作"以致恢詭之誚"。

[303] 隨諸毀墮：《文苑英華》卷七八一注曰"集作'隨毀隨墮'"。

[304] 祐：《文苑英華》卷七八一作"袿"。傅增湘校記曰"'袿'作'祐'"。

[305] 士：《文苑英華》卷七八一作"世"。

[306] 綵：《文苑英華》卷七八一注曰"集作'指'"。

[307] 光儀形兮：光，《文苑英華》卷七八一注曰"集作'究'"。形，傅增湘校記曰"'形'作'刑'"。

[308] 宣：《文苑英華》卷七八一注曰"集無'宣'字"。

[309] 復業：《文苑英華》卷七八一注曰"集作'匡復'"。《全唐文》卷五一九作"匡復"。

[310] 耀：《全唐文》作"曜"。胡張校記曰：曜魄亦作"耀魄"。

[311] 聖：《文苑英華》卷七八一注曰"集作'藝'"。《尚書注疏》卷三《虞書》："格於藝祖，藝文義同。"

[312] 至：《文苑英華》卷七八一注曰"集作'大'"。

[313] 手：《文苑英華》卷七八一注曰"集作'首'"。

[314] 曰：《文苑英華》卷七八一、《全唐文》卷五一九作"云"，《文苑英華》注曰"集作'曰'"。

[315] 所：《文苑英華》卷七八一注曰"集作'以'字"。

[316] 爲：《文苑英華》卷七八一、《全唐文》卷五一九作"物"。

[317] 賾：《文苑英華》卷七八一注曰"集作'蹟'"。胡張校記曰：蹟，迹也。賾，深奥也。當作"賾"。

[318] 迪：《文苑英華》卷七八一作"廸"，同。

[319] 慈悲：《文苑英華》卷七八一注曰"集作'大慈'"。

[320] 成：《文苑英華》卷七八一注曰"集作'此'"。

[321] 所以法不垢不净：《文苑英華》卷七八一注曰"七字集作'法不垢净'"。

[322] 極：《文苑英華》卷七八一注曰"集作'趣'"。

[323] 慟爲律吕：慟，《全唐文》卷五一九作"動"。吕，《文苑英華》卷七八一注曰"集作'度'"。《全唐文》卷五一九作"度"。

[324] 勤：《文苑英華》卷七八一注曰"集作'憑'"。《全唐文》卷五一九作"憑"。

[325] 綵：傅增湘校記曰"'綵'作'彩'"。

[326] 彰：《全唐文》卷五一九作"章"。

[327] 净妙：《文苑英華》卷七八一注曰"集作'清净'"。

[328] 拯：《全唐文》卷五一九作"振"。

[329] 祐：《全唐文》卷五一九作"佑"。

[330] 體：傅增湘校記曰"'體'作'休'"。

[331] 寑：《文苑英華》卷七八一注曰"集作'浸'"。胡張校記曰：竺乾，天竺（古印度）之稱。露寑爲詞，作"浸"誤。

[332] 爲律爲梁：律，傅增湘校記曰"'律'作'津'"。梁，《文苑英華》卷七八一注曰"集作'筏'"。

[333] 大夫：《文苑英華》卷七八一注曰"集作'夫人'"。《全唐文》卷五一九作"夫人"。

[334] 哀感亦至：《全唐文》卷五一九作"哀感亦至矣"。

[335] 内：《文苑英華》卷七八一注曰"集作'間'"。

[336] 纘：《全唐文》卷五一九作"贊"。胡張校記曰：纘，繼也。作"贊"是。

[337] 夫人：《文苑英華》卷七八一注曰"集有'氏'字"。

[338] 之：《文苑英華》卷七八一、《全唐文》卷五一九作"諸"。

[339] 尤：《文苑英華》卷七八一注曰"集作'死'字"。傅增湘校記曰"注：字作'是'"。

[340] 耳：《文苑英華》卷七八一、《全唐文》卷五一九作"爾"。

[341] 志：《文苑英華》卷七八一注曰"集作'書'"。

[342] 治：《文苑英華》卷七八一、《經濟類編》卷五六、《淵鑒類函》卷二六〇《武功部》、《全唐文》卷五一九作"始"。《文苑英華》卷七八一注曰"《文粹》作'治'"。

[343] 禍：《文苑英華》卷七八一作"禞"。

[344] 於：《文苑英華》卷七八一注曰"《文粹》作'于'"。

[345] 埶：原作"不"，哈佛本"不"字上有黄色校改痕迹，以"埶"字覆蓋之上。據《唐文粹》卷七八一、《文苑英華》卷七八一、《經濟類編》卷五六、《淵鑒類函》卷二六〇《武功

部》改。

[346] 逾:《文苑英華》卷七八一、《經濟類編》卷五六、《淵鑒類函》卷二六〇《武功部》、《全唐文》卷五一九作"踰"。

[347] 力:《淵鑒類函》卷二六〇《武功部》作"利"。

[348] 者:《唐文粹》卷七八、《文苑英華》卷七八一、《經濟類編》卷五六、《淵鑒類函》卷二六〇《武功部》、《全唐文》卷五一九作"曰"。下同。

[349] 抗:《唐文粹》卷七八、《文苑英華》卷七八一、《經濟類編》卷五六、《淵鑒類函》卷二六〇《武功部》、《全唐文》卷五一九作"亢"。

[350] 覆於:《文苑英華》卷七八一、《經濟類編》卷五六、《淵鑒類函》卷二六〇《武功部》、《全唐文》卷五一九作"覆乎"。

[351] 廢:《經濟類編》卷五六作"制"。

[352] 天下雖平,忘兵則危:兵,《文苑英華》卷七八一、《經濟類編》卷五六、《淵鑒類函》卷二六〇《武功部》、《全唐文》卷五一九作"戰"。且《文苑英華》卷七八一注曰"集本、《文粹》作'兵'"。參見《史記》卷一一二《平津侯主父列傳》:"司馬法曰'國雖大,好戰必亡,天下雖平,忘戰必危。'"

[353] 是謂棄之:是,《唐文粹》卷七八作"且"。之,《文苑英華》卷七八一注曰"一作'師'"。

[354] 矜衆:《文苑英華》卷七八一注曰"集作'振矜'"。

[355] 亦:《淵鑒類函》卷二六〇《武功部》作"以"。

[356] 知:《唐文粹》卷七八、《文苑英華》卷七八一、《經濟類編》卷五六、《淵鑒類函》卷二六〇《武功部》、《全唐文》卷五一九作"智"。

[357] 斯:《全唐文》卷五一九作"同"。

[358] 佐:《歷代明賢確論》卷一三作"代"。

[359] 痛:《歷代明賢確論》卷一三作"通"。

[360] 惟尚父鐘其運而遇其主:主,《唐文粹》卷六六作"王"。尚父,《孟子注疏》卷一四載:"太公望,呂尚也,號曰'師尚父',散宜生,文王四臣之一也。呂尚有勇謀而爲將,散宜生有文德而爲相,故以相配而言之也。"《論語注疏》卷八《泰伯》載,劉向《別録》曰:"師之,尚之,父之,故曰師尚父。"父亦男子之美号。

[361] 閻:《唐文粹》卷六六、《歷代明賢確論》卷一三、《〔雍正〕陝西通志》卷九〇、《全唐文》卷五二〇作"閭"。

[362] 謨:《〔雍正〕陝西通志》卷九〇作"謀"。

[363] 地:《唐文粹》卷五四作"下"。

[364] 在帝堯方憂水害:帝堯,《歷代明賢確論》卷四〇作"堯舜"。憂,《全唐文》卷五二〇、《〔同治〕徐州府志》卷一八作"被"。

[365] 以成九功:以,《唐文粹》卷五四、《全唐文》卷五二〇作"禹"。功,《歷代明賢確論》卷四〇作"疇"。

[366] 然：《〔同治〕徐州府志》卷一八無此字。

[367] 及：《歷代明賢確論》卷四〇作"致"。

[368] 成：《唐文粹》卷五四、《歷代明賢確論》卷四〇、《全唐文》卷五二〇、《〔同治〕徐州府志》卷一八作"從"。

[369] 人：《唐文粹》卷五四無此字。

[370] 通：《歷代明賢確論》卷四〇作"道"。

[371] 中：《歷代明賢確論》卷四〇作"下"。

[372] 國：《唐文粹》卷五四作"不"。

[373] 宜：此字原脱，據《唐文粹》卷五四、《歷代明賢確論》卷四〇、《全唐文》卷五二〇、《〔同治〕徐州府志》卷一八補。

[374] 几：《唐文粹》卷六一作"機"，通"几"。

[375] 莫不因心：《六藝之一録》卷一一〇、《兩浙金石志》卷五作"莫不因其心"。

[376] 卷舒：《唐文粹》卷六一、《兩浙金石志》卷五、《全唐文》卷五二〇作"舒卷"。

[377] 曠：《唐文粹》卷六一作"纊"。下同。《六藝之一録》卷一一〇、《兩浙金石志》卷五作"廣"。下同。

[378] 象：《六藝之一録》卷一一〇作"境"。《兩浙金石志》卷五作"像"。

[379] 未常不昏：《唐文粹》卷六一、《兩浙金石志》卷五作"未嘗不昏"，《六藝之一録》卷一一〇、《全唐文》卷五二〇作"未嘗或昏"。

[380] 哉：《六藝之一録》卷一一〇、《兩浙金石志》卷五、《全唐文》卷五二〇作"然"。清代王太岳撰《四書全書考證》卷八九校《唐文粹》卷六一載："刊本上'然'字訛'哉'，據《文苑英華》改。"按：然此篇《文苑英華》並未收録，不知王太岳所據何本而來。

[381] 九：《唐文粹》卷九一作"元"。

[382] 公：此字原脱，據《唐李鄴侯年譜》補。

[383] 比興：《唐李鄴侯年譜》作"興比"。

[384] 辨：《文苑英華》卷七三〇作"辦"。傅增湘校記曰："'辦'作'辨'"。《全唐文》卷五一八作"辯"。

[385] 古者聰明睿聖之君：者，《文苑英華》卷七三〇注曰"集作'之'"。聖，《唐李鄴侯年譜》作"智"。

[386] 爲：《文苑英華》卷七三〇、《全唐文》卷五一八、《唐李鄴侯年譜》作"於"。傅增湘校記曰："'於'作'爲'"。

[387] 樸：《文苑英華》卷七三〇、《全唐文》卷五一八、《唐李鄴侯年譜》作"悖"，《文苑英華》卷七三〇注曰"集作'樸'"，《唐李鄴侯年譜》注曰"一作'樸'"。

[388] 許以輔相之業：原缺，據《文苑英華》卷七三〇、《全唐文》卷五一八、《唐李鄴侯年譜》補。

[389] 美：《文苑英華》卷七三〇、《全唐文》卷五一八、《唐李鄴侯年譜》作"習"。

[390] 其：此字原脱，據《全唐文》卷五一八補。
[391] 或：此字原脱，據《全唐文》卷五一八補。
[392] 太：《全唐文》卷五一八、《唐李鄴侯年譜》作"泰"。
[393] 伐：《唐李鄴侯年譜》作"代"。
[394] 嘆：《唐文粹》卷九一作"歎"，義同相通。
[395] 諸：《全唐文》卷五一八、《唐李鄴侯年譜》作"之"。
[396] 光大一門：《文苑英華》卷七三〇注曰"四字集作'大光'"。
[397] 近歲：《文苑英華》卷七三〇注曰"集作'間一歲'"。
[398] "於是公之文辭"至"鄴侯經邦緯俗之謨"：原在文末"獨著其目云"後，以雙行小字注出，據《文苑英華》卷七三〇、《全唐文》卷五一八及文義，移於正文中。《唐文粹》卷九一同哈佛本正文内容，缺此段。
[399] 立言垂世之譽：《文苑英華》卷七三〇注曰"集無此六字"。
[400] 惟斯文之可傳於後：惟，《唐李鄴侯年譜》作"唯"。文，《文苑英華》卷七三〇、《唐李鄴侯年譜》作"言"。傅增湘校記曰"'言'作'文'"。之可，《文苑英華》卷七三〇、《唐李鄴侯年譜》作"不可以不"。
[401] 嘗謂肅曰：《文苑英華》卷七三〇注曰"集無此四字"。按：哈佛本此文末有雙行小字，有云"無'嘗謂肅曰'四字"。
[402] 凡詩三百：《全唐文》卷五一八、《唐李鄴侯年譜》作"凡詩三百篇"。
[403] 碑：《文苑英華》卷七三〇作"記"，其注曰"集作'頌'"。
[404] 頌：《文苑英華》卷七三〇、《唐李鄴侯年譜》無此字。
[405] 叙：《唐文粹》卷九一、《文苑英華》卷七三〇、《唐李鄴侯年譜》作"序"。
[406] 大曆丁巳歲夏四月：此八字原缺，據《文苑英華》卷七三〇、《毘陵集》卷二〇、《全唐文》卷五一八補。大曆丁巳，唐代宗大曆十二年(777)。
[407] 既薨：《文苑英華》卷七三〇、《毘陵集》卷二〇、《全唐文》卷五一八作"薨於位"。
[408] 秋九月既葬：此五字原脱，據《文苑英華》卷七三〇、《毘陵集》卷二〇、《全唐文》卷五一八補。《文苑英華》注曰"集無此五字"。《毘陵集》卷二〇注曰："梁集無此五字，《英華》有。"
[409] 客：《文苑英華》卷七三〇、《全唐文》卷五一八作"士"，其注曰："集作'客'，又作'生'。"《毘陵集》卷二〇作"生"，其注曰："集作'客'，《英華》作'士'。"
[410] 咨謀先達稽覽故志：此八字原脱，據《文苑英華》卷七三〇、《毘陵集》卷二〇、《全唐文》卷五一八補。
[411] 在：傅增湘校記曰"'在'作'從'"。《毘陵集》卷二〇作"存"，其注曰"《英華》作'在'"。
[412] 文：《文苑英華》卷七三〇、《毘陵集》卷二〇、《全唐文》卷五一八作"斯文"。
[413] 乃：《文苑英華》卷七三〇、《毘陵集》卷二〇作"且"，均注曰"集作'乃'"。
[414] 文：原作"又"，《梁補闕集》各本均作"又"，據《毘陵集》卷二〇改。

[415] 帝唐：《文苑英華》卷七三〇、《毘陵集》卷二〇、《全唐文》卷五一八作"唐興"。漓：《毘陵集》卷二〇注曰"《英華》作'醨'"。《唐文粹》卷九三、《文苑英華》卷七三〇作"醨"。

[416] 作者迭起：《毘陵集》卷二〇注曰"《英華》作'舊俗稍革'"。《文苑英華》卷七三〇、《全唐文》卷五一八作"舊俗稍革"。《文苑英華》卷七三〇注曰"集作'作者迭起'"。《全唐文》卷五一八注同。

[417] 體：《毘陵集》卷二〇作"章"，其注曰"《英華》作'體'"。

[418] 寢：傅增湘校記曰"'寢'作'寖'"。

[419] "其後時寢和溢"至"頗節之以禮"：原缺，《唐文粹》卷九三亦缺，《毘陵集》卷二〇有"反正"二字置於此句首。據《文苑英華》卷七三〇、《毘陵集》卷二〇、《全唐文》卷五一八補。《文苑英華》卷七三〇、《毘陵集》卷二〇均注："集無'其後'至'以禮'二十三字。"

[420] 之爲：《文苑英華》卷七三〇、《毘陵集》卷二〇、《全唐文》卷五一八作"爲之"，其注曰"集作'之爲'"。

[421] 則又：《文苑英華》卷七三〇、《毘陵集》卷二〇、《全唐文》卷五一八作"於是"，《文苑英華》卷七三〇、《毘陵集》卷二〇注曰"集作'則又'"。

[422] 總禮樂爲冠帶：總，《毘陵集》卷二〇作"惣"，同"總"。禮樂，《文苑英華》卷七三〇作"經籍"，其注曰"集作'禮樂'"。

[423] 訓：《文苑英華》卷七三〇、《全唐文》卷五一八作"興"，其注曰"集作'訓'"。

[424] 辯：《文苑英華》卷七三〇作"辨"。

[425] 戒：《文苑英華》卷七三〇、《毘陵集》卷二〇作"誡"。

[426] 於：《文苑英華》卷七三〇作"于"，其注曰"集作'于'"。

[427] 歌咏：《文苑英華》卷七三〇、《全唐文》卷五一八作"咏歌"。

[428] 如嵩：《毘陵集》卷二〇作"於崧"。

[429] 浩如：《文苑英華》卷七三〇作"浩於"，其注曰"集作'盛如'"。

[430] 誠：《唐文粹》卷九三無此字。《文苑英華》卷七三〇注曰"集作'哀'"。

[431] 第四：《文苑英華》卷七三〇、《毘陵集》卷二〇、《全唐文》卷五一八作"之中"。

[432] 付：《文苑英華》卷七三〇、《毘陵集》卷二〇、《全唐文》卷五一八作"授"，其注曰"集作'付'"。

[433] 仁厚積爲大本：仁厚，《文苑英華》卷七三〇、《全唐文》卷五一八作"孝弟"，《文苑英華》卷七三〇注曰"集作'仁厚'"。傅增湘校記曰"'弟'作'悌'"。大，《文苑英華》卷七三〇作"文"，傅增湘校記曰"'文'作'大'"。《全唐文》卷五一八作"行"。大本，《毘陵集》卷二〇作"本行"。

[434] 凡：《文苑英華》卷七三〇注曰"集作'其'"。

[435] "凡立言必忠孝大倫"至"古今大體"：原缺，據《文苑英華》卷七三〇、《毘陵集》卷二

〇、《全唐文》卷五一八補。

[436] 文體：《唐文粹》作"體文"。《毘陵集》卷二〇作"文"字。

[437] 伏：《毘陵集》卷二〇作"復"。

[438] 致：《文苑英華》卷七三〇、《全唐文》卷五一八作"志"。傅增湘校記曰"'志'作'至'"。

[439] 見公：《毘陵集》卷二〇作"見公之"，其注曰"《英華》無'之'字"。

[440] 理：《文苑英華》卷七三〇、《全唐文》卷五一八作"智"，《文苑英華》卷七三〇注曰"集作'理'"。

[441] 若夫述聖道揚儒風：《唐文粹》卷九三同，《文苑英華》卷七三〇、《毘陵集》卷二〇、《全唐文》卷五一八作"若夫述聖道以揚儒風"。

[442] 美：《毘陵集》卷二〇作"美紀"，其注曰"《英華》無二字，非"。

[443] 旌善人：《毘陵集》卷二〇作"以旌善人"。

[444] 韋給事穎叔墓志：原作"韋給事韋穎叔墓志"，《文苑英華》卷七三〇作"緯給事穎叔墓銘"，其注曰"集作'志'"。傅增湘校記曰"'緯'作'韋'"。《毘陵集》卷二〇作"韋給事韋穎叔墓志"。《全唐文》卷五一八作"韋給事韋穎叔墓銘"。據《文苑英華》卷七三〇刪"韋"字。

[445] 纂：《文苑英華》卷七三〇作"纂"。傅增湘校記曰"'纂'作'纂'"。

[446] 貽後昆：《唐文粹》卷九三同。《文苑英華》卷七三〇、《全唐文》卷五一八作"以貽後昆"。

[447] 策：《唐文粹》卷九三作"冊"。

[448] 論文變損益：《文苑英華》卷七三〇作"於論文變之損益"。

[449] 稱物狀之美而暢其情性：《唐文粹》卷九三、《毘陵集》卷二〇同，《文苑英華》卷七三〇、《全唐文》卷五一八作"稱物狀以怡情性"。《文苑英華》卷七三〇注曰"集作'稱物狀之美而暢其性情'"。傅增湘校記曰"'性情'作'情性'"。

[450] 琅琊谿述：琊，《唐文粹》卷九三作"邪"。

[451] 郎中：《文苑英華》卷七三〇注曰"集作'員外'"。《毘陵集》卷二〇作"員外"。

[452] 庶：《文苑英華》卷七三〇作"叔"。傅增湘校記曰"'叔'作'庶'"。"《盧氏竹亭記》"至"李庶子文"，原缺，據《文苑英華》卷七三〇、《毘陵集》卷二〇補。

[453] 其叙一事紀一物：《唐文粹》卷九三作"述其叙一事紀一物"。《文苑英華》卷七三〇作"其餘紀物叙事，一篇一味"。《毘陵集》卷二〇、《全唐文》卷五一八作"其餘紀物叙事，一篇一咏"。

[454] 肅仰公猶師：《文苑英華》卷七三〇、《毘陵集》卷二〇作"肅亦仰公猶師"。

[455] 先道德而後文章：道德，《文苑英華》卷七三〇作"德禮"，其注曰"集作'道德'"。章，《唐文粹》卷九三、《文苑英華》卷七三〇、《毘陵集》卷二〇作"學"。

[456] 吾子可共與學：《文苑英華》卷七三〇、《毘陵集》卷二〇作"吾子可以共學"，其注曰"集作'唯子可與'"。

[457] 當視諸斯文：《文苑英華》卷七三〇作"當視庶子成名",其注曰"四字集作'當視斯文'"。傅增湘校記曰"'視'作'諸'"。《毘陵集》卷二〇作"庶乎成名"。《全唐文》卷五一八作"當視斯文,庶乎成名"。趙懷玉《毘陵集》卷二〇校語曰："'庶乎成名'四字,《英華》作'當視庶子成名',大繆。"

[458] 肅：《文苑英華》卷七三〇注曰"集作'鄙'"。

[459] 大發蒙惑：《文苑英華》卷七三〇注曰"集作'用發吾覆'"。

[460] 知我：《毘陵集》卷二〇作"知我者"。

[461] 叙：《毘陵集》卷二〇作"序"。

[462] 有以：《文苑英華》卷七三〇、《毘陵集》卷二〇、《全唐文》卷五一八作"於是",《文苑英華》卷七三〇注曰"集作'有以'"。

[463] 易名：《文苑英華》卷七三〇作"易銘"。傅增湘校記曰"'銘'作'名'"。胡張校記曰："易名之狀"指梁肅所作《獨孤公行狀》,爲"易名(議謚)之禮"而作。

[464] 之：《文苑英華》卷七三〇注曰"集作'於'"。

[465] 財：《唐文粹》卷九二、《歷代明賢確論》卷九八、《古文淵鑒》卷三四、《〔雍正〕畿輔通志》卷一〇〇作"裁"。

[466] 昭：《唐文粹》卷九二作"貽"。

[467] 楊：《歷代明賢確論》卷九八、《古文淵鑒》卷三四、《〔雍正〕畿輔通志》卷一〇〇、《全唐文》卷五一八作"揚"。

[468] 繁則亂矣：《唐文粹》卷九二、《歷代明賢確論》卷九八、《古文淵鑒》卷三四、《〔雍正〕畿輔通志》卷一〇〇作"斯亂矣"。《文苑英華》卷七三〇注曰"集作'斯'"。

[469] 巧則弱矣：《唐文粹》卷九二、《歷代明賢確論》卷九八、《古文淵鑒》卷三四、《〔雍正〕畿輔通志》卷一〇〇作"斯弱矣"。《文苑英華》卷七三〇注曰"集作'斯'"。

[470] 博：《文苑英華》卷七三〇作"愽",其注曰"集作'傳'"。《古文淵鑒》卷三四、《〔雍正〕畿輔通志》卷一〇〇作"搏"。《全唐文》卷五一八注曰"一作'傳'"。

[471] 飾：《文苑英華》卷七三〇、《〔雍正〕畿輔通志》卷一〇〇作"餙",同。《歷代明賢確論》卷九八作"節"。

[472] 辭：此字原脱,《文苑英華》卷七三〇亦脱此字,傅增湘校記曰"'不'上有'辭'"。據《唐文粹》卷九二、《全唐文》卷五一八補。

[473] 振：《唐文粹》卷九二作"根"。《歷代明賢確論》卷九八、《古文淵鑒》卷三四、《〔雍正〕畿輔通志》卷一〇〇、《全唐文》卷五一八作"變"。

[474] 侈：《古文淵鑒》卷三四作"靡"。

[475] 已：《唐文粹》卷九二、《歷代明賢確論》卷九八、《古文淵鑒》卷三四、《〔雍正〕畿輔通志》卷一〇〇作"以"。

[476] 李員外：《古文淵鑒》卷三四小字注"名華"。

[477] 蕭功曹：《古文淵鑒》卷三四小字注"名穎士"。

[478] 賈常侍：《古文淵鑒》卷三四小字注"名至"。
[479] 獨孤常州比肩而出：獨孤常州，《古文淵鑒》卷三四小字注"名及"。出，《唐文粹》卷九二、《歷代明賢確論》卷九八、《古文淵鑒》卷三四、《〔雍正〕畿輔通志》卷三四作"作"。《文苑英華》卷七三〇注曰"集作'作'"。
[480] 其氣全其辭辯：《唐文粹》卷九二、《古文淵鑒》卷三四、《〔雍正〕畿輔通志》卷三四作"辭源辯博"。《文苑英華》卷七三〇同哈佛本，其注曰"六字集作'其辭源辨博'"。《歷代明賢確論》卷九八作"其辭辨博"。辯，《文苑英華》卷七三〇作"辨"。
[481] 鷟：《文苑英華》卷七三〇作"鶩"，傅增湘校記曰"'鶩'作'鷟'"。
[482] 李君：《歷代明賢確論》卷九八作"李翰"。
[483] 紆餘：《唐文粹》卷九二、《歷代明賢確論》卷九八、《古文淵鑒》卷三四、《〔雍正〕畿輔通志》卷三四作"衍餘"。《文苑英華》卷七三〇作"紆餘"，其注曰"集作'徐'"。
[484] 情性：《唐文粹》卷九二、《歷代明賢確論》卷九八、《古文淵鑒》卷三四、《〔雍正〕畿輔通志》卷三四、《全唐文》卷五一八作"性情"。
[485] 水：《唐文粹》卷九二、《歷代明賢確論》卷九八、《古文淵鑒》卷三四、《〔雍正〕畿輔通志》卷三四作"冰"。
[486] 戒：《古文淵鑒》卷三四作"誡"。
[487] 焯：《歷代明賢確論》卷九八作"倬"。
[488] 功：原作"公"。據《全唐文》卷五一八、傅增湘校記改。
[489] 君：《歷代明賢確論》卷九八作"翰"。
[490] 阻其氣而閡其行者也：阻，《唐文粹》卷九二、《〔雍正〕畿輔通志》卷三四作"道"，《文苑英華》卷七三〇作"導"，《古文淵鑒》卷三四、《全唐文》卷五一八作"遏"。閡，《唐文粹》卷九二、《文苑英華》卷七三〇、《〔雍正〕畿輔通志》卷三四作"閡"。胡張校記曰："非，閡亦遏阻也。"
[491] 舍君其誰與：舍，《唐文粹》卷九二、《文苑英華》卷七三〇、《歷代明賢確論》卷九八、《古文淵鑒》卷三四、《〔雍正〕畿輔通志》卷三四作"捨"。君，《歷代明賢確論》卷九八作"翰"。其，《文苑英華》卷七三〇注曰"集作'而'"。
[492] 奏：《文苑英華》卷七三〇注曰"集作'書'"。《唐文粹》卷九二、《古文淵鑒》卷三四、《〔雍正〕畿輔通志》卷三四、《全唐文》卷五一八作"書"。
[493] 夫士：《唐文粹》卷九二、《〔雍正〕畿輔通志》卷三四作"君"。
[494] 用舍計乎才：舍，《唐文粹》卷九二、《文苑英華》卷七三〇、《古文淵鑒》卷三四作"捨"。計，《唐文粹》卷九二、《古文淵鑒》卷三四、《〔雍正〕畿輔通志》卷三四作"關"。《文苑英華》卷七三〇注曰"集作'關'"。《全唐文》卷五一八作"繫"。
[495] 君：《唐文粹》卷九二、《〔雍正〕畿輔通志》卷三四作"居"。
[496] 屈：《文苑英華》卷七三〇同，傅增湘校記曰"'屈'作'委'"。《古文淵鑒》卷三四、《〔雍正〕畿輔通志》卷三四、《全唐文》卷五一八作"委"。

[497] 神：《唐文粹》卷九二、《文苑英華》卷七三〇、《古文淵鑒》卷三四、《〔雍正〕畿輔通志》卷三四、《全唐文》卷五一八作"宸"。

[498] 稀矣：《唐文粹》卷九二作"寡其用矣"。稀，《文苑英華》卷七三〇注曰"集作'寡'"。《古文淵鑒》卷三四、《〔雍正〕畿輔通志》卷三四、《全唐文》卷五一八作"寡矣"。

[499] 棄毀：《唐文粹》卷九二、《古文淵鑒》卷三四、《〔雍正〕畿輔通志》卷三四、《全唐文》卷五一八作"毀棄"。《文苑英華》卷七三〇作"棄本"，注曰"集作'毀棄'"。

[500] 轗軻：《文苑英華》卷七三〇作"撼坷"。傅增湘校記曰"'撼坷'作'轗軻'"。軻，《〔雍正〕畿輔通志》卷三四作"坷"。

[501] 病：《文苑英華》卷七三〇同，傅增湘校記曰"'病'作'疾'"。《古文淵鑒》卷三四小字注曰"皇甫謐字士安，有風痺疾。"

[502] 愈：《文苑英華》卷七三〇作"逾"，其注曰"集作'愈'"。

[503] 目爲前集：原作"目雲間集"，據《唐文粹》卷九二、《文苑英華》卷七三〇、《古文淵鑒》卷三四、《〔雍正〕畿輔通志》卷三四、《全唐文》卷五一八改。

[504] 予：《〔雍正〕畿輔通志》卷三四作"余"。下同。

[505] 伯喈、仲宣之義：《古文淵鑒》卷三四有小字注曰："王粲幼爲蔡邕所器，粲嘗過邕，邕倒屣迎之，賓客盡驚，曰'此有異才，吾家書籍當爲盡與之。'"

[506] 肢：《唐文粹》卷九四作"支"。

[507] 固其筋髓之束：髓，《唐文粹》卷九四作"骸"。束，《全唐文》卷五一八作"朿"。《說文解字注》卷七云"朿，木芒也。"段注："今字作刺"。

[508] 計：《全唐文》卷五一八作"紀"。

[509] 喻：《唐文粹》卷九四作"喻者"。

[510] 舞：《唐文粹》卷九四作"儛"，義同。

[511] 予嘗觀其操縵：予，《唐文粹》卷九四、《全唐文》卷五一八作"余"。下同。嘗，《唐文粹》作"常"。

[512] 人：《唐文粹》卷九四、《全唐文》卷五一八作"夫"。

[513] 可以：《唐文粹》卷九四、《全唐文》卷五一八作"既可以"。

[514] 格：《全唐文》卷五一八作"極"。

[515] 禮：《唐文粹》卷九四、《全唐文》卷五一八作"穆"。參見《周禮注疏》卷二二《春官·司樂》："孤竹之管，雲和之琴瑟，雲門之舞，冬日至，於地上之圜丘奏之。若樂六變，則天神皆降，可得而禮矣。孤竹之管，空桑之琴瑟，咸池之舞，夏日於澤中之方丘奏之……陰竹之管，龍門之琴瑟，九德之歌，九磬之舞，於宗廟之中奏之。"

[516] 已：原作"己"，據《唐文粹》卷九四改。

[517] 向：《全唐文》卷五一八作"如"。

[518] 以：《文苑英華》卷七一六、《四六法海》卷九、《全唐文》卷五一八作"與"，其注曰"集作'以'"。

[519] 之:《文苑英華》卷七一六、《四六法海》卷九、《全唐文》卷五一八作"而"。
[520] 山水爲樂:《文苑英華》卷七一六、《全唐文》卷五一八作"有山水爲樂"。
[521] 同志:《唐文粹》卷九七、《四六法海》卷九、《全唐文》卷五一八作"合志"。
[522] 游趣:《文苑英華》卷七一六、《四六法海》卷九、《全唐文》卷五一八作"同趣"。
[523] 有:《唐文粹》卷九七、《四六法海》卷九、《全唐文》卷五一八作"爲"。
[524] 誼:《唐文粹》卷九七、《文苑英華》卷七一六、《四六法海》卷九、《全唐文》卷五一八作"誼"。
[525] 嶔:《文苑英華》卷七一六作"𡼨",傅增湘校記曰"'𡼨'作'嶔'"。《四六法海》卷九、作"𡼨"。《全唐文》卷五一八作"嶔"。嶔、𡼨,異體。嶇嶔,道路險阻不平狀。唐孟郊《贈竟陵盧使君虔別》詩:"歸人憶平坦,別路多嶇嶔。"
[526] 遂至雲門:《文苑英華》卷七一六、《四六法海》卷九、《全唐文》卷五一八作"遂至於雲門",《文苑英華》卷七一六注曰"集無'於'字"。
[527] 翠:《文苑英華》卷七一六作"秀",注曰"集作'翠'"。
[528] 鳴瀨玉漱:鳴,《文苑英華》卷七一六注曰"集作'激'"。《全唐文》卷五一八作"激"。瀨,《四六法海》卷九、作"瀬",異體。漱,《文苑英華》卷七一六同,傅增湘校記曰"'漱'作'潄'",《四六法海》卷九、作"潄"。
[529] 泠泠:《文苑英華》卷七一六作"冷冷"。冷,同"泠"。
[530] 眺聽不足:《文苑英華》卷七一六作"眺聽之不足",其注曰"集無'之'字"。
[531] 然:《唐文粹》卷九七、《文苑英華》卷七一六、《四六法海》卷九、《全唐文》卷五一八作"焉"。
[532] 步:《文苑英華》卷七一六、《四六法海》卷九、《全唐文》卷五一八作"尺",其注曰"集作'步'"。
[533] 靜:《文苑英華》卷七一六、《四六法海》卷九作"坐"。
[534] 喻:《唐文粹》卷九七、《四六法海》卷九作"諭",《文苑英華》卷七一六作"論"。
[535] 累:《唐文粹》卷九七作"里"。《文苑英華》卷七一六同"累",其注曰"集作'慮'"。
[536] 記:《唐文粹》卷九七、《文苑英華》卷七一六、《四六法海》卷九作"紀"。
[537] 王:《文苑英華》卷七一一注曰"集作'丕'"。
[538] 河海清宴:《文苑英華》卷七一一注曰"集作'海宴河清'"。《全唐文》卷五一八作"河清海宴"。
[539] 總:《文苑英華》卷七一一注曰"集作'牧'"。《全唐文》卷五一八作"牧"。
[540] 星:北大本作"皇"。
[541] 廼酣無籌之飲:廼,《文苑英華》卷七一一、《全唐文》卷五一八作"乃",同。籌,《文苑英華》卷七一一作"筭",同"算"。
[542] 遷:《文苑英華》卷七一一注曰"集作'沓'"。
[543] 疾:《文苑英華》卷七一一注曰"集作'捷'"。《全唐文》卷五一八作"捷"。

[544] 徹：北大本作"徹"。

[545] 醉：《文苑英華》卷七一一注曰"集作'樂'"。《全唐文》卷五一八作"樂"。

[546] 有：《文苑英華》卷七一一注曰"集作'是'"。

[547] 小子且輒起而言：且，《文苑英華》卷七一一注曰"集無'且'字"。《全唐文》卷五一八亦無此字。輒，北大本作"趣"，疑形訛。

[548] 詩：《文苑英華》卷七一一作"歌"，注曰"集作'詩'"。

[549] 觀：《文苑英華》卷七三〇、《全唐文》卷五一八作"觀者"。

[550] 可：《文苑英華》卷七三〇無此字。

[551] 對：《全唐文》卷五一八作"封"。

[552] 之後：《文苑英華》卷七三〇注曰"二字集作'未其後'"。

[553] 也：《文苑英華》卷七三〇注曰"集作'矣'"。

[554] 靜：《文苑英華》卷七一六注曰"集作'勝'"。

[555] 湖：《文苑英華》卷七一六注曰"集作'海'"。《四六法海》卷九作"海"。

[556] 濁：《全唐文》卷五一八作"瀧"。

[557] 滿嶼：《文苑英華》卷七一六作"蒲座"，其注曰"集作'嶼'"。傅增湘校記曰"注'嶼'作'嶼'"。《全唐文》卷五一八作"滿座"。

[558] 旒：《文苑英華》卷七一六注曰"集作'地'"。

[559] 廷：《文苑英華》卷七一六作"庭"。傅增湘校記曰"'庭'作'廷'"。

[560] 舟：《文苑英華》卷七一六注曰"集作'風'"。

[561] 溢：《文苑英華》卷七一六注曰"集作'流'"。

[562] 史：《文苑英華》卷七一六注曰"集作'方書'"。傅增湘校記曰"集上有'史'"。

[563] 擁：《全唐文》卷五一八作"壅"。

[564] 以茂學達才：學，傅增湘校記曰"'學'作'才'"。才，傅增湘校記曰"'才'作'學'"。

[565] 又：《文苑英華》卷七一六無此字。傅增湘校記曰"注'極'作'拯'"。

[566] 教：《文苑英華》卷七一六注曰"集作'理'"。

[567] 場功：《文苑英華》卷七一六注曰"集作'滌場'"。

[568] 興：《文苑英華》卷七一六注曰"集作'以'"。

[569] 籩豆賤羍：籩，《文苑英華》卷七一六作"邊"。賤，《文苑英華》卷七一六注云："集作'醆'"。

[570] 交：《文苑英華》卷七一六注曰"集作'郊'"。

[571] 有歟：《文苑英華》卷七一六注曰"集作'且'"。

[572] 夫：《文苑英華》卷七一六注曰"集作'乎'"。

[573] 適：《文苑英華》卷七一六注曰"集作'游'"。

[574] 裒：《文苑英華》卷七一六、《全唐文》卷五一八作"懷"，同。

[575] 於：《文苑英華》卷七一六作"于"，其注曰"集作'於'"。

梁補闕集卷上　201

[576] 利：傅增湘校記曰"'利'作'力'"。
[577] 蹔：《全唐文》卷五一八作"暫"。
[578] 氣：《文苑英華》卷七一六注曰"集作'名'"。《全唐文》卷五一八注"一作'名'"。
[579] 感於物動於中：《文苑英華》卷七一六注曰"六字集作'感於物象'"。《全唐文》卷五一八作"一感於作物象"。
[580] 文：《文苑英華》卷七一六注曰"集作'乎'"。
[581] 再：傅增湘校記曰"'再'上有□"。
[582] 有：《文苑英華》卷七二五、《全唐文》卷五一八作"將"。
[583] 天：《文苑英華》卷七二五、《全唐文》卷五一八作"夫"。
[584] 席：《文苑英華》卷七二五注曰"集作'石'"。胡張校記曰：作"席"是，謂席相也，貞元七至九年(791—793)爲泉州刺史。
[585] 乎：《文苑英華》卷七二五注曰"集作'于'"。
[586] 皇：《文苑英華》卷七二五、《全唐文》卷五一八作"王"。
[587] 餘：《全唐文》卷五一八作"未"。餘，末也。
[588] 蕃閫：《文苑英華》卷七二五注云："集作'近藩'"。
[589] 操扎：《文苑英華》卷七二五作"槃札"，其注曰"一作'摻袂'"。《全唐文》卷五一八作"摻袂"。胡張校記："摻袂"，握別義。操扎(札)書寫義。"槃"字訛。
[590] 期：《文苑英華》卷七二五注曰"集作'蘄'"。
[591] 圭：《文苑英華》卷七二五注曰"集作'主'"。
[592] 之：原缺，據《文苑英華》卷七二五、《全唐文》卷五一八補。
[593] 未：《文苑英華》卷七二五注曰"集作'不'"。
[594] 階：《文苑英華》卷七二五注曰"集作'陞'"。
[595] 告：《文苑英華》卷七二五、《全唐文》卷五一八作"造"。傅增湘校記曰"'造'作'告'"。
[596] 不可：《全唐文》卷五一八作"不可以"。
[597] 修圖籍：《文苑英華》卷七二五注曰"三字，集作'條秘圖籍'"。
[598] 求：《文苑英華》卷七二五作"永"，傅增湘校記曰"'永'作'求'"。
[599] 亦：《文苑英華》卷七二五、《全唐文》卷五一八作"於"。
[600] 勉：《全唐文》卷五一八作"黽"。
[601] 於：《文苑英華》卷七二五作"求"，其注曰"集作'於'"。
[602] 己：《文苑英華》卷七二五作"已"。
[603] 尊：《文苑英華》卷七二五作"樽"。
[604] 竇遺直由華陰令擢拜左拾遺：《文苑英華》卷七二六作"竇拾遺易直"，注曰"集作'竇遺直'"。《全唐文》卷五一八作"竇易直"。《元和姓纂》(四校記)卷九《整理記》載，"易直"爲"遺直"之誤。《唐詩紀事》卷三一載："竇叔向字遺直，京兆人。代宗時，常衮爲相，用爲左拾遺内供奉。"華陰，《元和姓纂》(四校記)卷九《整理記》載，"華陰"乃"江

陰"之訛。胡大浚《梁肅年譜》按，常袞爲相在大曆十二年(777)四月，《序》云"七月初吉，整車祀軷。"是實赴京在七月。江陰爲常州屬縣，肅在常州預其餞送之會而爲之序。

[605] 遺：《全唐文》卷五一八作"易"。

[606] 夫：《全唐文》卷五一八作"而"。

[607] 得：《文苑英華》卷七二六注曰"集作'有'"。

[608] 僚：《文苑英華》卷七二六作"寮"，同。

[609] 夫子：《文苑英華》卷七二六注曰"集作'天下'"。

[610] 吟咏：《文苑英華》卷七二六作"咏"，其注曰"集作'咏'"。

[611] 綜：《文苑英華》卷七二六、《嵩書》卷二〇《章成篇》作"蹤"。

[612] 獨：《文苑英華》卷七二六注曰"集作'光'"。《全唐文》卷五一八作"光"。

[613] 眷：《嵩書》卷二〇《章成篇》作"睿"。傅增湘校記曰"'眷'作'睿'"。

[614] 召：《文苑英華》卷七二六、《嵩書》卷二〇《章成篇》、《全唐文》卷五一八作"邵"。

[615] 得位行道：《文苑英華》卷七二六、《嵩書》卷二〇《章成篇》、《全唐文》卷五一八作"依仁游道"。

[616] 予：《嵩書》卷二〇《章成篇》、《全唐文》卷五一八作"余"。

[617] 潁：《文苑英華》卷七二六訛作"穎"。胡張校記曰："穎陽，巢父、許由隱居之地。

[618] 書：《全唐文》卷五一八作"言"。

[619] 正：《文苑英華》卷七二六注曰《英華》作'大'，非"。

[620] 儗：《文苑英華》卷七二六、《全唐文》卷五一八作"擬"，義同。

[621] 高：《文苑英華》卷七二六、《全唐文》卷五一八作"遠"。

[622] 首章：《文苑英華》卷七二六、北大本作"詩首"，《文苑英華》卷七二六注曰"集作'首章'"。

[623] 後：《文苑英華》卷七二六注曰"集作'復'"。《全唐文》卷五一八作"復"。

[624] 也：《文苑英華》卷七二六無此字，其注曰"集作'處也'"。

[625] 量：《文苑英華》卷七二六、《全唐文》卷五一八作"略"。

[626] 經遠：《文苑英華》卷七二六注曰"集作'有經'"。

[627] 光大：《文苑英華》卷七二六注曰"集作'大光'"。

[628] 列搆廈：《文苑英華》卷七二六、北大本作"列構廈"。構，搆異體。《文苑英華》卷七二六注曰"集作'搆大廈'"。《全唐文》作"搆大廈"。

[629] 厲：《文苑英華》卷七二六注曰"集作'邁'"。

[630] 亦：《文苑英華》卷七二六、《全唐文》卷五一八作"心"。《文苑英華》卷七二六注曰"集作'心'"。

[631] 焉：《文苑英華》卷七二六、《全唐文》卷五一八作"云"。

[632] 水：《文苑英華》卷七二六注曰"集作'安'"。胡張校記曰：長水即滻水，出藍田山，在

唐長安東;此"長水"或當作"長安"。又據《新唐書·地理志》:河南府有長水縣,其地在今河南洛寧縣西南。按:《史記》卷二八《封禪書》載:"霸、産、長水、灃、澇、涇、渭皆非大川,以近咸陽,盡得比山川祠,而無諸加。"霸,《正義》載:《括地志》云:"灞水,古滋水也,亦名藍谷水,即秦嶺水之下流,在雍州藍田縣。滻水即荊溪狗枷之下流也,在雍州萬年縣。"長水,《索隱》曰:"案:百官表有長水校尉。沈約《宋書》云'營近長水,因以爲名'。《水經》云'長水出白鹿原',今之荊溪水是也。"據《水經注》卷一九載,"霸水又左合滻水,歷白鹿原東。"又載:"霸水又北,長水注之,水出杜縣白鹿原,其水西北流,謂之荊溪。"明陳天定輯本《古今小品》中收錄此文,文末作者評到"善徘徊搖曳,故不見直遂。"

[633] 而:《文苑英華》卷七二六注曰"集無'而'字"。《全唐文》卷五一八無此字。

[634] 宴:《文苑英華》卷七二六、《全唐文》卷五一八作"晏"。

[635] 求:《全唐文》卷五一八作"沽"。

[636] 施:《文苑英華》卷七二六、《全唐文》卷五一八作"弛",其注曰"集作'施'"。傅增湘校記曰"'施'作'弛'"。

[637] 者:《文苑英華》卷七二六注曰"集作'若'"。

[638] 信:《文苑英華》卷七二六注曰"集作'分'"。

[639] 陽:《文苑英華》卷七二六注曰"集作'下'"。《全唐文》卷五一八作"下"。

[640] 方執文柄,爲當世律度:世,《文苑英華》卷七二六注曰"集作'時'"。獨孤及《檢校尚書吏部員外郎趙郡李公中集序》亦有言"用三代文章,律度當世"。

[641] 焉:《文苑英華》卷七二六注曰"集作'爲'"。

[642] 未有知也:《文苑英華》卷七二六注曰"集作'未之知也'"。

[643] 重事:此二字原脱,據《文苑英華》卷七二六補。

[644] 相:《文苑英華》卷七二六注曰"集作'想'"。

[645] 上:《文苑英華》卷七二六注曰"集作'山'"。

[646] 則:《文苑英華》卷七二六注曰"集無'則'字"。

[647] 來:《文苑英華》卷七二六注曰"集作'東'"。胡張校記曰:作"東"是;下文即肅自言早年從師天台之事。

[648] 寢:《文苑英華》卷七二六注曰"集作'寢'"。傅增湘校記曰"'寢'作'寤'",當是。

[649] 神:《輿地紀勝》卷四作"補"。

[650] 走:《文苑英華》卷七二六此字下有注曰"集有'喜'字"。

[651] 焉:《文苑英華》卷七二六注曰"集作'馬'"。《法苑珠林》卷九九載:"豈可放縱心馬,不加轡勒"。

[652] 楊:《全唐文》卷五一八、《登科記考》卷二九作"揚"。

[653] 嘗:《登科記考》卷二九作"將"。

[654] 安定梁肅序:《全唐文》卷五一八無此五字。

[655] 揚：《文苑英華》卷七二六作"陽"。傅增湘校記曰："'陽'作'楊'"。
[656] 德：《文苑英華》卷七二六注曰"集作'無'"。《全唐文》卷五一八、《登科記考》卷二九作"無"。
[657] 草：原作"早"，據《文苑英華》卷七二六、《全唐文》卷五一八、《登科記考》卷二九改。
[658] 日：《文苑英華》卷七二六注曰"集作'辰'"。《全唐文》卷五一八、《登科記考》卷二九作"辰"。
[659] 終始：《文苑英華》卷七三七注曰"二字集作'路'"。
[660] 戶：《文苑英華》卷七三七注曰"集無'戶'字"。
[661] 大：《文苑英華》卷七三七、《全唐文》卷五一八作"上人"，其注曰"二字集作'大'"。
[662] 裔：《文苑英華》卷七三七注曰"集作'胤'"。
[663] 而：傅增湘校記曰："'而'作'如'"。
[664] 嘗：《文苑英華》卷七三七作"乃"。
[665] 著：《文苑英華》卷七三七注曰"集作'大'"。
[666] 習：《文苑英華》卷七三七作"求"，其注曰"集作'見'"。
[667] 刪：《文苑英華》卷七三七、《全唐文》卷五一八作"削"。
[668] 齊：《文苑英華》卷七三七、《全唐文》卷五一八作"舒"。
[669] 物：《文苑英華》卷七三七注曰"集作'見'"。
[670] 偕：《文苑英華》卷七三七注曰"集作'階'"。
[671] 義學：《文苑英華》卷七三七作"義學之到"，"之到"，其注曰"集無此二字"。
[672] 能：《文苑英華》卷七三七注曰"集作'至'"。
[673] 乎：《文苑英華》卷七三七注曰"集作'于'"。
[674] 二三：《文苑英華》卷七三七注曰"集作'一二'"。
[675] 文翁：《文苑英華》卷七三七作"文公"。傅增湘校記曰"有注文公，疑作'文翁'"。胡張校記曰：《漢書》卷八九《循吏傳》載："文翁，廬江舒人也。……爲蜀郡守，仁愛好教化"。
[676] 俊：《文苑英華》卷七三七注曰"集作'孝'"。胡張校記曰：孝、秀，謂孝廉，秀才也。作"俊秀"，謂才俊，亦不誤。
[677] 興：傅增湘校記曰："'興'作'起'"。
[678] 波：原作"披"，據《文苑英華》卷七三七改。
[679] 輪：傅增湘校記曰："'輪'作'轓'"。轓，古代車箱兩旁的障蔽物。《漢書》卷五《景帝紀》："令長吏二千石車朱兩轓，千石至六百石朱左轓。"
[680] 舊史記前召後杜：記，傅增湘校記曰："'記'下注集作'紀'"。召，《文苑英華》卷七三七注曰"集作'邵'，與'召'同"。
[681] 記：《文苑英華》卷七三七作"紀"。

梁補闕集卷下

吴縣令廳壁記

在春秋時，[1]列國各有屬邑。其主者，魯謂之宰，楚謂之尹，晉謂之大夫。秦時天下始置令長，宅一同之内，操賞罰之柄。有民人焉，[2]有社稷焉，風俗成敗本乎身，[3]黎元安否繫乎政，[4]其體大矣。

自京口南被於淛河，[5]望縣十數而吴爲大。國家當上元之際，中夏多難，衣冠南避，寓於兹土，參編户之一。由是人俗羼雜，號爲難治。加以州將有握兵按部之重，邑居當水陸交馳之會，承上撫下之勤，征賦郵傳之繁，百倍它縣，[6]夥乎其中，不可勝紀。大曆十一年，天官精選可以長民者，[7]於是范陽盧公由太原府祁縣令爲之。[8]公外寬内明，敬事而信，政本於仁，飭身以文。下車三年，闔境之人，安土樂義，而不知安樂之所從來，[9]蓋平之以和也。[10]

夫君子立身，[11]論道之通塞，不論位之升降。吴縣下畿服一等，[12]公俯而爲之，[13]抑選部爲官擇人而公履道從正，所由然也。[14]予知公者，敢録其實，[15]書於東序，以播其令聞。[16]時十四年二月甲子記。[17]

河南府倉曹參軍廳壁記

倉曹掾禄秩位次，載於甲令。在漢魏間，與參軍事其職各異，五府及州郡皆有其官。[18]北齊天保中，又授參軍以繫官曹之號，蓋取夫以文吏而參武事。隋由之,國家亦因之。河南府領二十六縣,爲主東都,[19]環地千里。邦畿之內,征賦之入,凡蓄聚之物,皆於其司。一都之移用,[20]郡吏之稍食又出焉。故其務殷,其事積,常爲他曹劇。居之者不勤則廢,不廉則敗,不明則耗斁干沒之患生。其職或擢居南宮及御史府,[21]故有司常綜其名實,考其功緒,[22]然後授之。伊陽張君,闕卿李君,今並爲其官,李以貞固稱,張用文敏著。予謂命官之職事,與二掾之才美,不可以不紀,遂直筆書之。其兩曹位次,與前政名氏,端如貫珠,列於記之左右。

鄭縣尉廳壁記

自華而東,東距洛師,抗雄多,臨大道,其縣有七。若壤接天府,號因舊國分鄭爲之首。又斜隣其陸焉。[23]天官每銓士補吏,常屬意於此。三科之選,其人尤精,比畿服之偏者,難易相隔,不啻數等,其地望可知也。元年春正月之後,[24]賢侯才子曰蘭陵蕭倕,[25]以貞敏恪慎,再命爲尉,掌倉曹出納與工德修餙之事。[26]事舉職修,而令名隨之,暇日謂予曰:"是邑之作,[27]非舊也。初,在於州東北隅。廣德中,以賊臣周智先以河潼叛,[28]放暴兵執官寺,[29]且脅誘將吏,生立己祠而棟宇斯崇。及王師致誅,[30]牧民者從便宜而重改作,乃刷滅凶慝之遺塵,徙而治焉。[31]是廳蓋祠之餘也。嘻,曩者憑而爲妖,[32]今乃即而爲政。合於大順,用鑒將來。是宜書之,以告昧者。"余於是著之屋壁,[33]且以紀夫人之美。若風俗疆土,與置邑之年,[34]代分於尉,[35]今監察御史黎逢嘗編爲《鄭志》,藏在州府中,可覆視也,故不書。時御史中丞董公爲邦之三載。秋九月,安定梁肅記。

崑山縣學記①

學之制,與政損益,故學舉則道舉,[36]道汙則政汙。崑山,吳東鄙

---

① 《〔紹定〕吳郡志》卷四載:"吳郡,自古爲衣冠之數,中興以來,應舉之士倍承平(轉下頁)

之縣。[37]先是,縣有文宣王廟,廟堂之後有學室。中年兵饉薦臻,堂宇大壞,方郡縣多故,故未遑繕完。[38]其後長民者或因而葺之,以民尚未泰,故講習之事,設而不備。[39]大曆九年,太原王綱以大理司直兼縣令,既而釋奠於廟,退而嘆曰:"夫化民成俗,以學爲本,是而不崇,何政之爲?"乃諭三老、主吏,整序民,餙班事,大啓室於廟垣之右,聚五經於其間。以邑人沈嗣宗躬履經學,俾爲博士。於是遐邇學徒,或童或冠,不召而至,如歸市焉。公聽治之暇,則往敷大猷以聳之,博考明德以翼之。優而柔之,使自求之;[40]揭而厲之,使自趨之。故民見德而興行,行於鄉黨,[41]洽於四境。父篤其子,[42]兄勉其弟,有不被儒服而行莫不耻焉。僉曰:"公主於設教,[43]矯其末不墜其本,[44]易其俗不失其宜也。"《傳》曰:"本立而道生。"①昔崔瑗有《南陽文學志》,王粲有《荆州文學志》,皆表儒訓,以著不朽。遂繼其流爲《縣學記》,俾來者知我邑經藝文教之所以興。是歲龍集乙卯,②公爲縣之明年也。大曆九年十月望日撰。[45]

通愛敬陂水門記③

歲在戊辰,④揚州牧杜公命新作西門,[46]所以通水庸、致人利也。冬十有二月,土木之功告畢,從事徵其始,請刻石以爲記云。

《書》載"濬畎澮距川",[47]⑤《傳》稱"爲川者決之使導",⑥然道與

(接上頁)時。後五縣皆興學,然其盛衰,則繫令之賢否。紹興間,程沂爲崑山令,重修學。張九成作記,或謂九成托此以諷,遂不入石。集中亦不載。"《〔正德〕姑蘇志》卷二四載:"崑山縣學,初在縣治之東。唐有文宣王廟,以兵火廢。大曆九年始建學於廟垣之右,設博士訓學徒。"

① 參見《論語》卷一《學而》。
② 乙卯:大曆十年(775)。
③ 此文乃梁肅爲杜亞所作。《舊唐書》卷一四六《杜亞傳》載:"揚州官河填淤,漕輓堙塞,又僑寄衣冠及工商等多侵衢造宅,行旅擁弊。亞乃開拓疏啓,公私悦,賴而盛,爲奢侈。"《新唐書》卷五三《食貨志》載:"初,揚州疏太子港、陳登塘,凡三十四陂,以益漕,河輒復堙塞。淮南節度使杜亞乃濬渠蜀岡,疏句城湖、愛敬陂,起隄貫城,以通大舟。"
④ 戊辰:貞元四年(788)。
⑤ 參見《尚書正義》卷五《益稷》。
⑥ 參見《國語正義》卷一《周語》。

政損益，[48]政舉則道舉，政汙則道汙。汙則革，革則久，賢哲之治也。當開元以前，荊江岸於揚子，[49]海潮内於邗溝，過茱萸灣，北至邵伯堰，湯湯涣涣，無隘滯之患。其後江派南徙，[50]波不及遠，河流浸惡，日淤月填。若歲不雨，則鞠爲泥塗，舟攊陸沉，困於牛車，積臭含敗，人中其氣，爲疾爲瘵。長民者時興人徒，以事開鑿。既費累鉅萬，或妨奪農功，殫財竭力，隨導隨塞。人不寬息，物不滋殖，百有餘年矣。貞元初，公由秋官之貳，[51]出鎮兹土。既下車，乃驗圖考地，謀新革故。[52]相川原，[53]度水勢，自江都而西，[54]循蜀岡之右，得其浸曰"勾城湖"，[55]又得其浸曰"愛敬陂"。方圓百里，支輔四集，盈而不流，決而可注。圖以上聞，帝用嘉允。乃召工徒，修利舊防，節以斗門，釃爲長源，直截城隅，以灌河渠。水無羨溢，道不回迂，[56]於是變濁爲清，激淺爲深，潔清澹澄，[57]可灌可鑑。然後漕輓以興，商旅以通。自北自南，泰然歡康。其夾隩之田，旱暵得其溉，霖潦得其歸。化磽薄爲膏腴者，不知幾千萬畝。野人誦曰："膴膴原田，自今以始，歲其豐年。[58]"都人誦曰："沔彼流水，我邦是紀，鍾美不知。"嚮非我公有先物之知，移俗之才，則曷能運可大之謀，蠲累世之弊，緜旬朔之勞，致無彊之逸。宜乎，人之永嘆也如此！[59]按陂塘本魏廣陵守陳登所設，時人愛其功而敬其事，故以名之。謝文靖成堰，[60]又以召公之德爲稱。有魏以還，五百餘載，[61]不朽之績，及公而三，皆在斯邦，不其盛歟？水門之作，將以重成功，示長利，非登臨游宴之爲。嘻，後之人抑可以知。

鹽池記①

　　黄河自崑崙山東會溟漲，九折回互，鹽泉各一。儒者書以爲海目，則郁瑕氏之地，瀆流其長。觀乎北浴陵阜，南瀕山麓，湛湛烟碧，

---

① 鹽池：《玉海》卷一八一《食貨》載："唐鹽池有六，一在幽朔，二在河東，一在鹽州，一在解梁，皆河勢屈曲回抱而中有鹽泉，蓋水性至曲而折，鹹性至折而□，積千里之潤，伏脈地中，聚而作鹹。"

浩無春冬,蒸騰雲霓,出入日月,亦云廣矣。雖吞噏坰隧,代增淳鹵而利倍農稭,有殷家邦,貿惟從山,湧不加海,交兩都之軌達,延萬賈之資貨,是人不厭也。當武后聖政,務述省方,鳴鑾載臨,流潦旋敗。洎皇明道發,澤漸殊垠,天之既啓,鹽乃旋復。非夫蟠蚪神應,[62]坤次靈孕,亦曷能旌昏明,籌負勝矣。帝所宜念,賁然來思,分天牧以涖,擇藩佐而貳。賢能鮮墜於事,則□胤,字通開閭,[63]扼拓磯之左隅,鄰大邑之東部。崇府庫,歲望乎儲蓄;樞管鍵,夕俟乎閉藏,茲乃慮終於始也。

邦貴康食,戒之克勤,人非忘勞,道在悦使。大命日下,巡功歲移,廣岸砥平而可礪,脩畦綺分以如織。[64]是時也,春光奪,炎氣興,洪溝浚,[65]白波騰,或濇或汩,以泙以淵,狀雲洩而雨駮,或花明而雪凝。京坻蘊崇,豆區嘉量,隸户徵筭,鹽人揭書。民無不供,先薄稅以從賦;君孰與足,逮黎庶而必分。固非擅權利,貴貨易,土登陸而雷軿流,日驟水而雲艫。擊星律有變,給用無絶。《傳》曰:"山、澤、林、鹽,國之寶也。"①茲其是焉。

若周物揆情,易人推類,施之求報,大道之玄德也;明則啓祚,聖人之知變也;降人納汙,明君之藏垢也;羹餗調膳,賢人之入用也。包四美而世濟,資百工而國貞。將以樹善永年,非石無以紀;垂裕裔冑,非文無以揚,則我晋寶達於萬方也。

李晋陵茅亭記

趙郡李兖仲山,[66]大曆中,由秘書郎爲晋陵令。思所以退食修政,思所以克己崇儉,[67]乃作茅亭,於正寢之北偏。功甚易,制甚樸,大足以布函丈之席,税履而躋賓位者,適容數人,則仲山約身臨人,顓固簡一之道,可知矣。解龜後,繼其任凡六七人。每居於斯,必稱作者之美。而仲山安貧養性,寓於舊邑者十有二年,方牧知之,又檝而

---

① 參見《春秋左傳正義》卷二六《成公六年》。

攝焉。仲山清德之嗣，孝於家，勤於官。其挩也，念前之非久，政之未成也，乃必躬必親，必誠必信，順思不懈而衆務咸集。[68]未有及者，必訪問咨度，擇善而從之，則其治足徵也。君子謂仲山居處恭，執事敬，出入一紀，再臨斯人，有以見位不苟進，仕不苟行，大來必俟時，[69]於是乎始矣。

予曩睹亭之起，今又觀進德之美，輒直筆志之，謂之《晉陵茅亭記》。時貞元元年夏五月。

京兆府司錄西廳盧氏世官記

御史中執法范陽盧公，①用直清之德，掌中邦憲，恭睦之道，用宏家法。[70]嘗謂其屬監察御史梁肅曰："我王父廣陽公，以明德懿識，嚮用休福，羽儀於中朝。我伯父嗣公，以文學政事，載揚茂烈，[71]光績於前人。皆肇久史職，[72]發於京垂紀綱之任。洎予之季曰偡，亦能恪慎不懈，踐修其官，繼處於廨之右堂，惟二代徽在兹，[73]偡也允廸在兹。吾子嘗號史臣，宜存於篇，以示後裔。"肅辭不得命。[74]以爲在昔司馬氏世序天地，鄭武莊世爲卿士，[75]宋魚氏之左師，晉籍父之司典，下洎乎樂之制氏，曆之疇人，俱以傳業，彰乎舊史。[76]故《傳》稱"善守先代雅咏，維其有之"。雖大細不倫，職事或異，其纂修一也。惟京之大，惟兆之衆，天子之都，四方之極，糾而轄之，是稱司錄。其地劇，其選精。嘗與殿中蘭臺、南宮郎位，旋相出入。

初，廣陽公諱齊卿，由司倉掾爲之，驟登郎官，更貳本府，布澤於彭、滑、幽、徐之人，端護春宮，崇贈少保。開元初，嗣公諱成務，罷録岐下軍事，竇居其任，其後作牧於壽、於杭、於濮、於洺、於魏，繼受玄社，以處太原，咸有嘉績，[77]藏在册府。今戶部郎偡，始遠哲聯事之嫌，詔解柱後惠文，以就斯職，中丞之拜也。又有臺府臨察之避，在官之屬，其爲人簡而廉，文而不害，在選部辨論，[78]三登試言第，考兹任

---

① 盧公：據《唐尚書省郎官石柱題名考》卷十一、十二、十七考，應爲盧侶。

也,詳敏稱一時之最。薦紳先生評天下之事,[79]謂如廣陽之家風,施於子孫,中丞之仁德,至於兄弟,斯盡美矣。若三世居一官,同一署,遞以全德,揚於當時,[80]又難能也。噫,[81]古人所稱,方斯其類乎爾。小子拜命著紀。書於本廳之東序,用闡夫廣陽之宗,且爲名臣世官之表。時貞元庚午閏四月記。①

常州建安寺止觀院記

沙門釋法顒,啓精廬於建安寺西北隅,與比丘衆勸請天台堪然太師轉法輪於其間。[82]尊天台之道,以導後學,故署其堂曰"止觀"。初,南嶽祖師受於惠文禪師,以授智者大師,於是乎有止觀法門。大旨:止謂之定,觀謂之惠,演是二法,[83]攝持萬行。自凡夫妄想,訖諸佛智地,以契經微言,括其源流,正其所歸。圓解然後能圓修,圓修然後能圓證,此其略也。自智者五葉傳至今,大師當像法之中,誕敷其教。使在家之徒,撥邪反正,如大雲降雨,[84]無草木不潤。升其堂者甚衆,其後進入室不十數人,法顒與居一焉。

予以爲法門有三觀,遂徵之此堂。蓋非緣不成,空也;有之以爲利,假也;不廣不狹,不奢不陋,中也。又以净名之喻宫室,謂於虚空然不能成,[85]隨其心净,則一切境静,[86]作一物而觀者,獲數善焉。又況我大師居之,爲斯人之庇乎？小子忝游師門,故不敢不志。時大曆九年冬十一月日記。

祇園寺净土院志

祇園精舍净土院者,沙門常輝觀佛三昧之所也。按契經,西方極樂界曰有佛曰無量壽如來,[87]誕敷本願,爰宅彼土,垂拱東向,以提群生。如相念者,[88]利有攸往,往而至者,住不退地。至矣哉,蓋出世之康衢,三乘之舟楫也。

---

① 貞元庚午：貞元六年(790)。

原夫真俗同體，聖凡一貫，隨心昇降，見境差別。於是深静相形，[89]依正相成，離爲百畛，合成一念。如來以其然也，故因其所習，視其所安，隨所感化，示所依處，無量壽國蓋所示之一歟。有若觀心佛二者，不來不往，[90]誰縛誰解。如是觀者，生之上也；如是如見一無二字。信解，[91]觀念漸純，生之次也；繫緣□事，厭染懷净，又其次也。或近或遠，或真或假，值佛聞法，同歸一地，此西方教所以爲至也。或者以爲法有相空，不可得生彼界者，與斯土何以異？是不知佛意遠矣。輝既修此道場，懼昧者不知所以然，因命我紀之。

漢高士嚴君釣臺碑①

先生諱光，字子陵，會稽餘姚人也，名闡於漢光武之世，[92]《東觀》書實載其事。當哀、平之後，天地既閉，先生韜其光，隱而不見。建武反正，雲雷既定，先生全其道而不屈。[93]消息治亂之際，卷舒夷曠之域，[94]如雲出於山，游於天，復歸於無間，不可得而累也。則激清風，聳高節，以遺後世。先生之道，可見於是矣。或曰："人倫大統，莫大乎君臣；崇德致用，莫盛乎富貴。而子陵以賤爲貴，以臣傲君，二者其失於教歟？"君子曰："不然。夫賢哲之道，一動一静。動而用者，功濟乎當世；[95]静而不用者，化光於無窮。故許由於堯，先生於漢，皆不易乎世。游方之外，俾後之人，聞清風而嚮慕焉。蓋運有會事有行。[96]伊吕遇湯武而立大功，子陵遇世祖而立大名，去就不同，同歸於道焉。"[97]歲在大梁，②予涉江自富春而南，訪先生遺塵，則釣臺尚存，[98]仰聆德風，刻頌於石。其文曰：

----

① 嚴君：嚴光，字子陵，一名遵，會稽餘姚人也。少有高名，與光武同游學。及光武即位，乃變名姓，隱身不見。除爲諫議大夫，不屈，乃耕於富春山，後人名其釣處爲嚴陵瀨焉。建武十七年(41)，復特徵，不至。年八十，終於家。帝傷惜之，詔下郡縣賜錢百萬、穀千斛。生平事迹參見《後漢書》卷八三《嚴光傳》。

② 歲在大梁：建中二年辛酉(781)。

季葉浩浩,澆風蕩淳。先生括囊,鳥獸同群。
四海既平,故人爲君。富貴於我,有如浮雲。
召至禁中,告歸江濆。下視天子,上動星文。
接輿肆狂,孤竹求仁。介推山死,龔勝蘭焚。
猗與先生,異乎斯人。俯仰世道,從容屈伸。
清溪悠悠,白石磷磷。遺風是仰,終古不泯。

天台智者大師碑并序①

天台山西南隅一峰曰佛隴,[99]蓋智者大師得道之所,[100]前大佛教重光之地。[101]陳朝崇之,[102]置寺曰修禪,及隋創國清,[103]廢修禪號,號爲道場。自大師入滅一百九十餘載,[104]長老大比丘然公,[105]光昭大師之遺訓,以啓後學門人。[106]安定梁肅聞,上易名銘,[107]勒大師之遺烈,以示後世云。

大師諱智顗,字德安,時號智者。其先潁川陳氏,世居荆州之華容,[108]感緣應迹,載在別傳。[109]夫治世之經,[110]非仲尼,則三王四代之制,[111]寢而不彰;[112]出世之道,非大師,則三乘四教之旨,晦而不明。昔如來乘一大事因緣,菩薩以普門示現。自華嚴肇開,至雙林高會,[113]無小無大,同歸於佛界。[114]及大雄示滅,學路派別,世既下衰,教亦陵遲。故龍樹大士病之,乃用權略,[115]制諸外道。乃詮智度,[116]發明宗極。微言東流,我惠文禪師得之,[117]由文字中入不二法門,[118]以授南嶽思大師。當時教尚簡密,不能廣被而空有諸宗,扇惑方夏。及大師受之,於是開止觀法門。其教大略即身心而指定慧,即言說而詮解脫,大中一實相之宗,趣無證真得之妙。[119]自發心至於

---

① 《唐文粹》卷六一題作"天台智者大師碑銘",《佛祖統紀》卷四九題作"天台禪林寺碑",《全唐文》卷五二〇作"台州隋故智者大師修禪道場碑銘并序"。按岑仲勉先生考證,此碑文梁肅作於唐元和六年(811),又約遲二十年始立也。有碑《修禪道場碑銘》傳世,現藏於國家圖書館。此碑題由梁肅撰,唐朝徐放正書,唐朝陳修古篆額,元和六年(811)十一月十二日立,浙江省天台縣出土,爲陸和九舊藏,169×77(通)厘米。

成道，[120]行位昭明，無相奪倫，然後誕敷契經而會同之，渙然冰釋，示佛知見。[121]窺其教者，修焉息焉，[122]蓋無入而不自得焉。大師之設教也如此。

若夫弛張用舍，[123]開闔嘿語，[124]高步海内，[125]爲兩朝宗師。[126]大明在天，光被四表，大雲注雨，旁施萬物。[127]繇是言佛法者，以天台爲司南，殊塗異論，[128]往往退息，緣離化城，[129]示滅諸山，[130]是歲隋開皇十七年也。夫名者實之賓，教者道之門。大師溯其賓，闢其門，自言地位，示有證入，故感而應之，應之之事，[131]可得而知也。若安住法界，[132]現爲比丘，等覺歟？妙覺歟？不可得而知也。當是時也，[133]得大師之門者千數，得深心者三十有二人，纂其言行於後世者，[134]曰章安禪師灌頂。[135]頂傳縉雲威禪師，[136]威傳東陽。[137]東陽、縉雲同號，時謂小威，小威傳左谿朗禪師。[138]自縉雲至左谿，[139]以玄珠相付，向晦宴息而已。左谿門人之上首今湛然禪師，行高識遠，[140]超悟辯達，凡祖師之教在章句者，[141]必引而伸之，[142]後來資之以崇德辨惑不可悉數。[143]蓋嘗謂肅曰："是山之佛隴，亦鄒魯之洙泗，妙法之耿光，先師之遺塵，爰集於茲。自上元、寶應之世，[144]邦寇擾攘，緇錫駿散，可易名建寺，修持塔廟，[145]莊嚴佛土。回向之徒，有所依歸，繫眾人是賴。[146]汝吾徒也，盍紀諸文言，[147]刻於金石，俾千載之下，[148]知吾道之所以然。"小子稽首受命，故大師之本迹，教門之經明，[149]後裔之住持，皆見乎辭。其文曰：

諸佛出世，惟一大事。天台教源，與佛同致。[150]赫赫大師，開示奧祕。載弘道要，安住圓位。白日麗天，天下文明。大師出現，國土化成。[151]無生而生，生化兩明。[152]薪盡火滅，山空道行。五世之後，間生上德。微言在茲，德音允塞。明明我後，易名凈域。[153]此山有壞，此教不極。

越州開元寺律和尚塔碑銘并序

釋氏先律師諱曇一，字曇胤，[154]報年八十，僧夏六十一，以大曆六年十二月七日滅度於越州開元寺，遷坐起塔於秦望山之陽，[155]制繢會葬者以千百數。[156]大師本南陽張氏，曾祖隋太常恒，始家會稽之山陰。大師誕鍾粹氣，聰悟夙發，幼學五經。因探禹穴，至雲門寺，遂依沙門諒公出家。景隆中剃度，[157]尋受具戒。天縱辯慧，[158]益之以軌儀，翕然已爲人望矣。開元中，[159]西遊長安，觀音亮律師見而奇之，授以毗尼之學。又依崇聖寺檀子法師學俱舍唯識，從印度沙門善無畏受菩薩戒，探道覿奧，出類拔萃，朞月之間，名動京師。大師崖岸峻峙，機神坦邁，體識詳雅，應用虛明。得三藏之隱賾，究諸宗之源底，加以素解玄儒，[160]旁綜曆緯，[161]長老聞風而悅服，公卿下榻以賓禮。由是與少保兗國陸公象先、賀賓客知章、李北海邕、徐中書安貞、褚諫議庭誨及涇縣令萬齊融爲儒釋之遊，[162]莫逆之友。其導世皆先之以文行，弘之以戒定，入蘭室而馨香自發，臨水鏡而毫髮必鑑，不知其所由然矣。開元二十六年，復歸會稽，謂人曰："三世佛法，戒爲根本。本之不修，道遠乎哉！"故設教以尸羅爲主，取鄴郡律疏，合終南事鈔，括其異同，詳發正義，學徒賴焉。大凡北際河朔，南越荊閩，四分之宗，自我而盛。列炬之破昏黑，群流之赴潤澤。適來之時，行化也如彼：有爲而生，乘化而息，草木潛潤，慈雲無心；適去之時，處順也如此：人世遷轉，道存運在，瞻望不見，寂寥空山。哀哉！銘曰：

越水漫漫，崇山回合。大師化滅，式建靈塔。緬慕上士，誕修净法。有威有儀，不穿不雜。德溥化洽，雲從海納。勒銘垂後，[163]千萬億劫。

梁高士碣①

有漢高士梁君伯鸞，諱鴻，[164]扶風人。君得天元純，[165]誕其生知，囊括道妙而游於世。遭漢微缺，澆風偃物。君以爲道不可以狥

---

① 《〔正德〕姑蘇志》卷三四《塚墓》載："梁鴻墓，在吳縣西四里要離墓北。鴻疾困，告皋伯通，勿令於持喪歸。及卒，伯通求葬地，以要離烈士而伯鸞清高，令相近。陸龜蒙云：'在金昌亭傍幾一里。'"梁鴻事迹詳見《後漢書》卷八三《逸民傳·梁鴻》。

時,[166]故安節以高蹈;高蹈不可以激俗,故登邙以作歌;作歌不可以遺患,故適越以遐遯;遐遯不可以不粒,[167]故寄食於杵臼。是以孟氏悦其道而妻之,伯通尚其風而禮之。安夫大而遺其細,忽夫語而順乎默,樂則行之,憂則違之,斯可謂高世之逸民矣。原夫天之運也,曰明與晦;人之道也,曰否與泰。達人知否與晦之不可爲也,故耦而耕,狂而歌,鑿壞以逃,[168]荷蓧以游,而晦德避難,[169]不成乎名。於戲!伯鸞非斯人之徒,則誰與哉?[170]唐大曆六年,小子旅於吳,得君之舊遊焉。孟子曰:[171]"聞柳下惠之風者,鄙夫寬,薄夫敦。"①然則聞君之風聲,[172]亦將舍爾朵頤,以觀我靈龜乎?乃刊貞石,以識遺烈。銘曰:

山隱器車,河出馬圖。[173]伯鸞不行,獨與道俱。太虛無際,浮雲無繫。伯鸞伊何,冥迹人世。直道辱身,三黜魯邦。扣馬逆諫,餓於首陽。邈矣伯鸞,静而含光。作銘皋橋,萬古是望。

外王父贈秘書少監東平吕公神道表銘[174]

公之先出自姜姓,太岳之胤也。[175]唐虞之際,佐治洪水有功,以能爲禹股肱心膂,命曰有吕氏。洎太公誓蒼雉,[176]平商牧,桓公責包茅,匡周道,傳國七百,列於《春秋》。漢興,以勳戚在侯服者二十人,臨泗侯之孫通封於東平,其後國除,爲郡著族。元魏末,有汶陽公思禮者,扶翼周文,開霸關右,歷行臺右丞兵部尚書。時魏分爲西東,中夏擁隔,逐居於河東,今爲蒲人也。從尚書四業生璡,皇朝晉陽令,贈郴州刺史。郴州之嗣曰仁誨,以文學稱,與從父兄太一俱用射策科。[177]太一歷御史、尚書郎、中書舍人、户部侍郎、右庶子,仁誨由成王文學、轉岐王府屬,累遷右庶子、金吾中郎將、資州刺史,除許州,未拜而薨。以孝行聞,[178]仕至太僕丞,加朝散大夫。太僕生公。

公諱某,字某。少淳茂,有至行,[179]居太僕府君憂,泣血三年,鄉黨稱之。制終,治《古文尚書》《左氏春秋》,二十舉孝廉,補博昌主簿,

---

① 參見《孟子注疏》卷一〇《萬章下》。

歷任營丘、文安二丞，宜勞使以清白薦，試守洺水令。公爲政務仁恕，去苛察，密化旁流，邑中移風。再歲正除，加朝散大夫。公性簡退，不以善自名，[180]且不樂爲吏，秩未滿，衫疾罷去，[181]居於濟源王屋山之陽。嘗言："君子之道，不從俗，不離群。幼安抗迹而傲世，慈明濡足以救民，曷若中行以全吾貞？[182]"由是逍遥樂道，以漆園、鶡冠之言爲師，時閱歷代史，究興敗治亂之端，參以立身行道之義，著書十餘卷，[183]號《續吕氏春秋》。草藁未就，屬寢疾捐館，享年若干，時開元二十五年也。永泰中，嗣子某，位朝散大夫、右贊善兼陳州刺史，尋遷檢校秘書少監、兼徐州别駕。因詣闕拜章，乞回所授賜命於先人，詔追贈公太子中允。謝恩之際，又以公所著書上聞，遂改贈秘書少監。後十有三載，歲在某辰某月日，龜筮襲吉，始安宅於某鄉里之原，江夏郡夫人黄氏祔焉。夫人漢太尉瓊之裔孫，皇朝大將軍、淮州都督、虢國公君漢之孫，沂王府長史、虢國公承源之女，洪州刺史京兆韋同之甥。有温仁孝愛之德，勸義垂訓之美。[184]後公七歲而終，公之追命，於是有江夏之贈。嗣子秘書痛先君、先夫人厭世寖遠，音徽將昧，常欲立貞石，傳德風。蓄誠未申，先是徂謝。小子再拜受命於太夫人，且成伯舅之志，[185]恭論外祖之烈，以示後嗣。楊惲傳太史之書，久慚庸陋；韓康感中軍之愛，空想生平。道在兹乎，[186]以表墓文，曰：

赫赫有吕，肇發於姜。既協大禹，亦亮武王。營丘門地，[187]東平傳嗣。書之勳册，[188]有焯名物。中郎伯仲，允迪斯貴。[189]寔生秘書，含道藴粹。仁爲己任，孝亦天至。論經八覽，[190]文參六義。三邑之佐，清恭廉貞。鳴絃作宰，休有清聲。退謀於道，爰誨其明。[191]體順保和，[192]遺榮入冥。春闈中允，蓬山二職。[193]運往時來，退榮隱德。[194]振彼江夏，[195]光敷内則。不及象服，空垂燕翼。太行之右，清濟之北。外孫紀辭，以志兆域。

睦王墓志銘

王諱某，有唐代宗睿文孝武皇帝之第幾子，今皇帝之愛弟也。某年封睦王，春秋若干，以貞元七年某月某日薨於京師。皇帝震悼，[196]命有司筮宅兆，選吉日，[197]以明年二月某辰，葬王於某縣其鄉某原，[198]禮也。

惟天祐序於皇家，惟王承慶於祖宗。方於有周，[199]康叔實文王之子；擬諸炎漢，河間稱武帝之弟。天鐘秀氣，幼挺全德，清明在中，淳耀發外。[200]稟先聖之嚴訓，則樂善不卷；奉吾王之深愛，則敬順日躋。至乃因心之孝，率性之道，[201]溫良惠和，敏肅端懿，學無不探，[202]藝無不至，固以邈焉殊倫，[203]焯於生知者已。[204]洎夫備物典策，啓土建封，桓珪之重，盤石之宗，守以清淨，行以謙冲。不然者，何名之茂？何寵之豐？方將明上壽以用五福，[205]胡乃天下憖而命不融，此聖人所以深津門之慟，凡伯所以惜東平之終。[206]臣肅奉詔銘石，置玄壤之中，所以紀兹墳之永固，以表王德於無窮者也。銘曰：

聖帝介弟，於維睦王。[207]令問令望，於邦有光。惟王之賢，懿德日宣。受福於天，胡不永年。東門之路，西扉之樹。[208]萬有千古，賢王之墓。

給事中劉公墓志

公姓劉氏，諱迴，彭城人，楚元王交之後也。當漢興，諸侯王子孫，惟楚爲盛，世爲儒宗，光耀史諜，[209]以至公大父皇朝尚書比部郎中贈徐州刺史府君諱藏器。徐州生烈考右散騎常侍贈工部尚書居巢文公諱子玄。初，文公儒爲天下表，有才子六人：曰貺、曰餗，繼文公典司國史，時議比子長、孟堅；曰秩、曰迅，以述作之盛，德行之美，追蹤孔門；曰彙與公，用剛直明毅，焯於當時。故言卿族者，[210]舉盛業以明其家。[211]公好學，善屬文，天寶中進士登科，解褐拜江都尉，轉左金吾兵曹、介江南西道採訪使，歷大理評事、監察御史，入爲殿中侍御史，出爲永州刺史，未行，政户部員外郎，尋佐江淮轉運使，授著作郎，[212]加檢校户部郎中、國子司業，三領侍御史。當是時，中夏初定而兵未戢，故公所受任，以餽運財賦爲先。而公亦餚躬涖職，所到無不均不安之患。大曆初,詔擇二千石,遂授公吉州刺史。三載績成,徵拜諫議大夫,遷給事中。移疾請醫於洛陽。享年若干,以建中元年七月某日,終於某里私第。嗣子某,泣血孺慕,以某月日,奉公之喪,權窆於某原。

惟公貞方端肅,居敬行簡,和而不同,直而不倨,博聞强志,[213]樂善下人。在諫司,陳古今以通諷諭,言發而王度潛潤,事行而天下莫聞。及夫給事黃門,釐舉典要,壺遂之才未展,士安之病已深,吾道豈窮,大運斯止。嗚呼,如公祭酒秩、[214]功曹迅,並與故相國房公琯厚善,[215]其終也,趙郡李公華志焉。[216]洎公在廬陵,治行尤異,則故相國崔公祐甫頌焉。蓋伯仲德美,焕乎金石。試爲斯文,銘曰:

惟堯之緒,在漢開楚,導長源兮。[217]比部蘊仁,文公允文,[218]闢儒門兮。重世掌史,遷固懃美,立斯言兮。惟公才明,剛中志行,直道發兮。累佐史臣,一麾牧人,遺愛結兮。給事於中,遭命不融,[219]神理忽兮。丘有夷,潤有實,舟斯失,劍斯没,石不滅兮。

侍御史攝御史中丞贈尚書户部侍郎李公墓志

公諱史魚,字某,趙郡平棘人也。隋下邑令大經玄孫,[220]皇朝襄州録事參軍玄暉曾孫,漣水丞藻之孫,青州司法參軍贈和州刺史萬惣之子。其先干木藩魏,武安霸趙,司隸盛於東京,特書別爲西祖,[221]載在紀諜,[222]於家有光。自下邑至和州,四世無違,克生俊德。公天姿俊邁,[223]少負英氣,清明博厚,虚受特達,行本於孝友,業成於文章。開元中,以多才應詔,解褐授秘書省正字。時海内和平,士有不由文學而進,談者所耻。公以盛名冠甲科,群輩仰之,如鴻鵠軒在霄際矣。[224]秩滿,調補河南參軍、長安尉、監察御史。時宰相李林甫當國怙權,稍粗去異己者。[225]公外不附離,内不慴憚,竟爲所陰中,貶來陽丞。累移至朝邑令,下車周月而頌聲作。上方銳意武功,寵厚邊將,拜公殿中侍御史,參安禄山范陽軍事。河北首亂,公脅在圍中,危冠正辭,誚讓元惡,[226]勢迫難奪,[227]望重見容。朝廷雅知公忠,遷御侍史,充封常清幽州行軍司馬。隔於凶盜,詔不下達。公與張休、獨孤問俗密結壯俠,志圖博浪之舉。間遣表章,請固河潼之守,帝用深嘆,吾謀未行。會虜將能元皓擁師河上,[228]①公詭請勞撫,因以大義諭之,能亦知復,翻然向順,裂賊左臂,繫公之力。是歲至德二年也。相國張平原鎬以狀聞,復授侍御史、攝御史中丞,充河南節度參謀、河北招諭使。中朝方倚公以重任,戎鎮又咨公以成務。公謂:"委身蹈難非節,違亂歸正非公,[229]叨恩受祿非義,俛勉從政,吾何以安?"假公事東至江淮,以上元二年七月二十六日遇疾,終於揚州官舍。春秋五十六。藁葬於禪智佛寺之側。

貞元元年,嗣子竦以谷口扈從之勳,朝廷推恩,追贈公尚書戶部侍郎。五年歲次丁巳某月日,始歸窆於某鄉某原。上距捐館凡二十有九年,不得吉卜,且難,[230]是以緩。夫人河東郡君裴氏,河州刺史某之女,吏部尚書寬之姪,以禮佐君子,降年不永,春秋若干,天寶二載終於洛陽,至是祔焉。

《傳》稱"有明德,若不當世,[231]其後必有達人"。②惟公含章挺生,好是正直,蹈難全德,終然允藏。[232]蓋道與其仁,神輔其志,宜乎其有後也。竦以文藝吏事,歷中書舍人、戶部侍郎,天子以爲才任方鎮,加左散騎常侍、知鄂州軍州事、領都團練觀察使,長才厚位而壽不至,士友痛之。竦弟竚,長安尉,亦早卒。最少曰竢,純懿而文,[233]克奉家業,咨於從祖父殿中侍御史皋魚,爰卜兆域,以寧神宅。皋魚於公天倫之間,[234]有知已之道,泣叙美行,俾予志之。其文曰:

時之晏,卿雲爛,鸞鳳於飛上清漢,吾道行年路方半。時之昏,沴氣繁,鯨鯢蕩海橫中原,側身西望不敢言。忠莫逾兮計獨存,奮詞感

———

① 能元皓:《册府元龜》卷一二六《帝王部·納降》:"唐肅宗至德二年十二月,安禄山偽御史大夫嚴莊來降,元帥廣平王領送西京。賊所侵河東、河西諸郡,皆歸順,賊將盡投河北,唯能元皓在北海,高秀巖在大同,并相次送款。"

② 有明德若不當世,其後必有達人:參見《春秋左傳正義》卷四四《昭公七年》:"聖人有明德者,若不當世,其後必有達人。"

激牧東藩。雷雨作解草木蕃,一隨逝水空游魂。播清徽與茂烈,[235]永延輝兮垂後昆。[236]

房正字墓銘

河南房君諱禀字敬叔者,[237]唐長安令思晦之孫,殷城令齊金之子,相國贈太尉清河公琯之族子也。興元元年十月,終於鹽官縣之旅次,[238]旋窆於楚州寶應之某原。

孟子云:"雖有鎡基,不如逢時。[239]"①揚雄亦稱李仲元不訕其志,[240]不累其身。時無仲尼,惡乎聞?若敬叔以五常爲師,六學爲友,行年五十八而動不一合,艱屯骫骳,没於道路。噫,孟軻、楊雲其知言者歟![241]始敬叔十歲好學,[242]十五能屬文,[243]二十餘值陸渾爲戎,遯於東南。劉僕射以賢良薦,授秘書省正字。常黄門、崔中書繼持圖柄,方待以儒者之職,屬二相薨免。其他時政,一作當路。[244]君又不能附離,乃卷道退歸。每言:"五經之旨,[245]其道大佹,而去聖窮遠,[246]義類繁滋,博而寡要,學者罕究。"乃撮其異同,各以彙聚,[247]凡三百餘篇,草藁未就,遘疾而殁。[248]冉耕廢疾,申公胥靡,世道下衰,仁人隨之,然歟!通人趙郡李遐叔常云:"我思古之人,房行古之道,房哉房哉,[249]哀哉哀哉![250]"嗣子某,泣序遺烈,請予爲志,文曰:

儒爲德本,德寔教源。不有達學,孰纂群言。恂恂房君,行直而溫。一匡六藝,獨立顒門。宜登師席,啓廸蒙昏。今也則亡,來者何云。荆棘滋茂,芝蘭燒焚。命不可問,[251]吁嗟房君。[252]

明州刺史李公墓志銘

大曆七年冬十月甲子,前明州刺史李公寢疾終於晉陵之無錫私館。嗚呼!公諱長,字某,隴西狄道人。其先自涼武昭王玄盛,七葉

---

① 參見《孟子注疏》卷三《公孫丑章句上》。

至皇朝工部侍郎岐州刺史義琛，生吏部郎中綰，綰生蔡州長史贈宋州刺史某，某生公。公生而聰明，治《左氏春秋》，舉孝廉，初任貝州參軍，三遷至國子主簿。御史中丞盧奕司察甸服，辟爲從事。天寶十五年，[253]大盜覆東周，奕死節，公遁脫而南，會永王璘都督江左諸軍，雅知公材，將署於幕以畫，公告不能。無何，璘果敗，君子以公爲知幾。時肅宗在岐，[254]朝廷擢良吏以慰郡縣，不限官次，多即授印綬，丞相韋見素表公可用牧民，詔攝安州刺史。考績既成，真拜均州治中，遷鄧州。康允之叛，南土大擾，公會諸將，以王命討不臣，尺兵不喪，凶黨大壞，宛節之間，[255]民到於今受其賜。上方勤恤下民，重二千石之任，不暇登公於朝，由是歷隋、曹、婺三州，三州輯寧。徵傅韓王，王德既宣，出爲梓州，又換明州。時越初靜，瘡痍未復，公務稽勸分，[256]人安懷之？及其去也，如奪乳育。[257]嗚呼！公凡歷官一十有四，其剖符分憂者八，享年七十。其爲人也，剛毅寬明，惠和而清。所至之邦，先以禮，後以刑，使人遷善遠罪而不知其止。君子曰：古之良吏也。

初，公無胤子，命兄子某爲後。八年冬十月，[258]某奉公之喪反葬於河南萬安山之陽。夫人博陵崔氏，秦州橡孝之女，[259]既笄而歸於我，以宣慈恭順，[260]享年五十，先公而歿。公爲明州之二年，以夫人之喪反葬萬安，至是祔焉，禮也。夫惟天地之道可久，若陵谷，則無不遷也。遂銘曰：

於惟公先，實曰庭堅。作舜五臣，爲唐八元。周道不行，伯陽西遷。晉失其政，涼興勃焉。武昭之孫，宋州之子。如圭如璧，如松如梓。[261]爰在下位，令聞亹亹。帝曰休哉，命牧南鄙。在鄧有亂，惟我行師。寇戎既夷，剖符於隨。曹無罷人，婺有去思。或傳或蕃，[262]受命咸宜。爰自東南，薄言旋歸。謂天聰明，胡不憖遺。節彼萬安，松柏丸丸。猗歟齊姜，同穴其間。橫崎維崧，旁流洛川。銘勒金石，永昭億年。

虔州刺史李公墓志銘[263]

公姓李氏，諱某，隴西成紀人也，字曰公受。其先在晉霸西涼，在魏侯姑臧，①長發有光，[264]乃熾而昌。[265]五代生秦王府户曹贈太子舍人某，[266]以恭德垂裕，實公之大父。水部郎中、眉州刺史某，以宏材廣化，實公之烈考。禮部尚書襄陽席豫，以大名諡文，實公之外祖。公生而聰邁，十六以黄老學一舉登第，十八典校弘文，二十餘以金吾椽假法冠爲孟侯皞湖南從事。[267]給事中賀若察宣慰南方，請公爲僚佐。其後宰東陽、宣城二縣，辟宣歙、浙東二府，府主崔侯昭咨以小大之政，由監察轉殿中侍御史。建中初，朝廷釐飭百度，高選尚書諸曹郎，拜公金部員外郎，選吏部。[268]張鎬節制大梁，[269]請公爲介授檢校吏部郎中兼侍御史，使輟，遂退耕瀍洛之間。起家除陝州刺史，換虔州刺史，累陞至朝散大夫，[270]爵隴西縣男。既授[271]代，家於鄱陽，享年四十有八，以某年月日遘疾捐館。夫人武城縣君清河崔氏，生一女，未齔。[272]公母弟曰丹有季方之賢，茹哀問卜，以某年月日奉輀車歸葬於洛陽某鄉原，禮也。

嗚呼！當漢道之盛，賈誼、董生、桓譚、馮衍，皆以高才鉅名，或位淪下國，或廢落田里。夫豈不遭明時，不識明主哉？蓋運有通躓，事有離合，不可以一理言也。[273]惟公有孝友仁謙之德，[274]文學政事之美，卓立不羈之才，竟委遲半塗，僻典荒服，且乏鄧攸之嗣而終管輅之年，時歟？命歟？可爲慟哭者已。始公之孤，喪過乎哀，丁内艱也，東陽之人，飲公惠，[275]憫公荼毒，行泣賵祭，[276]既除而止。奉歸宗之姑，惟敬與愛。闕。[277]

---

① 姑臧：李舟屬隴西李氏"姑臧房"，《新唐書》卷七二《隴西李氏·姑臧房》載："姑臧大房出自興聖皇帝第八子翻，字士舉，東晉祁連、酒泉、晉昌太守。三子：寶、懷達、抗。抗，東萊太守。生思穆，字叔仁，後魏營州刺史、樂平宣惠伯。生奬，字道休，北齊魏尹、廣平侯。生璨，黄門郎。生斌，散騎侍郎，襲樂平伯。寶七子：承、茂、輔、佐、公業、冲、仁宗。承號姑臧房。"

越州長史李公墓誌銘

　　大曆己未八月癸丑，①故尚書比部郎中渤海李公卒，[278]享年六十。十月某日，權窆於某鄉原，嗚呼！公諱鋒，字公穎，蔣人也。其先自後魏幽州刺史高城公雄，四世至皇朝太常博士善信。善信之孫曰文素，以文章知名，[279]舉秀才，歷伊闕尉。文素生勝，尉於馮翊之白水，蓋公之父也。鳳閣侍郎平章事武功公蘇味道，其外祖也。公器宇魁異，[280]風神明邁，[281]中立不回，旁通多可。初不以祿仕爲意，用朋酒自娛，游江湖間。交必一時之選，言必可大之業。相國張平原鎬之鎮江西也，聞而器之，表爲協律郎，兼上饒令。公用仁愛恤惸獨，剛明肅豪右，不及一年，上饒之人，如熱遇濯。亦既報政，彭城公劉尚書晏以狀聞，詔遷晉陵令，爲治加上饒一等。郡守李公棲筠尤重之，待以賓禮。時公以發硎之器，連宰二邑，[282]征鎮者聆其休風，方招佇不暇。[283]陳宣州少游表言其能，授監察御史，參宣歙軍事，事無苛慝。遷殿中侍御史，換工部郎中一部從事，[284]部無闕政。因條奏至京師，當國者偉公之材，[285]將置於朝，公辭未復命，遂以侍御史旋介。本使東遷於會稽，與公俱東。永泰末，妖賊殺郡將以叛，其帥敗亡，賊黨詐服，[286]公以單騎往安其民，一旦收隱慝三十人，[287]殺之以徇。[288]三衢之人，道路相慶，人到於今稱之。無何，有比部之拜，乃兼越州長史。[289]既罷歸，休於無錫私第。道有所不通，公淡然自居，其志愈厲。[290]加以率性孝弟，睦親接士，財必分人，衣無常主，和樂扇於閨門，信讓達於家邦。其進也，致身以從政；其退也，卷懷以自牧；其亡也，知與不知，皆爲嘆息。嚮非懿識全才，其風可懷，則曷以臻此？予忝從公游也久，故錄其實以紀之，因用表墓誌。[291]銘曰：

　　才宜處貴，[292]德宜受福。允矣比部，曷其不淑。融融和風，[293]綽綽曠度。[294]疏通且仁，柔惠有裕。登車持斧，厥績方茂。力命甗

---

① 大曆己未八月癸丑：大曆十四年(779)九月三十日。

乖,[295]陰陽已寇。[296]閱川不駐,廣廈摧搆。夜臺陰陰,何日復晝。

舒州望江縣丞盧公墓志銘

范陽盧君,諱某,字某,漢侍中尚書植之裔孫,北齊民部侍郎范陽伯士嬰之玄孫,[297]上蔡令彝倫之孫,泌陽令某之季子。其令德甲族上矣。[298]君孝發於內,不懈於外;禮極於上,不遺乎下。[299]得太和之正性,蘊明哲之茂器。學以聚之,問以辨之;百行行之,一以貫之。干禄代耕,非近榮也;安卑從政,非離群也。弱冠舉孝廉,授舒州望江縣丞。夫道德繫乎己,窮達繫乎時。惟天生德於君而止諸下位,卑道消乎當世。[300]噫,造物者不其惑歟!享年四十有四,天寶元年月日,終於尉氏私館,是歲權窆於潁川之許昌里。大曆七年月日,胤子太常寺協律郎東美初奉嚴訓,以公之喪後袝先大夫於陽翟之某原,[301]禮也。夫默而成之存乎德,紀德音者存乎詞。銘曰:

顯允君子,克廣德心。邈乎其高,淵乎其深。雲藏於山,[302]風隱於林。時雨下降,不聞其音。性含元化,[303]形隨逝水。天何言哉?命也已矣。山川有變兮,[304]令聞不已。

鄭州新鄭縣尉安定皇甫君墓志銘

君諱某,字某,皇朝監察御史某之曾孫,贈兵部侍郎某之孫,唐州長史某之第三子,尚書左丞佽之愛弟。歷葉緊祉,左丞又嗣以淳德,[305]德義之門,宜有仁人。君生而沖茂,聰悟孝敬,弱冠以明經登科,始長安丞,又轉新鄭尉。性恬曠,不甚以禄仕為意。[306]避亂至江南,以墳籍自娛,謂《論語》二十篇,有夫子微言,故嘗翫其章句,以導情性,非至德要道,未嘗經懷。老氏不居其華,孟軻言必仁義,君子志也。[307]晚節多病,享年七十七,以興元元年正月三日,啟手足於嘉興縣私第。夫人博陵崔氏,生一子曰攸,號慕哀敬,禮無違者。左丞嗣子兵部郎中政,實營護喪事,以前月三日,權厝於某鄉原,不克反葬,[308]難故也。郎中於予有鄉黨之舊,泣書美行,見命志之。

銘曰：

溫良恭儉，德之柄兮。居常待終，天之命兮。卜葬從權，變之正兮。

恒州真定縣尉獨孤君墓志銘

君諱正，河南洛陽人，皇朝光祿大夫河南公諱義順之玄孫，[309]故殿中侍御史潁川郡長史贈秘書監府君諱某之少子，[310]故常州刺史府君諱某之愛弟。春秋四十六，大曆十一年某月日，卒於晉陵郡。明年某月日，歸葬於洛陽南先塋。元兄水部員外郎兼侍御史汜，[311]銜天倫之痛，且懼陵谷之不可常也，於是昭銘景行，志其墓曰：

君之先出自劉氏。漢世祖之裔有進伯者，北征以師敗績，降匈奴，因部易姓。其後有永公羅辰、臨川王永業，魏齊二代，開國承家。臨川生開府儀同三司武安公子佳，洛南之禰也。歷代之崇業茂勳，鍾其餘祉，[312]於是有秘書之遺直，常州之茂德，[313]德美休裕，叢滋於君。君溫恭淑和，[314]孝友慈仁，居處進退，非禮不動。嘗謂學者義之府，文者質之薄，故娛心典墳，簡棄詞藝。又謂干祿者躁之幾，藏密者靜之奧，故反情樂道，居易修業。[315]少時解褐，授真定尉，非其所好，棄官不之。晚節尚黃老，慕禪味，橐籥心懷，夢幻生死，端居一室，澹如也。逮疾病，[316]或勸之藥石，曰：[317]"命之不可奈何，雖有藥石，將焉所施？"言未絕口，嗒焉順化。未婚無子，知者痛之。嗚呼！予嘗窺天人而考性命夭壽之數，福極之源，蓋昏嘿而不可究已。以獨孤君蘊純粹之質，蹈淵騫之行而生不躋艾服，慶不植後嗣，彼造物者以三壽百福與何人哉？先是君李氏之姊捐館，其明年四月，常州府君薨。反葬之日，三喪俱引，故親舊惋痛，為善者相弔，水部之哀，又其可既乎？肅常辱常州之眷，又與真定游，[318]故備其實錄，刊於貞石。銘曰：

顯允君子，德心廣兮。與道為徒，以蒙養兮。桑扈反真，泊然往兮。刻石九原，畢天壤兮。

鄭處士墓志

歲在戊午,六月戊子,處士滎陽鄭君卒於常州福業寺。庚寅,權窆於某鄉原。嗚呼!處士之爲人也,入則孝,出則悌,直而不犯,柔而不懾。好讀《周易》及《太史公書》。嘗遊南巢,[319]作《吊夏桀文》,其辭甚典,[320]足見其質。嚮使天假之壽,與之禄,則其道可熾。坎壈世故,[321]行年三十三而夭,[322]哀哉!處士諱稷,故酸棗令某之孫,今黄岩令季江之子,故吏部侍郎贈左僕射齊公澣之外孫也。合内外之休德,成中和之茂行。使夫生不得其辰,没不見其親,托遺骸於他土,顧稚子而未識,痛矣,夫斯命也!於是書石以志卒葬,[323]且懼年祀超忽,故月而日之。[324]

隴西李君墓志[325]

君諱俭,姓李氏,隴西成紀人,凉武昭王玄盛之後。曾祖如順,[326]皇朝太子洗馬,生大父元恭,①開元中,以文學政事歷大理卿,判尚書吏部侍郎,侍郎生烈考訥,[327]官至太府寺丞。君承家休緒,[328]少有令聞,孝敬仁順,弘毅貞亮,非禮不言,見善必行。行有餘力,則覃思六經,揭厲百氏。是故淳秀之氣,播爲文章,發於事業。難於進,易於退,道不苟行,位不虚受。常州刺史獨孤公之臨舒城,聞而悦之,辟爲從事,[329]府遷於常州,君亦至焉。獨孤公文德爲天下望,君入則從容討論,出則勤慮政事,議者以君建大名,致厚位,必自此始。不幸短命,享年若干,以大曆十二年春三月甲子寢疾而没。[330]嗚呼!天與之才,[331]天與之器,不與之壽,不與之位,天何言哉?

君娶范陽盧韶女,一子越在襁褓,哭泣無主。[332]其仲兄武進尉迅,銜天倫之哀,謀及卜筮,以是月既望,抱其孤送君之喪,權窆於正勤佛寺之北原。時不利,不克反葬,[333]故也。友人安定梁肅,紀其終始,德善著於石,俾來者有以知君子之墓云。

---

① 元恭:參見《唐尚書省郎官石柱題名考》卷七。

著作郎贈秘書少監權公夫人李氏墓志①

成紀李氏，自涼武昭王以後，後裔熾大。在元魏有若司空文穆公冲，冲生司徒高陽公休績，諸父兄各登三司，崇勳盛烈，載在前史。夫人司空之後也，曾祖允義，皇朝慶州刺史；大父仲進，宣州司士參軍；考備，冀州司倉。夫懸圃崑山，[334]是生璵璠；德懿盛族，[335]宜有賢淑。二橡葆儒行，不躋貴仕，故儲慶發和，鍾於夫人。夫人幼而孝恭，長而柔明，歸於他室，克協休德。所奉之主，則著作郎天水權公其人。公大節大名，達於家邦，人倫仰爲師表。夫人明識茂行，光於閨門，姻族資其訓適。[336]有子德輿，七歲而孤，夫人茹未亡之哀，躬徙宅之教。故德輿也，十五文章知名，②二十典秘書。③ 貞元二年，以廷尉評攝監察御史爲江西從事，④夫人從子南征，寓於鍾陵。其樂以道，其養以祿，一慈一孝，宜壽宜福。天實不弔，享年若干，以四年秋七月某辰，寢疾而終。德輿窮慕崩迫，忍哀問卜，號奉輀裝，至於丹徒，以來歲某月日，權合祔於先君假葬之域。[337]嗚呼！有行可尊，有禮可法，始輔君子，終垂母儀而不登上壽，不介丕祉，[338]斯命也已。篆石紀德，謂爲墓志，近古之禮也，胡可闕諸？其銘曰：

武昭之胄，立德立功，且侯且公。文穆之後，昭明有融，繼別爲宗。抑抑夫人，餘慶是藂，溫良在躬。歸我秘書，體仁協衷，[339]盛德攸同。乃訓《孟子》，擇乎《中庸》，休有光風。[340]豈命有極？豈天不傭？降此鞠凶。假窆何所？惟柏惟桐，[341]於江之東。棘人充充，或號且恫，哀思無窮。

---

① 權公：即權德輿。權德輿（759—818），字載之，天水略陽（今甘肅秦安）人。其生平事迹見《舊唐書》卷一四八《權德輿傳》、《新唐書》卷一六五《權德輿傳》。

② 十五文章知名：《舊唐書》卷一四八《權德輿傳》載："十五爲文數百篇，編爲《童蒙集》十卷，名聲日大。"

③ 二十典秘書：《舊唐書》卷一四八《權德輿傳》載："韓洄黜陟河南，辟爲從事，試秘書省校書郎。"

④ 以廷尉評攝監察御史爲江西從事：《舊唐書》卷一四八《權德輿傳》載："貞元初，復爲江西觀察使李兼判官，再遷監察御史。"

監察御史李君夫人蘭陵蕭氏墓志銘

　　夫人諱某，字某，南蘭陵人。梁世宗明皇帝生南海王珣，自南海三葉至有唐太子太師某，太師生中書侍郎某，以文武之勤左右帝室，世祚徐國，[342]疊耀台階，[343]蓋夫人之大伯父也。父中書之弟駙馬都尉太僕卿諱衡，踐修舊德，尚涼邑公主，[344]寔生夫人。玄宗其外大父也，宣皇其舅也。[345]天漢派流，地靈勝茂，蘊爲和氣，鍾我淑德。既笄，歸於公族李氏曰鏚。鏚官至監察御史，以茂行聞於時。上奉繼親，旁羅群族。夫人內貞明而外柔順，至於色養，義充於輔佐，仁見於周睦，至乃冠昏賓祭之式，組紃黼紱之事，[346]莫不能儀刑邦教，律度姻戚。[347]洎御史捐館，夫人罷執笄之事，[348]訓導三女，以禮自居。二十年間，母儀愈光，[349]內則愈彰。知我者，方紀美行，貽諸彤史，天不與善，享年四十八而終，時建中元年九月三日也。[350]

　　初，夫人無子，晝哭之後，歸於其宗。仲弟御史中丞復，孝愛之德，聞於天下，出守三州，皆從而居焉。是歲中丞由潭州遷左馮翊，會夫人幼女從夫有江華之貶，亦將欲沿三湘展母子之歡，途次於晉陵，遘疾而沒。俄兵興，不克反葬。馮翊次子某，以來歲某月日，奉其姑之喪，權窆於某鄉某原。[351]嗚呼！仁宜有壽，善宜有後。以夫人之賢，且先代之胤與王室之出，而其事並戾，[352]豈命也歟？予忝游馮翊之門也久，[353]見命爲志，其銘曰：

　　昔在帝祖，承天命紀。維皇歸妹，光耀載起。太師之孫，魯元之子。誕受休氣，實爲女士。共伯既歿，敬姜道存。訓成內則，耀動高門。[354]積德所因，其禮宜蕃。碩人無子，天道寧論。將涉三湘，奄歸九原。生惟共盡，[355]有恨何言。

鄭州原武縣丞崔君夫人源氏墓志銘

　　夫人諱某，字某，河南洛陽人也。昔涼武王烏孤、景王僔檀繼爲傑，霸據河右，景王生魏太尉隴西宣王賀，賀生司徒惠王恭。或以文武,[356]蕃翰王室,以拓拔同源,因錫姓焉。夫人其後也。曾祖翁歸,[357]皇朝尚書比部郎中。①祖修業,涇州刺史。父光時,[358]濟陰太守。夫人濟陰第幾女,既笄,歸於原武丞博陵崔君某。以德敏貞儉,宣慈惠和,[359]輔佐君子而成家風。原武之伯父冲,嘗爲刑部郎中,每謂夫人淑哲之美,可師表姻族。洎原武疾病,顧視諸子尚藐,慮歸祔不獲,以屬夫人,夫人嘿而省焉。晝哭之後,躬履草莽,成反葬之禮。禮無違者,聞者難之。[360]既免喪,始游息道門,受心法於大照禪師,請益之際,朗然懸解。大照歿,又事弘正禪師,入定性離,[361]天機獨得,喜怒哀樂,無自入焉。宴坐之外,以敬姜之風操,班氏之詩禮,貽訓親族。閨門之內,盛烈流美,禪林高妙,受用不極。[362]委和歸真,享年若干,大曆甲辰歲十一月十三日,[363]寢疾捐館。嗣子某等,[364]泣血襄事以來,歲某月日權窆於某原。仲子左車,[365]純孝而文,懼聖善之德,不著後嗣,遂假我爲志。銘曰:

烈烈雄閥,降兹淑哲,惟夫人兮。郁郁母儀,中外肅祇,耀閨門兮。以道自光,我性則常,奄歸真兮。孝乎維嗣,其哀也至,刻斯文兮。

衢州司士參軍李君夫人河南獨孤氏墓誌②

夫人姓獨孤氏,六世祖永業北齊司徒、臨川郡王。自臨川五葉至贈秘書監府君諱某,[366]門風世德,家諜詳矣。夫人秘書之第某女,[367]生而純孝,容範淑茂,成於德門,歸於公族。李氏曰濤,[368]故楚州刺史仲康之子,今御史大夫涵之從父兄也。[369]少有敏才,故秘書府君以夫人歸之。恪勤婦禮,以正家節,門內之治,緊柔明是賴。[370]乾元初,李君參椽信安,[371]遂終於位。夫人罷助祭之事,專以禮詩之

---

① 比部郎中:《新唐書》卷七五《宰相世系》載"翁歸,比部郎中"。《新唐書》卷七五與梁肅文均記載翁歸爲比部郎中,岑仲勉則在《元和姓纂》中認爲二者皆誤,柳芳撰《太子詹事源光乘志》:"是以隨刑部侍郎之嫡子諱崑玉,貞觀中爲比部郎中,比部之子諱翁歸,明慶中爲雍州司户。"《千唐源洃志》載:"曾祖翁歸,皇雍州録事參軍。"

② 千唐志齋藏碑題作"故衢州司士參軍李(濤)君夫人河南獨孤氏墓誌銘",此碑立於大曆十二年□月十七日。

學,[372]訓成諸孤,議者以魯敬姜、辛憲英爲比。[373]晚歲以禪誦自適,[374]謂《般若》之經,[375]空惠之筌,[376]恃而爲師,[377]去諸結縛,[378]猶違土也[379]。享年五十三,大曆十一年某月日寢疾,[380]終於常州,遂權窆於建安精舍之側。[381]明年某月日,[382]卜筮襲於吉,[383]始遷兆合祔於洛陽某□之先塋。[384]嗣子前越州士曹參軍居介、[385]南陵尉居佐、譙縣尉居敬、孝廉居易等,痛聖善之德,不可追也,[386]俾肅爲志。其銘曰:

溫溫夫人,貞順而慈。始爲婦儀,終爲母師。仰成法寶,[387]穎脫塵機。[388]身世兩遺,乘化而歸。[389]合祔伊何,[390]周原舊域。哀哀令嗣,孝思罔極。作銘片石,以志窀穸。

杭州臨安縣令裴君夫人常山閻氏墓志

夫人姓閻氏,皇朝考功郎懿道之孫,銀青光祿大夫尚書刑部侍郎伯璵之女,河東薛氏之出,前廷尉評領臨安令裴深之室也。春秋若干,以大曆乙卯歲五月,①寢疾卒於晉陵之私第,來年月日窆於某原。不獲吉卜,[391]未祔於皇姑,禮從宜也。先期,臨安以夫人之德善,俾予銘其墓,故得而譔云。

夫人貞順惠和,恭明孝慈,自天受也;[392]樂善睦親,儉而好禮,承家訓也;循《采蘋》之度,[393]以助祭祀,得婦道也;四教行,九族和,秉內則也。夫人有是淳懿,故自致禮至於捐館,小大無間言,中外無異望,郁郁詵詵,一家興仁。俟絶之際,請辭其太夫人,又辭其娣姒,已而顧所生之四女曰:"母子之愛,今也永絶。夫中饋不可以無主,吾已請而父娶繼室矣。[394]其來也,汝謹事之,無貽我神羞。"辭氣不惑,言畢遂歿。夫號母慟,諸女孺慕,[395]聞一哀者行路出涕。[396]存歿之事,其感人深矣,哀哉!乃爲銘曰:

穟矣蕚華,茂蘊質兮。配此良士,如琴瑟兮。嚴霜隕零,曷其疾

---

① 大曆乙卯歲五月:大曆十年(775)五月。

兮。吁嗟碩人，[397]歸此室兮。

德州安得縣丞李君夫人梁氏墓誌

夫人安定梁氏族，高祖華陽襄公諱彥光，[398]①生周隋際，歷上大將軍、[399]開府儀同三司、使持節青、冀、華、相等九州刺史，②貞惠文敏，爲兩朝名臣。生曾祖永安成公文贊，在隋爲司隸刺史，司隸生皇朝龍興令冀州長史晏，晏生朝散大夫堯山令澄。[400]夫人堯山之第二女，惠和孝慈，[401]幼有令儀，長而溫良，成而柔明。年若干，嫁趙郡李兼金，生四子而兼金卒。夫人內持正性，外示德禮，且以文行忠信，貽訓諸子，家道以和。每言曰："敬姜、大家，吾師也。"既晚歲修釋氏法，以禪誦爲事，視身世榮枯與夢幻同。因命第四子爲沙門，勵以清淨行。[402]既而壽量極，享年七十二，歲在乙卯七月乙未，③終於常州建安佛寺。[403]後五日，窆於某原。孝子咏等，銜痛泣血，哀過乎禮。[404]懼先夫人德善不聞，將志幽夕，以肅外族之屬也，俾爲斯文。銘曰：

伊夫人，煥母德。道可尊，禮不忒。訓令子，就儒釋。歿而藏焉永無隙，[405]人欲我知視此石。

朝散大夫使持節常州諸軍事守常州刺史賜紫金魚袋獨孤公行狀④

仲尼述《易》道於坤曰："君子敬以直內，義以方外"，⑤"詩三百，一

---

① 梁彥光：安定烏氏人。正史本傳皆云字脩芝，然據近年在西安出土刊葬於隋開皇十三年(593)十一月廿四日的墓誌《梁脩芝墓誌》載"公諱脩芝，字彥光"。蓋以字行於世，史傳皆乙倒其名字。其生平事迹見《北史》卷八六《梁彥光傳》、《隋書》卷七三《梁彥光傳》、《梁脩芝墓誌》等。

② 青冀華相等九州刺史：宣帝即位，梁彥光拜華州刺史，進封華陽郡公，以陽城公轉封一子。後拜柱國、青州刺史。及隋高祖受禪，以爲岐州刺史，後數歲，轉相州刺史。開皇五年，拜趙州刺史，後又請復爲相州刺史。後數歲，卒官，時年六十。贈冀、定、青、瀛四州刺史，諡曰"襄"。其仕履生平見《北史》卷八六《梁彥光傳》、《隋書》卷七三《梁彥光傳》、《梁脩芝墓誌》等。

③ 乙卯七月乙未：大曆十年(775)八月四日。

④ 獨孤公：即獨孤及(725—777)，字至之，河南洛陽人，梁肅視其爲師，爲其編纂《毘陵集》二十卷傳世。其生平事迹見《新唐書》卷一六二《獨孤及傳》等。

⑤ 參見《論語》卷四《里仁》。

言以蔽之,曰思無邪"。① 公天生懿德,外方内直,氣茂才全,發爲時文,得大易之中,詩人之正,邈乎其不可及已。七歲誦《孝經》,②先秘書異其聰敏,問曰:"汝志如何句?"[406]公曰:"立身行道,揚名於後,[407]是志所尚也。[408]"後博究五經,舉其大略而不爲章句學,確然有可大之業,知者益器之。十五秘書捐館,公茹血在疚,[409]踰時而後杖,由是郷黨稱孝。二十餘以文章游梁宋間,[410]通人潁川陳兼、[411]長樂賈至、渤海高適見公,皆色授心服,約子孫之契。天寶十三年,應詔至京師。[412]時玄宗以道洽天下,故黄老教列於學官。公以洞曉玄經,對策高第,解褐拜華陰尉。故相房琯方貳憲部,[413]請公相見。公因論三代之質文,此六經之指歸,[414]王政之根源。憲部大駭曰:"非常之才也!"趙郡李華、扶風蘇源明并稱公爲詞宗。由是翰林風動,名振天下。

及函洛寇擾,公違難於江南。上元初,授左金吾兵曹,掌都統江淮節度書記,非其好也。未幾,徵拜右拾遺。[415]因上疏陳便宜及方鎮有冒於貨賄,舉直錯枉,大者十餘事。不行,皆焚其藁。時大盗之後,百度草創,而太常典故,尤所壞闕。公爲博士,祇考古道,酌沿革之中,凡有損益,[416]莫不悉當。[417]新平公主之子裴倣,[418]③尚永清公主,公實相禮。初,以裴僕射遵慶主婚,中詔長主後夫姜慶代焉,④公奏曰:"婚姻人道之大,使異姓主之,非禮也。且無以示天下,臣不敢奉詔。"上從之。又議定謚法。公謂謚者,[419]蓋迹其事業邪正而褒貶之,舉一字可使賢、不肖皆勸。故其議吕諲、盧奕、郭知運等謚,[420]皆

---

① 參見《論語》卷二《爲政》。
② 《孝經》:鄭康成《六藝論》載:"孔子以'六藝'題目不同,指意殊别,恐道離散,後世莫知根源,故作《孝經》。"皮錫瑞《經學歷史》一書中有論:"漢人推尊孔子,多以《春秋》《孝經》并稱。"
③ 裴倣:新平公主之子。《新唐書》卷八三《諸帝公主·玄宗二十九女》載:"新平公主,常才人所生。幼智敏,習知圖訓,帝賢之。下嫁裴衡。"《新唐書》卷八三《諸帝公主·代宗十八女》載"永清公主,下嫁裴倣"。
④ 姜慶:《新唐書》卷八三《諸帝公主·玄宗二十九女》載:"新平公主……又嫁姜慶初。慶初得罪,主幽禁中。薨大曆時。"

參用典禮,約夫子之旨,其事覈,其文高,學者傳示以爲式。時有上議謂景皇帝未升尊位,不宜爲太祖。詔下百僚。公按《禮經》,以爲王者禘其祖之所自出,而以其祖配之。故三代皆以受命始封君,[421]配昊天上帝。唯漢氏崛起豐、沛,豐公、太公皆無位無功德,不可爲祖宗,故以高帝爲太祖。若景帝肇啓王業,建封於唐,高祖因之,[422]遂以有天下之號。天所命也,宜百代不遷。因具故事條奏,從之。於是郊廟之禮遂定。踰月,拜公尚書禮部員外郎,遷吏部。每歲以書判試多士,而朝列有以文學稱者,必參校辨論,定其甲乙丙科,至是公分其任。求爲郡守,以行其道,除濠州刺史。

公下車,以淮土輕剽,承兵革之後,率多不法,長吏不能制。遂先董之以威,格之以政,然後用豈弟寬厚,[423]漸漬其俗,[424]三年而闔境大穰。優詔褒美,移拜舒州刺史。又以行聞璽書就加朝散大夫檢校司封郎中,[425]賜金印紫綬。其明年,吳楚大旱,餓夫聚於萑蒲者十八九。唯舒安阜,近者悅,遠者來,犬牙之境,[426]草竊不食。[427]上聞之,詔曰:"斷獄歲減,流庸日歸,以人俗之豐給,當淮湖之灾旱,爾守之力也。"擢拜常州刺史、本州都團練使。常州爲江左大郡,兵食之所資,財賦之所出,公家之所給,歲以萬計。公削其煩苛,均其衆寡,物有制,事有倫,刑罰罕用,頗纇自息。公又謂:"安人之道,清而静之則定,爲而察之則擾。故寬以居之,仁以行之。一變而百姓不知其理,又一變知其理而不知理之所由,比及三年,吏不忍欺,路不舉遺,年穀屢熟,[428]灾害不作。"甲辰歲冬十月二十日,①甘露降於庭樹,二十七夕乃止。嗚呼,公庇斯人,[429]人方仰公,彼天不惠,降此大厲。爲郡之四載,大曆十二年四月壬寅晦,暴疾薨於位。行路慟哭,罷市者相弔踰月,又吁嗟之聲相聞。自僚屬相吏,下逮鄉老里尹,皆率以備齋祭,及葬之日,齋衰送喪者數千人。[430]

惟公體黄老之清净,[431]包大雅之明哲,[432]尊賢容衆而交不諂

---

① 甲辰歲冬十月二十日:唐代宗廣德二年(764)。

瀆,本仁祖義而文以禮樂。乃至溫良能斷,[433]應用不滯,達識足以表微,厚德足以載物。善而不伐,光而不耀,內不機巧,外無淄磷,[434]隤然中正,豁若虛受。[435]其長人也,先教愛而後法禁,不遷怒以臨下,[436]故威而不猛;不私己以欺人,故易而無備。其茂學博文,不讀非聖之書,非法之言,不出諸口,非設教垂訓之事,[437]不行於文字。而達言發辭,若山嶽之峻極,江海之波瀾,故天下謂之文伯。有集二十卷行於代。若藝文之士,遭公發揚,[438]盛名比肩於朝廷,則有故中書舍人吳郡朱巨川,中書舍人渤海高參,①今尚書左丞天水趙憬,[439]職方員外郎知制誥博陵崔元翰,②考功員外郎潁川陳京,③禮部員外郎北海唐次,④蘇州刺史高陽齊抗,⑤其章章者也。其睦親與善,自內姻及朋友所知之家,振窮分災,恤孤哀喪,頒祿歸賵,[440]必加於常人一等。故啓手足之日,室無餘財,唯四布然後乃斂。[441]議者於是謂公有文子之清,子產之仁,史魚之直,平仲之與人,賈生之行義,[442]文翁之政事,叔子之遺愛,而不躋巖廊、不享期頤,闕致君論道之美,以遺史册,故凡百以爲痛。在昔孔文子以敏而好學爲文,公叔發以恤衛國凶飢爲惠,[443]矧公功存於人,言垂於代,有文有質,不忝前烈者歟?易名之禮,請從令典。[444]謹狀。

尚書考功,伏以褒德尚賢,設教之崇軌;加謚易名,飾終之令典。謹按故朝散大夫、使持節常州諸軍事、守常州刺史、賜紫金魚袋獨孤某,蘊黃裳之服,協中庸之德,正詞復禮,施化爲邦,清風存乎省寺,遺

---

① 高參:生卒年不詳。《舊唐書》卷一二《德宗本紀》載,貞元元年(785)庚申,以諫議大夫高參爲中書舍人。《新唐書》卷一六二《獨孤及傳》載:"及喜鑒拔後進,如梁肅、高參、崔元翰、陳京、唐次、齊抗皆師事之。"
② 崔元翰:名鵬(729—795),以字行。博陵安平(今河北博野)人。其生平事迹見《舊唐書》卷一三七《崔元翰傳》、《新唐書》卷二〇三《崔元翰傳》等。
③ 陳京:字慶復(?—805),陳宜都王叔明五世孫。其生平事迹見《新唐書》卷二〇〇《陳京傳》等。
④ 唐次:并州晉陽(今山西太原)人。其生平事迹見《舊唐書》卷一九〇《唐次傳》等。
⑤ 齊抗:字遐舉(740—804),天寶中平陽太守澣之孫。其生平事迹見《舊唐書》卷一三六《齊抗傳》等。

愛結於黎庶。具美之道，何以尚兹。奄歺既安，音徽日遠。請追公叔之謚，式播臧孫之烈。謹上。

祭獨孤常州文

大曆十二年歲次丁巳五月朔日，門生安定梁肅，謹以清酌庶羞之奠，敬祭於故常州刺史河南獨孤公之靈。嗚呼！間氣炳靈，降生哲人。何辜今人，而喪斯文？豈上天不仁，道之將癈？奚盛德之淳懿，忽中年而下世。蹈得仁之機，[445]顔子不幸；負王佐之才，賈生屏外。其明尚晦，其用未大，[446]藏舟既移，[447]梁木斯壞。嗚呼哀哉！追惟哲人，應運而生。行在五常，志在六經。博厚温良，直方而明。天縱多才，蔚爲時英。孔門四科，《洪範》三德；惣於公躬，率履不忒。頌聲既微，鄭衛亦塞；[448]或游或僻，時萬時億。公當其時，載振其維。憲章典謨，爲學者元龜。文哉郁乎，文實在兹！

伊昔策名東堂，作尉西華；銘《仙掌》與《函谷》，①馳休聲於天下。逮乎拾遺君前，考禮太常，獻可之詞，直而含章，建言削藁，故海内莫揚。旋議廟祧，乃正謚法，享帝之禮，終焉允洽。名正言順，事深體合，垂後可大，賢人之業。起草剖符，出臨濠舒，二邦之民，徯我而蘇，豈弟之化，[449]風行露濡。蘭陵之郊，人散政弛，清净之德，下車則治。比迹邵父，視人如子，閫境熙怡，有禮知耻。朝思黃霸，人仰安石，霄漢在目，岩廊咫尺。不留不處，坐而遐舉，不慮不圖，忽焉傾殂。[450]遐邇震駭，士民號呼，罷市輟舂，相弔路隅。嗚呼哀哉！

顧惟小子，慕學文史，公初來思，拜遇梅里。如舊相識，綢繆慰止，更居恤貧，四稔於此。嘗謂肅曰："爲學在勤，爲文在經。勤則能深，經則可行。吾斯願言，勉子有成。"又曰："文章可以假道，道德可

---

① 《仙掌》與《函谷》：即《毗陵集》卷七所收《仙掌銘并序》《古函谷關銘并序》。《朝散大夫使持節常州諸軍事守常州刺史賜紫金魚袋獨孤公神道碑銘》載："天寶末年，以洞曉玄經對策上第，詔拜華陰縣尉，著《古函谷關》《仙掌》二銘，格高理精，當代詞人，無不畏服。"《仙掌銘》載："唐興百三十有八載，余尉於華陰。華陰人以爲紀嶕嶬，勒不罕，頌嶧山，銘燕然，舊典也。"

以長保。華而不實,君子所醜。"敬服斯言,敢忘永久？若乃室中函丈之席,林下清觴之宴,[451]陪李膺之泛洛,從叔子之登峴。亟承國士之遇,又忝公車之薦,奉明誠以周旋,盡深衷於眷盼。[452]惟吉凶之倚伏,若糾紛之相纏,追子服之占日,[453]應康成之夢年。[454]不云坐奠,不暇撤懸,秦醫靡救,[455]丘禱徒然。瞬息之間,音容莫傳,痛心驚骨,不可問天。嗚呼哀哉！平居所好,修竹芳草；暇日之娛,左琴右書。微言雅典,[456]斷而不續；[457]高齊已空,蘭蕙猶馥。門人行慟,稚子抱哭,語言在耳,[458]悽慘滿目。嗚呼哀哉！覽遺編以流淚,[459]痛明德以無還。[460]撫諸孤之尚藐,庶盛烈之斯存。鄉路千里,歸期九原。寄籩豆以寫心,見平生之厚恩。嗚呼哀哉！

祭李祭酒文①

年月日,守右補闕安定梁肅謹以清酌嘉蔬之奠,敬祭於故國子監祭酒、贈戶部尚書李公之靈。惟公之德,柔嘉惟則,敬義且直。惟公之才,文武是該,不矯不回。剖符七郡,風行雨潤。有禮有訓,連撫二籓。如江如漢,之屛之翰。敷聞帝庭,爰用陟明；乃拜司成,是親是行。[461]時則不幸,遘兹大病；薨於道路,孰識天命？嗚呼哀哉！

追想曩昔,大曆之中,獲見君子,吳江之東。靡適不隨,無會不同,[462]於山於水,於野於寺。提攜燕喜,[463]荏苒半紀。公鎮南方,奄征江黃。乖離兩鄉,道阻且長。惠而好我,簡牘相望,於囊於箱,厚意是將。淑人君子,懷允不忘。謬繫纓組,[464]列於朝序,望公之來,[465]痦痳斯佇。方期款遇,爰笑爰語。豈意長往,[466]終焉莫睹。寢門一慟,[467]意折神沮。誰云少別,便是今古。嗚呼哀哉！古人所稱,曰仁

---

① 李祭酒：唐開元年間國子監司業李元瓘。開元八年(720)三月言國子監廟堂配享之事,因唐時科舉制度,考生往往逐《禮記》而舍《春秋左氏傳》,因《毛詩》而舍《周禮》《儀禮》,李元瓘見斯道欲墜,遂在七月上言朝廷明令習《周禮》《儀禮》《公羊傳》等書籍。其事迹參見《舊唐書》卷二四《禮儀》、《新唐書》卷一五《禮樂志》等。《册府元龜》學校部載有《請令貢舉人習〈周禮〉等經疏》,《全唐文》卷三〇四收有其文。

與誼,君子之道,在功與事。邦憲之雄,元侯之貴,存有盛美,殁有遺懿。所恨伊何?壽猶未至。所悲伊何?人失其庇。嗚呼哀哉!九原連連,乃在三原。日月有時,宅兆攸安。某近職是拘,執紼無緣。寄陳薄酹,有慟何言?嗚呼哀哉!尚饗。

祭李虔州文

年月日,淮南節度掌書記、殿中侍御史、內供奉梁肅,謹以清酌庶羞之奠,敬祭於故虔州刺史隴西李公之靈。和氣訢合,乃生靈芝,乃流醴泉。降於人倫,是為俊賢。猗歟李公,有德有言,煌煌九葩,澹澹一源。弱歲含章,典教弘文,[468]聞喜太丘,遺愛斯存。於越於宣,先在西藩,[469]名高蘭臺,[470]風動軺軒。濯纓歸朝,再踐廊官。[471]鴻鵠入冥,白雲在天。或謂盛才,宜管絲綸,潤色謨訓,以垂後昆。官無中人,吾道不興,留滯周南,退守恭陵。剖符於虔,美化斯弘,雲油露濡,山靜江澄。解印歸來,《考槃》是卜;龍沙游衍,餘干耕鑿。與道為徒,以農代祿。河洛讖緯,[472]桓譚不學;[473]草玄法言,楊雄有作。[474]志一窮通,身安淡薄。遇酒便醉,工文且博。脫遺形骸,奄就冥漠。士友殄悴,[475]翰林凋落。嚶鳴既合,[476]久要乃申;四海兄弟,如公幾人?公去南州,角巾衡門;予集艱棘,哀悼苦辛。眷恤何深,弔問懇懇;江湖渺然,[477]書札相因。方期歲暮,以德為鄰,今也則亡,吾誰與親?鄧攸無嗣,桑扈反真;天道茫昧,誰云與仁?嗚呼哀哉!我圖其室,得公之出。相維茂族,於以納吉。眷彼三星,成之不日。魂而不亡,知此親暱。嗚呼哀哉!季奉裳帷,九原是歸;葬於洛表,路出淮夷。平生歡愛,一慟申悲。已矣夫子,忽乎何之?旨酒盈尊,幽明此辭。尚饗。

為獨孤常州祭福建李大夫文

年月日,具官某,謹以清酌之奠,致祭於故福建都團練使李公之靈。嗚呼!宗祐儲祉,[478]元純降氣,炳靈於公,才全德充。寬仁愿公，[479]高朗昭融；[480]文學政事，儀刑王風。帝謂叔父，閫實下國；出作侯伯，導之以德。內撫罷人，外攘劇賊；文武爲憲，柔嘉是則。我教用宣，我民既安；伫登巖廊，爲國羽翰。彼高者天，胡莫祐賢；人之云亡，曾不永年。嗚呼哀哉！某往忝諫臣，在公下列；周旋獻納，以日繼月。海運方遠，摶風未歇；不慮不圖，音徽已沫。暮律嚴苦，降霜肅殺；臨岐一觴，以抒慘怛。嗚呼哀哉！[481]

爲人祭柳侍御史文

年月日，具官某，謹以清酌庶羞之奠，敬祭於故侍御史柳公之靈。惟公以孝友承家，以直方從政，以溫厚行己，以敬讓與人。作掾大邦，[482]有親信之稱；典司通邑，著循吏之名。冠惠文，佐廉問，軺軒所指，吏肅風變，列郡攸攝，斯人以寧。方將荷餘慶而介景福，播令名而延大耋，天不與善，命也有終。士林怛駭，[483]親友欷嘆。嗚呼哀哉！某等獲與公遊，聯職戎司，適云少別，俄見凶歸。於以設奠，出乎郊岐。魂也何之，幽明此辭。嗚呼哀哉！[484]

爲獨孤郎中祭皇甫大夫文

年月日，具官某，謹以清酌之奠，致祭於故浙西東觀察使皇甫公之靈。① 古人有言，智仁及勇，是謂達德。大夫蹈之，以衛王國。乃昔天步未夷，六師徂征，嘗扞牧圉，戡彼醜虜，勇也；及夫宦豎擁兵，窺伺樞密，公沉謀內斷，輔德不穢，智也；分陝牧越，統戎鎮俗，承其風者，莫不寧息，仁也。議者謂公，方爲國翰垣，爲人父母，宜錫難老，荷茲介福。命之倚伏，曾是不淑。豈夫天仁奪人所欲？[485]大斾長轂，[486]東征不復，如彼魯侯，往歌來哭。嗚呼哀哉！某頃與公，相遇於斯；今也言歸，投吊於斯。泛泛方舟，旋載裳帷；[487]晏晏言笑，[488]今成涕洟。道路遠而，音塵絕而，旨酒一觴，惟靈享思。[489]嗚呼哀哉！

---

① 皇甫公：皇甫溫，參見《唐刺史考》卷一四二考。

爲杜尚書祭劉侍御文[490]

惟公天挺貞淳，肅恭温仁，以禮立志，以道藩身。惟靜惟動，克儉克勤，正直自立，邦家必聞。久侍禁闥，嘉名益振。上曰："爾才，監戎於閩。"身許九重，禮達三軍；軍中協睦，罔或不親。朱紱煌煌，映於銀章；[491]方期奏報，歸侍天王。外迫炎瘴，内纏膏肓；不永斯年，今也則亡。浮江涉淮，遠空舊疆。丹旐翩翩，言過維揚。某早接公遊，仍弔公喪。[492]追懷夙昔，感涕沾裳。秋日淒淒，浮雲無光。敬陳薄奠，哀塞中腸。[493]嗚呼哀哉！伏惟尚饗。

爲常州獨孤使君祭李員外文

大曆九年五月日，[494]朝散大夫守常州刺史賜紫金魚袋獨孤某，謹以清酌之奠，祭於故尚書吏部郎趙郡李遐叔三兄之靈。嗚呼！疇昔之年，接兄討論，倚伏之數，或尋其源。嘗謂仁人，[495]百禄滋蕃，如何於兄，斯莫存焉？[496]嗚呼哀哉！惟兄孝友仁恕，高明寬裕，何德之茂，何才之富。粹氣積中，暢於四支，[497]發爲斯文，郁郁有輝。[498]自五百年，風雅陵遲，[499]假手於兄，鬱爲宗師。乃登憲闥，直以舉之。乃列諫臣，闕則補之。玄宗季年，戎狄內侮；兄方就養，劫在豺虎。[500]氛霧濛濛，[501]薄污我躬；雷雨作解，遠身於東。帝曰孝哉，可移於忠；[502]名居右披，[503]亦踐南宫。[504]丘明爲耻，[505]玄晏方病；清漳閑臥，樂道推命。哀於大賢，不享大年；[506]人之不幸，天亦何言？在昔賈生，見惡絳灌；王佐之用，不展於漢。我之方行，遭世紛亂。時運屯塞，[507]古今一貫。嗚呼哀哉！某以蒙蔽，夙承眷惠；義均伯仲，合若符契。博約乎文章之事，[508]優游乎性命之際。謂得携手，相期卒歲。天其喪予，兄則先逝。[509]嗚呼哀哉！曩自朝列，出持使節；[510]十年離別，一旦存没。吴楚迢遥，江山阻越，不及歸贈，[511]仍乖執紼。寢門一哀，魂斷心絶。恭承嘉命，來牧於常，總帳斯在，[512]哀何可忘？鞠然二孤，訴彼穹蒼，孰謂遐叔，與天茫茫。魂兮歸兮，[513]臨此一觴。

嗚呼哀哉!

爲雷使君祭孟尚書文

　　年月日,具官某謹以清酌之奠,[514]敬祭於故福建觀察使兵部尚書贈右僕射孟公之靈。嗚呼!上天不仁,[515]公薨於位。岳鎮傾圮,士林殄瘁。追論茂德,忠敏恭懿;仰惟盛才,文學政事。昔在天寶,濫觴登朝;爰自中興,[516]鴻飛乃高。入覲京師,出司藩條;便蕃中外,[517]聞望光昭。我后統天,式張百揆;公居右轄,實總聯事。推轂西郊,兵符攸寄;俄被蟬冕,[518]爲王近侍。無諸舊城,人寙地僻;詔曰爾諧,出作侯伯。敷求民瘼,宣布王澤;嶺表海壖,夷風載革。天下謂公,耆德盛名;宜登岩廊,爲國老更。方期三壽,[519]忽夢兩楹;天實不遺,人誰仰成?爰因七閩,[520]歸於九京;當時大斾,今也明旌。嗚呼哀哉!某自宦學,則趨明哲。邦憲府庭,再參下列。周旋惠好,以日繼月。[521]不慮不圖,有存有没。[522]皇恩軫悼,寵光昭晣。[523]邦人怨思,祖奠淒喧。[524]談笑如昨,音徽永昧。[525]臨岐一觴,以抒慘怛。嗚呼哀哉!尚饗。

爲杜東都祭竇廬州文

　　年月日,具官某謹以清酌之奠,敬祭於故廬州刺史扶風竇公之靈。[526]嗚呼!惟天難諶,惟命罕言,[527]倚伏同域,吉凶一門。公之茂行,廉直而温;公之達才,[528]卓爾不羣。保身以正,爲政以仁。宜錫難老,[529]以庇斯民,如何降凶,奄忽反真?伊昔登朝,厥猷則茂。柱下執法,南宮草奏。赤縣浩穰,[530]四方輻輳;[531]惟公下車,善政俄報。廬江曠守,人或未康;惠君既來,美化洋洋。治而有禮,俾人知方。予忝廉問,實知循良;將以上聞,冀殊寵章。命之不淑,曾是隕喪。嗚呼哀哉!

　　追想曩昔,接公周旋。惠好斯存,如蘭如荃。間者暌濶,東西累年。會運於兹,[532]談笑依然。别未數旬,[533]遽歸九泉。孰爲福善,殲此仁賢？官守所羈，祖奠無緣。寄誠薄酹，[534]有恨何言。嗚呼哀哉！尚饗。

爲杜尚書祭歿將文①

年月日，某使某謹以清酌之奠，敬祭於壽州鎮遏十將何、鄭江某官三士之靈。嗚呼！勤身奉主之謂忠，臨敵致果之謂勇，以死成名之謂節。惟此三士，具茲三美。昨者封境不靜，寇竊斯興，[535]各領軍行，以當扞守。山谷積阻，矢石相陵。謀無所用，志必有死。遂使英氣挫於小醜，[536]雄心屈於短兵。人之云亡，斯害也已。嗚呼哀哉！我居藩鎮，不能守在四鄰；爾有忠勳，遂乃歿於一戰。且憤且嘆，激於中腸。[537]知以今辰，旋歸壽陽，[538]爰遣奠酹，用申悲涼。加爾贈賻，邮爾孤孀。魂而有知，知予不忘。人誰不終，所貴名揚，已矣三士，俱爲國殤。嗚呼哀哉！尚饗。

【校勘記】

［１］時：此字原脱，傅增湘校記曰"'秋'下有'時'字"。據《事文類聚·外集》卷一四《雜著》、《〔紹定〕吳郡志》卷三七、《〔正德〕姑蘇志》卷二三改。

［２］民人：《〔紹定〕吳郡志》卷三七、《〔正德〕姑蘇志》卷二三作"人民"。

［３］成：《文苑英華》卷八四〇注曰"集作'嘉'"。《〔紹定〕吳郡志》卷三七、《〔正德〕姑蘇志》卷二三作"善"。

［４］乎：《〔正德〕姑蘇志》卷二三作"其"。

［５］河：《〔紹定〕吳郡志》卷三七、《〔正德〕姑蘇志》卷二三作"間"。

［６］百倍它縣：百倍，《〔紹定〕吳郡志》卷三七、《〔正德〕姑蘇志》卷二三作"倍百"。它，《事文類聚·外集》卷一四《雜著》、《〔正德〕姑蘇志》卷二三作"他"。

［７］精選：《〔紹定〕吳郡志》卷三七、《〔正德〕姑蘇志》卷二三作"擇"。

［８］由太原府：由，《〔紹定〕吳郡志》卷三七、《〔正德〕姑蘇志》卷二三作"繇"。原，《文苑英華》卷八四〇作"源"。傅增湘校記曰"'源'作'原'"。

［９］土：《〔紹定〕吳郡志》卷三七、《〔正德〕姑蘇志》卷二三作"居"。

---

① 《文苑英華》卷九九四題作"祭歿將文爲杜尚書"。

[10] 平之以和也：《文苑英華》卷八四〇、《事文類聚·外集》卷一四《雜著》作"和平也"，且《文苑英華》卷八四〇注曰"三字集作'平之以和也'"。《〔紹定〕吳郡志》卷三七、《〔正德〕姑蘇志》卷二三作"平以和也"。
[11] 夫：原作"士"，傅增湘校記曰"'士'作'夫'"，據《〔紹定〕吳郡志》卷三七、《〔正德〕姑蘇志》卷二三改。
[12] 下：《文苑英華》卷八四〇注曰"一作'與'，非"。
[13] 俯：《事文類聚·外集》卷一四《雜著》作"降"。
[14] 正：《事文類聚·外集》卷一四《雜著》作"政"。
[15] 敢：《文苑英華》卷八四〇注曰"集作'輒'"。
[16] 聞：《文苑英華》卷八四〇注曰"集作'間'"。
[17] 十四年二月甲子："十四年"應爲"大曆十四年（779）"，但此年一月、三月均有"甲子"，獨"二月"無"甲子"，疑誤。
[18] 及州：原作"州及"，據《事文類聚·遺集》卷一五《雜著》、傅增湘校記改。
[19] 都：《文苑英華》卷八四〇、《事文類聚·遺集》卷一五作"郡"。
[20] 都：《文苑英華》卷八四〇注曰"集作'郡'"。
[21] 居：《文苑英華》卷八四〇注曰"集作'登'"。
[22] 緒：《文苑英華》卷八四〇注曰"集作'續'"。
[23] 其陸：《事文類聚·外集》卷一五《雜著》作"其六"。傅增湘校記曰"'其陸'作'夫六'"。
[24] 正月：《文苑英華》卷八六〇注曰"集作'光正'"。
[25] 倕：《事文類聚·外集》卷一五《雜著》作"棰"。
[26] 篩：《事文類聚·外集》卷一五《雜著》作"節"。
[27] 是邑：原作"之邑"，據傅增湘校記改。
[28] 周智先：《文苑英華》卷八六〇注曰"史作'智光'"。
[29] 執：《文苑英華》卷八六〇、《事文類聚·外集》卷一五《雜著》作"爇"。
[30] 師：《文苑英華》卷八六〇作"孫"，其注曰"集作'師'"。
[31] 而：原作"二"，據《事文類聚·外集》卷一五《雜著》改。
[32] 妖：傅增湘校記曰"'妖'作'秩'"。
[33] 餘：《文苑英華》卷八六〇、《事文類聚·外集》卷一五《雜著》作"予"。
[34] 置：《文苑英華》卷八六〇注曰"集作'立'"。
[35] 於：《文苑英華》卷八六〇注曰"集作'爲'"。
[36] 故學：《文苑英華》卷八一六注曰"二字集作'政舉'"。
[37] 東：《文苑英華》卷八一六注曰"集作'都'"。
[38] 遑：《文苑英華》卷八一六作"遍"。
[39] 不：《〔淳祐〕玉峰志》卷上、《吳都文粹》卷一作"未"。
[40] 求：《〔正德〕姑蘇志》卷二四作"得"。

[41] 行：《吳都文粹》卷一、《〔正德〕姑蘇志》卷二四作"始"。
[42] 篤：《吳都文粹》卷一作"督"。
[43] 主於：《文苑英華》卷八一六注曰"二字集作'之'"。《〔淳祐〕玉峰志》卷上無"於"字。《吳都文粹》卷一、《〔正德〕姑蘇志》卷二四作"之"。
[44] 矯：《〔紹定〕吳郡志》卷四、《〔淳祐〕玉峰志》卷上、《吳都文粹》卷一、《〔正德〕姑蘇志》卷二四作"嚮"。
[45] 大曆九年十月望日撰：此九字原脱，據《〔淳祐〕玉峰志》卷上補。
[46] 揚：原作"楊"，據傅增湘校記改。
[47] 猷：《文苑英華》卷八一二作"畝"。參見《尚書注疏》卷五《益稷》。
[48] 道：《文苑英華》卷八一二作"蓋"，其注曰"一作'導'"。
[49] 荆：《文苑英華》卷八一二作"京"，其注曰"集作'荆'"。
[50] 派：《文苑英華》卷八一二作"派"。
[51] 由：《文苑英華》卷八一二注曰"以"。
[52] 謀新革故：《文苑英華》卷八一二注曰"謀利革害"。
[53] 原：原作"源"，據傅增湘校記改。
[54] 都：原作"東"，據傅增湘校記改。《新唐書》卷四一《地理志》載："揚州廣陵郡。江都（縣）。有愛敬陂水門，貞元四年(788)，節度使杜亞自江都西循蜀岡之右，引陂趨城隅以通漕，溉夾陂田。"
[55] 勾：諸本皆作"句"，據《甘棠小志》卷一、卷二，《讀史方輿紀要》卷二三改。
[56] 迂：《文苑英華》卷四一注曰"集作'遠'"。
[57] 澄：《文苑英華》卷四一注曰"集作'泊'"。
[58] 其：《文苑英華》卷四一注曰"集作'有'"。
[59] 永嘆：《文苑英華》卷四一注曰"集作'咏嘆'"。
[60] 靖：《文苑英華》卷四一作"静"，其注曰"《晉書》作'靖'"。
[61] 五：原作"伍"，據傅增湘校記改。
[62] 虬：《唐文粹》卷七五作"虺"。
[63] 間：《唐文粹》卷七五、《〔雍正〕山西通志》卷二〇一作"閒"。
[64] 分：原作"兮"，據《唐文粹》卷七五改。
[65] 溝：原作"波"，哈佛本此字有黄色校改痕迹，作"溝"字。
[66] 兖：《文苑英華》卷五一九注曰"一作'政'"。
[67] 克：《文苑英華》卷五一九、《常郡八邑藝文志》卷二上作"端"。
[68] 順：《文苑英華》卷五一九、《常郡八邑藝文志》卷二上作"慎"。集，《文苑英華》卷五一九、《常郡八邑藝文志》卷二上作"叙"。
[69] 俟時：《常郡八邑藝文志》卷二上作"復將"。
[70] 宏：傅增湘校記曰"'宏'作'弘'"。

[71] 茂：《文苑英華》卷八三一注曰"集作'休'"。
[72] 史：《文苑英華》卷八三一注曰"集作'吏'"。
[73] 徽：《文苑英華》卷八三一作"微"，其注曰："集作'徽'，是。"
[74] 得：《文苑英華》卷八三一作"得已"，其注曰"集無'已'字"。
[75] 卿：原作"鄉"，據《文苑英華》卷八三一改。下同。
[76] 乎：《文苑英華》卷八三一注曰"集作'于'"。
[77] 咸：《文苑英華》卷八三一作"誠"，其注曰"集作'咸'"。
[78] 辨：《文苑英華》卷八三一作"辯"，其注曰"集作'辨'"。
[79] 評：《文苑英華》卷八三一作"詳"，其注曰："集作'評'，是。"
[80] 揚：原作"物"，據傅增湘校記改。
[81] 噫：傅增湘校記曰"'噫'作'猗'"。
[82] 太：《文苑英華》卷八一八作"大"。
[83] 法：《文苑英華》卷八一八作"德"，其注曰"集作'法'"。
[84] 大：《文苑英華》卷八一八作"天"。
[85] 然：《文苑英華》卷八一八注曰"集有'後'字"。
[86] 静：《文苑英華》卷八一八作"净"。
[87] 有佛曰：《文苑英華》卷三七八作"有佛"，其注曰"集作'有佛曰'"。
[88] 相：原作"想"，據傅增湘校記改。
[89] 深静：《文苑英華》卷三七八注曰"集作'染静'"。
[90] 不來不往：傅增湘校記曰"不二不來不往"。
[91] 如見：《文苑英華》卷三七八注曰"集無'如見'二字"。
[92] 名：原作"君"，據《會稽掇英總集》卷一七改。
[93] 道：《嚴陵集》卷七《雜著碑銘題記》作"道見"。
[94] 夷：《嚴陵集》卷七《雜著碑銘題記》作"昭"。
[95] 乎：《嚴陵集》卷七《雜著碑銘題記》作"于"。
[96] 事：《嚴陵集》卷七《雜著碑銘題記》作"而事"。
[97] 於：《唐文粹》卷五三作"乎"。
[98] 存：《嚴陵集》卷七《雜著碑銘題記》作"存焉"。
[99] 西南隅一峯：《修禪道場碑銘》作"自國清上登十數里"。
[100] 得道：《修禪道場碑銘》作"現身得道"。
[101] 大佛：《修禪道場碑銘》作"佛大"。
[102] 陳朝：《佛祖統紀》卷四九作"梁陳"。
[103] 創：《修禪道場碑銘》作"建"。
[104] 入滅：《修禪道場碑銘》作"没"。九，原作"八"，據《修禪道場碑銘》改。自開皇十七年（597）至貞元八年（792），恰一百九十六歲。《唐文粹》卷六一作"一百九十"，尤誤。

參見岑仲勉《唐集質疑·修禪道場碑之作年》。

[105] 長老：《修禪道場碑銘》無此二字。

[106]《修禪道場碑銘》後有"比丘法智灑掃大師之舊居，以護寶所"一句。

[107] 安定：《修禪道場碑銘》作"門人安定"。聞上易名，《修禪道場碑銘》無此四字，《佛祖統紀》卷四九後有"神林乃"三字。

[108] 其先潁川陳氏，世居荆州之華容：《〔雍正〕浙江通志》卷二六五缺。

[109] "大師諱智顗"至"載在別傳"一句：《修禪道場碑銘》作"大師諱智顗，字德安，姓陳氏，潁川人也。尊稱智者，感緣應迹，載在別傳。"

[110] 夫：《修禪道場碑銘》作"觀夫"。

[111] 制：《修禪道場碑銘》作"訓"。

[112] 彰：《修禪道場碑銘》《唐文粹》卷六一、《〔雍正〕浙江通志》卷二六五作"章"。

[113] 自華嚴肇開，至雙林高會：《修禪道場碑銘》作"自花嚴肇基，至靈鷲高會"。

[114] 於：《修禪道場碑銘》無此字。

[115] 乃用權略：《修禪道場碑銘》作"用道種智"。

[116] 乃詮智度：《修禪道場碑銘》作"括十二部經"。

[117] 惠：《佛祖統紀》卷四九作"慧"。

[118] 由：《修禪道場碑銘》作"於"。

[119] 大中一實相之宗，趣無證真得之妙：《修禪道場碑銘》作"演善權以鹿菀爲初，明一實用《法花》爲宗。合十如十界之妙，趣三觀三智之極"。

[120] 成道：《修禪道場碑銘》作"上聖"。

[121] 示佛知見：《修禪道場碑銘》作"心路不惑"。

[122] 修焉息焉：《修禪道場碑銘》作"藏焉得焉"。

[123] 用舍：《修禪道場碑銘》作"體用"。舍，《唐文粹》卷六一作"捨"。

[124] 嘿語：《修禪道場碑銘》作"語默"。嘿，《佛祖統紀》卷四九、《唐文粹》卷六一、《〔雍正〕浙江通志》卷二六五作"默"。

[125] 内：《佛祖統紀》卷四九作"宇"。

[126] 朝：《佛祖統紀》卷四九作"國"。《唐文粹》卷六一無此字。

[127] 旁：《修禪道場碑銘》作"滂"。

[128] 殊：《佛祖統紀》卷四九作"硃"。

[129] 化城：《修禪道場碑銘》作"化滅"。

[130] 示滅諸山：《修禪道場碑銘》作"涅槃茲山"。諸，《佛祖統紀》卷四九、《唐文粹》卷六一、《〔雍正〕浙江通志》卷二六五作"茲"。

[131] 應之：原本無此二字，據《修禪道場碑銘》補。

[132] "若安住法界"至"不可得而知也"：《佛祖統紀》卷四九缺。

[133] 也：《修禪道場碑銘》無此字。

梁補闕集卷下　　247

[134] 行:《修禪道場碑銘》作"施行"。
[135] 禪師:《修禪道場碑銘》作"大師"。
[136] 傳:《佛祖統紀》卷四九作"傢"。
[137] 威:《修禪道場碑銘》作"禪師"。
[138] 小:原無此字,據《修禪道場碑銘》補。
[139] 左谿:《佛祖統紀》卷四九作"在溪"。
[140] 行:《修禪道場碑銘》作"道"。
[141] 凡祖師之教在章句者:《修禪道場碑銘》作"凡祖師所施之教形於章句者"。
[142] 必:《佛祖統紀》卷四九作"以"。
[143] 崇德辨惑不可悉數:崇德辨惑,《佛祖統紀》卷四九作"崇德辨惑者"。悉,《佛祖統紀》卷四九作"勝"。
[144] 寶應:原作"寶曆",據《修禪道場碑銘》改。寶應,唐代宗年號(762—763)。世,《修禪道場碑銘》作"際"。
[145] 可易名建寺,修持塔廟:《修禪道場碑銘》作"而比丘法智,實營守塔廟"。
[146] 緊衆人是賴:《修禪道場碑銘》作"緊斯入是賴"。緊,原作"緊",據《修禪道場碑銘》改。
[147] 盍紀諸文言:盍,《佛祖統紀》卷四九作"蓋"。紀,《佛祖統紀》卷四九作"記"。諸,《修禪道場碑銘》作"於"。
[148] 載:《佛祖統紀》卷四九作"歲"。
[149] 經:《修禪道場碑銘》《佛祖統紀》卷四九作"繼"。
[150] 致:《修禪道場碑銘》作"意"。
[151] 成:《修禪道場碑銘》作"城"。
[152] 明:《佛祖統紀》卷四九作"冥"。
[153] 明明我後,易名净域:《修禪道場碑銘》作"惟彼法子,護持净域"。
[154] 曇:《佛祖歷代通載》卷一四作"覺"。
[155] 坐:《唐文粹》卷六二、《佛祖歷代通載》卷一四、《〔雍正〕浙江通志》卷二六五作"座"。
[156] 襃:原作"衰",據《會稽掇英總集》卷一七、《唐文粹》卷六二、《佛祖歷代通載》卷一四、《〔雍正〕浙江通志》卷二六五改。
[157] 剎:《唐文粹》卷六二作"制"。
[158] 辯:原作"辨",據《會稽掇英總集》卷一七、《唐文粹》卷六二、《佛祖歷代通載》卷一四改。
[159] 中:《會稽掇英總集》卷一七、《唐文粹》卷六二、《佛祖歷代通載》卷一四、《〔雍正〕浙江通志》卷二六五作"初"。
[160] 素:《〔雍正〕浙江通志》卷二六五作"索"。
[161] 綜:《會稽掇英總集》卷一七、《唐文粹》卷六二、作"揔"。《佛祖歷代通載》卷一四、

《〔雍正〕浙江通志》卷二六五作"總",義同。
[162] 涇縣令萬齊融:《佛祖歷代通載》卷一四闕。
[163] 銘:《會稽掇英總集》卷一七作"碑"。
[164] "有漢高士梁君伯鸞"至"諱鴻":《唐文粹》卷五三、《吳都文粹續集》卷三七、《〔正德〕姑蘇志》卷三四作"有漢高士梁君諱鴻,字伯鸞"。
[165] 君得天元純:《吳都文粹續集》卷三七作"天元純白"。
[166] 狗:《唐文粹》卷五三作"佝"。《吳都文粹續集》卷三七、《〔正德〕姑蘇志》卷三四作"佝"。
[167] 逞:《唐文粹》卷五三、《吳都文粹續集》卷三七、《〔正德〕姑蘇志》卷三四無此字。
[168] 壞:《唐文粹》卷五三、《吳都文粹續集》卷三七、《〔正德〕姑蘇志》卷三四作"坏"。
[169] 游而:《吳都文粹續集》卷三七無此二字,此句作"以晦儉德"。
[170] 則:《吳都文粹續集》卷三七無此字。
[171] 曰:《唐文粹》卷五三、《吳都文粹續集》卷三七、《〔正德〕姑蘇志》卷三四作"稱"。
[172] 君:《吳都文粹續集》卷三七作"鴻"。
[173] 出:《吳都文粹續集》卷三七、《〔正德〕姑蘇志》卷三四作"秘"。
[174] 吕公:《文苑英華》卷九七〇作"吳公",傅增湘校記曰"'吳'作'吕'"。
[175] 太岳之胤也:岳,原作"公",據傅增湘校記改。《春秋左傳注疏》卷四《隱公十一年》載,"夫許,大岳之胤也,天而既厭周德矣,吾其能與許爭乎?"大岳,音泰。也,原缺,據《文苑英華》卷九七〇補。
[176] 稚:《文苑英華》卷九七〇注曰"集作'矩'"。
[177] 與:原作"以",據傅增湘校記改。
[178] 未拜而薨以孝行聞:薨以,《文苑英華》卷九七〇注曰"集無此二字"。胡張校記認爲"未拜而薨……以孝行聞"間,當有脱文,據前後文意,疑當補爲"未拜而薨。仁誨生□,以孝行聞"。
[179] 至:《文苑英華》卷九七〇作"志"。
[180] 不以:傅增湘校記作"無以"。
[181] 衫:《文苑英華》卷九七〇作"移"。
[182] 貞:《文苑英華》卷九七〇作"真"。
[183] 卷:《文苑英華》卷九七〇注曰"集作'篇'"。
[184] 勸:《文苑英華》卷九七〇作"觀"。
[185] 舅:《文苑英華》卷九七〇注曰"集作'陽'"。
[186] 道在兹乎:道,《文苑英華》卷九七〇注曰"'道'字集作'遺塵'"。乎,《文苑英華》卷九七〇注曰"集作'于'"。
[187] 門:傅增湘校記曰"'門'作'開'"。
[188] 書之勛册:《文苑英華》卷九七〇注曰"集作'尚書之勛'"。

梁補闕集卷下   249

[189] 斯：《文苑英華》卷九七〇注曰"集作'思'"。
[190] 論：《文苑英華》卷九七〇注曰"一作'斷'"。
[191] 誨：《文苑英華》卷九七〇作"晦"。
[192] 順：《文苑英華》卷九七〇注曰"集作'柔'"。
[193] 二：傅增湘校記曰"'二'作'貳'"。
[194] 陰德：《文苑英華》卷九七〇注曰"集作'守黑'"。
[195] 振彼：《文苑英華》卷九七〇注曰"集作'振德'"。
[196] 帝：《文苑英華》卷九三五作"上"。
[197] 選：傅增湘校記曰"'選'作'撰'"。
[198] 於：《文苑英華》卷九三五無此字。
[199] 於：《文苑英華》卷九三五注曰"集作'之'"。
[200] 耀：《文苑英華》卷九三五注曰"集作'輝'"。
[201] 道：《文苑英華》卷九三五注曰"集作'義'"。
[202] 探：《文苑英華》卷九三五注曰"集作'深'"。
[203] 以：《文苑英華》卷九三五作"已"。
[204] 焯：《文苑英華》卷九三五注曰"集作'綽'"。
[205] 明上：《文苑英華》卷九三五注曰"集作'朋三'"。
[206] 伯：傅增湘校記曰"'伯'作'百'"。
[207] 維：傅增湘校記曰"'維'作'惟'"。
[208] 扉：原訛作"靡"，據傅增湘校記改。
[209] 諜：《文苑英華》卷九四四作"牒"，其注曰"集作'册'"。
[210] 卿：《文苑英華》卷九四四注曰"集作'鄉'"。按：卿、鄉，字形抄寫極爲相近。
[211] 明：傅增湘校記曰"'明'作'名'"。
[212] 授：傅增湘校記曰"'授'下注集作'換'"。
[213] 聞：《文苑英華》卷九四四注曰"集作'見'"。
[214] 如：《文苑英華》卷九四四作"始"。
[215] 善：傅增湘校記曰："'善'下有'也'字，下注集無'也'字。"
[216] 華志：傅增湘校記曰"'華志'作'華志'"。
[217] 導：傅增湘校記曰："'導'作'道'，下注集作'導'。"
[218] 允文：《文苑英華》卷九四四注曰"集作'新'"。
[219] 遭：《文苑英華》卷九四四注曰："集作'遺'，非。"
[220] 下：原作"大"，據《文苑英華》卷九四四改。
[221] 特書別爲西祖：特，傅增湘校記曰"'特'作'持'"。爲，《文苑英華》卷九四四注曰"集作'於'"。
[222] 諜：《文苑英華》卷九四四作"牒"。

[223] 俊：《文苑英華》卷九四四注曰"集作'淳'"。
[224] 鴻鵠軒：《文苑英華》卷九四四注曰"三字集作'鶴鴻鳴軒'"。傅增湘校記曰"'鴻鳴'作'鳴鴻'"。
[225] 粗：《文苑英華》卷九四四作"鋤"。
[226] 誚：《文苑英華》卷九四四注曰"集作'譙'"。
[227] 奪：傅增湘校記曰"奪下注集作'奮'"。
[228] 能元皓："能"字後原有"人姓"二字，其"姓"爲小字，蓋釋"能"姓，《文苑英華》等諸本將注文誤竄入正文，致使文意混訛。上：《文苑英華》卷九四四注曰"集作'南'"。
[229] 正：《文苑英華》卷九四四作"政"。
[230] 且：傅增湘校記曰"且下有'世'字"。
[231] 若不：傅增湘校記曰"'若不'下注，二字集作'于'"。
[232] 藏：《文苑英華》卷九四四作"臧"。
[233] 懿：《文苑英華》卷九四四注曰"集作'孝'"。
[234] 公：《文苑英華》卷九四四注曰"集無'公'字"。
[235] 徽：《文苑英華》卷九四四注曰"集作'音'"。
[236] 輝：《文苑英華》卷九四四注曰"集作'耀'"。
[237] 河南房君諱禀字敬叔者：君，此字原脱，據《全唐文》卷五二〇補。禀，原作"雲"。《登科記考》卷二七《制科》作"房凜"亦是據梁肅此文而來，傅增湘校記曰"'凜'作'禀'"。《文苑英華》卷九四六缺此句。
[238] 旅：《文苑英華》卷九四六作"族"，其注曰"集作'旅'"。
[239] 逢：《孟子注疏》卷三《公孫丑章句上》作"待"。《文苑英華》卷九四六作"逢"，其注曰"集作'待'"。
[240] 揚雄亦稱：揚，原作"楊"，據《文苑英華》卷九四六改。
[241] 楊雲其知言者歟：雲，《文苑英華》卷九四六注曰"集作'雄'"。歟，《文苑英華》卷九四六注曰"集作'如'"。
[242] 始：此字原脱，據傅增湘校記補。
[243] 十五：原作"十五年"，據傅增湘校記刪"年"字。
[244] 時政：《文苑英華》卷九四六注曰"集作'當路'"。
[245] 旨：原作"首"，據傅增湘校記改。
[246] 窮：傅增湘校記曰"'窮'作'寘'"。
[247] 各：《文苑英華》卷九四六注曰"集作'名'"。
[248] 疾：《文苑英華》卷九四六注曰"集作'厲'"。
[249] 房哉房哉：《文苑英華》卷九四六注曰"集本此下又有'哀哉哀哉'四字"。
[250] 哀哉哀哉：《文苑英華》卷九四六無此四字。
[251] 命：《文苑英華》卷九四六注曰"集作'今'"。

[252] 吁：《文苑英華》卷九四六作"于"。
[253] 年：《文苑英華》卷九五一注曰"集作'載'"。
[254] 歧：《文苑英華》卷九五一注曰："集有'政'字，非。"
[255] 鄧：原作"節"，據傅增湘校記改。胡張校記曰："作'鄧'是。宛，宛丘，今河南淮陽；鄧，鄧州，今河南鄧州市。"
[256] 穭：傅增湘校記曰："'穭'作'嗇'"。
[257] 奪：《文苑英華》卷九五一作"失"。
[258] 冬：此字原脱，據傅增湘校記補。
[259] 椽：《文苑英華》卷九五一作"掾"。
[260] 順：傅增湘校記曰："'順'作'聞'"。
[261] 梓：《文苑英華》卷九五一注曰"集作'杞'"。
[262] 蕃：《文苑英華》卷九五一作"藩"。
[263] 虔：各本皆誤作"處"，據《新唐書》卷七二《隴西李氏》、傅增湘校記改。下同。《新唐書》卷七二《隴西李氏》載，"舟，字公受，虔州刺史、隴西縣男。"
[264] 光：原作"先"，據《文苑英華》卷九五一改。
[265] 熾：《文苑英華》卷九五一作"盛熾"，"盛"下注曰"集無此字"。
[266] 五代生秦王府户曹贈太子舍人：代，《文苑英華》卷九五一注曰"集作'世'"。子，原作"師"，據《文苑英華》卷九五一改。
[267] 椽：《文苑英華》卷九五一作"掾"。
[268] 選：傅增湘校記曰："'選'作'遷'"。
[269] 鎬：《文苑英華》卷九五一注曰："集作'鎰'，非。"
[270] 累陞至朝散大夫：陞，傅增湘校記曰："'陞'作'階'"。散，《文苑英華》卷九五一注曰"集作'議'"。
[271] 授：傅增湘校記曰："'授'作'受'"。
[272] 齔：原作"齕"，據《文苑英華》卷九五一改。段玉裁《説文解字注》卷二云"'齔'，毁齒也。男八月生齒，八歲而齔。女七月生齒，七歲而齔。从齒、匕。"齕，齧也。从齒，气聲。用牙齒咬。《荀子》卷一八《正論》："彼乃將食其肉而齕其骨也。"
[273] 理：《文苑英華》卷九五一作"經理"，"經"下注曰"集無此字"。
[274] 謙：《文苑英華》卷九五一注曰"集作'謀'"。
[275] 歙：《文苑英華》卷九五一注曰"集作'斂'"。
[276] 賵：《文苑英華》卷九五一注曰"集作'助'"。
[277] 闕：《文苑英華》卷九五一注"原闕"。
[278] 郎中：《文苑英華》卷九五六注曰"集作'員外'"。
[279] 文：此字原脱，據《文苑英華》卷九五六補。
[280] 異：《文苑英華》卷九五六注曰"集作'梧'"。

[281] 風神:《文苑英華》卷九五六作"英風",其注曰"集作'風神'"。
[282] 宰:《文苑英華》卷九五六注曰"集作'尹'"。
[283] 招:《文苑英華》卷九五六作"昭",其注曰:"集作'招',是。"
[284] 郎中部:部,此字原脱,據傅增湘校記補。
[285] 材:《文苑英華》卷九五六作"才"。
[286] 賊:《文苑英華》卷九五六注曰"集作'餘'"。
[287] 愿:《文苑英華》卷九五六注曰"集作'匿'字"。
[288] 狗:《文苑英華》卷九五六作"徇"。
[289] 乃:傅增湘校記曰"'乃'作'仍'"。
[290] 厲:傅增湘校記曰"'厲'作'礪'"。
[291] 志:傅增湘校記曰"無'志'"。
[292] 才:此字原脱,據《文苑英華》卷九五六補。
[293] 風:《文苑英華》卷九五六注曰"集作'氣'"。
[294] 綽綽:此二字原脱,據《文苑英華》卷九五六補。
[295] 命甏乖:此三字原脱,據《文苑英華》卷九五六補。
[296] 陰:此字原脱,據《文苑英華》卷九五六補。
[297] 陽:此字原脱,據《文苑英華》卷九六〇補。
[298] 甲:《文苑英華》卷九六〇注曰"集作'官'"。
[299] 乎:《文苑英華》卷九六〇注曰"集作'其'"。
[300] 止諸下位,卑道消乎當世:《文苑英華》卷九六〇注曰:"十字集作'不界之年,不與之位'。"
[301] 後袝:《文苑英華》卷九六〇注曰"集作'從'"。
[302] 於:《文苑英華》卷九六〇作"乎"。
[303] 含:《文苑英華》卷九六〇作"合"。
[304] 兮:《文苑英華》卷九六〇注曰"集無'兮'字"。
[305] 德:此字原脱,《文苑英華》卷九六〇無此字,據《全唐文》卷五二一補。
[306] 甚:傅增湘校記曰"'甚'作'堪'"。
[307] 子:《文苑英華》卷九六〇注曰"集作'之'"。
[308] 反:《文苑英華》卷九六〇作"及"。傅增湘校記曰"'及'作'反'"。
[309] 河:《文苑英華》卷九六〇注曰"集作'洛',後亦云'洛南之禰'。"
[310] 潁川郡長史贈秘書監府君諱:潁,原作"穎",據《文苑英華》卷九六〇改。府君,《文苑英華》卷九六〇注曰"集無此二字"。諱,原作"謀",據《文苑英華》卷九六〇改。
[311] 汜:傅增湘校記曰"'汜'作'況'"。
[312] 鐘:此字原脱,據《全唐文》卷五二一、傅增湘校記補。
[313] 茂:《文苑英華》卷九六〇作"厚",其注曰"集作'茂'"。

梁補闕集卷下　253

[314] 恭：《文苑英華》卷九六〇注曰"集作'良'"。
[315] 居：此字原脱，據《文苑英華》卷九六〇補。
[316] 病：《文苑英華》卷九六〇注曰"集無'病'字"。
[317] 石：《文苑英華》卷九六〇作"君"，其注曰"集作'石'"。
[318] 又與真定游：又，《文苑英華》卷九六〇作"且"。游，《文苑英華》卷九六〇作"游文"，其注曰"集無'文'字"。
[319] 游：《文苑英華》卷九六二作"游於"，其注曰"集無'於'字"。
[320] 典：《文苑英華》卷九六二注曰："集作'正'，一作'工'。"
[321] 懔：《文苑英華》卷九六二作"壞"。
[322] 三十三：《文苑英華》卷九六二注曰"集作'二'"。
[323] 石：原作"日"，據《文苑英華》卷九六二改。
[324] 故：北大本作"胡"，胡張校記判其"非"。
[325] 隴西李君墓志：哈佛本目錄、《文苑英華》卷九六二作"李偁墓志"。李偁，《文苑英華》卷九六二注曰"集作'隴西李君'"。
[326] 如：此字原脱，據《文苑英華》卷九六二補。
[327] 侍郎：此字原脱，據《文苑英華》卷九六二補。
[328] 承家：《文苑英華》卷九六二注曰"集作'夙承'"。
[329] 爲：《文苑英華》卷九六二注曰："集作'如'，非。"
[330] 二：《文苑英華》卷九六二注曰"集無此字"。没：《文苑英華》卷九六二作"没焉"，焉，其注曰"集無此字"。
[331] 天：《文苑英華》卷九六二注曰："集無'天'字，一本作'又'。"
[332] 主：原作"子"，據《文苑英華》卷九六二改。
[333] 不克反葬：反，原作"及"，據《鄭州新鄭縣尉安定皇甫君墓志銘》《監察御史李君夫人蘭陵蕭氏墓志銘》《文苑英華》卷九六二改。葬，《文苑英華》卷九六二注曰"集作'喪'"。
[334] 懸：《文苑英華》卷九六六注曰"集作'玄'"。
[335] 德懿盛族：《文苑英華》卷九六六注曰"集作'德門懿族'"。
[336] 適：《文苑英華》卷九六六作"式"。
[337] 袝：《文苑英華》卷九六六作"附"，傅增湘校記曰"'附'作'袝'"。
[338] 丕：《文苑英華》卷九六六注曰"集作'繁'"。
[339] 衷：《文苑英華》卷九六六注曰："集作'眾'，非。"
[340] 光：《文苑英華》卷九六六作"先"，其注曰"一作'光'"。
[341] 惟柏惟桐：柏，《文苑英華》卷九六六作"栢"，其注曰"集作'松'"。桐，《文苑英華》卷九六六作"松"。
[342] 徐：原作"齊"，據《舊唐書》卷八《玄宗本紀》、卷九《玄宗本紀》、卷九九《蕭嵩傳》、《新

唐書》卷一〇一《蕭嵩傳》、《文苑英華》卷九六六改。

[343] 耀：《文苑英華》卷九六六注曰"集作'輝'"。

[344] 涼：《文苑英華》卷九六六作"某"。

[345] 宣：《文苑英華》卷九六六注曰："集無'宣'字，非。"

[346] 絨：《文苑英華》卷九六六作"敝"。

[347] 律：《文苑英華》卷九六六注曰"集作'法'"。

[348] 笲：原作"笄"，據《禮記注疏》卷六一《昏禮》、《文苑英華》卷九六六校語改。

[349] 愈：《文苑英華》卷九六六注曰"集作'益'"。

[350] 九：《文苑英華》卷九六六注曰"集作'四'"。

[351] 某原：《文苑英華》卷九六六作"原"。

[352] 其：《文苑英華》卷九六六作"亦"，其注曰"集作'亦'"。

[353] 予：《文苑英華》卷九六六注曰"集作'肅'"。

[354] 耀：《文苑英華》卷九六六注曰"集作'輝'"。

[355] 惟：《文苑英華》卷九六六注曰"集作'涯'"。

[356] 或以文武：《文苑英華》卷九六六注曰"集作'或文或武'"。

[357] 歸：此字原脱，據《元和姓纂》補。

[358] 光：《文苑英華》卷九六六作"老"，其注曰"集作'光'"。

[359] 惠和：《文苑英華》卷九六六注曰"集作'温憨'"。傅增湘校記曰"'憨'作'惠'"。

[360] 者：《文苑英華》卷九六六作"見"，其注曰"集作'者'"。

[361] 定：《文苑英華》卷九六六注曰"集作'文'"。傅增湘校記曰"注'文'下有'字'"。

[362] "貽訓親族"至"受用不極"：《文苑英華》卷九六六注曰："二十字，集作'貽訓諸姑，故親族目之曰閨門盛烈，道流美之曰禪林高趣，妙用不極'。"傅增湘校記曰"'姑'作'孤'"。

[363] 大曆甲辰歲：大曆無甲辰歲，胡張校記曰"疑爲'丙辰'，'丙'字壞訛"。

[364] 等：《文苑英華》卷九六六作"乙等"。

[365] 左：《文苑英華》卷九六六注曰"集作'佐'"。

[366] 監：此字原脱，據河南千唐志齋藏石（周紹良藏拓本）補。某，河南千唐志齋藏石（周紹良藏拓本）作"通理"，胡張校記曰"梁氏譔文作'某'，刻石始見名諱。"

[367] 某：河南千唐志齋藏石（周紹良藏拓本）作"三"。

[368] 李氏：河南千唐志齋藏石（周紹良藏拓本）作"公族李氏"。胡張校記曰"'公族'二字與上句重，諸本均脱。"

[369] 父：此字原脱，據河南千唐志齋藏石（周紹良藏拓本）、傅增湘校記補。

[370] 緊柔明：河南千唐志齋藏石（周紹良藏拓本）作"夫人"。

[371] 掾：原作"椽"，據河南千唐志齋藏石（周紹良藏拓本）、《文苑英華》卷九六六改。

[372] 禮詩：河南千唐志齋藏石（周紹良藏拓本）作"詩禮"。傅增湘校記亦曰"'禮詩'作

梁補闕集卷下　255

　　　'詩禮'"。
[373] 議者以魯敬姜、辛憲英爲比：河南千唐志齋藏石（周紹良藏拓本）作"親族是仰，比諸孟母"。
[374] 誦：此字原脱，據《德州安得縣丞李君夫人梁氏墓志》、河南千唐志齋藏石（周紹良藏拓本）、傅增湘校記補。
[375] 之：河南千唐志齋藏石（周紹良藏拓本）無此字。
[376] 惠：河南千唐志齋藏石（周紹良藏拓本）作"慧"。
[377] 恃：《文苑英華》卷九六六注曰"集作'持'"。河南千唐志齋藏石（周紹良藏拓本）作"持"。
[378] 去：河南千唐志齋藏石（周紹良藏拓本）作"視"。胡張校記曰，諸本作"去"，據碑石改。
[379] 猶違土也：違，河南千唐志齋藏石（周紹良藏拓本）作"遺"。土，傅增湘校記曰"'土'下注集作'士'"。
[380] 某月日：河南千唐志齋藏石（周紹良藏拓本）作"閏八月十五日"。
[381] 安：《文苑英華》卷九六六注曰"集作'元'"。
[382] 明年某月日：河南千唐志齋藏石（周紹良藏拓本）作"之明年□月十七日"。
[383] 卜筮襲於吉：河南千唐志齋藏石（周紹良藏拓本）作"卜葬□吉"。
[384] 某□之先塋：河南千唐志齋藏石（周紹良藏拓本）作"清風鄉之原"。
[385] 州：河南千唐志齋藏石（周紹良藏拓本）作"府"。
[386] 不可追也：河南千唐志齋藏石（周紹良藏拓本）作"之不可追也"。
[387] 成：河南千唐志齋藏石（周紹良藏拓本）作"誠"。
[388] 機：河南千唐志齋藏石（周紹良藏拓本）作"穢"。
[389] 乘化而歸：河南千唐志齋藏石（周紹良藏拓本）作"獨□□歸"。
[390] 合：河南千唐志齋藏石（周紹良藏拓本）作"歸"。
[391] 卜：《文苑英華》卷九六六注曰"集作'兆'"。
[392] 受：《文苑英華》卷九六六作"授"。
[393] 循：《文苑英華》卷九六六注曰"集作'修'"。《元和姓纂》曰："'修''循'二字，唐人寫法甚近，故常混也。"
[394] 而：《文苑英華》卷九六六注曰"集作'爾'"。
[395] 慕：原作"墓"，據《文苑英華》卷九六六改。
[396] 路：《文苑英華》卷九六六注曰"集作'人'"。
[397] 吁：原作"于"，據《文苑英華》卷九六六改。
[398] 光：原作"先"，據《北史》卷一一《隋高祖文帝楊堅紀》、《北史》卷八六《循吏傳》、《北史》卷八六《梁彦光傳》、《北史》卷八九《來和傳》、《隋書》卷二《高祖楊堅》校勘記、《隋書》卷七三《梁彦光傳》、《隋書》卷七八《來和傳》及《文苑英華》卷九六六校語改。

[399] 上：原作"土"，據《文苑英華》卷九六六改。
[400] 澄：傅增湘校記曰"'澄'作'登'"。
[401] 惠和：《文苑英華》卷九六六注曰"集作'生知'"。
[402] 勵：此字原脱，據《文苑英華》補。
[403] 佛寺：《文苑英華》卷九六六注曰"集作'精舍'"。
[404] 乎：傅增湘校記曰"'乎'下注集作'于'"。
[405] 殁：《文苑英華》卷九六六作"没"，其注曰"集作'滅'"。
[406] 汝志如何句：如，傅增湘校記曰"'如'作'於'"。崔祐甫撰《故常州刺史獨孤公神道碑銘并序》作"汝志如何句"，此文版本流傳系統中均作"汝志於何句"，如《唐文粹》卷五八、《常郡八邑藝文志》卷七、《（乾隆）河南府志》卷八八、《全唐文》卷四九〇同。僅《全唐文》卷五二二收梁肅《朝散大夫使持節常州諸軍事守常州刺史賜紫金魚袋獨孤公行狀》作"汝志於何尚"。
[407] 於後：《文苑英華》卷九七二作"之義"，其注曰"集作'於後'"。
[408] 志：原闕，據《毘陵集·附録》補。
[409] 茹血：《文苑英華》卷九七二注曰"集作'銜恤'"。
[410] 二：原作"三"，《文苑英華》卷九七二注曰："集作'二'，是。"胡張校記曰："作'二十'是。獨孤及卒於大曆十二年，行年五十三，天寶十三年應詔入京三十歲。"
[411] 穎：原作"潁"，據《文苑英華》卷九七二、傅增湘校記改。下同。
[412] 年：《文苑英華》卷九七二注曰"集作'載'"。
[413] 故：《文苑英華》卷九七二在此字下注曰"集有'國'字"。
[414] 此：《文苑英華》卷九七二作"問"，其注曰"集作'此'"。
[415] 右：《文苑英華》卷九七二注曰"集作'左'"。
[416] 有：《文苑英華》卷九七二注曰"集作'無'"。傅增湘校記曰"注'無'作'所'"。
[417] 悉：《文苑英華》卷九七二注曰"悉字集作'居其'"。
[418] 倣：原作"放"，據《新唐書》卷八三《諸帝公主》、《文苑英華》卷九七二改。
[419] 謂：《文苑英華》卷九七二作"爲"。傅增湘校記曰"'公'下有'以'"。
[420] 郭：原缺，據《文苑英華》卷九七二補。
[421] 封：傅增湘校記曰"'封'下有'之'"。
[422] 祖：《文苑英華》卷九七二作"宗"。
[423] 然後用豈弟寬厚：豈，《文苑英華》卷九七二作"愷"。弟，傅增湘校記曰"'弟'作'悌'"。
[424] 漬：《文苑英華》卷九七二作"清"。傅增湘校記曰"'清'作'漬'"。
[425] 以：傅增湘校記曰"'以'作'理'"。
[426] 之：此字原脱，據《文苑英華》卷九七二補。
[427] 食：《文苑英華》卷九七二作"人"。
[428] 熟：《文苑英華》卷九七二注曰"一作'成'"。

[429] 庇斯：《文苑英華》卷九七二注曰"一作'方庇'"。
[430] 齋：《文苑英華》卷九七二作"總"。
[431] 惟公體黃老之清淨：惟，《文苑英華》卷九七二作"唯"。淨，傅增湘校記曰"'淨'作'靜'"。
[432] 包：《文苑英華》卷九七二作"苞"。
[433] 乃至：《文苑英華》卷九七二注曰"集作'至乃'"。
[434] 淄：《文苑英華》卷九七二作"緇"。
[435] 若：《文苑英華》卷九七二作"者"。
[436] 下：《文苑英華》卷九七二注曰"集作'拘'"。傅增湘校記曰"'拘'作'物'"。
[437] 訓：《文苑英華》卷九七二注曰"集作'法'"。
[438] 揚：《文苑英華》卷九七二注曰"集作'揮'"。
[439] 憬：《文苑英華》卷九七二注曰"集作'璟'"。
[440] 賵：原作"贈"，據《全唐文》傅增湘校記改。
[441] 唯四布：《文苑英華》卷九七二注曰"集作'待賜布'"。
[442] 行義：《文苑英華》卷九七二注曰"集作'文學'"。
[443] 發：《文苑英華》卷九七二注曰："集有'廆'字，恐非。"《文苑英華辨正》卷九曰"公孫拔，一名發，見《禮記注》，而集作'公孫發廆'"，《辨正》言"以上并當以文苑爲正"。
[444] 令：《文苑英華》卷九七二注曰"集作'舊'"。
[445] 機：傅增湘校記曰"'機'作'幾'"。
[446] 大：原訛作"火"，據《文苑英華》卷九八二改。
[447] 既：《文苑英華》卷九八二作"遽"。
[448] 亦：《文苑英華》卷九八二注曰"集作'橫'"。
[449] 豈弟：《文苑英華》卷九八二作"愷悌"。
[450] 殂：《文苑英華》卷九八二作"徂"。
[451] 宴：《文苑英華》卷九八二作"醼"。
[452] 盼：傅增湘校記曰"'盼'作'昐'"。
[453] 子服：《文苑英華》卷九八二作"子鵬"，其注曰"集作'庚子'"。
[454] 夢：原作"暮"，據《後漢書》卷三五《鄭玄傳》、《文苑英華》卷九八二改。
[455] 靡：《文苑英華》卷九八二作"匪"，其注曰"集作'靡'"。
[456] 典：《文苑英華》卷九八二注曰"集作'曲'"。
[457] 斷而：《文苑英華》卷九八二注曰"集作'一斷'"。
[458] 語：《文苑英華》卷九八二注曰"集作'話'"。
[459] 涘：《文苑英華》卷九八二注曰"集作'涕'"。
[460] 以：《文苑英華》卷九八二注曰"集作'之'"。
[461] 親：《文苑英華》卷九八二注曰"集作'勤'"。

[462] 無會不同：傅增湘校記曰"作'有會必同'"。
[463] 燕：《文苑英華》卷九八二作"宴"。
[464] 謬：《文苑英華》卷九八二作"繆"。
[465] 望：傅增湘校記曰"'望'下注集作'聞'"。
[466] 往：《文苑英華》卷九八二注曰"集作'逝'"。
[467] 慟：《文苑英華》卷九八二注曰"集作'哀'"。
[468] 教：傅增湘校記曰"'教'作'校'"。
[469] 西：《文苑英華》卷九八二注曰"集作'西'"。傅增湘校記曰"注'西'作'兩'"。
[470] 名：《文苑英華》卷九八二注曰"集作'高'"。
[471] 廊：《文苑英華》卷九八二作"郎"。
[472] 識：原作"纖"，據《文苑英華》卷九八二改。
[473] 不：《文苑英華》卷九八二注曰："集作'之'，非。"
[474] 楊：《文苑英華》卷九八二作"揚"。
[475] 悴：《文苑英華》卷九八二作"瘁"。
[476] 嫛：《文苑英華》卷九八二注曰"集作'一'"。
[477] 渺：《文苑英華》卷九八二作"眇"。
[478] 祜：原作"祐"，據傅增湘校記、《全唐文》卷五二二改。
[479] 公：《文苑英華》卷九八二作"恭"。
[480] 朗：《文苑英華》卷九八二注曰"集作'明'"。
[481] 哀哉：《文苑英華》卷九八二作"哀哉尚饗"。
[482] 掾：原作"椽"，據傅增湘校記、《全唐文》卷五二二改。
[483] 怛：《文苑英華》卷九八二注曰"集作'相'"。
[484] 哀哉：《文苑英華》卷九八二作"哀哉尚饗"。
[485] 仁：《文苑英華》卷九八二作"所"，其注曰"集作'仁'"。
[486] 縠：《文苑英華》卷九八二作"縠"。
[487] 旋：《文苑英華》卷九八二注曰"集作'旅'"。
[488] 晏晏：《文苑英華》卷九八二注曰"集作'昔晏'"。
[489] 享：傅增湘校記曰"'享'作'饗'"。
[490] 劉侍御：原作"侍御史"，據《文苑英華》卷九八二、傅增湘校記改。
[491] 映：《文苑英華》卷九八二作"暎"。
[492] 仍：傅增湘校記曰"'仍'作'乃'"。
[493] 哀：《文苑英華》卷九八二作"悲"。
[494] 大曆九年五月日：原作"大曆五年九月日"，據《唐文粹》卷三三、《〔雍正〕畿輔通志》卷一一〇改。
[495] 嘗：《文苑英華》卷九八二作"當"，其注曰"集本、《文粹》卷三三作'嘗'"。

[496] 斯莫存焉：《文苑英華》卷九八二作"斯道莫存"，其注曰"《文粹》卷三三作'斯莫存焉'"。
[497] 支：《〔雍正〕畿輔通志》卷一一〇作"肢"。
[498] 有：《文苑英華》卷九八二作"耀"，其注曰"一本作'有'"。傅增湘校記曰"注'一'作'二'"。
[499] 風雅陵遲：陵，《唐文粹》卷三三、《〔雍正〕畿輔通志》卷一一〇作"凌"。遲，《文苑英華》卷九八二作"夷"，傅增湘校記曰"'夷'作'遲'"。
[500] 劫：《文苑英華》卷九八二作"拘"，其注曰"一本作'劫'"。傅增湘校記曰："注'一'作'二'，'豺'作'犳'。"
[501] 氛：《唐文粹》卷三三、《文苑英華》卷九八二、《〔雍正〕畿輔通志》卷一一〇作"氣"。
[502] 可移於忠：《唐文粹》卷三三作"可務於中"。
[503] 居：《文苑英華》卷九八二作"彰"，其注曰"二本作'居'"。
[504] 亦：《〔雍正〕畿輔通志》卷一一〇作"迹"。
[505] 爲：《文苑英華》卷九八二作"有"。傅增湘校記曰："'有'下注二本作'爲'。"
[506] 享：《唐文粹》卷三三、《〔雍正〕畿輔通志》卷一一〇作"饗"。《文苑英華》卷九八二作"停"，其注曰"二本作'享'"。傅增湘校記曰"注'享'作'饗'"。
[507] 時運屯塞：《文苑英華》卷九八二作"時塞道塞"，其注曰"二本作'時運屯塞'"。
[508] 文章之事：章，《文苑英華》卷九八二注曰"集作'禮'"。事，《文苑英華》卷九八二作"間"，其注曰"二本作'事'"。
[509] 兄：《文苑英華》卷九八二作"君"，其注曰"二本作'兄'"。
[510] 出持使節：《文苑英華》卷九八二作"出使持節"，其注曰"《文粹》卷三三作'出持使節'"。
[511] 贈：《文苑英華》卷九八二作"賻"，其注曰"集作'賵'，《唐文粹》卷三三作'贈'"。
[512] 斯：《文苑英華》卷九八二作"所"，其注曰"二本作'斯'"。
[513] 歸兮：《文苑英華》卷九八二作"歸來"，其注曰"二本作'兮'"。
[514] 清：原作"謹"，據《祭獨孤常州文》《祭李祭酒文》《祭李虔州文》《爲獨孤常州祭福建李大夫文》《爲人祭柳侍御史文》《爲獨孤郎中祭皇甫大夫文》《爲常州獨孤使君祭李員外文》《文苑英華》卷九八二等改。
[515] 上天：《文苑英華》卷九八二注曰"集作'天之'"。
[516] 自：《文苑英華》卷九八二注曰"集作'洎'"。
[517] 蕃：《文苑英華》卷九八二作"繁"。
[518] 俄被蟬冕：被，《文苑英華》卷九八二注曰"集作'服'"。蟬冕，原作"禪冕"，據《文苑英華》卷九八二改。
[519] 期：《文苑英華》卷九八二注曰"集作'朋'"。
[520] 因：《文苑英華》卷九八二注曰"集作'自'"。

[521] 繼:《文苑英華》卷九八二注曰"集作'繫'"。
[522] 没:《文苑英華》卷九八二作"殁"。
[523] 光:《文苑英華》卷九八二注曰"集作'贈'"。
[524] 淒:《文苑英華》卷九八二作"悽"。
[525] 昧:原作"沫",據《文苑英華》卷九八二改。
[526] 敬:此字原脱,據傅增湘校記補。
[527] 惟:北大本作"性"。
[528] 才:傅增湘校記曰"'才'作'材'"。
[529] 難老:《文苑英華》卷九八二注曰"集作'壽考'"。
[530] 穰:傅增湘校記曰"'穰'下注集作'壤'"。
[531] 輳:傅增湘校記曰"'輳'作'湊'"。
[532] 運:《文苑英華》卷九八二作"遇"。
[533] 未:《文苑英華》卷九八二注曰"集作'來'"。
[534] 酹:《文苑英華》卷九八二作"酹",傅增湘校記曰"'酹'作'酹'"。
[535] 斯興:《文苑英華》卷九九四注曰"集作'受春'"。傅增湘校記曰"注'受'作'壽'"。
[536] 英:《文苑英華》卷九九四作"勇",其注曰"集作'英'"。
[537] 腸:《文苑英華》卷九九四作"腹",其注曰:"集作'腸',是。"
[538] 旋歸壽陽:《文苑英華》卷九九四作"旋定歸壽",其注曰"集作'旋歸壽陽'"。

附　　錄

唐右補闕梁肅文集序[①]

　　叙曰：皇甫士安志好閑放，不榮軒冕，導情適志，作《高士傳》，贊記遺韵，風猷尚在。而公早從釋氏，義理生知，結意爲文，志在於此。言談語笑，常所切劘。心在一乘，故叙釋氏最爲精博。與皇甫士安之所素尚亦相放焉，則今天台大師元浩之門弟子也。摳衣捧席，與余同焉，故能知其景行，收其製作，編成二十軸，以爲儒林之綱紀云。若夫明是非，探得失，乃作《西伯稱王議》；宗道德，美功成，作《磻溪銘》《四皓贊》《釣臺碑》《圯橋碑》；絜當世，激清風，作《先賢贊》《獨孤常州集序》《觀講〈論語〉序》；美藝文，善章句，作《李補闕集序》《隱士李君遺文序》；備教化，彰諷咏，作《中書侍郎贈太子太傅李公集序》《開國公包君集序》；總名實，樹遺風，作《常州獨孤公遺愛頌》《太常卿常山郡開國公崔公神道碑》；惡戎醜，思康濟，作《兵箴》；叙宗系，思祖德，作《述初賦》；病流濫，悦故居，作《過舊園賦》；明大道，[1]宗有德，作《受命寶賦》。其餘言志導情，記會叙别，總存諸集録。歸根復命，一以貫之，作《心印銘》；住一乘，明法體，作《三如來畫贊》；知法要，識權實，作《天台山禪林寺碑》；達教源，周境智，作《荆溪大師碑》；大教之所由，佛日之未忘，蓋盡於此矣。若以神道設教，化源旁濟，作《泗州開元寺僧伽和尚塔銘》；言僧事，齊律儀，作《過海和尚碑銘》《幽公碑銘》。釋氏制作，無以抗敵。大法將滅，人鮮知之，唱和之者或寡矣。

　　故公之文章，粹美深遠，無人能到。此事可以俟於知音，不可與薄俗者同世而論也。余之仰止，未盡其善，蓋釋氏之鼓吹歟？諸佛之影響歟？余所不

---

① 崔恭撰《唐右補闕梁肅文集序》輯自《唐文粹》卷九二，亦載《全唐文》卷四八〇、《全唐文紀事》卷一一四等。今據《直齋書録解題》言"崔恭爲之序，首稱其從釋氏，爲天台大師元浩之弟子"補。

者,道其窮歟?常懷不言之嘆,杳冥之恨。爾後之人,識達希夷,意通響象,知我之言之不怍耳。若以叙人倫,正襃貶,則人皆知之,非獨情至而稱其製作也。大約公之習尚,敦古風,閲傳記,硜硜然以此導引於人,以爲其常。米鹽細碎,未嘗挂口,故鮮通人事,亦賢者之一病也。夫子所謂君子多乎哉,不多也。故無適時之用,任使之勤,余故以皇甫士安比之。若管夷吾、諸葛亮留心濟世,自謂棟梁,則非公之所尚也。所謂善古而不善今,知賢而不知俗,故論、贊、碑、頌,能言賢者之事,不能言小人之稱。享年若干,以某年月日,終於長安某里。朝廷尚德,故以公爲太子侍讀;國尚實錄,故以公爲史館修撰;發誥令,敷王猷,故以公爲翰林學士。三職齊署,則公之處朝廷,不爲不達矣;年過四十,士林歸崇,比夫顔子、黄叔度,不爲不壽矣。其碌碌者,老於郎署,白首人世,又何補哉?於達者不可以夭壽之嘆,而病於促數焉。公遺孤,歿後而生,今已成立,則友朋之知臧孫之後存於此也。

【校勘記】

[1]大:原作"失",據《全唐文》卷四八〇改。

梁肅佚文彙編

指佞草賦[①]

以"靈草無心,有佞必指"爲韵。

聖澤濡煦兮,動植斯形。相彼瑞草兮,逢時效靈。體嘉生於浩氣,秉植道於彤庭。昔在堯帝,至化惟馨。伊屈軼之芳貞,[②]協王猷與國經。有皇睿后,德動杳冥。二氣暢而群生遂,百祥來而萬宇寧。矧夫佞者,小人之道;直者,爲國之寶。雖糾正於邦憲,實發明於瑞草。象恭言僞,於是焉去而勿疑;葉布莖分,何患乎辨之不早?若乃一人當宁,[1]超黃越虞;百辟來朝,日臨雲趍。風力論道,伊咎陳謨;瑞草在前,[2]疇敢以諛。故曰:物生於有,有生於無。感此變化,發爲禎符。不然,彼植物之何知,乃同功於帝俞?天道不言,聖人無心,寓形闡教,其用則深。禾穎降於周王,芝房發於漢后。信呈豐兮告慶,并垂美於不朽。彼直指以去邪,[3]諒於功乎何有?我明主所以超三英之躅,彼靈草所以爲百瑞之首,有由然也。史魚守直,[③]宣父惡佞,[④]佞直不分,邦家靡定。惟草所指,惟皇所聽,[4]指歸乎一,聽戒乎失。苟君道之不弘,[5]徒倚瑞以自必。重

[①] 此篇爲建中元年(780)文辭清麗科所試,陳尚君《〈登記科考〉正補》"建中元年庚申"條云:《文苑英華》卷八八有梁肅、沈封、鄭轅《指佞草賦》,皆以"靈草無心有佞必指"爲韵,此三人皆於本年中文辭清麗科,此賦當即此科所試。本篇輯自《文苑英華》卷八八,其文亦見於《歷代賦匯》卷五四《禎祥》、《全唐文》卷五一七等、《廣群芳譜》卷八八《卉譜》等。

[②] 屈軼:指佞草,又名屈軼草。王充《論衡》卷一七《是應》言:"儒者又言:太平之時,屈軼生於庭之末,若草之狀,主指佞人。佞人入朝,屈軼庭末以指之,聖王則知佞人所在。"張華《博物志》卷四言:"堯時有屈軼草,生於庭。佞人入朝,則屈而指之。一名指佞草。"《舊唐書》卷一五三《盧坦傳》載:"贊曰:靈草指佞,諫臣匡失。惟袁與薛,人中屈軼。"

[③] 史魚:衛大夫史鰌也。《論語》稱孔子曰"直哉史魚,邦有道如矢,邦無道如矢"。

[④] 宣父:即孔子。《新唐書》卷一五《禮樂志》載:"武德十一年,詔尊孔子爲宣父,作廟於兗州,給户二十以奉之。"

曰：曄彼草兮直而指，[6]聖之瑞兮時之禮，[7]頌皇休兮無極已。

述初賦并序①

予幼而漂流，遂寓於江海之上，與鳧雁為伍有年矣。或祿仕以代樵牧，其暇則以群籍自娛。又嘗染重膇疾，每求長桑氏之術以為療，其他未之思也。方俟間則追尚平五嶽之遊，[8]無幾何，會明詔以監察御史徵，俄轉右補闕，羈守職次，未遑自免，江湖之思漫如也。間一歲，加翰林學士，領束宮侍讀之事。既微且陋，載荷天睠，上不能宣令德，[9]通古今，當論思之任；次不足弘三善，備教諭，充端士之列。每省名位，盻章綬，[10]中心懇然，[11]不欲寢食，無一日而安者；[12]三年於茲，[13]其媿畏乃如是。時步自中禁，休於里巷，病攻其外，神倦於中，嚚焉忘形，思及道本，然後知一動一靜，萬化殊塗，寂然同歸，未始有物，且不知夫曩歲之浮遊，與今之局束，彼乎？此乎？是歟？非歟？杳不得其倪矣！於是作《述初賦》以紀懷，且貽諸同志焉爾。

我洪系兮肇昭，耿乎伊唐。始贊禹以陳謨，末開國而為梁。遭暴嬴以滅周兮，涉天漢而方彰。社郞陽而守九江，[14]係祖漢廷尉郞陽侯諱放，見《漢書》；武威九江太守高山侯諱統，見《後漢書》。逮《七序》而見光。② 後漢侍中褒親愍侯諱竦，作《七序》，有傳云爾。[15]維涼牧之豐融，後漢黃門侍郎涼州刺史侍中關內侯諱寬，見《魏書》。咨散騎之徇節。晉散騎常侍馮翊太守扶風鄉侯諱廣，死愍帝之難，[16]贈吏部尚書益州刺史，見《晉書》。遭匡攘以遷逝，遵河右以蟬蛻。晉蜀郡太守寧州刺史扶風鄉侯諱迪，生酒泉太守關內侯諱秋，避亂居張掖。綿侯服以守業，傳龜組而罔替。自酒泉以下六世郡守關內侯。煒司空之藩魏，弘茂德為表綴。魏大將軍洛州刺史贈侍中司空郞陽公諱越，見《後魏書》。翼翼尚書，允明且哲。司空之孫、隋御史大夫刑部尚書邯鄲敬公諱毗，《隋書》有傳。納言執法，乃遂乃達。播五葉而逮予，垂慎身之芳烈。[17]伊孤朦之薄祐，[18]撫生植之多艱。豈前修之將墜，蕆才菲而體孱。[19]奉徙宅之善教，得帶經之殘編。諒不師而不訓，烏識立德與立言。[20]洎章甫之在首，始礪志以就

---

① 輯自《文苑英華》卷九八，梁肅以賦文頌安定梁氏各位先祖事迹，《文苑英華》刻本以雙行小字為其作注。亦見《歷代賦匯·外集》卷二《言志》、《全唐文》卷五一七等。

② 《七序》：《後漢書》卷三四《梁竦傳》載："竦閉門自養，以經籍為娛，著書數篇，名曰《七序》。班固見而稱曰：'孔子著《春秋》而亂臣賊子懼，梁竦作《七序》而竊位素餐者慚。'"惜《七序》今已失傳。

賢。思琢璞以解蔽,終扦挌而難前。升九顥之宏軌,[21] 探乾坤之大紀。求專直與禽闞,問性命之終始。曰君子之不用,寔未成之所擬;苟體健以立誠,何剛柔之不履。慨尋繹以內省,觀萬動之攸歸;若捫天而罔階,知集木之匪危。何大道之汗漫,[22] 悼吾人之崎嶬;[23] 仰前哲之休風,[24] 屢惆悵以忸怩。[25] 且自擊以自考,亦三復而九思;庶初筮以發蒙,敢舍龜而觀頤。美海嶽之靜深,援幽人以爲期;[26] 聿投迹於林中,就拙者之所宜。屬夫上有聖帝,旁求俊乂,載馳車乘,搜及瑣細。彼執持憲簡,與匡補闕載,宜乎學該紀律,識洞經制。故小人之備官,[27] 幸不招損而速戾。[28]

時也,天光鏡乎宇內,洪稜憯乎荒外。上躬祀於泰壇,先假廟以告配。百神受職以咸秩,萬國駿奔而來祭。肆覲創五月之吉,朝宗盛三朝之會。月窟日際,風行雨霈。謬參侍從之臣,獲睹人神之泰。又感夫翰苑崇秘,[29] 人文是經,樂正司業,元良以貞。講藝承華,視草承明,莫不才侔相如,道博桓榮。何皇鑒之偏屬,降湛恩於鯫生。若側足以登塗,方飭躬以效誠。懍書紳之猶怠,慮數馬之非精;晝兢兢以徊徨,夕默默以屏營。豈不以命重才輕,惕墜而不敢寧也![30]

我寓我居,[31] 於彼南里;匪揚車騎,[32] 寔遠朝市。羌歸沐以斯憩,聊優游以休止。旁枕大道,其平如水;南望南山,橫空黛起。君子所履,小人所視。乍掃室以自安,殊塞門而不仕。於是有竹有梧,清風穆如;放懷端居,玄宇自虛。[33] 遺原憲之貧病,[34] 忘寧武之智愚。喪我南國之几,[35] 盡性西域之書。[36] 悟幻有之遷斡,[37] 得環中之妙樞。合乃一指,流爲萬塗。審物我之同域,又遑遑其焉如。何睿后之渥飫,宜克恭以忘勩;惟少海之洪瀾,[38] 豈勺水之云輸。[39] 伊志慮之久曠,矧疲疴之集予,徒端直以勿二,[40] 又焉能以爲乎有無。[41] 冥冥飛鴻,其虛其徐。英英白雲,亦卷亦舒。吾企夫物之未及,故浩然而述初。

過舊園賦并序①

余行年十八,[42] 歲當上元辛丑,② 盜入洛陽,三河間大塗炭,因竄身東下,

---

① 輯自《文苑英華》卷一三〇,亦見《歷代賦彙》卷八四《室宇》、《全唐文》卷五一七等。
② 上元辛丑:唐肅宗上元二年(761)。

旅於吳越，轉徙阨難之中者，[43]垂二十年。上嗣位歲，①應詔詣京師，其年夏，[44]除東宮校書郎，遂請告歸覲於江南。八月，過崤澠，次於新安；東南十數里，舊居在焉。時歲滋遠，荊榛蕪翳，喬木蒼然，三徑莫辨，訪鄰老而已盡，眄庭柯以霑衣，情之所鍾，可勝嘆耶！夫懷舊之志，在昔所不免，聖如尼父，達若莊叟，且有歸與之嘆，悵然之思。予蓬艾存乎胸中，喜懼形於膝下，寓江海之遐阻，念歸來而不得，思潘園板輿之樂，陶野巾車之遊，願言莫展，一食三嘆。至是當秋日蕭索，征途浩渺，棟宇摧落，曾不得乎少留，心之憂傷，又加於他日一等。遂作賦紀事，以"過舊園"命篇，其詞曰：

白露既戒夫清秋，爰駕言而東邁，漫征路之悠悠。且予發乎新安，歷函關之舊丘，灌藜森以相屬，[45]披一徑而可求。閴里巷之罕人，辨原田而莫由。堂除既缺，衡宇亦折。樹蔽戶而稍稍，水衝隉而活活。[46]駭獸群起，頹埆四達。識舊井於庭隅，吊重蘿於木末。既循省而顧慕，愈辛酸而慘怛。何纏迫而求所安，激予哀而不可遏也。

昔予生之三歲，②值勍虜之衝奔。徙穹廬於華縣，蒙郊廟於氛昏。皇遊蜀川，帝出朔原，尸逐纔血，烏丸又屯。俄四逆之薦凶，扇燼炭而蓺黎元。予既幼捨此居業，慮性命之所存，始竄迹於許都，又逃刃於夷門；沿汴水之湯湯，棹淮波之翻翻。荷聞詩之前訓，迫馳役而不敢言。截淛河以徑度，趣諸越而休止。在長洲與蘭陵，亦一閏而三徙。嫋嫋兮秋風，湛湛兮春江，傷吾心其何已！皇八葉之御極，亦既安此寰中。浮窴繽其來歸，真獨鬱猶未通。[47]洎大曆之二七，六龍忽其上升。赫元聖之統天，敷太和於黎蒸。建皇極以成化，啓公車以選能。予筮遇觀之六四，[48]聿投迹於雲羅。謬試言於內殿，俾典校乎承華。聆聖賢之休風，仰墳籍之長圃，與世道而遊息，實人倫之憲矩。史正直以終始，璩卷舒於嘿語，展甘黜而不去，莊頤神以遐舉。諒修已之異宜，各弘道而得所。矧微生之庸拙，胡可嫚夫出處？[49]眇江湖之漂蕩，廢田里於草莽。苟將惬乎予思，孰辨夫懷安之與懷土？伊吾土之所安，迺陋狹而在斯。實舊德之師儉，庶後昆以易持。高祖父趙王府記室宜春公洎曾王父侍御史府君已降，[50]三世居陸渾，有田

---

① 上嗣位歲：建中元年(780)。
② 昔予生之三歲：天寶十四載乙未(755)，是年十一月安史之亂爆發，十二月叛軍陷洛陽，新安隨之淪陷。

不過百畝。開元中，爲大水所壞，始徙於函關。其始也，[51]桑柘接連，疏菓芳滋。[52]彼茅軒與甕牖，亦寒燠之攸宜。荒百歲而負居，[53]曾未幾而亂離。二十載而一來，紛蕪穢而莫治。駐周覽而未已，又旋指於江湄。[54]曾是追感於平生，孰不悲傷而涕洟？[55]抑聞夫仲長之園，面流水而覽平原；遭世緒之溷濁，竟初懷之罕存。又聞夫郭泰之德不違親，貞不絶俗，當尉羅之周布，竟淳白而不辱。何天宇之交泰，蹇予生之屏獨。退無庇迹之所，進靡代耕之禄，慨捨此而不留，徒仰高於前躅。日婉娩而命駕，[56]恨盤桓以出谷，慮將歸之或迷，吾斯志夫喬木。亂曰：

所居而安，《易》之序兮；歷聘懷歸，孔之慮兮。粵予庸昧，道莫著兮；曩離舊邦，紛世故兮。林井殘泯，[57]禽亦去兮；墜廢居業，怞而懼兮。遲歸有時，[58]藻吾素乎。[59]

唐故衢州司士參軍府君李公墓志銘并序①

公諱濤，皇唐太祖景皇帝六代孫也。曾祖道立，嘗典隰、齊、陳三州，封高平郡王。祖景淑，畢國公。父仲康，官至尚書主客郎中、楚州刺史。世秉懿德，爲公族領袖。公純孝忠厚，貞信廉讓，直而遜，明而晦。朴而不固，靜而應物。克己復禮，時然後言。策名居官，清畏人知。弱歲好學，篤志經術，專戴氏禮。晚節就《太史公書》，酌百代之典故，以輔儒行。遂以經明行修，宗正寺舉第一。初仕許州臨潁縣主簿，[60]歷宋州宋城縣尉，皆以恭寬信惠聞於千室。議黜陟幽明者，謂公文行吏事，宜登三臺。謂河朔軍興，[61]避地江表，相國崔涣承詔署衢州司士參軍。於時五府交辟之權移於兵間，務苟進者，多不由逕而致顯位。公儉德正志，安貞俟時。未嘗以得喪夷險，遰芥方寸，視榮辱晏如也，論者高之。乾元二年六月十六日寢疾終於潤州，享年五十。夫人河南獨孤氏，贈秘

---

① 輯自《唐代墓志彙編》大曆〇六八。碑蓋書"大唐故李府君墓誌銘"，志文題下署"安定梁肅撰"。此碑現收藏於國家圖書館，題爲"李濤及妻獨孤氏合葬志""唐故衢州司士參軍府君李公墓志銘并序"等。此碑立於唐大曆十三年(778)七月二十三日，河南省洛陽市出土，首題"唐故衢州司士參軍府君李公墓志銘并序"。蓋題"大唐故李府君墓誌銘"，共24行，每行24字，蓋3行，行3字，爲張鈁藏石。《唐代墓志彙編》大曆〇三五又録獨孤及撰李濤墓志一篇，與梁肅所撰墓志前半部份完全相同，唯獨孤及志文只記李濤事，梁肅志文前半記李濤事，後半述李濤、夫人卒後遷兆合袝於洛陽李濤墓之事。胡大浚先生推斷，一是墓志爲合祔所撰，二是獨孤及志文疑爲梁肅代其師撰文，不然後志不當一字不易照抄前志而逕書安定梁肅撰。參見胡張校記。

書監諱通理之女，生而純孝，容範淑茂。成於德門，歸於公族。恪勤婦禮，以正家節。晚歲以禪誦自適，視諸結縛，猶遺土也。享年五十三，以大曆十一年閏八月十五日，終於常州。至大曆十三年七月廿三日[62]卜筮襲吉，始遷兆合祔於洛陽北邙之東原。[63]嗚呼！仁可以師表搢紳而無貴仕，禮可以軌範風俗而不遐壽。沖用休績，卷而未形。溘與化往，使善人相弔，嗚呼哀哉！嗣子居介、居佐、居敬、居易等，痛罔極之莫追，俾肅爲志，其銘曰：

天地方否，君子安卑。世道既夷，隙駒莫追。仁而不壽，才既無施。積善必慶，天何餘欺？[64]溫溫夫人，貞順而慈。始爲婦儀，終爲母師。仰誠法寶，穎脫塵機。哀哀令嗣，孝思罔極。作銘片石，以志窀穸。

冠軍大將軍檢校左衛將軍開國男安定梁公墓志銘①

公姓梁氏，諱慎初，字智周。其先安定烏氏人。高祖曰宜春郡公諱某，[65]當隋末喪亂，豪傑並興，[66]其宗人師都，雄據朔方，自號梁王，置百官，以宜春爲宗正。有唐貞觀初，梁亡，梁宜春首謀，[67]率其黨來降，拜金紫光祿大夫、右金吾衛大將軍，贈涼州牧。[68]梁州生左千牛衛諱叔裕，[69]千牛生太子司議郎諱穆之，議郎生頓丘令，名犯肅宗廟諱，頓丘生公。少孤，家貧落魄，不得就經學。既冠，有勇力，以弧矢爲事。性嚴簡直方，不苟合於時。博物涉史書，[70]一覽歷代成就、[71]山川地形、攻守奇正之術。已而天寶末，函夏寇亂，西平王哥舒翰之守潼關也，公上書論兵勢，且勸深壁不戰，以挫賊鋒。西平異之，命居戲下，[72]表授左武衛冑曹，四遷至左衛郎將。時賊臣當國而與幕府不協，公曰："難將至矣。"遂間行而南。無何，西平潰敗。公嘗善祁國公魯炅，[73]炅方守襄、鄧，乃往從之，表遷右羽林中郎將。屢以果銳爲軍前鋒，[74]而搴旗陷堅者四五，敷奏岐下，帝甚嘉之，錄前後功，超拜左衛軍，加號冠軍，封鶉觚縣開國公。既拜命而告人曰："徒以蠢爾材力，遭亂乘勢，以獲爵位。《傳》曰：'無德而祿，殃也。'②吾懼及焉。"遂稱疾請告，解印綬退耕於野。春秋若干，以寶應二年秋八月，寢疾於河內，薨於私館。[75]臨沒，[76]顧命胤子賁曰："始愛夫太行山之陽，將營而老焉，又常懼蹈白刃，不獲墓墳。今幸以天年終，宜從吾志，薄葬於

---

① 輯自《文苑英華》卷九四九，未列作者姓名。傅增湘校記曰"題下脫'梁肅'二字"。亦見於《全唐文》卷五二一。

② 參見《春秋左傳正義》卷一一《閔公二年》。

此。縱汝不忍爲玄晏故事,當斂以時服,有棺而無槨可也。"是歲,卜筮不吉,至大曆九年冬十二月,賁始奉先公之裳帷以安宅焉。[77] 夫陳力就列之謂忠,見幾不仕之謂智,名遂身退之謂達,全而歸之之謂孝。夫如是,宜刻貞石,[78] 遺於後嗣,[79] 是吾宗也,實能言之。銘曰:

肅肅鶉觚,敬義直方,履柔履剛,出處行藏,與時弛張。弧矢之利,以從王事,乃行其志,允焯厥位。帝命將軍,受兹蒲璧,[80] 鞗革金軛,乃蔚乃嚇。[81] 人鮮克終,獨守謙冲,[82] 繒繳不及,冥冥高鴻。于嗟鶉觚,生也有涯,令聞無窮。

唐故朝散大夫都督容州諸(州)[軍]事容州刺史本管經略招討處置使兼御史中丞封譙縣開國男賜紫金魚袋戴公神道碑①

公諱融,字叔倫,譙國人。按魯史乃宋公微子之後,九世以戴爲謚,因以爲族。漢興,禹侯戴野佐命征伐,[83] 表於《功臣》。德、聖祖述《禮經》,有大、小之號,紀於《儒林》。後漢司徒涉、侍中憑、高士叔鸞,晉僕射邈、金城太守綏,皆其後也。金城之子邃,[84] 字安邱,位大司農,從謝玄破苻堅,封廣信侯,與其兄安道,或出或處,焯於當時。廣信侯玄孫明寶,②在宋歷中書舍人,封臨湘侯。臨湘之後,梁尚書左丞曷,蓋公高祖也。曾大父好問,德州司士參軍。王父修譽、烈考慎用,乃以儒術稱。天寶末,揚州刺史李成式副統江淮,舉時才,署慎用和州錄事參軍,固辭不起。始金城當晉亂,自譙、沛徙於丹徒,厥邑既分,遂爲金壇人。自左丞以後,涵道不顯,故淳秀英華,集於容州,而門緒復大。君子稱戴氏德行文學,高肥遁世,代有其人,則容州之後興宜乎!

公少聰明好學,能屬辭。蘭陵蕭茂挺名重一時,罕所推捭,拔公於諸生之

---

① 錄自胡大浚、張春雯《梁肅文集》,該整理本稱其底本錄自金壇縣文管會所藏《重修戴氏宗譜》(殘本)卷三。《輿地紀勝》卷七《鎮江府·碑記》載:"《唐戴叔倫神道碑》,在金壇縣南三里。梁肅爲神道碑。"清道光韓崇撰《寶鐵齋金石文跋尾》云:"右唐戴叔倫神道碑,文字漫滅不可辨,惟碑額正書'唐故戴公神道之碑'八字完善。在金壇縣南門外,屹立道中。"《〔光緒〕金壇縣志》卷一五《丘墓》云:"經略使戴叔倫墓,在縣南三里,翰林學士梁肅撰,碑今存,惟'唐故戴公叔倫神道碑銘'數大字,餘不可辨。"《〔光緒〕金壇縣志》卷一五《軼事》載:"唐戴叔倫遺碑,初戴叔倫墓,在城南數百步,歲久湮沒。"

② 明寶:戴明寶,南東海丹徒人也。歷員外散騎侍郎,給事中。生平事跡詳見《宋書》卷九四《戴明寶傳》。

上，授以文史；由是令聞益熾。既而翶翔經籍之林，探綜曆緯之府，未始以祿仕爲意。有相國彭城公劉晏聞而嘉之，表授秘書正字，載遷廣文博士。劉典司國賦，藉公清廉，分命主運於湖南，拜監察御史。建中初，府廢，出補東陽令。嗣曹王皋鎮衡湘、鐘陵，聯參二府軍事，由大理（寺）〔司〕直遷殿中史；授檢校尚書禮部郎中、兼侍御史。李希烈以淮夷叛，元侯董師征伐，公嘗以持重領留府事。會有詔擇二千石，試守撫州刺史，周月即真，加朝散大夫，爵賜譙縣男，賜金印紫綬。居無何，罹謗受代。朝廷知其才可整衆、道可懷遠，貞元四年七月，起家除都督容州諸（州）〔軍〕事、容州刺史、本管經略招討處置使，兼御史中丞。凡歷官十一任，享壽五十八，罷；歲在己巳六月，遭疾歸全於南海清遠縣。先是，有詔移督白帝軍事，書未下而公薨。其明年正月，郅、邲護喪歸於金壇舊塋。二孤郅、邲孺幼在疚，於是公之兄曰伯倫，抱終鮮之痛，謀及宗黨伯卿先生，書其世德官代，立石墳隅，以貽子孫焉，禮也。

公體裕茂，履厚順，疾而寬，婉而直。智足以成務，可以小，可以大；詩足以言志，可以群，必修義。精吏理，始一命職於雲安，時蜀將楊琳擁兵據城，怙力强貸，夜以刺客懼公。公擒而釋焉，謂之曰：身可殺，財不可奪。客以報琳，琳黎明謝罪，激義反善。在東陽、臨川，導之以仁，居之以寬；逋者來，安者懷，去之日，刻石紀德。其理軍旅，政必肅，謀必忠，釋危疑，排患難，推賢讓善，初不自贊。言歸邱園，修德就閒，南征不敢言病。其忠懿有如此者。是宜入參六事，出導十乘，爲國之光，從人之望。彼天不淑。降戾速服。嗚呼悲夫！

前夫人京兆韋氏，繼室博陵崔氏皆早亡，其德言功容，公嘗爲墓銘詳矣，故不書。又論纂《戴氏世傳》，編唐詩，稱其自本與有國風、頌凡數十萬言，草稿未就；文集二十卷，藏於家。予知公之德器也久，故篆而刻之。銘曰：

相維戴族，實出宋封。三仁之後，大禮之宗。司徒侍中，有漢之崇。金城大農，與晋俱東。臨湘灼灼，左丞都若。曾兹以後，惟公繼作。厥作伊何，斯文是度。如金如玉，既雕既琢。乃登秘邱，實正典經。乃師冑子，克廣文明。爰掌方書，直哉惟清。聿來下邑，厥有頌聲。憬彼淮夷，勞我王師。公實受命，職在軍師。戎謀是咨，時動則威。剖符臨川，報政不遲。容山邈俗，荒徼卉服。天子命戎，爲督爲牧。二矛重弓，白斾暢轂。方懋厥績，式惟休復。彼天不仁，人亦不福。惜矣夫子，德歌來哭。金壇之陽，厚壤重岡。高墳若堂，拱樹成行。子孫焉依，行路是望。戴公之烈，永永不忘。

【校勘記】

[1] 宁：《文苑英華》卷八八注曰"一作'宇'"。

[2] 草：此字原脱，據傅增湘校記補。《四庫全書考證》卷八九載："梁肅《指佞草賦》'瑞草在前'，刊本脱'草'字，據《歷代賦匯》增。"

[3] 彼：《文苑英華》卷八八注曰"集作'比'"。傅增湘校記曰"彼"作"比"，"集作'此'"。

[4] 皇：傅增湘校記曰"'皇'作'王'"。

[5] 君：《文苑英華》卷八八注曰"集作'孰'"。

[6] 曄：《全唐文》卷五一七作"煜"。直而指，原作"直而指佞"，今據《全唐文》卷五一七删"佞"字。

[7] 禮：《全唐文》卷五一七作"理"。傅增湘校記曰"禮"後有一"疑"字。

[8] 俟：《文苑英華》卷九八注曰"一作'疾'字"。

[9] 令：《文苑英華》卷九八注曰"一作'上'"。

[10] 盼：《全唐文》卷五一七、傅增湘校記作"眄"。段玉裁《説文解字注·第四篇上·盼》按曰："盼眄盻三字，形近，多互訛，不可不正。"《俗書刊誤》卷三《諫韵》："盼，音判，與從兮者異，今混用。"故"盼"爲"盼"之俗體。

[11] 慙然：《文苑英華》卷九八注曰"一作'愁然'"。傅增湘校記曰"作一本作'愁然'"。《全唐文》卷五一七作"愁"。

[12] 安：《文苑英華》卷九八注曰"一作'忘'"。

[13] 三：傅增湘校記曰"'三'作'二'"。

[14] 社：《文苑英華》卷九八注曰"一作'祖'"。

[15] 云：傅增湘校記曰"'云'作'亡'"。

[16] 死：原作"光"，據《永樂大典》卷二四六〇、《全唐文》卷五一七改。

[17] 慎：《文苑英華》卷九八注曰"一作'奮'"。

[18] 朦：《文苑英華》卷九八注曰"一作'蒙'"。

[19] 菲：《文苑英華》卷九八注曰"一作'下'"。

[20] 烏：《文苑英華》卷九八注曰"一作'焉'"。

[21] 九：《文苑英華》卷九八注曰"一作'孔'"。

[22] 汗漫：《文苑英華》卷九八注曰"一作'坦慢'"。汗，傅增湘校記曰"一作'坦'"。

[23] 悼吾人之崎嶇：悼，《文苑英華》卷九八注曰"一作'惟'"。嶇，《文苑英華》卷九八注曰"一作'戯'"。傅增湘校記曰"'嶇'作'戯'"。

[24] 前哲：《文苑英華》卷九八注曰"二字一作'哲賢'"。

[25] 惆：《文苑英華》卷九八注曰"一作'怊'"。

[26] 以爲：《文苑英華》卷九八注曰"二字一作'而與'"。

[27] 故：《文苑英華》卷九八注曰"一作'胡'"。
[28] 戾：《文苑英華》卷九八注曰"一有'斯'字"。
[29] 感：《文苑英華》卷九八注曰"一作'盛'"。
[30] 惕：《文苑英華》卷九八注曰"一作'隕'字"。
[31] 寓：《文苑英華》卷九八注曰"一作'寓'"。
[32] 揚：傅增湘校記曰"'揚'作'容'"。
[33] 宇：《文苑英華》卷九八注曰"一作'默'"。
[34] 憲：《文苑英華》卷九八注曰"一作'思'"。
[35] 南國之圮：《全唐文》卷五一七作"南郭之几"。
[36] 域：《文苑英華》卷九八注曰"一作'方'"。
[37] 斡：原作"幹"，據《全唐文》卷五一七、傅增湘校記改。
[38] 惟：《文苑英華》卷九八注曰"一作'奚'"。
[39] 云：傅增湘校記曰"'云'作'亡'"。
[40] 二：《全唐文》卷五一七、傅增湘校記作"貳"。
[41] 以：《文苑英華》卷九八注曰"一無此字"。
[42] 余行年十八：岑仲勉考"賦序'十八'實'九'字之破體，一字而誤析爲兩也"。胡大浚考："蕭卒於貞元九年(793)，年四十一，則上元二年(761)，爲九歲無疑。又上元辛丑(761)旅於吳越，至建中元年庚申(780)赴京應舉及第，是'垂二十年'。"
[43] 阨難：傅增湘校記曰"艱阨"。
[44] 其：《文苑英華》卷一三〇注曰"一作'明'"。
[45] 藂森：《歷代賦匯》卷八四《室宇》作"叢森"。《全唐文》卷五一七作"叢林"。
[46] 衝：原作"衡"，據傅增湘校記改。
[47] 真：傅增湘校記曰"'真'作'貞'"。
[48] 予筮遇觀之六四：《文苑英華》卷一三〇注曰"一作'繇易云：觀國之光，利用賓於王'"。
[49] 夫：《文苑英華》卷一三〇注曰"一作'乎'"。
[50] "高祖父趙王"至"始徙於函關"：《歷代賦匯》卷八四《室宇》缺。
[51] 其：此字原脱，據傅增湘校記補。
[52] 芳：傅增湘校記曰"芳"作"方"。
[53] 負：《文苑英華》卷一三〇注曰"一作'員'"。
[54] 指：傅增湘校記曰"'指'作'止'"。
[55] 瘥：《歷代賦匯》卷八四《室宇》作"湙"。
[56] 婉娩：傅增湘校記曰"'娩'作'婉'"。
[57] 林井殘泥：傅增湘校記曰"作'林殘井泥'"。
[58] 有：傅增湘校記曰"'有'作'在'"。

[59] 藻吾素乎：藻，《文苑英華》卷一三〇注曰"一作'保'"。乎，《文苑英華》卷一三〇注曰"疑作'兮'"。《歷代賦彙》卷八四《室宇》作"兮"。
[60] 潁縣：原作"穎縣"，疑誤。參見胡張校記。
[61] 謂：疑作"當"，疑誤。參見胡張校記。
[62] 至大曆十三年七月廿三日：《獨孤夫人墓志銘》(《彙編》大曆〇五二)作"之明年□月十七日。"參見胡張校記。
[63] 洛陽北邙之東原：《獨孤夫人墓志銘》作"洛陽清風鄉之原"。參見胡張校記。
[64] 餘：疑作"余"，疑誤。參見胡張校記。
[65] 曰：《文苑英華》卷九四九注曰"集無此字"。《全唐文》卷五二一無此字。
[66] 興：《文苑英華》卷九四九注曰"集作'王'"。
[67] 梁：《文苑英華》卷九四九注曰"集無此字"。
[68] 涼：《文苑英華》卷九四九注曰"集作'梁'"。
[69] 衛：《文苑英華》卷九四九注曰"集無此字"。
[70] 物：《文苑英華》卷九四九注曰"集無此字"。
[71] 一：《文苑英華》卷九四九注曰"集無'一'字"。
[72] 戲：《文苑英華》卷九四九注曰"集作'越'"。傅增湘校記曰"注'越'作'鉞'"。
[73] 祁：《文苑英華》卷九四九注曰"二《唐書》作'岐'"。
[74] 銳：《文苑英華》卷九四九注曰"一作'敢'"。
[75] 寢疾於河內薨於私館：於河內薨於，《文苑英華》卷九四九注曰"五字集作'終於河間'"。
[76] 臨：此字原脱，據傅增湘校記、《全唐文》卷五二一補。
[77] 宅：《文苑英華》卷九四九注曰"'宅'字集作'窆'"。
[78] 刻：《文苑英華》卷九四九注曰"一作'刊'"。
[79] 遺：《文苑英華》卷九四九注曰"集作'告'"。
[80] 壁：傅增湘校記曰"'壁'作'璧'"。
[81] 嚇：傅增湘校記曰"'嚇'作'赫'"。
[82] 獨守謙冲：《文苑英華》卷九四九注曰"集作'公獨守冲'"。
[83] 禺侯戴野：《漢書》卷一六《高惠高后文功臣表》作"臺定侯戴野"。參見胡張校記。
[84] 逯：《權載之文集》卷二四、《戴公墓志銘》作"迖"，《文苑英華》九五二作"逯"，其注曰"集作'迖'，非。"《文苑英華辨正》曰"集以'遂'"。胡張校記曰《文苑英華》錄作"逯"，非。

參考文獻

一、古代文獻

（一）經部

《周易正義》：〔魏〕王弼注，〔唐〕孔穎達疏，北京大學出版社 2000 年版。

《尚書正義》：〔漢〕孔安國傳，〔唐〕孔穎達等正義，北京大學出版社 2000 年版。

《毛詩正義》：〔漢〕鄭玄箋，〔唐〕孔穎達等正義，北京大學出版社 2000 年版；日本內閣文庫藏明萬曆十七年(1589)北監刊本。

《周禮注疏》：〔漢〕鄭玄注，〔唐〕賈公彥疏，北京大學出版社 2000 年版。

《儀禮注疏》：〔漢〕鄭玄注，〔唐〕賈公彥疏，北京大學出版社 2000 年版。

《禮記正義》：〔漢〕鄭玄注，〔唐〕孔穎達等正義，北京大學出版社 2000 年版。

《春秋左傳正義》：〔晉〕杜預注，〔唐〕孔穎達等正義，北京大學出版社 2000 年版。

《論語注疏》：〔魏〕何晏注，〔宋〕邢昺疏，北京大學出版社 2000 年版。

《孟子注疏》：〔漢〕趙岐注，〔宋〕孫奭疏，北京大學出版社 2000 年版。

《說文解字注》：〔清〕段玉裁撰，中華書局 2013 年版。

（二）史部

《史記》：〔漢〕司馬遷撰，中華書局 2013 年版。

《漢書》：〔漢〕班固撰，中華書局 1962 年版。

《後漢書》：〔南朝宋〕範曄撰，中華書局 1965 年版。

《三國志》：〔晉〕陳壽撰，〔宋〕裴松之注，中華書局 1959 年版。

《晋書》：〔唐〕房玄齡等撰，中華書局 1974 年版。

《梁書》：〔唐〕姚思廉撰，中華書局 1973 年版。

《魏書》：〔北齊〕魏收撰，中華書局 1974 年版。

《隋書》：〔唐〕魏征等撰，中華書局 1973 年版；中華書局 2019 年修訂版。

《北史》：〔唐〕李延壽撰，中華書局 1974 年版。

《舊唐書》：〔後晋〕劉昫等撰，中華書局 1975 年版。

《新唐書》：〔宋〕歐陽修，宋祁撰，中華書局 1975 年版。

《舊五代史》：〔宋〕薛居正等撰，中華書局 1976 年版；中華書局 2016 年修訂版。

《宋史》：〔元〕脱脱等撰，中華書局 1977 年版。

《金史》：〔元〕脱脱等撰，中華書局 1975 年版。

《唐大詔令集》：〔宋〕宋敏求編，中華書局 2008 年版。

《唐李鄴侯年譜》：〔清〕楊希閔撰，影印文淵閣《四庫全書》本，(臺灣)商務印書館 1986 年版。

《古列女傳》：〔漢〕劉向撰，劉曉東校點，遼寧教育出版社 1998 年版。

《通典》：〔唐〕杜佑撰，王文錦等點校，中華書局 1988 年版。

《通志》：〔宋〕鄭樵撰，浙江古籍出版社 2000 年版。

《文獻通考》：〔元〕馬端臨撰，中華書局 2006 年版。

《唐會要》：〔宋〕王溥撰，中華書局 1995 年版；影印文淵閣《四庫全書》本，(臺灣)商務印書館 1986 年版。

《輿地紀勝》：〔宋〕王象之編著，趙一生點校，浙江古籍出版社 2012 年版。

《關中勝迹圖志》：〔清〕畢沅撰，張沛校點，三秦出版社 2004 年版。

《〔紹定〕吳郡志》：〔宋〕范成大撰，《中國方志叢書·華中地方江蘇省》影印吳興張氏擇是居叢書景紹定二年(1229)重刊本，臺灣成文出版社 1970 年版；江蘇古籍出版社 1999 年版陸振嶽點校本。

《〔淳佑〕玉峰志》：〔宋〕邊實撰，《中國方志叢書·華中地方江蘇省》影印清宣統元年(1909)刊，匯刻太倉縣志，臺灣成文出版社 1983 年版。

《〔正德〕姑蘇志》：〔明〕王鏊纂，中國國家圖書館藏兩江總督采進本。

《〔雍正〕陝西通志》：〔清〕劉于義、沈青崖等纂，中國國家圖書館藏清雍正十三年(1735)刻本。

《〔雍正〕山西通志》：〔清〕覺羅石麟修，中國國家圖書館藏清雍正十二年(1734)刻本。

《〔雍正〕浙江通志》：〔清〕嵇曾筠纂修，中國國家圖書館藏清雍正十三年(1735)刻本；中華書局2000年版浙江省地方志編纂委員會標點本。

《〔雍正〕畿輔通志》：〔清〕唐執玉、李衛纂修，中國國家圖書館藏清雍正十三年(1735)刻本。

《〔同治〕徐州府志》：〔清〕吳世熊　朱忻纂修，中國國家圖書館藏清同治十三年(1874)刻本。

《〔光緒〕金壇縣志》：〔清〕丁兆基纂修，中國國家圖書館藏清光緒十一年(1885)刻本。

《嵩書》：〔明〕傅梅撰，明萬歷刻本；影印文淵閣《四庫全書》本，臺灣商務印書館1986年版。

《武林舊事》：〔宋〕周密撰，民國景明寶顏堂秘笈本；影印文淵閣《四庫全書》本，臺灣商務印書館1986年版。

《金石錄校正》：〔宋〕趙明誠撰、金文明校正：廣西師範大學出版社2005年版。

《兩浙金石志》：〔清〕阮元編，清道光四年(1824)李檊刻本；浙江古籍出版社2012年版。

《寰宇訪碑錄》：〔清〕孫星衍撰，清嘉慶七年(1802)刻本。

《續碑傳集》：〔清〕繆全孫纂錄，明文書局1985年版。

《崇文總目》：〔宋〕王堯臣等編，商務印書館1939年版。

《輿地碑記目》：〔宋〕王象之撰，中華書局1985年版。

《唐尚書省郎官石柱題名考》：〔清〕勞格，〔清〕趙鉞著，徐敏霞，王桂珍點校，中華書局1992年版。

《直齋書錄解題》：〔宋〕陳振孫撰，上海古籍出版社2015年版。

《通志二十略》：〔宋〕鄭樵撰、王樹民點校，中華書局2000年版。

《國史經籍志》：〔明〕焦竑輯，商務印書館1939年版。

《日本訪書志》：〔清〕楊守敬撰，清光緒二十三年(1897)楊氏鄰蘇園刻本。

《惜抱軒書錄》：〔清〕姚鼐撰，光緒五年桐城徐宗亮刊本，東京大學東洋文化研究所大木文庫藏本。

《四書全書考證》：〔清〕王太嶽撰,清光緒武英殿聚珍版叢書本。

《宋存書室宋元秘本書目》：王紹曾、崔國光等整理訂補,《訂補海源閣書目五種》,齊魯書社 2002 年版。

(三) 子部

《揚子法言》：〔漢〕揚雄撰,中華書局 1936 年版。

《六藝之一錄》：〔清〕倪濤編,浙江人民美術出版社 2017 年版。

《金樓子》：〔梁〕蕭繹撰,〔清〕鮑廷博輯,《知不足齋叢書本》,中華書局 1999 年版。

《封氏聞見記校注》：〔唐〕封演撰,趙貞信校注,中華書局 2005 年版。

《元和姓纂》(附四校記)：〔唐〕林寶撰,岑仲勉校記,中華書局 1994 年版。

《太平御覽》：〔宋〕李昉等修撰,夏劍欽等校點,河北教育出版社 1994 年版。

《册府元龜》：〔宋〕王欽若等撰,中華書局 1960 年版。

《玉海》：〔宋〕王應麟輯,影印清光緒九年(1882)浙江書局刊本,廣陵書社 2003 年版。

《事文類聚》：〔宋〕祝穆撰,影印文淵閣《四庫全書》本,臺灣商務印書館 1986 年版。

《永樂大典》：〔明〕解縉等編,中華書局 1982 年版。

《經濟類編》：〔明〕馮琦編,影印文淵閣《四庫全書》本,臺灣商務印書館 1986 年版。

《古儷府》：〔明〕王志慶編,影印文淵閣《四庫全書》本,臺灣商務印書館 1986 年版。

《淵鑒類函》：〔清〕張英撰,影印文淵閣《四庫全書》本,臺灣商務印書館 1986 年版。

《古今圖書集成》：〔清〕陳夢雷編,蔣廷錫校記,中華書局、巴蜀書社 1985 年版。

《唐國史補》：〔唐〕李肇等撰,上海古籍出版社 1979 年版。

《唐摭言》：〔五代〕王定保著,中華書局 1959 年版。

《北夢瑣言》：〔五代〕孫光憲撰,上海古籍出版社 2012 年版。

《學思自記》：〔清〕陳澧著，雲南省圖書館善本書庫藏《東塾著稿》鈔本第142冊。

《法華經譯注》：俞學明、向慧譯注，中華書局2012年版。

《摩訶止觀》：〔隋〕釋智顗撰，影印臺灣湛然寺藏木刻本，湛然寺1995年版。

《大乘義章》：〔隋〕釋慧遠撰，《靖國紀念大日本續藏經》（又稱《卍續藏經》《續藏經》），臺灣新文豐出版公司1993年版。

《法苑珠林》：〔唐〕釋道世撰，宋刻磧砂藏本。

《删定止觀》：〔唐〕梁肅撰，藏經書院編，《靖國紀念大日本續藏經》（又稱《卍續藏經》《續藏經》）：第一輯第二編支那撰述天台宗著述部，臺灣新文豐出版公司1993年版。

《佛祖統紀校注》：〔宋〕志盤撰，釋道法校注，上海古籍出版社2012年版。

《宋高僧傳》：〔宋〕釋贊寧撰，中華書局1987年版。

《佛祖歷代通載》：〔元〕念常撰，日本慶長本國寺活字本。

《列子》：〔晉〕張湛注，上海古籍出版社2014年版。

《莊子集釋》：〔清〕郭慶藩撰，王孝魚點校，中華書局1961年版。

（四）集部

《嚴陵集》：〔宋〕董棻編，中華書局1985年版（據漸西村舍叢刊本排印）。

《陳子昂集》（修訂本）：〔唐〕陳子昂撰，徐鵬校點，上海古籍出版社2013年版。

《李白全集》：〔唐〕李白撰，上海古籍出版社1996年版。

《李白選集》：〔唐〕李白撰，鬱賢皓選注，上海古籍出版社2013年版。

《杼山集》：〔唐〕皎然撰，明文書局1981年版。

《權德輿詩文集》：〔唐〕權德輿撰，上海古籍出版社2008年版。

《毘陵集》：〔唐〕獨孤及撰，梁肅編，《四部叢刊・初編》，上海商務印書館1992年再版影印亦有生齋校刊本；上海圖書館藏清嘉慶小雲谷抄本。

《毘陵集校注》：〔唐〕獨孤及撰，劉鵬、李桃校注，蔣寅審訂，遼海出版社2007年版。

《梁肅文集》：〔唐〕梁肅撰，胡大浚、張春雯點校，甘肅人民出版社2000

年版。

《韓昌黎文集校注》:〔唐〕韓愈撰,馬其昶校注,馬茂元整理,上海古籍出版社 1986 年版。

《柳河東全集》:〔唐〕柳宗元撰,世界書局 1935 年版。

《五百家注柳先生集》:〔唐〕柳宗元撰,影印文淵閣《四庫全書》本,臺灣商務印書館 1986 年版。

《孟東野詩集》:〔唐〕孟郊撰,影印文淵閣《四庫全書》本,臺灣商務印書館 1986 年版。

《劉禹錫集》:〔唐〕劉禹錫撰:上海人民出版社 1975 年版。

《大隱集》:〔宋〕李正民撰,影印文淵閣《四庫全書》本,臺灣商務印書館 1986 年版。

《文苑英華》:〔宋〕李昉等編,影印宋刊配明隆慶年刻本,中華書局 1966 年版。

《唐文粹》:〔宋〕姚鉉編,《中華再造善本》影印南宋紹興九年(1139)臨安府刻本。

《會稽掇英總集》:〔宋〕孔延之編,影印文淵閣《四庫全書》本,臺灣商務印書館 1986 年版。

《吳都文粹》:〔宋〕鄭虎臣編,影印文淵閣《四庫全書》本,臺灣商務印書館 1986 年版。

《歷代明賢確論》:〔宋〕佚名編,影印文淵閣《四庫全書》本,臺灣商務印書館 1986 年版。

《吳都文粹續集》:〔明〕錢穀撰,影印文淵閣《四庫全書》本,臺灣商務印書館 1986 年版。

《四六法海》:〔明〕王志堅編,影印文淵閣《四庫全書》本,臺灣商務印書館 1986 年版。

《文章辨體匯選》:〔明〕賀複征,影印文淵閣《四庫全書》本,臺灣商務印書館 1986 年版。

《歷代賦匯》:〔清〕陳元龍,影印文淵閣《四庫全書》本,臺灣商務印書館 1986 年版。

《古文小品咀華》:〔清〕王符曾輯評,書目文獻出版社 1983 年版。

《古文雅正》：〔清〕蔡世遠編，影印文淵閣《四庫全書》本，臺灣商務印書館1986年版。

《全唐文》：〔清〕董誥等編，影印文淵閣《四庫全書》本，臺灣商務印書館1986年版；中華書局1983年版。

《常郡八邑藝文志》：〔清〕盧文弨撰，清光緒十六年（1891）刻本。

《全唐文新編》：周紹良主編，吉林文史出版社2000年版。

《全上古三代秦漢三國六朝文》：〔清〕嚴可均編，商務印書館1999年版。

二、現當代文獻

（一）著作

《唐人行第錄》（外三種）：岑仲勉著，中華書局1962年版。

《唐集敘錄》：萬曼著，中華書局1980年版。

《唐代進士行卷與文學》：程千帆著，上海古籍出版社1980年版。

《隋唐五代文學思想史》：羅宗強著，上海古籍出版社1986年版。

《唐才子傳校箋》：傅璇琮主編，中華書局1987年版。

《唐代墓志彙編》：周紹良主編，上海古籍出版社1992年版。

《甘肅出版史略》：白玉岱著，甘肅人民出版社1995年版。

《全唐文新編》：周紹良主編，吉林文史出版社2000年版。

《梁肅文集》：胡大浚、張春雯點校，甘肅人民出版社2000年版。

《唐刺史考全編》：郁賢皓著，安徽大學出版社2000年版。

《陳尚君自選集》：陳尚君著，廣西師範大學出版社2000年版。

《訂補海源閣書目五種》：王紹曾、崔國光等整理訂補，齊魯書社2002年版。

《唐史史料學》：黃永年著，上海書店出版社2002年版。

《唐代詩人叢考》：傅璇琮著，中華書局2003年版。

《釋家藝文提要》：周叔迦著，北京古籍出版社2004年版。

《〈文苑英華〉研究》：凌朝棟著，上海古籍出版社2005年版。

《文苑英華校記》：傅增湘著，北京圖書館出版社2006年版。

《古籍善本經眼錄》：王雨著、王書燕編纂，《王子霖古籍版本學文集》（第二册),上海古籍出版社 2006 年版。

《大曆詩人研究》:蔣寅著,北京大學出版社 2007 年版。

《明清以來公藏書目彙刊》:北京圖書館古籍影印室編,北京圖書館出版社 2008 年版。

《中國天台宗通史》:潘桂明、吳忠偉著,鳳凰出版社 2008 年版。

《中國古籍版刻辭典》:瞿冕良編,蘇州大學出版社 2009 年版。

《唐代文士與中國思想的轉型》:陳弱水著,廣西師範大學出版社 2009 年版。

《明清稿抄校本鑒定》:陳先行、石菲著,上海古籍出版社 2009 年版。

《論語譯注》:楊伯峻譯注,中華書局 2012 年版。

《歷代漢文大藏經目錄新考》:何梅著,社會科學文獻出版社 2014 年版。

《清修〈全唐文〉研究》:夏婧著,上海古籍出版社 2019 年版。

(二) 論文

《雜論唐代古文運動》:錢穆撰,《新亞學報》1957 年 3 卷 1 期。

《梁肅的思想和文學》:劉三富撰,《春日和男教授退官紀念特輯》,《文學研究》,1979 年 3 月。

《杜佑與中唐史學》:葛兆光撰,《史學史研究》1981 年第 1 期。

《翰林學士梁肅的佛教——以〈删定止觀〉爲中心》:〔日〕佐藤泰雄撰,《昭和六十年度天台宗教學大會紀念號》,《天台學報》1985 年。

《〈文苑英華〉、〈唐文粹〉的編選情況、相互關係及其他》:何法周撰,《河南大學學報》1986 年第 5 期。

《盛唐李蕭古文集團及其與中唐韓愈集團的關係》:屈光撰,《文學遺産》1987 年第 4 期。

《〈全唐文〉穆員集誤收梁肅文》:蔣寅撰,《文學遺産》1989 年第 4 期。

《梁肅所撰〈戴叔倫神道碑〉的文獻價值》:蔣寅撰,《文獻》1991 年第 1 期。

《從梁肅到柳宗元——"唐代古文的源流"補説》:〔日〕小野四平撰,《集刊東洋學》,1991 年 11 月。

《論梁肅的佛學造詣及其對唐代古文運動的貢獻》:姜光斗撰,《唐代文學研究》(第五輯),1992 年中國唐代文學學會成立十周年國際學術討論會暨第六屆年會論文集,此文於 1993 年發表在《南通師專學報》第 2 期上,又於 1994 年收錄入《唐代文學研究》輯刊中。

《梁肅年譜稿》(上下):胡大浚、張春雯撰,《甘肅社會科學》1996 年第 6 期、1997 年第 1 期。

《梁肅行文、系年補正》:胡大浚撰,1996 年版《中國唐代文學學會會議論文集》,又載於 1998 年版《唐代文學研究》。

《梁肅事蹟考辨》:胡大浚撰,《社科縱橫》1997 年第 1 期。

《梁肅交游考》:胡大浚撰,1998 年版《中國唐代文學學會會議論文集》,又載於 2000 年版《唐代文學研究》,《甘肅廣播電視大學學報》2000 年第 2 期。

《唐代古文運動中的居士作家——以李華、梁肅爲中心》:〔日〕須藤健太郎撰,2000 年版《中國唐代文學學會會議論文集》,又載於 2002 年版《唐代文學研究》。

《梁肅的文道觀與佛學》:〔日〕須藤健太郎撰,《中國文學研究》2000 年 12 月,早稻田大學中國文學會。

《梁肅的文學觀》:胡大浚撰,2000 年版《中國唐代文學學會會議論文集》,又載於 2002 年版《唐代文學研究》,《甘肅廣播電視大學學報》2002 年第 3 期。

《〈唐文粹〉"銓擇"〈文苑英華〉説辨析》:郭勉愈撰,《北京師範大學學報》2002 年第 6 期。

《〈唐文粹〉知見版本考》:張達雅撰,《東海大學圖書館館訊》第 85 期。

《〈毘陵集〉板本考略》:趙望秦撰,《中國典籍與文化》2002 年第 2 期。

《從宋紹興本看〈唐文粹〉的文本系統》:郭勉愈撰,《清華大學學報》2003 年第 1 期。

《梁肅與天台宗——唐代儒釋交游的一個範例》:俞學明撰,《佛教文化》2005 年第 4 期。

《從大曆、貞元年間的文化背景看梁肅的維摩詰信仰》:何劍平撰,《臺大佛學研究》,2006 年第 11 期。

《由清華簡談文王、周公兩個問題》:劉光勝撰,《東嶽論叢》2010 年第 5 期。

《梁肅〈繡像世音菩薩像贊〉祈福對象辨正》:李丹撰,《四川師範大學學報》2011 年第 2 期。

《梁肅天台宗心性學説研究》：黃成蔚撰，《前沿》2014 年第 Z1 期。

《〈台州隋故智者大師修禪道場碑銘〉事實考證與價值論衡》：胡可先撰，《浙江社會科學》2015 年第 7 期。

《試論梁肅的贈序文》：薑雙雙撰，《隴東學院學報》2015 年第 2 期。

《梁肅文學思想之文質觀淺論》：陸雙祖，馬海音撰，《牡丹江大學學報》2018 年第 2 期。

《新發現的隋代〈梁修芝墓志〉與中古安定梁氏》：周曉薇撰，《隴東學院學報》2018 年第 2 期。

《梁肅與中唐古文運動》：劉正平撰，《光明日報》2018 年 8 月 6 日 13 版。

《別具隻眼的唐宋古文研究——近五十年臺灣地區與日本、美國的古文研究回顧與反思》：李偉撰，《東方論叢》2018 年第 4 期。

《論梁肅的詩序》：吳振華撰，《銅仁學院學報》2018 年第 5 期。

《梁肅和古文運動》：余莉撰，華中師範大學中國古代文學專業 2009 屆碩士學位論文，指導教師戴建業教授。

《唐代前古文運動研究》：李丹撰，四川師范大學中國古代文學專業 2011 屆博士學位論文，指導教師李天道教授。。

《宋代〈文苑英華〉校勘之研究》：黃燕妮撰，武漢大學中國古典文獻學專業 2013 屆博士學位論文，指導教師羅積勇教授。

《梁肅及其散文研究》：羅玲撰，四川師範大學中國古典文獻學專業 2015 屆碩士學位論文，指導教師李丹教授。

《梁肅天台宗思想研究》：黃成蔚撰，中國計量學院中國哲學專業 2015 屆碩士學位論文，指導教師邱高興教授。

《寧夏漢晉時期三大家族及其著述研究》：楊學娟撰，陝西師範大學中國古代文學專業 2016 屆博士學位論文，指導教師傅紹良教授。

《梁肅研究》：張歡撰，遼寧師範大學中國古代文學專業 2017 屆碩士學位論文，指導教師曹麗芳教授。

《以權德輿、梁肅爲中心的前古文運動研究》：楊萍撰，河北大學中國古代文學專業 2017 屆碩士學位論文，指導教師吳淑玲教授。